한국 근대 서정시의 기원과 풍경

한국 근대 서정시의 기원과 풍경

권 유 성

역락

""

책 머 리 에

이 책에 수록된 글들 대부분은 1920년대 한국 근대 서정시의 창출 과정
과 관련된 연구들이다. 한국 근대 서정시는 식민지 근대라는 매우 복잡하
면서도 모순적인 사회역사적 상황에서 창출된 것이고, 그런 만큼 그 과정
에는 해명되어야 할 문제들이 여전히 남아 있다. 이 책에서는 주로 식민지
상황에서 문학 활동을 했던 지식인들의 내면 구조와 근대 서정시의 관련
성을 해명하고자 했다. 민족적 차별과 경제적 착취가 구조화되어 있었던
식민지라는 상황은 한편으로 그 속에서 활동했던 지식인들의 상상력을 제
약하기도 했지만, 다른 한편으로 그들의 창조적 상상력을 자극하기도 했
다. 이 책에서는 한국 근대 서정시가 가지고 있는 문제점과 가능성을 동시
에 살펴보고자 노력했다.

이 책의 1부는 필자의 박사학위논문 「1920년대 '조선적' 서정시의 창출
과정 연구」(2011)를 일부 수정한 글이다. 여기서는 식민지 지식인들의 분열
된 내면 구조가 한국 근대 서정시에 어떤 영향을 미치고 있었던가를 주로
살폈다. 식민지 지식인의 내면에는 매우 다양하면서도 모순적인 지향들이
공존하고 있었는데, 그런 복잡한 내면적 지향은 한국 근대 서정시에 부정

적인 영향을 미치기도 했지만 긍정적인 영향을 미치기도 했다. 식민지의 지식인들은 한편으로 식민지를 영원히 벗어날 수 없을 지도 모른다는 무의식적 공포에 시달렸고, 다른 한편으로 식민지의 폭력적인 구조를 그 누구보다 날카롭게 감지하고 비판적인 시선을 보내기도 했다. '문명'이나 '민족'과 같은 공허한 거대 기표에 의지해 공포를 극복하고자 했던 인물들은 당대적 현실을 풍경으로 소외시키고 초월적 예술의 세계를 구축하거나 민족적 이데올로기를 구현한 '조선적' 서정시를 창출하는 데 매진했다. 이런 의미에서 초월의 시학과 '민요시'는 식민지 지식인들의 공포의 산물이었다. 반면 식민지의 폭력적인 구조를 날카롭게 응시하고 비판적으로 바라보았던 인물들은 그 구조에 의해 소외된 식민지인들의 구체적인 삶을 발견하고 시적으로 표상해줄 수 있었다. 특히 김소월의 시는 식민지의 '환원 불가능한 주변'의 존재들이 가진 생명력을 표상하고 구현해 줄 수 있는 시적 비전을 잘 보여주었다. 김소월이 보여준 한국 근대 서정시의 창조적 가능성은 이후 백석과 정지용 같은 시인들에게서 새로운 모습으로 실현되고 있었다.

제2부에 수록된 글들 또한 제1부의 문제의식이 반영된 글들이다. 자유시론을 다룬 글과 황석우 시의 비유 구조를 다룬 글은 박사학위논문을 준비하는 과정에서 중요한 참고가 되었기에 수록한다. 1910년대 문학 현상을 다룬 두 편의 글과 내재율 관련 글은 한국 근대 서정시와 관련된 중요한 현상임에도 박사학위논문에서 미처 다루지 못했거나 미진했던 부분을 보완한 것들이다. 같은 연구를 하는 분들에게 다소나마 도움이 되기를 빌어 본다.

돌이켜 보니 현대문학, 특히 시를 공부하기 시작하면서 가졌던 주요한 문제의식은 '시란 무엇인가'였다기보다는 '시가 무엇을 할 수 있을까'였던 것 같다. 그래서 이 책에 수록된 식민지 시기 한국 근대 서정시에 관한 글들도 대부분 '시가 무엇을 할 수 있을까'라는 의문을 과거의 역사를 통해 풀어 보기 위한 것이었음을 알겠다. 1920년대 시인들을 읽어가면서 과연 시가 식민지라는 폭력적 체제 속에서 인종적 차별과 경제적 빈곤에 시달리는 사람들에게 무엇을 해 줄 수 있었던가 회의에 빠진 적이 없었다면 거짓일 것이다. 이런 점에서 김소월이라는 시인을 만난 것은 한 사람의 연구자로서 행운이 아닐 수 없다. 그는 시가 더 나은 삶을 위한 적극적 행위일 수 있다는 나름의 확신을 가져다주었기 때문이다. 사람의 뜨거운 마음이 돌덩어리를 별로 만들 수 있듯, 시인이 뜨거운 마음을 말에 불어넣을 때 말은 단순한 말이 아닌 생명력 넘치는 시가 된다는 것을 김소월은 보여주었다. 그의 시를 읽으면서 식민지 시대 전반을 통해 한국 근대문학이 보여준 가장 간절하면서도 긴급한 지향이 더 나은 삶에 대한 희망이었다는 점을 어렴풋이나마 깨달을 수 있게 된 것 같다. 혹독한 정치적 탄압과 빈사지경의 빈곤에 시달리면서도 그 시대 지식인들이 꿈꾸었던 '사람을 사랑하게 만드는 대포'는 바로 시가 아니었을까?

여전히 부족한 점투성이지만, 이런 글이라도 쓸 수 있게 된 것은 여러 선생님들의 도움과 격려 덕분이다. 정치한 이론으로 제자의 부족한 글에 틀을 잡아주신 박현수 선생님, 지도교수가 없는 중에도 시를 계속 공부할 수 있도록 배려해주신 김재석 선생님, 그리고 모든 글을 꼼꼼하게 읽으시고 잘못된 부분을 하나하나 바로 잡아주셨던 김주현, 박용찬 선생님께 감사드린다. 먼 길을 마다하지 않고 오셔서 부족한 글을 가다듬는 데 도움을 주신 김영철, 김행숙 선생님께도 아울러 감사의 말씀을 드린다. 대학원에서 함께 현대문학을 공부하는 동료와 선후배의 자극과 격려가 없었다면 아마도 여기까지 오기가 어려웠을 것이다. 이 자리를 빌려 애정과 감사의 말을 전한다. 그리고 가난한 농가 살림에도 사랑과 행복의 감각을 몸에 새길 수 있도록 길러주신 부모님께 무한한 감사를 드리지 않을 수 없다. 오늘 나에게 시를 읽고 쓸 수 있는 감각이 조금이라도 있다면 그것은 모두 그분들과 함께 한 삶에서 얻은 것이다. 마지막으로 어려운 출판 환경에도 불구하고 기꺼이 출판을 결정해주신 도서출판 역락 이대현 사장님께 감사의 말씀을 전한다.

2014년 봄
산격동 연구실에서
권유성

차례 CONTENTS

제2부 근대 서정시의 풍경과 그 이면

제1부
1920년대 한국 근대시의 기원

제1장

식민지, 모방과 창조의 공간

1. 역사적 구성물로서의 근대 서정시

이 글은 1920년대를 배경으로 한국 근대 서정시의 양식적 특성들이 만들어지는 과정을 살펴보기 위한 것이다. 우리 근대문학이 '역사적인 구성물'이었던 것과 마찬가지로[1] 이 시기의 서정시 또한 매우 이질적인 문화적 요인들 사이의 긴장과 갈등 또는 착종에 의해서 만들어진 것이었다. 지금은 매우 익숙한 것으로 보인다고 하더라도 근대문학과 관련된 다양한 관습들은 결코 자연스러운 과정으로 만들어진 것만은 아니었다. 그리고 근대문학과 관련된 다양한 관습들이 만들어지는 과정은 식민지 근대라는 우리의 근대화 과정과 깊은 연관성을 가지고 있을 수밖에 없다. 이

----

1) 김행숙, 『문학이란 무엇이었는가 - 1920년대 동인지 문학의 근대성』, 소명출판, 2005, 12쪽 참고. 근대문학이라는 용어는 일반적으로 우리의 근대가 시작되던 개화기(개항~1918년. 김영철, 『한국개화기시가의 장르 연구』, 학문사, 1990, 12쪽 참고)에서부터 식민지시기까지에 걸친 제반 문학 현상을 포괄하는 용어이다. 다만 같은 근대에 산출되었다고 하더라도 시기적으로 서로 다른 사회문화적 환경에 따라 근대문학은 그 외연과 내포를 달리할 수 있다.

글이 1920년대 서정시[2]의 문제를 '형성'이 아니라 '창출'의 관점에서 바라보고자 하는 이유가 여기에 있다. 매우 급격하게 진행된 우리의 근대는 전근대적인 체계의 근대적인 체계로의 변화라는 말로 간단히 정리될 수 있는 것이 아니었다. 임화가 "역사적 시간의 단축"[3]이라고 표현한 바 있는 유래 없이 빠르게, 그리고 타율적으로 전개된 우리의 근대는 전근대적인 것과 근대적인 것이 혼재하는 매우 혼란스러운 상황을 연출할 수밖에 없었다. 임화가 지적한 '이식'의 문제는 우리의 근대가 야기한 혼란의 문학적 양태였다. 그리고 1920년대는 한국 근대문학사에서 '이식'의 문제가 가장 극명하게 드러난 시기 중 하나였다.

'이식'의 문제를 언어학적 표현을 빌려 단적으로 정리한다면, 기표와 기의의 불일치 문제, 즉 기의가 불분명한 근대문학의 새로운 개념들이 급속도로 도입되거나 양산되고 있었음에도 그것을 채워줄 기의들이 부재하거나 부실했던 상황으로 정리될 수 있다. '문명'이나 '보편'의 이름으로 도입된 근대는 필연적으로 전근대적인 것이거나 비근대적인 것들에 대한 부정과 배제를 전제하고 있었다. 역사적 체계의 변화에는 필연적으로 "죽음과 살해"가 감추어져 있게 마련인 것이다.[4] 그러나 기존 체계에 대한 갑작스러운 부정은 필연적으로 역사적 진공상태를 야기할 수밖에 없었다. '이식'의 문제가 우리 근대의 역사적 필연일 수밖에 없는 이유도 바로 여

---

2) 서정시라는 용어는 모든 시를 포괄하는 유적 개념으로 사용되기도 하고, 시의 하위 갈래 중 하나를 지칭하는 종적 개념으로 사용되기도 한다.(오세영, 「서정시란 무엇인가」, 『시와 시학』 42호, 2001. 6; 박현수, 『황금책갈피』, 예옥, 2006, 113쪽 참고) 이 글에서 서정시라는 용어는 시 일반을 통칭하는 광의의 개념이 아니라, 시의 하위 갈래 중 하나를 지칭하는 협의의 개념으로 사용된다. 다만 서정시라는 용어가 매우 보편적인 용어라고 하더라도 그 구체적인 내포와 외연은 시대와 나라에 따라 달라질 수밖에 없다.
3) 임화, 임규찬·한진일 편, 『신문학사』, 한길사, 1993, 11쪽 참고.
4) 가라타니 고진, 김경원 옮김, 『마르크스 그 가능성의 중심』, 이산, 1997, 128쪽 참고.

기에 있었다. 이런 점에서 역사적 구성물로서의 한국 근대문학은 '이식'이 야기한 기표와 기의의 어긋남을 최대한 빠른 속도로 봉합하거나 은폐하는 동시에, 그것을 극복하거나 변증법적으로 지양하면서 구성될 수밖에 없었다. 임화는 이 과정을 '이식과 창조'의 과정으로 요약한 바 있다.[5] 이런 의미에서 한국 근대문학이 역사적으로 구성되는 과정을 해명하기 위해서는 무엇보다도 우리 근대문학 내부에 존재하고 있는 모순은 물론 그러한 모순을 극복할 수 있도록 만들어주는 창조적 생산성의 계기들을 함께 찾아가는 것이 필요하다. 이 글은 1920년대 우리 근대문학이 보여주고 있는 이와 같은 모순적이면서도 생산적인 과정을 '창출' 과정으로 표현했다.

민족주의문학[6]의 관점에서 위와 같은 '창출' 과정을 보기는 어려운데, 왜냐하면 민족주의문학은 근대 문학이 창출되던 공간을 균질적인 공간으로 가정하기 때문이다. 근대의 역사적 산물인 민족주의는 각종 장치들을 통해 공동체 내부의 차이들을 지워버리거나 억압함으로써 그 구성원들이 마치 균질적인 공간에 존재하는 것처럼 느끼도록 만든다.[7] 근대 민족주의를 토대로 하고 있는 민족주의문학이 이와 같은 관점을 공유하고 있을

---

5) 임화, 「조선문학 연구의 일 과제—신문학사의 방법론」, 『東亞日報』, 1940. 1. 18.(임규찬·한진일 편, 앞의 책, 380~382쪽 참고)
6) 민족문학과 민족주의문학은 엄연한 차이가 있음에도 일부 연구자들에 의해서 혼용되고 있어서 오해를 불러일으킬 소지가 있다. 그것은 '민족문학'이라는 용어가 민족국가 단위의 문학 현상을 일반적으로 지칭하는 용어로도 쓰이고 민족주의문학과 대비되는 특수한 의미로도 쓰이기 때문이다. 좁은 의미에서의 민족문학과 민족주의문학의 차이를 간략히 정리하면, 민족주의문학이 민족을 추상화하는 민족주의 이념에 토대를 두고 있어서 자민족 중심주의에 빠지기 쉬운 경향을 보여준다면, 민족문학은 주로 민중적인 삶에 주목함으로써 자본주의와 제국주의에 대항하는 경향을 보여준다.(하정일, 『20세기 한국문학과 근대성의 변증법』, 소명출판, 2000, 47~49쪽 참고)
7) 베네딕트 앤더슨, 윤형숙 역, 『상상의 공동체』, 나남, 2002; 이효덕, 박성관 옮김, 『표상공간의 근대』, 소명출판, 2002 참고.

수밖에 없는 것은 사태의 필연이다. 그러나 한국 근대문학이 성립되던 시기 우리의 문학(혹은 문화) 공간은 균질적이었다기보다는 각종 균열들이 산재하고 있었던 공간이었다. 예를 들어 1920년대 '민족적인 것' 혹은 '조선적인 것'이 문제가 되었다는 것은 역설적으로 민족적인 것과 그렇지 않은 것이 공존하고 있었던 상황을 보여주는 하나의 증거라고 볼 수 있다. 베네딕트 앤더슨의 '상상의 공동체'로서의 민족이라는 관점을 원용한다면, 이 시기 민족적인 것이 문제가 되기 시작했다는 것은 민족적인 것이 구성되기 시작했다는 의미이다.[8] 그리고 이것은 1920년대에 '민족'이라는 기표가 공허한 기표에 가까웠다는 것을 암시한다. 마찬가지로 1920년대에는 문명적인 것과 야만적인 것 또는 개인적인 것과 집단적인 것 등도 뚜렷이 구분되어 있었다고 보기 어려웠다. 따라서 균질적인 공간을 가정하는 민족주의적 관점에서는 위와 같은 복잡한 요인들을 충분히 고려하기 어렵고, 결과적으로 1920년대를 통해 창출되는 서정시와 관련된 중요한 관습들의 특징과 함의를 충분히 보지 못하도록 만들 공산이 크다.

위와 같은 관점에서 이 글은 1920년대 서정시와 관련된 가장 중요한 현상 중 하나라고 할 수 있는 '조선적' 서정시의 창출 과정을 살피고 그 의미를 정리하고자 한다. 당대적 용어로 '朝鮮사람다운 詩體', '朝鮮詩形' 등으로 표현되었던 '조선적' 서정시는 민족주의를 이념적 기반으로 1920년대 중후반을 통해 소위 국민문학파가 창출해 내는 특징적인 서정시를 지칭하기 위해 설정된 용어이다. 1920년대 중후반 국민문학파는 조선인 모두가 공통적으로 감각할 수 있는 '조선정서'와 그러한 정서를 담아낼

---

8) 민족문학사연구소기초학문연구단, 『'조선적인 것'의 형성과 근대문화담론』, 소명출판, 2007; 후루오 시라네·스즈키 토미 엮음, 왕숙영 옮김, 『창조된 고전』, 소명출판, 2002 참고.

수 있는 정형적 형식의 시형을 창출하고자 했는데, 이 글에서는 국민문학파가 창출해내고 있는 이와 같은 서정시를 '조선적' 서정시로 지칭한다. 그러나 '조선적' 서정시가 1920년대에만 유효한 것이라고 할 수는 없는데, 왜냐하면 1920년대 창출되는 '조선적' 서정시가 이후의 서정시에도 상당한 영향을 미치고 있기 때문이다.

'조선적' 서정시는 지금까지의 연구들에서 민요시[9] 또는 민요조 서정시[10]로 통칭되던 것과 외연에 있어서 큰 차이는 없다. 그럼에도 이 글에서 민요조 서정시 혹은 민요시와 같은 기존 연구들의 명칭을 사용하지 않는 이유는, 앞서 지적한 바와 같이 이러한 명칭들이 1920년대를 민족주의적 관점에서 균질적으로 바라보도록 만들 가능성이 크기 때문이다. 따라서 이 글에서 사용하는 '조선적'이라는 용어는 민족주의적 관점을 벗어나 1920년대 서정시와 관련된 제반 현상을 객관적으로 바라보고 그 의미를 찾아가기 위해 설정된 것이기도 하다. 문학적 실제에 비추어 볼 때 '조선적' 서정시의 창출 과정은 1920년대 중후반에 집중적으로 이루어짐에도 이 글이 1920년대 시적 현상들을 전반적으로 살피는 것은, 1920년대 전반에 출현하는 서정시들이 '조선적' 서정시의 창출 과정과 밀접하게 연관되어 있을 뿐 아니라 어떤 의미에서는 필수적인 요인으로 작용하고 있다는 판단 때문이다.

민요시 혹은 민요조 서정시에 대한 연구는 민족주의적 관점에서 연구된 경우가 많았는데, 그 주요한 평가는 대개 민족적 전통에 대한 추구와 확충이라는 것으로 요약된다. 이와 관련한 주목할 만한 연구로는 정한모,

---

9) 오세영, 『한국낭만주의시연구』, 일지사, 1997, 10~11쪽; 박경수, 『한국 근대 민요시 연구』, 한국문화사, 1998, 24~38쪽 참고.
10) 김용직, 『한국근대시사 상』, 학연사, 2002, 306~308쪽 참고.

오세영, 김용직, 박경수, 구인모 등의 연구를 들 수 있다. 이 연구의 대부분이 민족주의적 관점을 유지하고 있지만, 최근 이루어진 구인모의 연구는 민족주의에 대한 비판적 관점을 보여주고 있어 주목된다.

정한모는 허버트 리드의 민요시 개념을 원용해 김억과 김소월의 시를 연구했는데,[11] 그는 민족주의적 관점에서 안서가 아니라 김소월이 생래적인 민요시인일 수밖에 없었던 이유를 설명했다. 이 연구에서 그는 김억과 김소월의 근본적인 차이를 날카롭게 포착해냈지만, 그러한 차이의 발생 원인을 생래적인 기질의 차이를 들어 해명함으로써 그것이 가질 수 있는 더 깊은 문화적 함의를 찾아내지는 못했다. 오세영은 그의 연구에서 김억, 주요한, 홍사용, 김소월, 김동환을 민요조 서정시를 쓴 '民謠詩派'로 규정하고 그들의 민요시와 민요론을 살폈다.[12] 그는 이 연구에서 1920년대 민요시의 특성을 개인 창작시로 규정해 과거 '민요'와의 차이를 분명히 했지만, 그 의의를 '민족정신의 탐구와 민중의 원형적 생활감정의 체험'이라는 것에 둠으로써 민족주의적 관점을 벗어나지 못하고 있다. 그는 1920년대 민요시의 이와 같은 특성을 낭만주의시라는 것으로 요약했다. 김용직은 민요조 서정시라는 용어로 민요시 현상을 정리하고 있는데, 그는 민요조 서정시의 범위를 당대 문단에서 '민요시'로 지칭되던 것들에 국한하지 않고 향토 정조를 추구하는 경향의 시들을 포괄하는 것으로 설정하고 있다.[13] 그러나 정조를 중심으로 민요조 서정시를 규정하고 있기 때문에, 그의 민요조 서정시 규정은 일반적인 서정시와의 구분을 어렵게 만들고 있는 것이 사실이다. 그리고 그의 이와 같은 규정은 당대적 맥락

---

11) 정한모, 『현대시론』, 보성문화사, 1990, '近代 民謠詩와 岸曙·素月의 詩' 부분 참고.
12) 오세영, 앞의 책.
13) 김용직, 앞의 책.

에서의 '민요' 혹은 '민요시'라는 개념을 일정 부분 배제함으로써 가능했던 것이었다. 따라서 그의 연구는 1920년대 맥락에서의 '민요시' 문제와 겹쳐지는 부분이 있지만, 그것을 중심에 놓은 연구라고 보기는 어려운 측면이 있다. 박경수의 연구[14]는 민요시의 범위를 민족주의 이념을 토대로 한 국민문학파의 민요시로 국한시키지 않고, 프로문학 혹은 경향문학의 성격을 보여주고 있는 민요조 시들까지 포함시키고 있다는 점에서 앞서의 연구들보다 다소 진전된 성과를 보여주었다. 그는 1920년대 민요시가 민족주의적인 것만으로 환원될 수 없는 다양한 지향을 보여주었다는 점을 분명히 했던 것이다. 그럼에도 그의 연구는 '민요'라는 것 자체가 근대의 민족주의적 관점에 의해서 만들어진 개념이라는 점을 미처 고려하지 못함으로써 민요시의 문제를 다시 민족적인 전통의 문제로 되돌려버린다. 그 결과 그의 연구는 민요시의 외연을 확장하고 있다는 의미는 있지만, 그 자체의 역사성에 대한 고려가 부족해졌다고 할 수 있다.

1920년대 민요시와 관련된 최근의 연구 중 가장 주목할 만한 성과는 구인모의 연구[15]라고 할 수 있는데, 그는 1920년대 국민문학파의 문학론과 문학 활동을 중심으로 근대시의 이상이 어떻게 식민지배자들의 논리와 공모하게 되었는지, 그리고 그 결과가 어떠했는지를 비교문학적 관점에서 검토하고 있다. 그는 국민문학파의 이상이 그 자체에 내장된 민족주의의 관념적 성격과 친(親)오리엔탈리즘적 성격 때문에 허상에 그치고 말았다고 주장한다. 구인모의 연구는 민족주의 자체를 근대의 역사적 산물로 상대화함으로써 민요 혹은 민요시라는 용어 자체에 내장된 이데올로기적 성격을 파악하고, 그것을 토대로 국민문학파의 시적 성취를 비판적

---

14) 박경수, 『한국 근대 민요시 연구』, 한국문화사, 1998.
15) 구인모, 『한국 근대시의 이상과 허상』, 소명출판, 2008.

으로 바라보고 있다는 점에서 기존 연구와 분명한 차이를 보여주고 있다. 그러나 그의 연구는 주로 비교문학적 관점에서 일본의 국민문학론과 조선의 국민문학론의 이론적 영향관계에 집중하고 있어서 식민지 내부의 역동성에 대해서는 거의 조명하지 못하고 있다. 단적으로 그의 연구는 1920년대 시에서 가장 의미 있는 시인 중 하나였던 김소월과 같은 인물의 활동을 논의에 수용하지 못하고 있다. 이런 점 때문에 그의 연구는 중요한 성과를 보여주었음에도 다소 '이론적인' 논의에 국한된 것이 아닌가 하는 의구심을 갖게 한다.

2. 근대 서정시 기원의 공간 — 식민지 지식인의 분열된 내면

1920년대 문학에 대한 일반적인 평가를 간단히 요약한다면 '본격적인 근대문학의 출발 또는 형성'이라고 할 수 있을 것이다.[16] 이러한 문학사적 평가는 시사에 있어서도 큰 차이가 없다. 시사의 문제로 국한한다면 1920년대는 개화기와 함께 우리 근대 시사에서 가장 다양한 시적 경향들이 동시다발적으로 등장했던 시기 중 하나였다. 다만 개화기의 다양한 시가들이 주로 급격한 사회정치적 변화에 대응하기 위한 것들이었다면,[17] 1920년대의 시적 경향들은 그것과 동시에 서구적인 문학의 영향을 개화

---

16) 지금까지 제출된 대표적인 문학사라고 할 수 있는 『신문학사조사』, 신구문화사, 1980; 조연현, 『한국 현대문학사』, 인간사, 1961; 김현·김윤식, 『한국문학사』, 민음사, 1974 등은 그 표현은 조금씩 다르다고 하더라도 공통적으로 이 시기를 한국 근대문학의 본격적인 출발 또는 형성기로 보고 있다.

17) 우리 근대시사에서 개화기는 매우 독특한 시기였다고 할 수 있는데, 그것은 전통적 양식과 새로운 양식이 혼재하는 동시에 다양한 형태로 변형되고 혼효되던 시기였기 때문이다.(김영철, 『한국 개화기 시가 연구』, 새문사, 2004 참고)

기보다 더 강하게 받았다는 점에서 차이가 있을 뿐이다. 1920년대를 근대문학의 본격적인 출발 혹은 형성기로 보는 이유는 우선 이 시기에 와서 근대문학의 규모가 1910년대와 비교할 수 없을 정도로 확장되고 있을 뿐 아니라, 근대문학이 수용될 수 있는 사회문화적 토대와 맥락이 형성되고 있었다는 점 때문이다. 나아가 오늘날까지도 영향을 미치고 있는 중요한 문학적 제도들이 1920년대에 상당 부분 만들어지고 있었기 때문이기도 하다. 이것은 이 글에서 주요한 대상으로 다루게 될 서정시에도 마찬가지로 적용될 수 있는 말이다

1920년대 '조선적' 서정시의 창출 과정을 살피기 위해 이 글은 필요한 몇 가지 이론적인 논거들을 활용하고자 한다. 1920년대 한국 근대문학은 식민지 근대 민족문학이라는 복잡한 수식어를 동반할 수밖에 없는 복합적인 역사적 구성물이다. 이런 복합적인 역사적 구성물을 연구하기 위해서는 '식민지 근대'라는 조건은 물론 민족주의의의 기능에 대해서도 정밀하게 고찰할 필요가 있다. 이 글에서는 식민지 근대의 구조와 문학(시)의 상관성을 밝혀줄 수 있는 이론적 논거들과, 그러한 구조 내부에서 문학(시)이 할 수 있었던 적극적인 기능을 해명해 줄 수 있는 이론적 논거들을 주로 활용하고자 한다.

가라타니 고진은 일본 근대문학의 기원을 '풍경의 발견' 과정으로 압축해 보여준 바 있는데, 그에 의하면 일본 근대문학의 기원은 정치적으로 소외된 지식인이 '식민지' 공간에서 풍경을 발견하는 과정으로 압축된다. 그러나 그는 '풍경의 발견'이 제국주의적 침략의 산물이었던 식민지에서의 삶을 소외시킴으로써 이루어질 수 있었다고 보았다. 이것을 간략히 정리하면, 고진은 일본 근대문학의 기원이 표면적으로는 정치로부터의 소외에 의해 기원한 것처럼 보이지만 실제로는 제국주의적 침략이라는 구체

적인 정치적 상황과 그러한 상황에 대한 회피를 통해서야 가능했다고 보았던 것이다.[18] 고진의 이러한 논의는 '문학의 자율성'이라는 이데올로기에 익숙한 근대문학 전공자들에게는 매우 낯선 논의임에 틀림없다. 그럼에도 그의 논의는 근대문학이라는 것이 사회적 근대성과 어떻게 관련되어 있는지를 보여준 대표적인 연구라고 할 수 있다.

주지하다시피 한국 근대문학은 식민지라는 사회문화적 상황에 절대적인 영향을 받은 것이 사실이다. 즉 한국 근대문학은 고진이 『일본 근대문학의 기원』에서 언급한 바로 그 '풍경' 속에서 기원했던 것이다. 그렇다고 고진의 논법을 그대로 받아들여 한국 근대문학의 기원은 불가능하다고 단정 지어 버릴 수는 없다. 왜냐하면 일본의 근대와 우리의 근대가 서로 다른 구조를 가지고 있었기 때문에 고진의 논법을 그대로 우리 근대문학에 적용할 수는 없기 때문이다. 다시 말해 일본의 근대와 우리의 근대가 서로 다른 구조를 가지고 있었기 때문에 한국 근대문학은 일본 근대문학과는 다른 방식의 기원을 가지고 있으리라는 추론을 해볼 수 있다는 것이다. 이때 중요해지는 것은 일본의 근대와 다른 우리 근대의 구조와 그러한 구조가 우리 근대문학의 기원에 어떻게 영향을 미치고 있는지를 밝히는 것이다. 이러한 과정에 유용한 관점을 제공해 줄 수 있는 연구로 고모리 요이치의 연구를 들 수 있다.

고모리 요이치의 연구[19]는 고진의 연구와 동일한 시대를 대상으로 하고 있을 뿐 아니라, 그 연구의 연장선상에 놓여 있다. 그는 일본 근대문학과 제국주의적 침략이라는 정치적 구조와의 긴밀한 공모 관계를 날카롭게 지적하고 있는데, 이 과정에서 그는 제국주의적 국가의 형성과 일본

---

18) 가라타니 고진, 박유하 옮김, 『일본근대문학의 기원』, 민음사, 1997, 7~61쪽 참고.
19) 고모리 요이치, 송태욱 옮김, 『포스트콜로니얼』, 삼인, 2002.

지식인들의 내면 구조가 어떻게 구조적으로 연관되어 있는지를 살피고 있다. 그것을 간략히 정리하면, 명치기 일본 근대 지식인들의 내면에는 식민지적 무의식과 식민주의적 의식이 공존하고 있었다는 것이다. 그의 연구에 의하면, 타율적 근대를 경험하는 과정에서 일본인들은 "자신들이 '문명'측으로부터 '미개'나 '야만'으로 간주될지도 모른다는" 두려움을 무의식화 했고, 그러한 식민지적 무의식을 극복하기 위해 "새롭게 발견한 '미개'와 '야만'을 식민지화함으로써 마치(식민지적 무의식이-필자)전혀 존재하지 않았던 것처럼 기억에서 소거하고 망각의 심연에 떨어뜨"리고자 했다는 것이다.[20] '억압의 이양'[21]이라는 원리로 정리될 수 있는 이와 같은 일본의 오리엔탈리즘은 이율배반적 성격을 띠게 되는데, 왜냐하면 "'열등한 아시아'라는 의식에 괴로워하면서 동시에 '아시아를 깔보는' 우월감을 팽창시킴으로써 국가의 위세를 인접 아시아 국가에 심고자 했"[22]기 때문이다. 고모리 요이치는 근대 일본지식인들의 내면이 이와 같은 일본 근대의 정치적 구조와 유비적 관계에 있다고 보았다. 그는 일본 지식인들의 식민지적 무의식이 자기 식민지화[23]를 가속화시켰으며, 그런 자기 식민지화를 통해 다른 동양 국가에 대한 침략을 정당화해 나갔다고 보았던 것이다. 고모리 요이치의 이런 논의는 '일본은 정치적으로 식민지가 아니었음에도 그 내면은 식민지였다'는 명제로 요약될 수 있다. 그의 연구는

---

20) 고모리 요이치, 앞의 책, 35쪽 참고.
21) 고마고메 다케시, 오성철·이명실·권경희 옮김, 『식민지제국 일본의 문화통합』, 역사비평사, 2008, 253쪽 참고.
22) 박지향, 『제국주의』, 서울대출판부, 2000, 47쪽.
23) 일본 지식인들이 서구의 제국주의적 논리를 내면화하는 과정에서 형성된 식민지적 무의식은 "자국의 영토를 확보하기 위해 국내의 제도·문화·생활관습, 그리고 무엇보다 국민의 머릿속을 서구 열강이라는 타자에 의해 반(半)강제된 논리 하에서, 자발성을 가장하면서 식민지화하는" '자기 식민지화'의 과정을 통해 형성될 수 있었다.(고모리 요이치, 앞의 책, 24쪽 참고)

일본 근대 지식인들의 내면구조를 날카롭게 해부하고 있을 뿐 아니라, 그러한 내면 구조가 일본 근대문학의 근본적인 조건으로 작용하고 있거나 아니면 적어도 그것에 중대한 영향을 미치고 있다는 점을 잘 보여주고 있다.

식민지적 무의식 ⟶ 식민주의적 의식

〈도표1〉 명치기 일본지식인의 내면 구조

고모리 요이치의 연구는 1920년대 한국 근대문학 연구에도 매우 유용한 틀을 제공해 줄 수 있다고 보인다. 왜냐하면 일본이 경험한 '문명화의 공포'를 식민지 조선 또한 경험했거나 경험하고 있었기 때문에 그 기본적인 구조에는 유사한 측면이 있었기 때문이다. 그러나 식민모국, 즉 '제국'이었던 일본과 달리 조선은 식민지였기 때문에 그 속에서 살아갔던 지식인의 내면 구조 역시 필연적으로 달라질 수밖에 없었다. 식민지 조선의 지식인들은 일본 지식인들과는 다르게 살아갈 수밖에 없었기 때문에 조금은 다른 방식으로 식민지적 무의식을 갖게 된다. 즉 이들은 식민지로 전락할지도 모른다는 두려움보다는 식민지 상태를 영원히 벗어나지 못할지도 모른다는 두려움을 무의식화 함으로써 식민지적 무의식을 갖게 된다고 할 수 있다. 그러나 식민지적 무의식이 문명화의 사명을 내면화함으로써 자기 식민지화를 가속화시키고 있었다는 점에서는 큰 차이가 없었다. 그리고 식민지 지식인이라는 역사적 조건 때문에 이들은 자신들의 식민지적 무의식을 외부에 대한 침략과 정복을 통해 극복하거나 은폐시킬 수가 없었다. 따라서 이들의 식민주의적 의식은 외부가 아니라 '내부 식민지'의 개척이라는 형태로 드러날 수밖에 없었는데, 그 대상은 대개의 경우 같은 식민지인들이었다. 1920년대 내부 식민지의 개척 과정은 대부분의 경우 계몽적 의식으로 나타났는데, 내부 식민지의 개척을 통해 식민주의적 의식을 드러낸 단적인 사례로 이광수의 「민족개조론」을 들 수 있다. 「민족개조론」에서 이광수는 조선인을 '야만'으로 규정함으로써 그들을 문명의 주체가 아니라 대상으로 전락시키고 있다. 식민지 시기 이광수가 단적으로 보여주었던 이와 같은 자기 식민지화의 과정에서 자유로웠던 지식인은 그리 많지 않았다.

그러나 한편으로 식민지의 지식인들은 자신들이 처한 식민지라는 현실적 상황을 부인할 수 없었기 때문에 스스로 식민지인이라는 자의식(自意識)을 가지고 있을 수밖에 없었다. 자기 자신을 대상으로 한 의식으로 규정되는 자의식이 자기반성적 성격을 띤 것이라고 한다면,[24] 식민지적 자의식은 식민지라는 사회역사적 상황에 대한 자기반성적 의식이라고 정의될 수 있을 것이다.

나는 불상한 그 同胞를 위하야 매오 속이 不便하엿나이다. 그네가 웨 그리도 廉恥를 일헛나뇨. 그네가 堯舜과 孔孟을 가지고 四百州의 故疆(고강)과 四億萬의 동족과 오천년의 문화를 지닌 국민이 아니뇨. 그네가 엇지하야 「쏘 쌤」을 天性보담 더 두렵어하게 되고 내 집에 寄留하는 자에게 도로혀 受侮를 달게 녀기게 되엇나뇨. 그네는 이제는 천대가 닉고 쏘 닉어 맛당히 바들 것인 줄 알리 만큼 닉엇도다. 쏘 그네는 우수하고 풍요한 자연 속에서 生長한 이들이니 그네가 이러케 腐敗墮落한 제일 원인은 농촌이라는 故鄕을 써나 도회의 華麗한 安逸을 貪함이오. 둘재 원인은 그네가 現世에 兩班의 標準되는 强國民이라는 門閥이 업슴이며 셋

---

24) 서해길, 「칸트의 自意識과 후설의 現象地平」, 『철학과 현상학 연구』 3호, 한국현상학회, 1988. 4, 116쪽 참고.

재는 文明한 都會에만 나오면 文明人이 누리는 華麗한 安逸을 바들 줄로 妄想함이로다.[25]

인용된 이광수의 글에는 식민지 지식인의 분열된 내면이 복합적으로 드러나고 있다. 우선 위 글에서 이광수는 식민지적 자의식을 뚜렷이 보여주고 있는데, 그것은 그가 상해에서 본 중국인들을 '동포'로 느끼고 그들이 받는 천대에 '속이 불편'해지는 모습을 통해 확인할 수 있다. 그가 천대받는 중국인들을 '동포'라고 느꼈던 것은 그 스스로가 제국주의로부터 정복을 당한 식민지인이었기 때문이다. 이런 식민지적 자의식은 식민지라는 상황 아래에서 두 가지 상반된 계기로 작동할 수 있었다고 보이는데, 하나는 식민지적 무의식을 강화시킴으로써 문명화에 열정적으로 매진하는 계기로 작동하는 것이다. 그러나 다른 한편으로 식민지적 자의식은 식민지라는 사회역사적 상황을 반성적으로 사유할 수 있는 길을 열어주고 있기 때문에 식민주의에 저항하는 반(反)식민주의적 (무)의식을 형성시키는 계기로 작동할 수도 있었다. 이광수의 경우는 식민지적 자의식이 식민지적 무의식과 구분되지 않을 정도로 착종된 모습을 보여주고 있는 것이 사실인데, 그 결과 위 글에서 이광수의 의식은 후자가 아니라 전자의 방향으로 나아가고 있음을 알 수 있다.

위 글에서 이광수는 중국인들이 천대받는 이유가 "現世에 양반의 표준되는 强國民이라는 門閥이 업"으면서도 안일하게 문명의 화려함을 탐했기 때문이라고 보고 있는데, 이러한 시선에는 분명 식민지적 무의식과 식민주의적 의식이 동시에 작용하고 있음을 알 수 있다. 즉 이광수가 문명화를 이루지 못한 중국인들을 한편으로 '동포'로 느끼면서도 그들을 '부

25) 滬上夢人(이광수), 「上海서」, 『靑春』 3호, 1914. 12.

패타락'했다고 평가하는 것은 그의 식민지적 자의식과 식민지적 무의식이 동시에 작용하고 있었기 때문이다. 이광수는 천대받는 중국인들을 통해 식민지인이라는 스스로의 처지를 의식할 수 있었지만, 그것은 또한 스스로도 그러한 상태에서 벗어날 수 없을지 모른다는 무의식적 두려움을 동반한 것이었다. 이광수는 이 같은 식민지적 무의식을 극복하지 못하는 모습을 보여주고 있는데, 그것은 자신을 문명의 위치에 두고 '부패타락'한 중국인들을 내려다보는 시선을 통해 확인할 수 있다. 다시 말해 이광수는 식민지적 자의식을 보여주고 있음에도 식민지적 무의식을 극복하지 못함으로써 식민주의적 의식을 강화시키는 모습을 보여주고 있다는 것이다. 이와 같은 식민지 지식인으로서의 이광수의 형상은 식민지적 자의식이 반식민주의적 (무)의식으로 나아가기가 결코 용이하지만은 않았다는 점을 잘 보여준다. 그럼에도 이광수의 위 글은 식민지적 자의식이 식민지적 상황에 대한 반성적 사유의 계기가 될 수 있음을 보여주고 있고, 그리고 그러한 반성적 사유가 식민주의에 저항하는 반(反)식민주의적 (무)의식의 형성으로 이어질 수도 있다는 점을 시사해준다. 반식민주의적 (무)의식이 '(무)의식'이 될 수밖에 없는 이유는 식민지 지식인들이 식민지 내부에 존재하는 한 그들의 반식민주의적 '의식'을 의식적으로 발언할 수 없었거나 발언할 수 있었다고 하더라도 매우 어려운 방식이 될 수밖에 없었기 때문이다.[26]

---

26) 문학적 현상에 있어서 반식민주의적 (무)의식이 순수한 '무의식'으로만 존재하는 것도 아니라는 점은 검열의 과정을 통해 단적으로 확인할 수 있다. 식민지 시기 문학인들은 다양한 방식으로 식민당국의 검열을 피하기 위해 노력하는 모습을 보여주고 있는데, 이러한 현상은 이들이 반식민주의적 '의식'을 지니고 있었다는 것을 보여준다.(한만수, 「1930년대 문인들의 검열우회 유형」, 『한국문화』 39호, 서울대규장각한국학연구원, 2007. 6 참고)

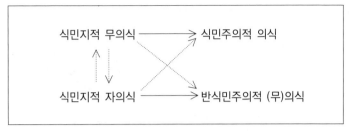

〈도표2〉 식민지 시기 조선지식인의 내면 구조

　〈도표2〉는 식민지 시기 조선지식인의 내면 구조를 보여주기 위한 것이다. 이들의 내면에는 식민지적 무의식과 식민지적 자의식이라는 매우 모순된 의식이 공존하고 있을 뿐 아니라, 식민주의적 의식과 반식민주의적 (무)의식이 공존하고 있기도 하다. 이것은 식민지 시기 조선지식인의 내면이 일본 근대 지식인들의 내면구조보다도 훨씬 더 복잡하게 분열되어 있었음을 보여주고 있다. 이러한 복잡한 내면 구조를 가지고 있었기 때문에 식민지 시기 조선지식인들의 유형은 매우 다양한 양태로 나타날 수밖에 없었다. 그리고 위 도식은 식민지 시기 조선지식인들의 활동이 매우 복합적인 함의를 지닐 수밖에 없다는 것을 보여주는 것이기도 하다. 왜냐하면 이들의 행동은 위와 같은 분열된 내면과 연관되어 있을 것이기 때문이다.

　위 도식을 통해 유추해 볼 수 있는 식민지 시기 조선지식인의 대표적인 유형은 두 가지 정도라고 할 수 있겠다. 하나는 식민지적 무의식이 강한 지식인으로 이런 유형의 지식인은 문명과 근대에 대한 일방적 추구로 나아가기 쉬운 유형이라고 할 수 있다. 이런 유형의 지식인은 자기 식민지화를 통해 식민주의적 의식을 강화함으로써 '제국의 시선'으로 식민지를 바라보게 된다. 이런 유형의 대표적인 지식인으로는 「민족개조론」을 통해 자민족을 문명화의 대상으로 전락시켰던 이광수를 들 수 있다. 그러나 이후 살펴볼 것이지만 일본 유학을 통해 근대문명을 학습했던 김억이나 주요한과 같은 1920년대 시인들 대부분이 정도의 차이는 있었다고 하더라도 식민지에 대해 '제국의 시선'을 보내고 있었던 것이 사실이다. 이들이 결코 계몽의 맥락으로부터 자유로울 수 없었던 이유도 여기에 있었다. 다른 하나는 식민지적 자의식이 강한 지식인 유형으로 이러한 인물들은 반식민주의적 (무)의식이 강해 문명 혹은 근대에 대한 비판적 시야를 확보하기가 용이한 인물들이었다. 이들은 식민지적 무의식이 강했던 지식인 유형과는 반대로 식민주의에 대해 '내부적 응시'를 보낼 수 있었던 인물로, 그 대표적인 예로 김소월을 들 수 있다.27) 물론 식민지 시기 조선에는 이외에도 더 복합적인 지식인 유형이 존재할 수 있고, 그리고 그들이 다양한 사상과 활동을 통해 얼마든지 새로운 유형의 지식인이 될 가능성 또한 열려있었다.

그런데 이러한 식민지 시기 조선지식인의 복잡한 내면 구조에는 역설적이게도 식민지 문화의 역동적 가능성이 내재되어 있었다. 왜냐하면 식민지 시기 조선지식인의 내면의 한 축을 이루고 있는 식민지적 자의식과 그에 수반된 반식민주의적 (무)의식은 문명 혹은 근대에 대한 반성적 사유의 장을 열어놓을 수 있기 때문이다.28) 이러한 사유가 특히 중요한 이

27) 이 글에서 사용하는 '시선'과 '응시'의 개념은 기본적으로 호미 바바의 논의에서 차용한 것이다. 호미 바바는 그의 논의에서 식민지 문화의 건강성 혹은 가능성을 적극적으로 찾고 있는데, 그는 규율로서의 제국의 시선과 식민지의 응시가 만나는 지점에서 형성되는 '혼성성(hybridity)'에서 식민지 문화의 가능성을 찾고 있다.(호미 바바, 『문화의 위치』, 소명출판, 2002, 의 '4장 모방과 인간' 부분 참고)

28) 일본 근대 지식인들은 그 내면 구조의 특성상 이러한 가능성이 적었다고 보인다. 태평양전쟁기 일본 지식인들의 소위 '근대 초극' 논의가 근대에 대한 반성적 사유처럼 보이지만 실제로는 일본적 민족주의, 즉 천황주의를 위해 봉사한 성격이 강했던 것은 이와 같은 일본 근대 지식인의 내면 구조에서 연원한 것이라고 할 수 있을 것이

유는 그것이 문명과 근대로부터 소외되거나 배제된 것들을 바라볼 수 있는 관점을 형성시켜줄 뿐 아니라, 그러한 것들을 위한 발언의 방식을 개발하는 근본적인 동력으로 작동할 수 있기 때문이다.

그러나 여기에는 분명 근대문명을 상대화할 수 있었던 식민지 시기 조선지식인의 반식민주의적 (무)의식이 어떻게 발언될 수 있을 것인가라는 쉽지 않은 문제가 가로놓여 있다. 이런 의문은 서발턴 그룹의 대표적 이론가 가야트리 스피박의 '하위주체는 말할 수 있는가'라는 질문을 떠올리게 한다.[29] 스피박의 이 질문은 우리 근대문학의 기원에 대한 질문으로도 읽힐 수 있다. 즉 풍경 속의 식민지인이 스스로의 존재를 표상할 수 있는 발언 방식은 어떻게 만들어질 수 있는가라는 질문 말이다. 과연 하위주체로서의 식민지 지식인이 발언할 수 있는 방법은 있는가? 나아가 이들은 식민지의 소외된 존재들을 대변해 줄 수 있을 것인가? 스피박은 제3세계 출신의 제1세계 지식인이라는 스스로의 문화적 환경에서 나올 수 있는 매우 부정적인 대답을 하고 있지만, 그러나 그 대답이 하위주체의 존재를 부정하는 것은 아니었다. 오히려 스피박의 질문 자체가 하위주체라는 존재를 매우 분명하게 환기시키는 하나의 전략적 성격을 띤 질문이었다고 보는 것이 타당하다. 다시 말해, 스피박은 스스로 발언할 수 없음에도 그 존재가 결코 부정될 수 없는 '환원 불가능한 주변(irreducibility of the margin)'[30]

다.(히로마쓰 와타루, 김항 옮김, 『근대초극론』, 민음사, 2003 참고)

[29] Gayatri Chakravorty Spivak, 'CAN THE SUBALTERN SPEAK?', in Rosalind C. Morris(ed), *CAN THE SUBALTERN SPEAK?*, New York : Colombia University Press, 2010 참고.

[30] Gayatri Chakravorty Spivak, *In Other Worlds,* New York : Routledge, 2006, p. 145 참고.(이 번역은 가야트리 스피박, 태혜숙 옮김, 『다른 세상에서』, 여이연, 2008, 224쪽을 참고한 것임.) 스피박이 사용하는 '환원 불가능한 주변(irreducibility of the margin)'이라는 개념은 호미 바바가 사용하는 '약분 불가능한 차이들(incommensurable differences)'이라는 개념과 유사한 개념으로 보인다.(Homi K. Bhabha, *The Location of*

을 어떻게 드러낼 것인가를 고민하고 있었다고 보는 것이 유의미할 것이다. 그리고 스피박은 그 존재가 드러나는 방식 혹은 그 존재를 드러낼 수 있는 가능성을 예술에서 보았다. 그는 예술이 사회적으로 혹은 문화적으로 소외된 하위주체들이 스스로의 존재를 드러낼 수 있는 가능성을 만들어주고 있다고 보았다. 그는 예술이 '상위주체들의 방식으로는 발언될 수 없는 존재들을 위한 연계사(copula)'를 만들어낼 수 있다고 보았던 것이다. 물론 모든 예술이 그렇다고 할 수는 없겠지만, 어떤 예술은 환원 불가능한 주변의 존재를 드러내 줄 수 있다. 그것이 비록 상위주체의 언어로는 환원이 불가능하거나 어려울지라도 말이다. 스피박의 '환원 불가능한 주변'을 드러내는 예술이라는 개념은 식민지 근대의 과정에서 산출된 우리의 근대문학에도 중요한 시사점을 던져준다. 특히 근대인의 내면과 밀접하게 관련되어 있는 서정시라는 양식은 이와 같은 예술적 기능을 그 어떤 양식보다도 더 충실하게 해 낼 수 있는 가능성을 지니고 있었다.

Culture, New York : Routledge, 2004, p.76, 호미 바바, 나병철 옮김, 앞의 책, 120쪽 참고)

제2장

1920년대 문명 담론과 서정시의 두 흐름

1920년대 전반[1]은 한국 근대시사에서 매우 중요한 시기로 평가되어 왔다. 1920년대 전반이 그 이전 시기와는 구분되는 규모와 면모를 충분히 보여주었기 때문이다. 그러나 이미 지적한 대로 지금까지의 많은 연구들은 민족주의적 관점에서 이루어졌기 때문에 이 시기를 균질적인 공간으로 가정했던 것이 사실이다. 그 결과 지금까지의 연구들은 이 시기 나타나고 있는 근본적으로 매우 다른 문학적 혹은 시적 지향을 제대로 정리하지 못했다. 특히 식민지 시기 조선지식인들의 분열된 내면이 문화정치라는 새로운 환경에서 다양한 모습으로 발현되는 양상을 제대로 정리하지 못했다고 보인다.

예를 들어 이 글에서 중요한 대상으로 다루게 될 김억과 김소월 같은 시인의 근본적인 차이를 지금까지의 연구들은 제대로 해명해 주지 못하

---

1) 이 글에서 '1920년대 전반'은 3·1운동을 전후한 시기부터 1925년을 전후한 시기까지를 지칭하는 용어로 사용된다. 이 시기 구분은 동인지 문단을 중심으로 설정된 '1920년대 초기'라는 시기 개념의 문제점을 보완하면서 1920년대 근대 서정시의 창출 과정을 고찰하기 위해 설정되었다. 그러나 이것은 확정적인 것이라기보다는 연구의 편의를 위한 구분이다.

고 있다. 대부분의 연구자들이 이 두 시인의 근본적인 차이를 인정하면서도 그러한 차이가 왜 발생했고 그 함의가 어떤 것인가에 대해서는 효과적으로 해명하지 못했던 것이다. 그 가장 큰 이유는 앞서 지적한 1920년대의 균열들을 제대로 고려하지 못했기 때문이다. 그 결과 그들은 이 두 시인을 근본적으로 동질적인 공간에서 활동했던 인물로 가정함으로써 기본적으로 같은 계열의 시인으로 분류한 후 그 차이를 정리했던 것이다.[2] 따라서 그들의 차이를 역사적인 것으로 보기보다는 단지 개인의 재능이나 기질의 차이로 결론 내릴 수밖에 없었다. 그러나 이 두 시인의 차이는 개인적 재능이나 기질에 그 연원이 있었다기보다는 더 깊은 연원, 즉 그들의 서로 다른 식민지 근대에 대한 체험과 그러한 체험의 과정에서 형성된 세계관의 차이 때문에 발생할 수밖에 없었다고 보인다. 비록 이들이 같은 시대를 살았다고 하더라도 이들은 일본과 조선 혹은 도회와 향토 등의 매우 이질적인 공간에서 문학을 접하고 문학 활동을 영위해 갔던 인물이었다. 요컨대 이들은 매우 비균질적인 공간에서 비균질적인 체험을 바탕으로 문학 활동을 해나갔다는 것이다. 민족주의문학의 균질적인 관점에서는 그 차이를 제대로 포착해 내기 어렵다.

이 장에서는 우선 1920년대 전반 서로 다른 서정시의 흐름이 형성되고 드러날 수 있었던 문화적 상황이 어떻게 조성될 수 있었던가를 살피고, 실제로 그러한 흐름을 크게 두 가지 계열로 나누어 정리하고자 한다. 1920년대 전반은 한국 근대 서정시의 매우 중요한 토대들이 형성되는 시기라고 할 수 있다. 그런 의미에서 1920년대 전반의 시적 경향들을 효과

---

2) 그 대표적인 예로 김억과 김소월을 '민요시파'로 분류한 오세영의 연구(앞의 책)와 정한모의 연구(「근대 민요시와 안서·소월의 시」, 『현대시론』, 보성문화사, 1990), 그리고 더 나아가 김억과 김소월을 '민족문학파'로 분류한 김용직의 연구(앞의 책)를 들 수 있다.

적으로 정리하지 못한 상황에서 '조선적' 서정시의 창출 과정을 살피기는
어려운 일이다.

1. 문화운동의 전개와 서정시의 분화

1.1. 문화정치와 문화 공간의 확장

한국 근대문학이 일본의 식민 지배 아래에서 본격적으로 성장했다는
것은 부인할 수 없는 사실이다. 이것은 식민 지배라는 역사적 상황이 한
국 근대문학의 근본적인 조건 중 하나라는 말에 다름 아닐 것이다. 따라
서 식민지 아래에서의 문학이 비록 표면적으로 '정치'를 배제할 수밖에
없었다고 하더라도 매우 정치적인 함의를 가질 수밖에 없는 것은 사태의
필연적 귀결이다.[3] 이것을 달리 말한다면, 한국 근대문학이 어떠한 방식
으로든 식민지배 방식에 큰 영향을 받을 수밖에 없었다는 말이 될 것이다.
주지하다시피 한국문학사의 시기 구분에서 1920년대는 1919년 발생한
3·1운동을 전후한 시기를 기점으로 삼고 있다. 이것은 무엇보다도 3·1
운동이 한국 근대문학에 중요한 의미를 가질 수 있는 커다란 변화들을
만들어낸 역사적 사건이기 때문이다. 3·1운동의 발생 원인에 대해서는
다양한 견해가 존재하지만 대외적으로는 1차 세계대전의 종전과 함께 형
성된 새로운 조류가, 그리고 대내적으로는 무단통치로 대변되는 1910년

---

3) 김동식은 한국 근대문학이 정치적인 소외에 대한 보상의 성격을 가진다고 보았는데,
   그의 이러한 결론은 식민지 지식인들의 다양한 지향을 충분히 고려한 결론이라고 보
   기 어렵다.(김동식, 「한국의 근대적 문학 개념 형성 과정 연구」, 서울대박사학위논문,
   1999 참고)

대 식민통치의 실패가 가장 큰 원인으로 꼽힌다. 식민지에서 거대한 저항에 부딪혔고, 그 결과 일본 내부에서도 조선의 식민 지배 정책에 대한 비판이 일어났기 때문에[4] 일제가 지배 정책을 변화시킨 것은 당연한 수순이었다. 3·1운동 직후인 1919년 9월 부임한 사이토 마코토(齋藤實)가 제창한 '문화정치'는 그러한 변화를 요약한 구호였다. 이런 변화가 효과적인 식민 지배를 위한 것이었음은 두 말할 필요도 없지만, 관제와 지방제도의 변경 그리고 언론·출판 환경의 부분적인 개선[5]은 1920년대 문화공간을 확장시켜 준 중요한 변화들이었다. 비록 식민지 내부에서 발생한 저항에 의한 것이었다 하더라도 무단정치의 문화정치로의 변화는 식민지 문화 공간의 확장이라는 긍정적인 효과를 발휘했던 것이다. 그리고 이러한 환경이 만들어졌기 때문에 1920년대는 식민지 내부의 다양한 문화적 지향과 실천들이 드러날 수 있었다. 이런 의미에서 3·1운동은 식민지 내부의 다양한 지향이 발현될 수 있는 가능성을 열어놓은 역사적 계기였다.

이미 지적한 대로 식민지 시기 조선지식인들의 내면에 서로 모순될 수도 있는 다양한 지향이 공존할 수 있었던 것은, 이들이 문명화의 사명감을 내면화하고 있었음에도 식민지인이라는 자의식을 떨쳐버릴 수 없었기 때문이었다. 그 결과 이들은 식민지적 삶을 스스로 야만으로 부정하기도 하지만, 또 다른 한편으로 그런 부정에 대한 반발심을 동시에 가지고 있었다. 즉 이들은 식민주의적 의식과 반식민주의적 (무)의식을 동시에 가

---

4) 3·1운동 직후 일본 내부에서 일어난 조선 지배 정책에 대한 비판에 대해서는 김동명, 『지배와 저항, 그리고 협력』, 경인문화사, 2006의 '일본인의 식민지 지배정책 비판' 부분을 참고할 수 있다. 김동명에 의하면 3·1운동 직후 식민 관료조직 내부에서도 그리고 군부에서도 기존 식민 지배 정책에 대한 비판이 나타났음을 알 수 있다.
5) 사이토 총독 부임 직후 발표된 유고에는 이와 관련해 "언론, 집회, 출판 등에 대하야는 질서 及 공안의 유지에 무방한 限에는 상당한 考慮를 加하야 민의의 창달을 計할 事"라는 항이 있다.(「總督訓示」,『每日新報』, 1919. 9. 4)

지고 있었기 때문에 그 내면이 매우 복잡할 수밖에 없었다는 것이다. 그러나 1910년대는 문화적으로 매우 경색된 국면이었기 때문에 이들의 복잡한 내면이 문학적으로 발현될 수 있는 여지가 크지 않았다. 3·1운동은 그러한 경색된 국면이 유화될 수 있는 역사적 계기를 제공했고, 결과적으로 1920년대에는 매우 다양한 사상과 운동 등을 통해 이들의 복잡한 내면적 지향이 현실적으로 그리고 문학적으로 드러날 수 있었다.

특히 민족주의와 사회주의의 이념 대립이 본격화되지 않았던 1920년대 전반은 일제강점기 전체를 통틀어 다양한 식민지 지식인들의 내면적 지향이 가장 적극적으로 드러날 수 있는 문화적 환경을 가지고 있었다. 예를 들어 인도주의, 민족주의, 사회주의, 문화주의, 무정부주의 등과 같은 다양한 사상적 조류와 소위 문화운동으로 포괄되는 노동운동, 여성운동, 청년운동, 종교운동 등의 사회 운동을 통해 이들은 스스로의 지향을 의식적으로 드러낼 수 있는 계기를 마련할 수 있었다. 물론 이러한 것들이 문화정치라는 식민 당국의 정책에 힘입은 바 크지만, 그럼에도 그러한 정책적 변화를 이끌어낸 것은 분명 3·1운동을 통해 표출된 집단적 저항이었다.

한국 근대문학의 본격적인 전개가 1920년대에 와서야 이루어질 수 있었던 것은 위와 같은 문화 공간의 확장에 기인한 것이었다. 특히 "공안의 유지에 무방한 限"에서라는 단서가 붙기는 했지만 언론·출판 및 집회의 자유에 대한 부분적인 인정은 근대문학이 발전해 갈 수 있는 가장 중요한 변화 중 하나였다.6) 왜냐하면 잡지의 발행이 가능했기 때문에 동인지 문단이 형성될 수 있었고, 『東亞日報』, 『朝鮮日報』 등의 일간지와 『開闢』이나 『新生活』과 같은 종합지가 발간되어 다양한 문인들의 활동이 가능해졌기 때문이다. 물론 여기에는 1910년대 후반 일본 유학을 통해 서구

---

6) 정진석, 『한국언론사』, 나남, 2001, '신문·잡지 출판물의 허가와 발행' 부분 참고

적인 문학을 접한 지식인들이 다수 국내에서 활동하고 있었다는 사정도 크게 작용했다.

1.2. 근대문명에 대한 상반된 시선과 서정시

3·1운동 직후 문화정치라는 식민 지배 정책의 변화에 대응해 식민지 내부에서 일어난 포괄적인 변화는 '문화운동'이라는 것으로 요약될 수 있다. 이 시기 문화운동은 매우 다양한 지향들을 포괄하고 있었는데, 그 내부에는 개화기 이후 지속적으로 문제가 되었던 식산흥업의 문제는 물론 3·1운동을 통해 표출된 식민지의 다양한 저항운동, 그리고 새로운 문화에 대한 수용과 모색 등이 모두 포괄되어 있었다.

3·1운동 이후 전개된 문화운동의 다양한 지향을 크게 대별해 본다면, 두 가지 정도로 나누어 볼 수 있다. 그 하나가 소위 '문명개화'의 측면에 강조점을 둔 운동이었다면, 다른 하나는 현실의 개조를 통한 신문화 건설에 강조점을 둔 운동이었다. 물론 이 두 가지 지향은 공히 '개조' 혹은 '신문화 건설'이라는 구호를 통해 근대화를 기본적으로 긍정하고 있었지만, 그것을 이루어가는 방식에서는 다소 차이가 있었다. 서구적인 근대문명을 받아들이는 과정에서 나타날 수 있는 이와 같은 상반된 태도는 비단 1920년대에서만 두드러졌던 것은 아니었다. 이런 현상은 소위 반봉건과 반외세라는 두 가지 큰 지향이 대비되고 있었던 개화기, 특히 애국계몽기에 두드러지게 나타나고 있었던 현상이었다. 서구적인 문명을 받아들이는 이와 같은 상반된 태도가 나타났던 근본적인 이유는 그것이 여러 가능성을 지닌 새로운 문명이었음에도 매우 폭력적인 형태로 밀려들어왔기 때문이었다.[7] 이런 의미에서 1920년대 문명을 받아들이는 서로 다른

두 가지 지향은 우리 근대의 근본적인 구조와 연관되어 있었던 문제이기도 했다.

이미 지적한 대로 '문명개화'를 강조했던 경향이 비단 1920년대에 국한된 것이라고 하기는 어렵다. 왜냐하면 문명개화에 대한 강조는 개화기에서부터 이어져 온 것이었기 때문이다. 다만 문명개화의 구체적인 양태가 시기에 따라 다소 변화되었을 뿐이다. 즉 애국계몽기(1905~1910)에는 '애국계몽'의 형태로, 1910년대에는 '실력양성'이라는 형태로, 그리고 1920년대에는 '문화운동'이라는 형태로 문명개화가 진행되었다는 것이다. 이런 맥락에서 '문화운동'은 문명개화의 1920년대적 실천 양태였다고 볼 수 있다. 1920년대에 있어서도 '문화'는 '문명(civilization)'과 유사하거나 동일한 의미로 사용되고 있었기 때문이다.[8] 문명개화를 강조하는 문화운동의 핵심적인 목표는 따라서 서구적인 근대 문명의 빠른 수용과 실현에 있었다.

소위 문명화를 강조한 이들이 설정한 개조의 대상에는 낡은 제도만이 아니라 그것을 (불)가능하게 하는 정신의 영역까지도 포함되어 있었다. 그리고 그 영역은 '민족'이라는 매우 추상적인 문제로까지 확장될 수 있었다. 그러나 이런 문명개화를 강조하는 개조의 경향은 이데올로기적 성격을 강하게 띨 수밖에 없었다는 것이 문제다. 왜냐하면 문명개화는 식민지 조선의 문화적 후진성을 전제하는 경우가 많았고, 따라서 개조라는 것이 문명과 야만이라는 이분법적 구도를 가지고 전개되는 경우가 많았기 때문이다. 이들에게 중요한 것은 근대적인 것과 전근대적인 것(또는 근대

---

7) 권유성, 「『대한每日新報』소재 시가의 탈식민성 연구」, 『한국시학연구』 10호, 한국시학회, 2004. 5 참고.
8) 김현주, 「민족과 국가, 그리고 문화」, 『1920년대 동인지 문학과 근대성 연구』, 깊은샘, 상허학회, 2000, 214쪽 참고.

적인 것과 봉건적인 것), 그리고 문명적인 것과 야만적인 것을 구분하고 후자를 전자의 것으로 대체하는 계몽활동이었다.

이광수가 민족성 개조의 문제라는 매우 관념적인 차원의 개조론을 들고 나올 수 있었던 것 또한 문화운동이 가진 위와 같은 이데올로기적 성격에 기인한 것이었다. 현실의 개선이 아니라 '문명화'라는 이데올로기적 구호가 앞설 경우 개조의 대상 또한 매우 이데올로기적으로 선택될 수밖에 없었다. 이광수의 민족개조론은 이런 이데올로기적 개조론의 가장 전형적인 예를 보여주고 있다. 이런 개조론이 특히 문제가 될 수밖에 없었던 것은 이들이 식민 지배의 논리와 매우 밀접하게 공모할 수도 있었다는 점 때문이다. 일제의 경우 문화적 격차가 크지 않은 조선을 식민화하는 과정에서 식민 지배를 정당화하는 논리로 '문명화 능력의 차이'를 제시할 수밖에 없었는데,9) 문명화를 강조하는 입장에서는 이와 같은 식민 지배 논리에 대한 대응 논리를 마련하기 어려웠다. 따라서 이광수와 같이 조선 민족의 야만성 혹은 열등성을 전제하는 개조론은 식민 지배를 합리화할 가능성을 분명 가지고 있었다.

1920년대 전반의 문학운동 또한 개조론이 안고 있을 수밖에 없었던 위와 같은 위험성을 고스란히 안고 있었다. 이들이 새로운 문화의 핵심 중 하나라고 여겼던 예술 혹은 문학이라는 것을 어떻게 관념적인 차원이 아닌 실질적인 삶의 차원으로 이끌어 갈 것이냐의 문제는 따라서 문학에 있어서도 중요한 문제였다. 그러나 이 시기 대부분의 지식인들은 식민지의 실질적인 삶의 조건을 체험으로도 이론적으로도 경험할 수 있는 기회가 매우 적었다. 왜냐하면 이 시기 대부분의 신지식인들이 일본 유학을 통해 서구적인 문명을 접했고, 그러한 교육을 통해 문화운동의 틀을 잡았

---

9) 박지향, 앞의 책, 272~278쪽 참고.

기 때문이다. 따라서 어떤 의미에서 이들에게는 서구적인 문명보다도 조선적인 삶의 실제가 더 낯선 것이었을 수도 있었다.

1920년대 문화운동 과정에서 나타는 민족문화에 대한 평가는 이 시기 지식인들이 식민 지배 논리와 유사한 문명론을 지니고 있었음을 잘 보여준다. 즉 문명화를 강조하는 신지식인들은 대개 과거의 문화를 전면적으로 부정하는 경향을 보여주는데, 이들이 예외적으로 과거의 문화적 전통을 인정하는 경우는 그들이 추구하는 문명화의 가능성을 전제하기 위해 필요한 경우에 한해서였다. 1920년대 전반 지식인들 사이에서는 전통문화를 새롭게 인식하려는 경향이 부분적으로 나타나는데,[10] 그 이유는 그것을 계승해 새로운 문화를 건설하고자 하는 곳에 있었다기보다는 과거의 찬란한 전통 속에서 조선 민족의 문화적 독창력을 확인하고 싶었기 때문이었다.[11] 이 시기 민족문화를 찬양하는 글은 대부분 유사한 흐름을 보여주는데, 즉 고대―주로 고구려 벽화나 신라의 건축 및 불상, 고려의 자기 등이 중요한 소재로 활용된다―의 독창적이고 빛나는 민족문화의 성과를 부각시키는 것으로 시작되어 그것의 쇠퇴에 대한 유감을 표한 후 부활 또는 부흥의 필요성을 주장하는 것이다. 이 과정을 통해 이런 글들이 확인하고자 하는 바는 조선민족 또는 조선 문화의 우수성이라기보다는 조선민족의 '문명화 능력'이었다. 위와 같은 논리에서는 민족 문화의 우수성은 그것 자체로 가치가 있는 것이 아니라, 그 속에서 조선 민족의 문명화 능력을 확인할 수 있기 때문에 중요한 것이 되었다.[12] 따라서 이

---

10) 그 대표적인 글로는 이광수, 「復活의 曙光」, 『靑春』 12호, 1918. 3, 김환, 「미술론 (一)」, 『創造』 4호, 1920. 2, 이병도, 「朝鮮의 古藝術과 吾人의 文化的 使命」, 『廢墟』 1호, 1920. 7 등을 들 수 있다.

11) 권유성, 「1920년대 자유시론의 구조와 문화적 기반」, 『어문학』 90호, 한국어문학회, 2005. 12 참고.

12) 이런 전통 문화에 대한 인식은 분명 오리엔탈리즘적인 혐의가 짙다. 오리엔탈리즘의

들의 논리에는 과거의 뛰어난 문화적 성과가 현재에 계승되지 못했다는 인식이 바탕에 깔려 있었고, 그 결과 문화운동의 구도는 전통의 창조적 계승이 아니라 '신문화 건설'이라는 방향으로 진행될 수밖에 없었다. 문학의 영역에서 극단적으로 부각되는 신세대 의식, 그리고 이와 쌍을 이루고 있는 폐허의식은 이런 문화적 인식이 발현된 한 예였다. 신문화 건설에 있어서 청년의 임무가 강조되는 것도 과거와의 단절과 새로운 문화의 건설이 필요하다는 의식이 작용한 결과였다.

그러나 과거에 (세계적 공헌을−필자) 달성치 못한 것으로 우리의 실망을 야기할 필요는 업다. 과거에 실패하엿스면 장래에 구하려함이 常情일다. 달리 말하면 우리의 文化的 使命은 우리 靑年으로붓허 將來에 잇다 생각한다. 나는 信한다−우리는 獨創力이 풍부하던 사람의 자손이오. 또 혹 의미에 잇서서 해방된 者일다, 즉 수구적 유교사상에서 해방된 者오, 완고한 예절에서 해방된 者오, 비과학적 교육에서 班閥主義에서 自由로 된 者일다, 才와 能을 잇는 대로 발휘할 수 잇는 者일다. 우리의 문화가 장래에 잇서 의미심장할 줄노 思한다. 지금 우리는 今日의 영국, 불란서, 독일의 문화에 班列코저 하는 「超北海」[13)]의 徒가 아니오, 少하여도 中古暗黑時代을 버서나서 모든 속박을 脫하고 학문과 생활의 자유를 求하려 하는 文藝復活적의 伊太利人일다.[14)]

핵심적인 인식 구도 중 하나가 동양문화의 정체성(停滯性)을 강조하는 것인데, 그 전형적인 구조는 동양의 문화가 과거에는 뛰어났지만 현재에 있어서는 그 생명력을 상실했다는 것이다. 이것은 서구의 언어학자들이 동양어를 생명력을 잃은 사어로 규정하는 과정을 통해 사이드가 보여준 바이다.(에드워드 사이드, 박홍규 역, 『오리엔탈리즘』, 교보문고, 1991, 210~247쪽 참고)

13) 이 구절은 『맹자』의 "挾太山以超北海"(태산을 끼고 북해를 넘는다)라는 구절에서 유래한 것으로 '절대로 이룰 수 없는 일'이라는 의미로 풀이된다.

14) 이병도, 「朝鮮의 古藝術과 吾人의 文化的 使命」, 『廢墟』 1호, 1920. 7.

위 글이 최종적으로 강조하고 싶은 바는 '민족적 독창력'이다. 즉 우리
들은 비록 세계에 큰 기여를 한 문화를 만들어내지는 못했더라도 분명
"獨創力이 豊富하던 사람의 子孫"이라는 것이다. 따라서 우리 청년은 미
래에 세계적인 공헌을 할 수 있는 문화를 얼마든지 창조할 수 있다는 것
이다. 1920년대 예술지상주의적인 경향을 가장 강하게 보여주었던『廢墟』
창간호에 민족문화에 대한 위와 같은 글이 게재되었다는 것은 다소 의외
로 비칠 수 있다. 그러나 이 시기 신지식인들이 건설하고자 하는 신문화
의 핵심에 '문예'가 놓여있었다는 사정을 고려하면 이것은 오히려 자연스
러운 것이었다. 위 글에서 저자가 보여주는 문화적인 사명감은 곧 문예에
대한 사명감과 상통하는 것이기도 했다. 이렇게 이 시기 신지식인들은 과
거의 전통을 부정하고 민족의 문화적 독창력을 토대로 새로운 문화를 건설
해야 한다고 믿었기 때문에 "시작에 대한 의식"[15]이 매우 강했던 것이다.

그러나 다른 한편으로 문화운동 내부에는 실감의 차원에서 '개조'를 이
루고자 하는 흐름 또한 존재하고 있었다. 이들의 개조론은 식민지 조선의
실절적인 삶의 문제가 그 근저에 놓여 있었고, 따라서 그러한 삶의 개선
이 운동의 핵심적인 목적이 될 수밖에 없었다. 이러한 개조론은 1920년
대 문화운동의 관념성을 일정 부분 지양해 줄 수 있는 가능성을 지니고
있었다. 문화운동의 이 같은 경향은 1920년대 전반을 통해 가장 중요하
고도 강력한 영향력을 행사했던 매체의 하나인『開闢』을 통해 확인할 수
있다. 최수일은 그의 연구에서 1920년대 전반 문화운동의 중심을 차지하
고 있었던 개조론이 "경제적 수탈로 인한 삶의 질곡"이라는 일상적 삶의
'실감'의 차원에서 제기된 것일 수 있다는 점을 적절하게 지적한 바 있다.[16]

---

15) 차승기, 「폐허의 시간」,『1920년대 동인지 문학과 근대성 연구』, 깊은샘, 2000, 50쪽.
16) 최수일, 앞의 글, 68~69쪽 참고.

此에 대한 生産額은 비록 一億六千二百二十四萬餘圓이라하지만은 僅少한 수출 외에는 전부 우리 金錢을 주고 교환하야 그 資本主 經營者 及 技術者에게로 輸入할 것이니 표면으로는 생산을 하나 이면으로는 外方으로 오는 輸入과 하등 異點이 無하도다. 가령 그 工産額 중에서 三割은 外方의 수출품으로서 得하얏다 하면 此 三割을 제한 外 七割은 一億四千三百五十六萬八千七百圓이라. 만약 資本主 經營者 及 技術者 등의 此에 대한 報酬가 三割이 된다 하면 此 三割은 四千三百餘萬圓이니 此는 우리가 外方으로 來하는 수입품으로서 奪取되는 金錢과 일반이다. 그런즉 半島内의 一個年間 輸出額은 대략 八千七百餘萬圓이요 수입액은 九千餘萬圓이니 此로써 生하는 負債가 三百餘萬圓이 될지라. 이러한 고로 매년 우리의 순전한 負債總額은 四千六百餘萬圓이 될지로다. 그러면 매년 如此히 生하는 부채를 무엇으로 보상할가. 결국은 부동산인 토지 及 가옥 등으로 代할지며 兼하야 생활은 점점 貧難을 極할지니 엇지 畏치 아니하며 엇지 慾치 아니한가.[17]

위 글은 3·1운동을 전후한 조선의 경제 상황을 구체적 수치를 통해 보여주고, 그것을 통해 식민지인들의 생활난이 얼마나 심각한 것인가를 실감의 차원에서 제기하고 있다. 특히 『開闢』에는 구체적인 지표로 식민지의 문제를 보여주는 글뿐만 아니라, 그러한 상황에서 나타날 수 있는 실제 사례들을 풍부하게 보여주는 글들도 상당량 실리고 있다.[18] 『開闢』에 나타나고 있는, 식민지적 삶의 '실감'에 기반한 개조론은 이와 같이

---

17) 劉斗燦, 「농공업상으로 본 반도경제계－去去益甚한 생활난의 원인」, 『開闢』 4호, 1920. 9.
18) 일례로 『開闢』 8호(1921. 2)에 게재된 「사회의 聲」이라는 글에는 '四十一名의 可憐한 兒童 먹기에 窮하야 日本으로'와 '十八歲의 處女鐵道自殺', '京城 最近의 勞働社會' 등이라는 제하에 소년들이 처한 한계상황과 몸 팔린 처녀의 자살, 그리고 503개의 공장 중 154개나 폐업한 경성의 극단적인 경제 상황 등을 전달하고 있다. 『開闢』은 식민지인들의 이와 같은 극한적 상황을 지속적으로 포착하고 게재하고자 노력했다.

삶의 구체적인 문제에 대한 지속적인 관심과 조사를 통해 가능했던 것이다.[19] 『開闢』의 이러한 활동은 식민지적 자의식의 발현인 동시에 반식민주의적 (무)의식이 발현되는 하나의 통로가 될 수 있었다고 보인다. 『開闢』에서 이러한 것이 가능했던 이유는 분명 이 잡지가 보여준 '현실성'[20] 때문이었다고 할 수 있겠다. 식민지적 삶의 실감에서 출발한 개조론은 서구적인 문명의 빠른 수용보다는 식민지 조선의 열악한 삶의 개선이라는 문제를 중심으로 근대화를 이루어가고자 했기 때문에, 이러한 경향에 동조하는 지식인들은 노동문제, 여성문제, 아동문제 등 실질적인 사회문제를 중심으로 활동해 나갔다. 요컨대 식민지적 삶의 실감을 강조하는 문화운동은 식민지 조선의 실질적인 생활의 조건을 최대한 구체적으로 조사하고 체험하는 것을 중요하게 여겼으며, 그것을 바탕으로 식민 당국자들에게 삶의 개선을 요구할 수 있었다는 것이다.

'실감'의 차원에서 이루어진 문화운동이 중요했던 이유는 이들이 식민지라는 공간을 이데올로기적으로 인식하기보다는 실제적인 차원에서 인식하고자 노력하는 과정에서 식민지인들의 실제 삶을 포착될 수 있었기 때문이다. 따라서 이들의 식민 지배에 대한 비판은 매우 구체적이고 현실적인 파급력을 가질 수 있었을 뿐 아니라, 식민 지배 당국자들에게도 매우 실질적인 타격을 줄 수 있는 것이었다. 왜냐하면 이들은 식민 지배의 핵심적인 전제 중 하나인 '삶의 조건의 개선'이 현실에서는 이루어지지 않고 있다는 것을 매우 구체적인 사례에 대한 관찰과 보고를 통해 제시

---

19) 최수일은 『開闢』에 실린 삶의 실감을 구체적으로 보여주는 기행 혹은 조사보고의 성격의 글을 '기록서사'로 명명하고 있다.(최수일, 앞의 글, '기록서사의 양식적 기원과 분화' 부분 참고)
20) 최수일은 '현실성'이라는 말을 '리얼리티'와는 다른 '현실을 중시하는 경향성' 정도의 의미로 사용하고 있다.(최수일, 앞의 글, 65쪽 참고)

했고, 그것은 식민 지배의 핵심적인 근거를 허물어 버릴 수 있었기 때문이다. 이러한 문화운동이 사회주의적 경향과 매우 쉽게 결합될 수 있었던 이유도 바로 이곳에 있었다.

물론 이러한 삶의 조건의 문제에 대한 구체적인 조사와 언급은 3·1운동의 결과 만들어진 문화정치라는 다소 유화적인 통치 방식이 적용되고 있었기 때문에 가능했던 것이다. 그리고 이러한 경향의 문학적 실천이 가능할 수 있었던 것은 이 시기 새로운 지식인들이 모두 일본 유학을 통해 등장한 것은 아니었기 때문이기도 하다. 즉 식민지 내부에서 교육받은 지식인들의 경우 새로운 문명을 접하고 있었으면서도 식민지의 구체적인 삶을 직접 체험할 가능성이 컸기 때문에 문학에 삶의 실감을 수용할 수 있는 가능성 또한 컸다.

> 나는 下學하고 歸家하니
> 小作人에하나인아버지는어머님과
> 明春에 間道 移徙니약이슻헤
> 熱淚에잠기여
> 나오는줄도모르시더라
> 留學쩌난아우는
> 學資보내라고편지질
> 病床에呻吟하시는祖父는
> 生慾보다最後呼吸을期待리시네
> 압집에서는저녁쌀업서
> 젊은夫婦의言爭聲은
> 젓먹이어린아기소리와
> 함끠놉하간다

뒷집에는面役員

戶稅내라조른다

應當우리집에도오겟지

(중략)

돌아오는길에

倉洞뒷재에오르니

意外에가늘게썰니는

피아노와맨도링의그「멜로-듸」

興에醉한한우슴소리와混同하여라

色硝子窓21)틈으로솔솔새여

나의무겁은頭腦는一轉하여라

유토피아正門에나들어선듯

아!生活의差異

雲泥의隔

아아우리의生涯

寂寞도하여라

(宣川22) 金治鍊, 「우리마을」 부분, 『東亞日報』, 1923. 7. 15.)

위 시는 전문적인 시인의 시라고는 할 수 없지만, 식민지에서 삶을 살
아갔던 지식인들에게 예술이라는 것이 어떻게 구원의 공간이 될 수 있었
던가를 잘 보여주고 있다. 그러나 이 시는 또한 이들에게 서구 문명의 상
징처럼 받아들여졌던 예술의 세계가 상대화될 수밖에 없었던 상황을 단
적으로 보여주고 있기도 하다. 즉 이 시의 시적 화자는 '피아노와 맨도링'

---

21) '硝子'는 '琉璃'의 다른 말.
22) '宣川'은 현재 평안북도 평북군의 옛 지명.

으로 상징되는 서구적인 예술의 세계가 마치 "유토피아正門"같다고 느끼지만, 그럼에도 그는 그러한 예술의 세계에 일방적으로 경도되지 못한다. 그것은 시적 화자가 그러한 예술의 세계가 자신이 처한 식민지의 구체적인 현실과 너무나 거리가 먼 것이라는 점을 분명하게 인식하고 있기 때문이다. 간도 이사를 계획하는 소작인집안 출신으로 불우한 가정사와 사회적 압박을 동시에 경험할 수밖에 없는 시적 화자의 처지와 예술의 세계 사이에는 "雲泥의隔"이 있었던 것이다. 요컨대 이 시는 식민지의 지식인이 서구적인 예술의 세계에 투신할 수 있게 되는 계기와 그러한 투신을 멈출 수밖에 없게 되는 계기를 동시에 보여주고 있다.

위 시를 투고한 인물은 당대적 상황을 고려한다면 근대적인 교육을 받은 인물일 가능성이 커 보인다. 그럼에도 그는 식민지의 구체적인 삶을 경험하고 있었기 때문에 새로운 예술의 세계에 일방적으로 투신하지 못하고 있었던 것이다. 물론 식민지에서 교육받은 모든 지식인들이 문명화의 사명을 상대화하고 식민지의 구체적인 삶의 문제에 곧바로 주목할 수 있었던 것은 아니다. 오히려 식민지에서 교육받은 지식인의 대부분도 문명화의 사명을 내면화함으로써 '제국의 시선'으로 식민지를 바라보았던 경우가 많았다. 예를 들어 박종화나 박영희와 같은 인물은 이 시기 일본 유학을 하지 않았던 인물들이었음에도 서구적인 문학을 적극적으로 모방했던 인물들이었다. 그럼에도 식민지의 구체적인 삶을 경험하고 그것을 문학적으로 형상화할 수 있는 가능성을 가진 인물은 식민지 내부에서 교육받은 지식인일 가능성이 높았다. 이들은 식민지의 구체적인 삶을 경험으로 알고 있었을 가능성이 컸기 때문에 식민지적 자의식을 뚜렷이 할 가능성 또한 컸고, 그러한 자의식을 통해 반식민주의적 (무)의식을 형성할 가능성을 가지고 있었다.

주지하다시피 근대에 있어서 서정시는 근대인의 내면을 가장 핍진하게 표현할 수 있는 양식으로 알려져 있다.[23] 그것은 서정시가 문학 양식 중에서도 가장 개인적이면서도 정서적인 발화가 가능한 양식이기 때문일 것이다. 이런 의미에서 서정시는 근대적 개인의 의식은 물론 무의식까지도 그것을 통해 표출될 수 있는 양식이라고 하겠다. 그리고 이미 살펴본 바와 같이 1920년대 식민지 지식인의 내면은 매우 복잡하게 분열되어 있었는데, 그러한 분열은 주로 식민지라는 상황에 기인한 바가 컸다. 식민지 지식인의 분열된 내면이 서정시에 어떤 영향을 미칠 수 있는가는 다음 시를 통해 간략히 살펴볼 수 있다.

힌눈나려五千里, 北海道쓸우에
달비치는밤이면, 구슬꽃피것만

鈴蘭草 곱게피어, 北海道시내에
흘너가는물결도, 香氣나거든

눈자욱, 그자욱에, 한숨더지고
鈴蘭草그송이에, 눈물지우는
쪼겨가는 아이누의여윈그림자!

겨울이라, 鈴蘭草피지안은시내까-
그들이울고잇는,눈꽃언덕에
남달니嘆허하는,피론맘이여!

(春城,「北海島의 情調」부분, 『魂이불탈째』, 靑鳥社, 1928.)

---

23) 오세영, 앞의 글; 박현수, 앞의 책; 김준오, 『시론』, 삼지원, 2005 참고.

1920년대 대중적인 인기를 누렸던 춘성 노자영이 1926년 북해도를 여행하면서 쓴 위 시는 식민지 지식인의 내면이 서정시를 통해 어떻게 드러날 수 있는가를 잘 보여준다. 일본의 지식인들이 식민지에서 식민지인들의 삶을 소외시킴으로써 풍경을 발견했던 것과는 달리, 노춘성은 위 시에서 식민지를 다만 풍경으로 소외시키지 못하고 있다. 그는 북해도의 풍경 속에서 한숨 쉬고 눈물짓는 "쪼겨가는 아이누의여윈그림자"를 보고 있는데, 그가 그것을 볼 수 있었던 것은 분명 그 자신이 식민지의 지식인이었기 때문이다. 그래서 그는 "그들이울고잇는,눈꼿언덕"을 "남달니슯허"할 수 있었던 것이다. 그러나 이 시는 또한 식민지 지식인의 내면이 일본의 지식인의 그것과 매우 다를 뿐 아니라 더 복잡할 수밖에 없다는 것을 보여주고 있기도 하다. 즉 노춘성은 식민지의 비극적 삶을 식민지 조선이 아니라 북해도라는 또 다른 일본의 식민지에서 발견하고 있는데, 이것은 그의 내면에 식민지적 자의식과 동시에 식민주의적 의식이 공존하고 있었기 때문일 것이다. 이처럼 식민지 지식인의 분열된 내면은 1920년대 서정시에 매우 근본적인 영향을 미칠 수 있었다.

이미 살펴본 대로 식민의 문제가 문명의 문제와 밀접하게 연관되어 있었기 때문에 식민지 지식인들의 내면은 문명을 바라보는 시선에 따라 서로 다른 지향을 보여줄 수밖에 없었다. 이런 의미에서 1920년대 문명에 대한 상반된 시선은 서정시의 문제와도 깊이 연관되어 있을 수밖에 없다. 이후 살펴보겠지만 이와 같은 문명에 대한 관점은 실제로 1920년대 전반을 통해 서로 다른 서정시의 흐름을 형성하고 있음을 알 수 있다. 즉 '제국의 시선'을 내면화하고 있었던 자기 식민지화된 지식인들이 식민지의 현실을 풍경으로 소외시키고 예술을 통해 초월적인 구원의 세계를 구축하고자 했다면, 문명을 비판적인 관점에서 바라봄으로써 식민지의 구체적인 삶을 포착할 수 있었던 지식인들은 식민지의 삶을 풍경으로 소외시키지 않을 뿐 아니라 오히려 그러한 삶을 시적으로 표상해줄 수 있는 비전을 보여주었던 것이다. 이에 대한 자세한 사항들은 다음 절들을 통해 살펴보도록 한다.

2. 문명의 감각과 초월의 시학

2.1. 일본 유학 체험과 '제국의 시선'

1920년대 전반 문단에 새롭게 등장한 지식인들은 그 이전 시대의 지식인을 대표하는 최남선이나 이광수와 다른 면모를 보여준 것이 사실이지만, 그렇다고 이들이 그 이전 세대들과 완전히 단절된 세대들은 아니었다. 오히려 어떤 측면에서는 이들 또한 그 이전 세대들이 가지고 있었던 문제의식을 상당 부분 공유하고 있었다. 이미 지적했듯이 1920년대 나타난 문화운동을 문명개화론의 1920년대적 실천으로 규정할 수 있다는 말은 이러한 사정을 잘 정리해주고 있다. 1920년대 전반 새롭게 등장한 지식인들이 '문화'라는 용어로 대변되듯 이전 세대들과는 다소 다른 문제의식을 가지고 있었다고 하더라도 그것이 '문명'이라는 틀을 벗어난 것이었다고 보기는 어렵다.[24]

아그막힐 노릇이로다. 오십년 전보다 변한 거시 무어시오 진보한 거

---

24) 1920년대 유럽적 가치로서의 문명과 문화의 차이가 동아시아적 맥락에서 그렇게 큰 의미를 가졌다고 보기는 어렵다.(니시카와 나가오, 한정구·이목 옮김, 『국경을 넘는 방법』, 일조각, 2006의 '5장 유럽적 가치로서의 문명과 문화' 참고)

시 무어시냐? 기차가 생겻스니 변하엿너냐 전차·자동차가 생겻스니 변하엿느냐. 삼사층 벽돌집이 생기고 좁든 길이 넓어졋스니 진보하엿는가? 그것들이 비록 천만 가지로 생기고 변하엿드래도 조선사람의게 상관이 무어시며 조선사람의 알 바가 무어신냐. (중략)

니러나는 문명운동에 大呼하야 응접하며 투신하야 희생이 되어라.

그리하면 우리 서울도 오래지 아나서 동경이 되고 「와싱톤」이 되고 巴里「파리」 伯林 론돈이 되겟다."[25]

전영택의 「서울雜感」은 1920년대 새롭게 등장한 지식인들의 문명에 대한 태도를 잘 보여주고 있다. 그의 조선에 대한 진단은 과거의 계몽적 지식인들보다 훨씬 더 구체적인 것인데, 왜냐하면 그는 일본 유학을 통해 문명의 실제를 어느 정도 경험했기 때문이다. 그는 그러한 경험에 근거해 조선의 후진성을 진단하고 문명을 이루기 위해 매진할 것을 다짐하고 촉구하고 있는 것이다. 서울을 동경이나 파리, 베를린, 런던과 같이 만들겠다는 선언에는 식민지 지식인들의 식민지적 무의식과 함께 식민주의적 의식까지도 은연중 드러나고 있다. 물론 이 시기에도 서구 문명에 대한 일방적인 추수가 문제가 될 수 있다는 생각을 하는 일부 논자도 없지는 않았지만,[26] 대부분의 경우 문명을 추구하면서 어떻게 문명 아닌 것들을 긍정할 수 있는가에 대한 고민이 결여되어 있거나 그러한 문제의식이 있었다고 하더라도 그 구체적인 방법을 제시할 수는 없었다.

---

25) 秋湖, 「서울雜感」, 『서울』 3호, 1920. 2.
26) "통히 서양이라면 다 조코 조선이라면 다 낫다 하며 서양인이라면 다 조코 조선인이라면 다 못쓰갓다 하도라. 어허 조선인이여 조선인은 자존자립의 국민성을 언제나 회복할가. 나는 우리 조선을 위하야 통곡하기를 말지 아니한다."(主幹(장도빈), 「余의 痛哭하는 七大事件」, 『서울』 6호, 1920. 9)

동방에 赫赫하든 우리 반만년의 문화가 오늘날 當하야 이렇틋 쇠퇴하
고 暗澹함이 이 어이한 일이냐?(중략)

이제 세계는 一轉ㅎ야 과거의 물질적 과학시대를 써나서 아름다온 문
화의 曙光이 바야으로 비취는 신천지로 드러가려 하는도다. 이에 세계인
류는 다토아 이상향을 찾고 文化的 新生活을 동경하는도다.

더들의 찬연한 문화의 꼿이 피는 것을 바라보는 오인은 내부생명에서
니러나는 충동과 요구를 참지 못하야 힘없는 주먹을 브르쥐고 소래를
노펴 부르짓노니

몬져 半島의 衰殘한 藝術을 復興케 하야 우흐로 先人의 面目을 빗내
고 앞흐로 우리도 理想的 新文化를 創造ㅎ야, 그리하야 세계의 대운동에
보조를 마초아, 다소의 공헌이 잇게 하고 우리 인류 본연의 참생활을,
맛보며 아울너 人生天稟의 행복을 누리쟈 하노라.[27]

인용된 「창조사발기취지서」는 이 시기 신지식인들의 문화에 대한 이념
을 단적으로 보여주고 있다. 이 시기 신지식인들의 내면에는 "內部生命에
서 니러나는 衝動과 要求"가 들끓고 있는데, 물론 이러한 내부적 충동과
요구는 서구적인 문명의 다른 이름이라고 할 수 있는 새로운 문화에 대
한 요구였다. 그리고 이들은 새로운 문화의 건설을 위해 우선적으로 해야
할 것이 "몬져 半島의 衰殘한 藝術을 復興케 하"는 것이며, 그럼으로써
이들은 문명한 인류사회에 참여할 수 있으리라 보고 있다. 이들에게 문예
는 단순히 새로운 문화의 한 종류에 불과했던 것이라기보다는 새로운 문
화의 상징처럼 인식되고 있었던 것이다. 즉 이들에게 예술(문학)은 문화
의 정수이자 문명 그 자체로서의 의미를 지니고 있었다.

---

27) 「창조사발기취지서」, 『創造』 7호, 1920. 7.

실노 美術도 學術과 갓치 모든 진리를 연구하는 術이니 學術은 學的
形式에서 진리를 연구하고 美術은 美的 形式에서 진리를 연구하는 것임
으로 學術과 美術의 차이는 다만 이쑌이외다. 어느 나라 어느 시대를 물
론하고 그 나라 그 시대의 문명은 美術의 盛衰에 달녓으니 美術이 盛하
면 文明이 盛하고 美術이 衰하면 文明이 衰하는 것이외다.[28]

『創造』의 편집을 담당하기도 했던 백악 김환의 「미술론」은 이 시기 나
온 대표적인 예술론이라고 할 수 있는데,[29] 이 예술론에서 김환은 '미
술'[30]이라는 것이 학술과는 다른 '미적 형식'으로 진리를 추구할 뿐, 진
리를 연구하는 것에는 차이가 없다고 말하고 있다. 그리고 은연 중 '미술'
과 문명을 동일시하고 있다. 즉 "文明은 美術의 盛衰에 달녓"다는 것이다.
예술이라는 것이 이렇게 문명 그 자체이거나 문명과 유사한 의미를 획득
하고 있었기 때문에 이들의 예술에 대한 사명감은 투철할 수밖에 없었다.
그리고 김환의 '미술론'에는 이 시기 민족문화에 대한 전형적인 인식, 즉
민족적 독창력이 있음에도 불구하고 그것이 현재에는 발현되지 못하고
쇠퇴해 있는 상황이라는 인식이 나타나고 있기도 하다.[31] 이렇듯 1920년

---

28) 김환, 「미술론(一)」, 『創造』 4호, 1920. 2.
29) 1920년대 동인지에 예술론이 그렇게 자주 실린 것은 아니다. 『創造』의 글 중에는 김
환의 글이 대표적인 예술론이고, 『廢墟』에 실린 글 중에는 이병도의 글과 오상순(「종
교와 예술」, 『廢墟』 2호, 1921. 1)의 글 정도가 예술론이라고 부를 만한 것들이다.
30) 1920년대 전반 '미술'이라는 용어는 오늘날의 미술 개념이 아니라, 예술 전반을 포
괄하는 개념으로 사용되었다. 이것은 김환의 다음 언급을 통해 알 수 있다. "美術은
엇쩌한 경우에는 공간에 發展하며 或은 연속적 감각으로부터 우리가 노력하는 시간
에 발전하나니 전자에 속한 것은 建築術, 繪畵, 彫刻 등이요 후자에 속한 것은 附屬的
美術로 謳詠에 伴하는 詩歌나 詩歌에 對한 謳詠과의 相對的인 것으로 우리가 보통 音樂
이라 칭하지만은 其實 音樂的 實演에 不過하는 그것이요 無踏(舞踏의 오식-필자)은 이
양자와 상이하야 동시에 時空兩間에 발전하는 것이외다."(김환, 앞의 글)
31) "우리는 半萬年의 光彩가 燦爛한 역사를 가진 중에 더구나 美術은 동양-아니! 세계
에 웃듬이라 할 만한 우리 조상의 피를 遺傳으로 밧은 우리로서 오늘날은 文明의 落

대 새롭게 등장한 지식인들이 서구의 예술 특히 문학적 조류를 적극적으로 수용하게 된 근저에는 문명화에 대한 사명감이 깔려있었다.

1920년대 문화운동이 문명개화론의 1920년대적 변형에 가깝다는 것은 바로 위와 같은 맥락이 존재하고 있었기 때문이다. 따라서 3·1운동 이후 새롭게 등장한 문인들도 '문명화에 대한 사명', 즉 계몽의 논리로부터 결코 자유롭지 못했던 것이다. 『創造』의 핵심 동인이었던 주요한의 다음과 같은 언급은 이러한 사정을 잘 보여준다.

> 白岳兄
> 「創造」를 길너갈 방침, 기타는 別信에 올니거니와 다만 우리의 문화
> 의 향상을 위하야, 우리 사상생활의 수준을 놉피기 위하야 우리 衰殘한
> 藝術의 復興을 위하야 라는 啓蒙的 色彩는 어듸까지던지 유지하여야 할
> 줄 암니다. 新「同人」 諸君에 대하야는 충심으로 환영의 뜻을 表白하며
> 아울너 今後의 분투를 바람니다.[32]

흔히 『創造』를 '순문예지'로 그리고 1910년대적 계몽의 맥락과는 다른 맥락을 가진 잡지로 보는 견해가 많지만, 실제 그 동인에는 이광수가 참여하고 있을 뿐 아니라 나머지 인물들도 계몽이라는 지향을 결코 버린 것이 아니었다. 오히려 어떤 의미에서 이들은 1910년대와는 다른 환경에서 문학 혹은 예술을 통해 더욱 열정적으로 '계몽적' 실천을 하고 있었다고 보는 것이 타당하다.[33] 요컨대 1920년대 전반 새롭게 등장한 대부분

伍者가 되여서 남들을 쳐다만 보게 되여스니 엇지 寒心치 안으리요! 나는 생각이 이에 니름에 우리 社會에 對하야 무엇보다도 우리의 衰頹한 美術을 復興식키쟈고 부르짓지 안을 수 없나이다."(김환, 앞의 글)
32) 벌꼿, 「장강어구에서」, 『創造』 4호, 1920. 2.
33) 이 점에 대해서는 김행숙, 앞의 책, '감성적 계몽주의 : 이광수의 경우'와 '문화적 계

의 문학인들은 문명화에 대한 사명감을 내면화하고 있었고, 예술을 얻는 것이 곧 문명화의 증거라고 생각하고 있었다.

그러나 한편으로 이들이 계몽의 일환으로 예술의 위치를 잡았음에도 불구하고 이들은 매우 내면적인 인간들이었다. 그것은 근본적으로 이들의 서구 문명에 대한 강렬한 동경이 현실적인 내용을 갖추기 어려운 상황에서 기인한 것이었다. 즉 이들이 이룩하고자 하는 문명은 그 기표만 뚜렷했을 뿐 그것을 채워줄 기의는 절대적으로 부족했던 것이다. 따라서 이들의 문명에 대한 지향은 구조적으로 관념적인 성격을 가질 수밖에 없었는데, 이와 같은 관념적 성격은 이들의 문학에도 영향을 미칠 수밖에 없었다. 1920년대 새롭게 등장한 문학인들이 보여주는 관념적 초월의 경향은 대부분 여기서 기인한 것이었다. 이들의 초월은 식민지적 무의식과 식민주의적 의식이 동시에 작용한 결과라고 할 수 있는데, 그것은 식민지적 현실을 극단적으로 부정하고 '영(靈)'으로 대변되는 관념적인 내면의 세계에다 구원의 세계를 구축하는 것으로 나타났다. 따라서 이들은 식민지의 구체적인 삶을 풍경으로 소외시킬 수밖에 없었을 뿐 아니라, 스스로를 매우 고립적인 예술의 공간으로 유폐할 수밖에 없었다.[34] 이들의 초월의 논리는 한 걸음 더 나아가 자신들의 예술에 현실의 논리나 세속적 논리를 끌어들이는 것 자체를 타락이나 오염으로 생각하도록 만들었다. 김억의

몽주의와 유미주의의 결합' 부분을 참고할 수 있다. 그리고 유럽적 맥락에서 이루어진 문학을 통한 감정의 계몽에 대해서는 김수용, 『예술의 자율성과 부정의 미학』, 연세대출판부, 1998을 참고할 수 있다.

34) 물론 이러한 유폐가 오래 지속된 것은 아니다. 1920년대 중반에 들어서면서 흔히 '데까당'으로 불리던 예술지상주의 혹은 유미주의적 경향에 대한 비판이 광범위하게 이루어지면서 이들은 자의든 타의든 그러한 유폐를 어느 정도 풀 수밖에 없었다. 그럼에도 이들이 그러한 유폐로부터 완전히 벗어났다고 할 수는 없었는데, 왜냐하면 이들은 그럼에도 예술 혹은 문학의 '문명'으로서의 상징적 가치라는 본질을 부인하지는 않았기 때문이다.

말을 빌면 그것은 "천박한 생각으로 그들의 신성한 시를 더럽피"[35)는 것이기 때문이다.

> 「엇더한 文明한 국민이라도 詩歌를 리해치 못한다 하면 그 국민은 野蠻입니다」 한 꾀테의 말을 詩歌의 세계의 존재를 몰각하는 目下의 일반에게 들인다 하여도 족음도 효과가 업슬 다만 한 잠고대에 지내지 못할 것입니다. 그리고 詩歌는 藝術 중에 가장 놉흔 지위을 잡고 잇읍니다, 고 하면 아마 이 대답에는 눈을 크게 뜨고 놀내는 비웃음이 올 것입니다.[36)

위 글을 보면 김억 또한 예술(혹은 문학)을 문명의 상징으로 받아들였음을 알 수 있다. 이 시기 문학인들은 자신의 문단 활동을 '문명화의 사명'을 완수하는 것이라고 생각했고 실제로 그러한 사명감에 불타는 경우가 많았다. 김억은 '시가를 이해하지 못하는 국민은 야만'이라는 괴테의 말을 그대로 신봉하고 있었기 때문에, 조선에 시가다운 시가가 존재하지 않는다는 사실에 자괴감을 느낄 수밖에 없었다. 그가 서구의 시와 타고르의 시를 열정적으로 번역해 소개한 이유는 다른 곳에 있었던 것이 아니라 바로 이러한 문명화의 사명에 있었다. 김억을 포함한 이 시기 신지식인들에게는 "모든 조선민중을 사랑하는, 그네에게 참된 精神生活을 주자하는 一片丹誠"[37)이 있었던 것이다. 김억이 수용에 적극적으로 나섰던 에스페란토 또한 이런 맥락에서 이해될 수 있는 것이었다. 왜냐하면 세계가 하나의 언어만을 사용한다면 번역의 문제는 자연스럽게 해결될 수 있었

---

35) 億生, 「스왱쓰의 苦惱」, 『廢墟』 1호, 1920. 7.(이 글은 『泰西文藝新報』(11~12호, 1918. 12)에 「쯔란쓰시단」이라는 제목으로 게재된 적이 있다.)
36) 金岸曙, 「詩壇散策」, 『開闢』 46호, 1924. 4.
37) 이 부분은 김억 역시집 『잃어진 진주』, 평문관, 1924의 앞머리에 실은 춘원의 발문에서 인용한 것이다.

기 때문이다. 그것은 곧 에스페란토가 문명 세계와의 격차를 가장 빠른 시간 내에 해소시켜 줄 수 있는 방법이라는 뜻이었다.

그리고 이 시기 김억의 『懊惱의 舞蹈』로 대표되는 번역 작업으로부터 직접적인 영향을 받은 관념적 낭만주의 혹은 상징주의 계열의 시들은 '장미촌'이 상징하듯, 예술 혹은 시의 세계를 매우 초월적이고 독립적인 세계로 상정하고 있었는데,[38] 이런 경향은 현실에 대한 폐허의식과 부정의식의 발로라고는 하지만 조급한 문명화 혹은 근대화의 열망이 반영된 결과이기도 했다. 이들은 초월적 세계에 스스로를 유폐시킴으로써 사회적 비판을 기꺼이 감수하고 있었지만, 그들의 내면에는 식민지인들을 문명의 시선 즉 '제국의 시선'으로 바라보는 무의식이 잠재되어 있었던 것이다. 그러나 이들이 '제국의 시선'을 통해 포착해 낼 수 있었던 것은 제한적이었는데, 그 주요한 대상은 '영(靈)'으로 상징되는 내면의 세계와 자연 정도였다.

綾羅島기슭의
실버드나무의 꼿이
한가롭은 바람에 불니어서
水面에 잔 무늬를 노흘째,
나의 「서름」은 생기엇서라.

버들꼿의 香내는, 아즉도 오히려,
落葉가튼 나의 「서름」에 석기어,
저 멀니, 새파란 새파란 五月의

---

38) 박현수, 「1920년대 상징의 탄생과 숭고한 '애인'」, 『한국현대문학연구』 18호, 한국현대문학회, 2005. 12; 박현수, 「1920년대 동인지의 '영혼'과 '화원'의 의미」, 『어문학』 90호, 한국어문학회, 2005. 12; 권유성, 「1920년대 초기 황석우 시의 비유 구조 연구」, 『국어국문학』 142호, 국어국문학회, 2006. 5 참고.

하늘ᄭᅩᆺ을 方向도업시 헤매고잇서라.

(岸曙, 「내서름」 전문, 『開闢』 25호, 1922. 7)

위 시는 극도로 내면화된 인간으로서의 김억의 면모를 잘 보여주는 시
다. 이 시에서 시적 화자는 자신의 「서름」이 생겨난 유래를 노래하고 있
는데, 그 유래는 다름이 아니라 자연의 변화에 있다. 그러나 그 유래가
자연에 있다는 것은 실제로는 그 유래가 그 어느 곳에도 없다는 것을, 따
라서 그러한 「서름」은 다만 시적화자 자신의 내면에서나 존재할 뿐이라
는 것을 의미하는 것이다. 즉 그의 「서름」은 자연을 서럽게 보는 시인 자
신의 내면에서 유래하고 있다는 것이다. 따라서 그 근원은 더 이상 구체
화할 수 없는 것으로, 시적 화자 또한 그 「서름」의 근원을 더 이상 추급
해 들어가지 않는다. 김억은 자신의 「서름」을 '버들꽃 향내'와 동일시함
으로써 그 근원성을 강조하고 있을 뿐, 그 감정의 근원이나 지향을 탐색
하는 모습은 전혀 보여주지 못한다. 이처럼 1920년대 전반 김억의 시에
나타나는 감정 혹은 정서들은 대부분의 경우 근원이 없거나 근원을 알
수 없는 경우가 많은데, 그것은 그 감정과 정서들의 근원이 외부적 현실
에 있었던 것이 아니라 시인의 내면에 존재하고 있었기 때문이다. 물론
김억이 이렇게 극단적인 내면적 인간이 된 데에는 분명한 문화적 근원이
있었다. 즉 문명화에 대한 사명을 띠고 식민모국에 유학을 간 식민지의
청년이 식민지적 무의식을 해소하는 방식은 스스로의 내면을 개척하는
방식밖에 없었기 때문이다. 이것은 그의 『學之光』 시기의 시들을 보면 알
수 있는데, 「내의가슴」, 「夜半」, 「밤과나」 등과 같은 『學之光』 시기 그의
시들은 스스로의 내부에 들끓고 있는 상반된 욕망─예를 들어 삶과 죽음
의 충동과 같은 것들─을 쏟아내는 데 바쳐지고 있다. 물론 이런 관념적

내면세계는 그가 서구적인 문학을 접하면서 형성될 수 있었던 것이라고 할 수 있다. 정리하자면 김억이 매우 내면적인 인간이 될 수밖에 없었던 데에는 문명화의 사명을 내면화하고 있었던 식민지 청년의 유학 체험이 중요한 계기로 작동하고 있었다는 것이다. 그런데 문제는 이미 지적한 바와 같이 김억과 같은 극단적인 내면적 인간은 식민지를 다만 '풍경'으로만 바라보게 된다는 점이다.

집집마다 써오르는 煙氣,
西녁하늘에 써도는 붉은구름,
흩녀덥퍼서 저녁빗을 돕는데
나무가지에는 비닭이가 울고잇서라.

안개는보이하게 큰들을 휩싸며,
들버레소리가 길이 빗겨울을제,
村落은 沈默의새쑴을 비롯하며,
둥글한 달은 혼자 솟아밝아라.
이러한밤이러라, 이러한째의
나무아레엔 불이빗나며 農人의閑談,
저山밋敎會로서는 贊頌의소리,
그윽히들니며 밤은 차차깁허라,

(岸曙,「田園의黃昏」전문,『學生界』창간호, 1920. 7.)

'전원의 황혼'이라는 제목이 시사하는 바와 같이 인용된 김억의 시는 실제 삶의 공간으로서의 향토를 철저하게 시에서 배제한다. 김억에게 저녁연기가 피어오르는 안개에 둘러싸인 '전원'은 삶의 공간이라기보다는 하나의 '풍경'이다. 그리고 이 풍경이 풍경이 되기 위해서는 그 속에서 살아가는 사람들 혹은 그들의 구체적인 삶이 배제되어야 한다. 그리고 실제로 이 시에서는 '전원' 속에서 살아가는 '농인의 한담'의 내용은 짐작조차 하기 어렵다. 김억이 시적 소재로 삼았을 위의 풍경은 분명 식민지 조선의 풍경이지만, 김억은 그 속에서 이루어지는 식민지 조선의 구체적인 삶에는 참여하지 않는다. 그는 식민지의 삶을 다만 풍경으로서만 바라보고 있을 뿐이다.[39]

2.2. 규율의 내면화와 모방된 서정시

'제국의 시선'을 내면화하고 있었던 1920년대 전반의 새로운 지식인들에게 문학을 한다는 것은 곧 새로운 문화를 건설한다는 의미였고, 더 나아가 세계적인 문명에 참여한다는 의미이기도 했다. 그들의 문학 활동은 이런 의미에서 매우 계몽적인 활동이라고 볼 수 있었다. 1920년대 서구적인 의미의 자유시[40]를 번역 소개한 김억이나 주요한과 같은 인물들이 그것을 적극 모방하면서도 그 근본적인 지향으로 '조선시형'에 대한 추구를 배치한 것은 이와 같은 계몽적 맥락이 작용한 예이다.

한데 朝鮮사람으로는 엇더한 音律이 가장 잘 表現된 것이겟나요, 朝鮮

---

39) 가라타니 고진이 '풍경의 발견'을 언급한 부분은 김억의 시선을 이해하는 데에도 도움을 준다. 다만 김억은 일본의 지식인과는 달리 식민지 지식인으로 식민지에서 풍경을 발견하고 있다는 점이 다를 뿐이다.(가라타니 고진, 박유하 옮김, 앞의 책, 7~61쪽 참고)

40) 오늘날 자유시라는 용어는 "자유시의 완성 없이 근대시의 완성은 없는 것"(오세영, 「근대시 형성과 그 시론」, 『한국 현대 시론사』, 모음사, 1992, 18쪽 참고)이라는 언급을 통해 알 수 있듯, 근대시 전반을 포괄하는 의미로 사용되는 경우가 많다. 그러나 1920년대 전반에 있어 자유시라는 용어는 프랑스 상징주의시를 제한적으로 지칭하거나 혹은 그와 관련된 외래시의 한 유형 정도로 인식되었다.

말로의 엇더한 詩形이 適當한 것을 몬져 살펴야합니다. 일반으로 共通되는 呼吸과 鼓動은 엇더한 詩形을 잡게 할가요. 아직까지 엇더한 詩形이 適合한 것을 발견치 못한 朝鮮詩文에는 作者個人의 主觀에 맛길 수밧게 업습니다. 진정한 의미로 作者個人이 表現하는 音律은 不可侵入의 境域이지요, 얼마동안은 새로운 吸般的 音律이 생기기까지는. (중략) 한데 쪼한 現在朝鮮詩壇에 잇서는 詩를 이해하는 독자가 얼마나 되며, 쪼는 詩답은 詩를 짓는 이가 얼마나 되는가를 싱각할 필요도 잇겟스나 새 詩風을 樹立하기 위하야 作者 그 사람의 音律을 尊重히 녁기지 안을 슈 업습니다. 兄의 말슴과 갓치 詩는 詩人自己의 主觀에 맛길 째 비로소 詩歌의 美와 音律이 생기지요.[41]

위 글에서 김억은 기본적으로 시가의 음률이 예술가 개인의 호흡에 따라 개성적으로 생겨난다고 전제하고, 나아가 서로 다른 환경에서 살아가는 민족도 각 민족의 개성적인 음률을 가진다고 보고 있다. 그런데 문제는 김억이 보기에 아직까지 조선에는 조선민족의 공통된 호흡과 고동을 표현할 수 있는 시형이 존재하지 않는다는 것이다. '시가를 이해치 못한 국민은 야만'이라고 믿고 있었던 김억에게 이러한 상황은 매우 심각한 것이었다. 그가 보기에 조선에는 '조선시형'이 존재하지도 않았고 자신 또한 "엇더한 詩形이 適合한 것을 發見치 못"하고 있었기 때문에, 그는 그러한 작업을 "作者個人의 主觀에 맛길 수밧게 업"다고 결론짓는다. 다시 말해 "새 詩風을 樹立하기 爲하야 作者 그 사람의 音律을 尊重히 녁기지 안을 슈 업"다는 것이다. 김억이 서구적인 자유시를 적극 소개하고 모방한 이유의 일단을 여기서 찾아볼 수 있다. 김억은 자유시를 통해 조선민족의 개성을 표현할 수 있는 '새 시풍' 또는 '새 음율'을 찾아가고 싶었던

---

41) 金億, 「詩形의 音律과 呼吸」, 『泰西文藝新報』 14호, 1919. 1. 13.

것이다. 이것을 김억은 "朝鮮사람다운 詩體"의 창출로 표현했다. 흔히 김
억이 자유시를 추구하다 정형시로 돌아선 것으로 이해되고 있으나,[42] 김
억의 이 글을 통해 알 수 있는 것은 그가 애초부터 자유시를 추구한 것이
라기보다는 '민족적인 시형'을 추구하고 있었다는 점이다. 즉 김억은 자유
시의 이상을 버린 것이 아니라 애초부터 자유시를 '조선시형'이라는 이상으
로 나아가는 출발지점 혹은 과도지점 정도로 설정하고 있었던 것이다.[43]

1920년대 전반의 서정시가 서구적인 의미의 자유시를 적극 모방하는
차원에서 전개될 수밖에 없었던 것은 위와 같은 사정이 있었기 때문이었
다. 1920년대 전반 문학인들은 자신들의 문학 활동이 모방적 성격이 강
하다는 것을 스스로도 자각하고 있는 경우가 많았다. 그 대표적인 예로
자신의 시가 가진 모방적 성격에 대한 김억의 고백을 들 수 있다. 즉
1925년 발행된『봄의 노래』서문에서 김억은 자신의 시들이 대부분 번역
이라고 하기는 어렵지만 "詩想만을 도적하여다가 내맘대로 表現方式을
주엇기 째문"에 "第二義的"인 시들이라고 고백하고 있다. 시상을 훔쳐 시
를 창작하는 것은 오늘날로 보면 표절에 가깝지만 김억은 스스럼없이 그
러한 사실을 고백하고 있다. 김억의 위와 같은 언급은 1920년대 전반의
시들이 번역 혹은 번안이라는 모방적 차원을 벗어나기 어려웠다는 것을
잘 보여주고 있다. 그러나 한편으로 김억의 이와 같은 고백이 가능했던

---

42) 최근 연구로는 구인모의 연구가 대표적이다.(구인모, 앞의 책, 188~192쪽 참고) 그
   는 김억 등의 시인들이 애초 '자유시의 이상'을 추구하였으나 20년대 중반을 지나면
   서 부르주아 민족주의의 문화운동에 영향 받으면서 정형시 혹은 격조시의 추구로
   방향을 선회했다고 보고 있다.
43) 이것을 김억만의 생각이었다고 할 수는 없다. 시종 자유시의 범위를 벗어나지 않았
   던 황석우조차 자유시를 '민족적인 시형'을 찾기 위한 '발족점'으로 인식하고 있었
   다는 것은 이것을 잘 말해준다.(象牙塔,「朝鮮詩壇의 發足點과 自由詩」,『每日新報』,
   1919. 11. 10 참고)

이유는 무엇보다도 이들이 서구적인 문학을 번역하고 소개하는 것은 물론 그것을 모방하는 활동조차 문명화의 과정으로 보고 있었기 때문이다. 즉 이것은 그들의 '제국의 시선'이 작용한 결과이기도 했다는 것이다.

> 詩의 飜譯이라는 것은 번역이 아닙니다. 創作입니다. 나는 창작보다 더한 精力드는 일이라 합니다. 詩歌는 옴길 수 잇는 것이 아니라 하면 詩歌의 飜譯은 더욱 창작 이상의 힘드는 일이라 하지 아니 할 수가 업습니다. 이것은 다른 까닭이 아니요 不可能性엣 것을 가능성엣 것으로 맨드는 노력이며 쪼한 譯者의 솜씨에 가장 큰 관계가 잇습니다. 이에는 媒介되는 譯者의 個性이 가장 큰 중심 의미을 가지게 되야 詩歌의 飜譯처럼 큰 個性的 意味를 가진 것은 업다고 단정하랴고 합니다. (중략)
> 그러기에 譯詩에 대하야 評價를 하랴고 하면 譯詩를 일개의 創作品으로 보고 하지 아니 하면 안 된다고 합니다. 原詩와 譯詩를 혼동하야 평가하랴고 하면 이는 無理엣 일이며 쪼한 獨立性을 가진 것을 相對性으로 만들랴는 쓸데업는 일에 지내지 못할 것입니다. 심하게 말하면 原詩와는 전혀 다른 譯詩라도 나는 조곰도 상관이 업다고 합니다.[44]

김억은 번역이 창작만큼의 노력과 재능이 필요하기 때문에, 그리고 그러한 과정에 번역자의 개성이 발휘될 수밖에 없기 때문에 번역이 창작이나 다름없다고 단언하고 있다. 그리고 더 나아가 번역을 원작품과 비교하는 것은 무리한 일이고 번역이라도 그것은 하나의 창작으로 대우받아야 한다는 주장을 하고 있다. 번역자의 가장 중요한 역할이 전신자라는 것을 생각해 볼 때, 김억의 이러한 주장은 분명 무리한 주장이라고 할 수 있다. 그럼에도 김억이 이러한 주장을 할 수 있었던 것은 그가 번역에 들인 노

---

44) 김억, 「序文 代身에」, 『읽어진 진주』, 평문관, 1924.

력이 얼마나 컸던가를, 그리고 그 과정에서 겪은 어려움이 얼마나 컸던가를 짐작할 수 있는 대목이다. 그러나 김억의 번역 작업에 대한 '자신감'에는 또 다른 근거가 있었다. 이미 지적한 대로 김억은 시의 번역을 단순한 작업으로 보지 않고 문명화의 과정으로 보고 있었다. 즉 그는 "모든 조선민중을 사랑하는, 그네에게 참된 精神生活을 주자하는 一片丹誠"을 가지고 번역작업을 하고 있었기 때문에 스스로 자부심을 가질 수 있었던 것이다. 김억이 번역의 기본적인 의의를 일정 부분 왜곡해 받아들이고도 거의 불편함을 느끼지 못했던 것은 이러한 인식이 그의 작업에 깔려 있었기 때문이다. 어떤 의미에서 그는 최대한 빠른 속도로 문명을 번역하고 싶었던 것이다.45)

한편 김억을 포함한 1920년대 전반의 시인들이 대부분 서구적인 자유시의 모방 혹은 번안의 수준을 거의 벗어나지 못한 이유 중에는 언어의 문제도 포함되어 있었다. 이들 대부분은 유학을 통해 문학을 접한 인물들로 이미 서구 문명에 매우 익숙한 인물들이었다. 실제로 이들이 일본을 통해 접한 서구적 문학은 새롭게 창출된 언어에 의해 번역되거나 창작된 것들이었다.46) 이런 맥락에서 이 시기 김억이 김소월의 자유로운 조선어 활용에서 '경이'를 느낀 이유는 실제로는 그 자신이 그런 능력을 갖고 있지 못했기 때문이었을 가능성이 크다. 따라서 김억과 김소월의 조선어 구

---

45) 그러나 그의 이런 왜곡된 인식은 그의 시의 고유성을 의심하게 하는 원인이 되기도 한다. 왜냐하면 그의 이러한 인식은 결과적으로 그의 시를 모방과 창작 혹은 번안과 창작의 경계에 위치하도록 했기 때문이다. 김동인은 1920년대 중반 이후 그의 시가 김소월에 대한 모방의 차원에서 창작되었다는 점을 예리하게 지적한 바 있다.(김동인, 「寂寞한 藝苑」, 『每日新報』, 1932. 9. 29)

46) 일본에서의 새로운 문학어는 언문일치체로 대변되는 것으로, 그것의 창출 과정에 대해서는 고모리 요이치, 『일본어의 근대』, 소명출판, 2003, 135~170쪽, 가라타니 고진, 『일본 근대문학의 기원』, 민음사, 2002, 62~64쪽 참고.

사 능력의 차이는 단순히 개별 시인의 재능의 차이에서 기인한 것이라고 보기는 어렵다. 오히려 그 차이는 이들이 경험한 문화적 체험과 그런 체험의 과정에서 만들어진 세계관의 차이에서 기인한 것이라고 보는 것이 더 타당하다. 즉 김억이 조선어를 섬세하게 구사할 수 없었던 것은 그가 조선어를 치밀하게 학습할 기회를 갖지 못했다는 것에도 원인이 있었겠지만, 더 근본적으로는 그가 일본 유학을 통해 내면화한 '제국의 시선'이 조선의 구체적인 삶을 보지 못하도록 만들고 있었기 때문이라는 것이다. 반면 김소월은 향토에서 실제로 생활하고 있었기 때문에 조선어의 생생한 어감을 살려 사용할 수 있는 능력을 자연스럽게 획득하고 있었던 것이다. 김억이 이후 김소월의 시를 모방할 수밖에 없었다면 이와 같은 문화적 체험의 차이가 그 근본적인 원인 중 하나였다고 할 수 있다. 김억이 특히 시의 음악성, 즉 운율의 문제와 그 효과를 매우 중요시하고 있었던 상황에서 조선어 구사에 있어서의 약점은 치명적인 것이었다. 그가 서구 시의 번역 과정에서 맞닥뜨리는 난관은 많은 부분 이곳에서 기인한 것이었다.

원文의 美音玉韻은 姑舍하고 그 다치면 슬어질 듯도 하고 바람에 풍기며 곱은 노래를 짓는 그 곱은 말! 그 말을 그려내일 文字가 내게는 하나도 업습에 놀내엿습니다. 픽도 괴롭엇습니다. 이럿케 말을 하면 朝鮮語學者에게는 적지 아니한 꾸지람을 밧겟습니다 만은 朝鮮말처럼 單純한 것은 업습니다. 形容詞와 副詞가 如간 不足이 아닙니다. 물론 첫재에 모든 어렵음보다 짝한 것은 形容詞와 副詞엿습니다. 참말로 悲哀가 아니고 悲慘한 생각이 낫습니다. 될 수만 잇스면 形容詞와 副詞는 英文 그대로라도 쓰고 십헛습니다.[47)

김억은 번역 과정에서 자신이 겪는 어려움의 원인을 조선말 어휘의 부족에서 찾고 있다. 그러나 그것은 그의 오해에 가깝다고 보이고 실제로는 그가 자유자재로 조선말을 구사할 수 없었던 데에 그 근본적인 원인이 있었다고 해야 할 것이다. 특히 시의 미묘한 어감과 정서를 위해 반드시 필요한 적절한 수식어구들, 즉 형용사와 부사의 사용에서 그가 더 큰 어려움을 느끼고 있다는 것을 알 수 있다. 앞서 살펴본 김억의 번역불가론은 바로 이 조선어 활용에 있어서의 약점에 그 근본적인 원인이 있었을 가능성이 크다. 이렇게 본다면 이 시기 지식인들이 내면화하고 있었던 '제국의 시선'은 시의 형식에는 물론 시어의 문제, 그리고 정서의 문제에까지도 심각한 영향을 미치고 있었음을 알 수 있다.

그렇다면 '제국의 시선'을 내면화하고 있었던 지식인들의 시가 실제로 어떤 특징을 가지고 있었던가를 살펴볼 필요가 있다. 이런 유형의 지식인들은 문명화의 사명을 내면화하고 있었기 때문에 그것을 기준으로 세계를 파악하고 그것을 기준으로 세계를 표현하고자 노력할 수밖에 없었다. 따라서 이들에게 1920년대 전반 식민지 조선이라는 세계는 언제나 결여태로 보일 수밖에 없었다.

우리 朝鮮은 荒凉흔 廢墟의 朝鮮이요, 우리 時代는 悲痛한 煩悶의 時代일다. 이 말은 우리 靑年의 心腸을 짝이는 듯한 압흔 소래다. 그러나, 나는 이 말을 아니 할 수 업다. 奄然한 事實이기 째문에. 소름이 씻치는 무서운 소나, 이것을 疑心할 수 업고 否定할 수도 업다.

이 廢墟속에는, 우리들의 內的, 外的, 心的, 物的의 모든 不足, 缺乏, 缺陷, 空虛, 不平, 不滿鬱憤, 한숨, 걱정, 근심, 슬픔, 압흠, 눈물, 滅亡과 死

---

47) 金億, 「序文 代身에」, 『읽어진 진주』, 평문관, 1924.

의 諸惡이 쌔여잇다.

　이 廢墟 우에 설 째에 暗黑과 死亡은 그 凶惡한 입을 크게 버리고 곳 우리를 삼켜바릴 듯한 感이 잇다.

　果是, 廢墟는 滅亡과 죽음이 支配하는 것 갓다.[48]

　『廢墟』에 게재된 오상순의 「時代苦와 그 犧牲」은 이와 같은 '폐허의식'을 가장 잘 보여준 선언적인 글이다. 당대 조선의 상황을 '廢墟'로 인식하고 그 폐허 위에서 새로운 세계를 건설해야 한다는 의식은 과거에 대한 부정이 극단적으로 이루어지고 있는 상황을 잘 보여주고 있다. 폐허의식과 새로운 출발에 대한 강한 열망은 쌍을 이루는 것으로 폐허의식이 강렬할수록 새로운 출발에 대한 열망 또한 강렬해졌다. 그런데 문제는 이들이 현실을 폐허로 치부해 버렸기 때문에 새로운 문화를 건설할 수 있는 토대를 현실 내부에서 찾을 수 있는 가능성에 차단되고 말았다는 점이다. 따라서 이들이 건설하고자 하는 새로운 문화는 '부흥'이나 '부활'의 차원에서 가능했던 것이 아니라, 실제로는 '창조'의 차원에서 가능했다. 그리고 그것은 시간적인 진보를 통해서 가능한 것이 아니라, 공간적인 초월을 통해 가능한 것이기도 했다. 다시 말해 이들이 건설하고자 한 새로운 문화 또는 세계는 그 자체에 이미 초월성이 내재해 있었던 것이다.[49]

　예술 또는 문학이 1920년대 전반 지식인들에게 강력하게 호소할 수 있었던 이유가 바로 이곳에 있었다. 예술 또는 문학은 육체와 대비되는 정신의 세계로, 물질의 세계가 아닌 '영(靈)'의 세계로 인식될 수 있었기 때

---

48) 吳相淳, 「時代苦와 그 犧牲」, 『廢墟』 1호, 1920. 7.

49) 이런 의미에서 1920년대 전반 시의 특성을 초월성과 미학성으로 규정한 박현수의 논의는 주목할 만하다.(박현수, 「1920년대 상징의 탄생과 숭고한 '애인'」, 『한국현대문학연구』 18호, 한국현대문학회, 2005. 12; 박현수, 「1920년대 동인지의 '영혼'과 '화원'의 의미」, 『어문학』 90호, 한국어문학회, 2005. 12 참고)

문에 이들이 열망하는 초월적인 공간을 마련해 줄 수 있었다. 황석우 시
는 그러한 초월적 공간의 특징을 잘 보여준다.

　　　孤獨은내靈의月世界,

　　　나는그우의沙漠에깃드려잇다,

　　　孤獨은나의情熱의佛土,

　　　나는그우에한적은薔薇村을세우려한다,

　　　그리하여나는스사로그村의王이되려한다(중략)

　　　실노孤獨은神과人과의愛의境界,

　　　이곳에드러와야,

　　　神의감춘손(秘手)을쥠을엇는다

　　　아닐다, 孤獨그自身이「愛」일다,

　　　神과人과의愛, 神人同體의

　　　가쟝合理的의强하고, 淨한愛일다,

　　　　　　　　(黃錫禹, 「薔薇村의 饗宴」 부분, 『薔薇村』 창간호, 1921. 5.)

　위 시는 '孤獨=靈의 月世界=情熱의 佛土≒薔薇村'의 구도를 보여주고
있다. 여기서 고독은 순전한 내면의 세계, 다시 말해 '靈'의 세계의 다른
표현이다. 즉 내면의 공간인 것이다. 시적화자는 이 내면의 공간 위에 '薔
薇村'을 세우겠다고 말하고 있다. 이 장미촌은 예술(시)의 세계에 다름 아
니다. 그리고 이 공간은 "神과 人과의 愛의 境界"이면서 "神의 감춘 손(秘
手)을 쥠을 엇는" "神人同體"가 가능한 공간, 즉 절대적이고 신성한 공간
이다.50) 예술의 세계를 신성하고 절대적인 공간으로 설정함으로써 시적

---

50) 장미촌이라는 예술(시)의 공간이 신성한 공간이라는 것은 황석우 시론의 다음 언급,
　　즉 "詩人은 神의 玉座에 對坐하는 榮光을 가젓다/詩人은 實노 藝術家의 帝王일다 詩
　　人의 感覺은 곳 神人과의 接觸"(「詩話=詩의初學者에게」, 『每日新報』, 1919. 9. 22)

화자는 폐허의 현실로부터 초월을 기도하고 있다. 그리고 황석우 시에 나타나는 절대적이고 신성한 예술의 공간은 현실의 폐허를 벗어날 수 있도록 한다는 의미에서 구원의 공간이기도 한데, 이런 구원의 공간은 구원의 대상과 구원자가 순환하는 매우 자족적인 공간으로 형상화되고 있다.

①
(전략)
나의靈은 死의번개뒤번치는
黑血의하늘밋,
활문山에祈禱하는基督갓치
업듸여운다
「愛人을내다고」라고,
아아내靈은
날째더리고온단하나의
愛人의간곳을차즈려
여름의鬱陶한구름안갓흔
씃업는曠野를허매히는盲人이로라.

(黃錫禹, 「愛人의引渡」 부분, 『廢墟』 1호, 1920. 7.)

②
어느날내靈魂의
午睡場(낫잠터)되는
沙漠의우, 수풀그늘로서
碧毛(파란털)의
고양이가, 내고적한

―――――――
이라는 언급을 통해서도 알 수 있다.

마음을바라다보면서

(이애, 네의

왼갓懊惱, 運命을

나의熱泉(끓는샘)갓흔

愛에 살젹삶어주마,

만일, 네마음이

우리들의世界의

太陽이되기만하면,

基督이되기만하면).

(黃錫禹,「壁毛의猫」,『廢墟』1호, 1920. 7.)

인용된 두 편의 시를 보면 구원자와 구원의 대상이 순환되고 있는 모습을 확인할 수 있다. '애인' 또는 '기독'이라는 형상은 구원자를 상징하는데, 위에 인용된 두 편의 시에서 '기독'은 구원을 기원하는 존재로 나타나기도 하고 구원자의 모습으로 나타나기도 한다. 즉 ①에서 시인은 "참 생활"을 줄 수 있는 구원자인 '애인'을 찾고자 기원하고 있다.[51] 이 시에서 애인은 구원자로 시적화자는 구원의 대상으로 나타난다. 그런데 이 시에서는 구원의 대상인 시적화자가 구원의 대상이면서도 '기독'이라는 구원자의 형상으로 전도되는 모습이 불완전하게나마 나타난다. 즉 '구원의 대상이면서 구원자'인 기독이라는 독특한 비유가 형성되고 있는 것이다.

이런 전도는 ②에서 완전해지고 있다. 이 시에서 벽모의 고양이는 애인의 변형된 형상이라고 할 수 있는데, 그것은 "나의熱泉(끓는샘)갓흔/愛

---

51) 1920년대 전반 예술의 세계와 사랑의 세계는 구원의 세계로서 거의 동일한 세계에 가까웠다.(김지영, 『연애라는 표상』, 소명출판, 2008, '1920년대 동인지의 미의식과 '연애-예술'의 동일성' 부분 참고)

에 살격삶어주마"라는 구절을 통해 확인할 수 있다. 그리고 이 벽모의 고양이는 "왼갓懊惱, 運命"을 끊는 샘 같은 사랑으로 없애줄 수 있다는 의미에서 구원자의 형상을 띠고 있다. 그러나 이 벽모의 고양이는 이 시에서 구원자의 형상으로만 나타나는 것이 아니라, 구원을 기원하는 구원의 대상으로 나타나고 있기도 하다. 즉 벽모의 고양이는 스스로가 구원자의 형상을 지니고 있으면서도 시적 화자에게 "우리들의世界의" "太陽"과 "基督"이 될 것을 기원하고 있기 때문이다. 이런 전도는 시적 화자에게서도 마찬가지로 일어나고 있다. 즉 시적 화자는 벽모의 고양이의 사랑으로 "왼갓懊惱, 運命"으로부터 구원받는 존재인 동시에 "太陽"과 "基督"이라는 구원자가 되어야 할 운명을 받은 인물로 나타나고 있기 때문이다. 결국 「벽모의 묘」에서 구원자와 구원의 대상이 순환하는 구원의 순환구조가 완성되는 것이다. 황석우 시에서 구원의 공간이 예술(시)의 세계와 상통한다는 의미에서, 구원의 순환구조의 정점에 있는 "沙漠의우, 수풀그늘"의 "내靈魂의/午睡場"은 '사막'(폐허)의 현실로부터 구원된 독립적이면서도 신성한 예술(시)의 세계를 상징한다고 할 수 있을 것이다.[52]

황석우의 시가 보여주는 신성하고도 초월적인 예술의 공간은 1920년대 전반 시인들을 통해 여러 가지 형상으로 변주되고 있다. 황석우 시가 대표적으로 보여주듯 1920년대 전반 시의 미학은 식민지적 현실을 풍경으

---

52) 지금까지 「벽모의 묘」는 주로 상징주의의 영향을 받은 작품으로 평가 받았으나, 그 난해성으로 인해 호의적인 평가를 얻지는 못했다. 그 대표적인 예로는 이 작품이 "다만 모호한 환각 이외의 아무런 질서도 가지고 있지 않"으며 외국의 문예사조를 흉내 낸 것에 불과하기 때문에 "역사적인 또는 문학적인 의의를 인정할 수 없다"고 한 김흥규의 평가가 있다.(김흥규, 「'근대시'의 환상과 혼돈」, 『문학과 역사적 인간』, 창작과비평사, 1980, 197~198쪽 참고) 그럼에도 이 시는 1920년대 전반 시의 가장 전형적인 구조를 보여주고 있다는 의미에서 문화적인 의미가 크다.(권유성, 「1920년대 초기 황석우 시의 비유 구조 연구」, 『국어국문학』 142호, 국어국문학회, 2006. 5 참고)

로 소외시키고 내면세계에다 관념적이고 초월적인 세계를 구축한다는 의미에서 '초월의 시학'으로 규정될 수 있을 것이다. 초월의 시학을 보여주는 시인들은 시를 통해 서로 다른 구원의 공간을 만들어내지만, 그 근본적인 지향에 있어서는 큰 차이가 없었다고 할 수 있다.

宇宙는靈의存在여眞理의存在여
아! 古人의傳說도
哲人의眞理도
明人의諷誠도
烈女의情熱도
宗敎의神秘인神의存在도다·
靈의不滅을意味홈이여

彼女는죽엇고나그리도
彼女의美와愛는
니腦裡에잠겨잇고나
아! 彼女는精神과客觀으로살고
그-鼓動ᄒ든情熱의脈搏과
歡樂의늑기든喜悅의表情은
生理的과主觀的으로滅亡ᄒ엿다

아! 死의神秘에不思議여
아! 靈魂의存在여
靈魂의神秘와不滅은
永遠無限을意味홈이요
永遠無限은

時間空間을超越혼意味가안인가

彼女는人生을辭職ᄒ얏는가
그리도彼女는亦是
宇宙間에存在되얏다
傳說과或은美와사랑속에
아! 靈의神秘여

(蘆月, 「美의 生活-靈魂의 秘密」, 『每日新報』, 1920. 2. 21.)

위 시는 유미주의적 예술관을 뚜렷이 보여주었던 노월 임장화의 것으로, 이 시 또한 1920년대 전반 시들이 보여주었던 초월의 시학을 뚜렷이 보여주고 있다. 이 시에서 가장 강조되는 것은 '靈'의 불멸성이다. 이미 언급한 바와 같이 이 시기 '靈'의 세계는 당시 새로운 지식인들이 발견한 현실을 초월한 예술의 세계이기도 했고 미와 구원의 세계이기도 했다. 이 시에서 '영의 세계'는 '生의 세계'와 대립되는 '死의 세계'로 나타나는데, 그 세계는 어둡고 부정적인 세계가 아니라 "永遠無限을意味"하는 세계이다. 그리고 영원무한은 "時間空間을超越혼意味"를 가진다. 따라서 죽음을 통해 "人生을辭職"한 그녀는 "傳說과或은美와사랑속에" 살게 된다. 즉 그녀는 죽음을 통해 영의 세계로 진입함으로써 구원된 것이다. 죽음을 통해 현실과는 다른 영의 세계, 즉 미(예술)의 세계로 초월하고자 한다는 의미에서 임노월의 시는 1920년대 전반 초월의 시학을 전형적으로 보여주고 있다.

황석우와 임노월 이외에도 이 시기의 많은 시인들이 초월의 시학을 보여주고 있었던 것이 사실이다. 1920년대 전반 박종화의 시집 『흑방비곡』(조선도서주식회사, 1923)에서 끊임없이 반복되는 죽음에 대한 예찬이나 「월

광으로 짠 병실」 등에서 구축되는 박영희의 몽환적인 세계, 그리고 이상
화의 「末世의欷嘆」, 「나의 침실로」 등에서 반복적으로 환기되는 구원의
공간으로서의 '동굴'과 같은 이미지들은 이와 같은 초월의 시학의 다양한
변주들에 속한 것들이었다.

요컨대 1920년대 전반 새로운 문학인들은 시를 통해 현실을 극단적으
로 부정하고 그것과는 다른 관념적 구원의 세계를 구축하고자 노력하고
있었다. 그리고 그러한 시세계의 근저에는 문명의 관점에서 당대의 식민
지 현실을 부정하는 '제국의 시선'이 전제되어 있었기 때문에, 그것이 이
들에게 자연스럽게 느껴졌을 뿐 아니라 '조선민중에게 참된 精神生活을
주'고 있다는 자신감을 심어주기까지 했다. 그러나 이런 식민지적 무의식
은 이들로 하여금 당대의 구체적인 삶을 풍경으로 소외시키도록 만들었
을 뿐 아니라, 스스로를 자신이 창조한 초월적인 예술의 세계에 유폐시키
도록 만들었다. 따라서 이들은 극도로 내면적인 인간일 수밖에 없었다.
1920년대 전반 시인들이 보여준 초월의 시학은 주관성이 극도로 강화된
독백주의적 서정성53)을 전형적으로 보여주고 있었다.

---

53) 박현수는 최근 연구에서 서정성의 층위를 크게 독백주의적 서정성과 상호주체적 서
정성으로 나눈 바 있는데, 1920년대 전반 초월의 시학은 객관 세계와의 관계를 절연
하고 내면의 세계로 침잠함으로써 주관성이 극도로 강화된 모습을 보여주고 있어 독
백주의적 서정성에 가깝다고 할 수 있다.(박현수, 「서정시 이론의 새로운 고찰」, 『우
리말글』 40호, 우리말글학회, 2007. 8 참고)

3. 내부적 응시와 내재의 시학

3.1. 식민지 체험과 내부적 응시

1920년대 전반 일본 유학을 체험했든 체험하지 않았든 대부분의 지식인들이 문명화의 사명을 내면화함으로써 그들의 시에 식민지의 구체적인 삶을 소외시켰던 것이 사실이지만, 모든 시인들이 그러했던 것은 아니다. 그와 달리 근대 문명을 체험했음에도 그것을 상대화하거나 비판적인 거리를 유지함으로써 식민지의 구체적인 삶을 다만 풍경으로 소외시키지 않았던 시인들 또한 존재하고 있었다. 문단적인 규모에서 보았을 때 이들은 매우 소수에 지나지 않았기 때문에 지금까지의 연구들은 이들을 뚜렷한 하나의 흐름으로 자리매김하지 않았다. 그러나 비록 예외적으로 보일지라도 이러한 흐름은 한국 근대시사에서 매우 중요한 의미를 지닌 흐름이다. 왜냐하면 이들은 초월의 시학을 보여주었던 시인들이 확보하기 어려웠던 또 다른 서정시의 가능성을 풍부하게 지니고 있었기 때문이다.

초월의 시학을 보여주었던 시인들과 달리 근대 문명을 상대화할 수 있었던 지식인들이 존재할 수 있었던 근본적인 이유는 식민지 지식인들의 내면구조에서 일차적으로 그 원인을 찾을 수 있다. 이미 살펴보았듯이 식민지 지식인들은 식민지적 무의식과 동시에 식민지적 자의식 또한 지니고 있었는데, 이러한 자의식은 근대 문명에 대한 상대적인 인식을 가능하게 해주는 근본적인 동력이 될 수 있었다. 즉 식민지 지식인의 복잡하게 분열된 내면이 다양한 시적 지향의 공존을 가능하게 하고 있었다는 것이다. 그리고 이들이 근대 문명을 상대화할 수밖에 없었던 것은 근대 문명이 식민지라는 매우 폭력적인 양태로 존재하고 있었기 때문이기도 하다.

1920년대 전반은 이미 지적했듯이 문화적으로 매우 다양한 지향들이 동시에 발현될 수 있었던 공간이었고 그것은 문학에서도 예외는 아니었다. 특히 시에 있어서 이와 같은 지향을 잘 보여주는 대표적인 시인으로는 홍사용과 김소월을 들 수 있다.

홍사용의 시는 동시대 초월의 시학을 보여주었던 시들과는 다른 모습을 보여주고 있다. 그것은 그의 시가 매우 구체적인 방언을 즐겨 쓰고 있다는 점에서 잘 드러난다. 홍사용의 이 같은 언어 사용은 이 시기 김소월과 함께 매우 특이한 사례였다. 이것은 아마도 홍사용이 문명의 세례를 받았으면서도 그러한 세계에 일방적으로 경도되지 않았기 때문에 가능했던 것으로 보인다. 홍사용의 시에는 자기 식민지화된 지식인들이 흔히 보여주고 있는 관념적인 초월의 세계도 일부 나타나지만, 그와 동시에 문명의 세계와는 거리가 멀게 보이는 전근대적이거나 비근대적인 소재들이 자주 등장한다. 이것은 홍사용이 식민지 근대의 와중에 그 존재가 지워지거나 잊혀져가고 있었던 주변적 존재들에 대한 감각을 지니고 있었음을 반증한다.

> 나의 靈은 저와 조화하여 몽기몽기 떠올라 가끔 바람에 불려 이리 휘뚝 저리 휘뚝, 그러다 영영히 먼 곳으로 떠 가면…… 그만이지. 그러나, 현량개 사람들아, 행여나 慈母 같은 저 사랑 품을 벗어나지 마라. 이 세상 악풍조를 어찌 느끼랴. 도도한 濁波가 뫼를 밀고 언덕을 넘어 덮어 민다. 조심하라. 음탕·사치·遊放·惰怠·오만·완고, 이 거친 물결을…… 저의 사랑이 엷거든 너른 품으로 훔쳐 싸 주는 朱鳳뫼의 사랑을 밧으라. 그래도 부족하거든 영원한 저 곳, 저 하늘을 우러러보라. 주봉뫼는 그 사랑 품에 모로 안기며, 풀집 연기는 저기를 쳐다보며 몽기몽기 오른다.

풋밤송이 같은 꼴짐은 깝죽깝죽 흔들거리며 건넛말로 들어가고, 저 뒤로 쇠코잠방이 아래, 젓가락 같은 두 다리로 땅을 버팅기며 코 센 거 먹암소, 고삐를 다리며 애쓰는 꼴이야. 저것이 사람인 생명이다. 그래도 그가 靈物이라, 끝끝내 영악한 저를 정복한다.

아이 꽁무니 따르기에 뉘 집 흰 강아진지 너무 고되다. 아이는 밭 매 는 젊은 계집더러 "누이- 밥 먹으라여-." 무교육한 鄙鄕土語나, 아무리 들어도 어련무던한 시골 말솜씨다. 아이가 돌아서 내리뜨고, 밭 가운데 어린 아기들은 "잠자리 동동 파리 동동", 또 "자-즈 자-즈". 이것도 다 의 미 있는 소리다.[54]

위 인용문에서 홍사용이 보고 있는 것은 그가 교육받은 근대 문명과는 매우 다른 모습임을 알 수 있다. 실제로 그가 보고 있는 것은 근대의 와 중에 그 존재가 지워지고 있었던, 즉 그 기표를 잃어버리고 있었던 것들 에 가깝다. 주봉뫼 아랫동네 현량개에 사는 사람들의 삶은 "뫼를 밀고 언 덕을 넘어 덮어"미는 "도도한 濁波" 앞에 노출되어 있다. 홍사용이 여기 서 말하는 '탁파'란 외부 세계의 급격한 변화, 즉 서구적인 문명의 급격 한 도입 과정에 다름 아닐 것이다. 홍사용은 그러한 '탁파'가 현량개에 "음탕·사치·遊放·惰怠·오만·완고"와 같은 악풍조를 가져올 것을 두려워하고 있다. 홍사용이 보여주는 이러한 반식민주의적 (무)의식은 그 가 식민지적 자의식이 강한 인물이었음을 말해준다. 홍사용은 근대적인 교육 혹은 도회적 삶의 경험을 통해 근대 문명의 악풍조를 눈으로 보았 기 때문에 이러한 관점을 가질 수 있었다고 할 수 있다. 그리고 그가 현 량개의 삶을 긍정하고 그 모든 것들이 '의미 있는' 것들이라고 확신할 수

---

54) 홍사용, 「해 저문 현량개」, 『홍사용 전집』, 새문사, 1985, 269~270쪽. 이 글은 1919 년 7월 작품이다.

있었던 것은 그가 근대 문명을 상대화하고 있었기 때문에 가능했다. 이러한 관점을 지니고 있었기 때문에 홍사용은 현량개라는 공간의 생명력이 지닌 가치를 인식할 수 있었고, 그리고 그것이 지킬 가치가 있는 것이라고 말할 수 있었다.[55]

한편 홍사용의 이 같은 인식이 중요한 이유는 그가 비근대적이거나 전근대적인 삶의 모습을 긍정하고 있을 뿐 아니라, 그것을 단순히 민족적인 것으로 환원하고 있지 않기 때문이기도 하다. 근대적인 문명으로 환원되지 않는 환원 불가능한 주변에 대한 그의 관심은 1925년 『開闢』에 발표된 「봉화가 켜질 때에」에서도 드러나는데, 이 소설은 소위 문명화된 지식인들의 세계에 결코 받아들여지지 못했던 백정 처녀의 죽음을 다루고 있다. 소설에서 이 백정 처녀는 식민지 근대의 논리로 환원되지 않는 존재일 뿐 아니라 그러한 논리로부터 배제된 존재로 나타나고 있다.

　　"동포다, 형뎨와, 자매이다, 이나라 사람들은, 눈물에서 산다, 약한 자
　　여- 모듸어라, 한세인 살림을 찾기 위하야……"하며, 뒤쩌들든 남편도,
　　알뜰한 사람을 저바릴 쌔에는, 모든 것이 다 그짓말이엿다.[56]

위 언급은 식민지라는 공간이 민족적으로도 결코 균질적인 공간이 아니었음을 단적으로 보여주고 있다. 실제로 식민지 공간은 근대적인 것과 전근대적인 것(혹은 비근대적인 것), 민족적인 것과 비민족적인 것과 같

---

55) 홍사용은 1900년 경기도 용인군 기흥면에서 태어나 1919년 휘문고보에 입학하기 전 대부분의 유년기를 고향에서 보냈던 인물이었다.(김학동, 『홍사용전집』, 새문사, 1985, 399~402쪽 참고)

56) 홍사용, 「봉화가 켜질 째에」, 『開闢』 61호, 1925. 7.(김학동 편, 『홍사용 전집』, 새문사, 1985, 76쪽.)

은 비균질적인 것들로 분열되어 있었던 공간이었다. 홍사용은 그러한 균열을 백정 처녀라는 형상을 통해 보여주었고, 그리고 그러한 균열이 결코 '동포나 형제'와 같은 민족적인 비유로 봉합될 수 없음 또한 잘 보여주고 있다.

그러나 홍사용은 1920년대 전반을 통해 이와 같은 반식민주의적 관점을 일관되게 유지하지는 못하고 있다. 1922년 『백조』의 핵심 동인으로 참가하면서 그는 문단과 밀접한 관계를 맺게 되는데, 이 과정에서 그는 자기 식민지화된 지식인들과 일정 부분 동화되어가는 모습을 보여주고 있다. 이런 의미에서 홍사용은 식민지 지식인의 분열된 내면을 가장 전형적으로 보여주고 있는 인물이기도 하다. 그것은 그가 문단에 적극적으로 참여하면서 반식민주의적 (무)의식과 식민지적 무의식이 혼재되고 있는 모습을 잘 보여주고 있기 때문이다. 그리고 1920년대 후반 그는 민족주의적 관점을 전면적으로 수용한 것으로 보인다. 그 시기 발표된 그의 민요론은 민족주의를 받아들이지 않고는 불가능한 논리들을 담고 있기 때문이다. 그러나 홍사용의 경우는 1920년대 직접적으로 소위 '민요시' 창작에 나섰던 인물은 아니었다. 실제 '民謠'라는 부기를 붙여 그가 시를 발표하는 것은 1930년대 후반에 이르러서였다.57)

1920년대 전반 홍사용과 함께 식민지적 자의식과 반식민주의적 (무)의식을 가장 뚜렷이 드러냈던 또 다른 인물이 김소월이었다. 김억과 사제관계를 맺기도 했던 김소월이지만 그는 김억과 같은 자기 식민지화된 지식인과는 매우 다른 세계관을 보여주고 있었다. 그러나 그의 의식적 지향을 살펴보는 것은 쉬운 일이 아닌데, 왜냐하면 그는 1920년대를 통해 거의 시 창작만 했다고 해도 과언이 아닐 정도로 이론이나 평론 같은 의식적

---

57) 홍사용은 『삼천리문학』 1938년 1월에 민요 3편을, 1939년 4월에 민요 4편을 발표했다.

지향을 직접적으로 표현하는 글을 거의 발표하지 않았기 때문이다. 특히 김소월은 당대의 문단 활동에 거의 관여하지 않았는데, 그것은 1920년대 문단에서 활동했던 인물들의 증언을 통해서도 확인이 된다.[58] 그는 대부분의 생애를 그의 고향인 정주 곽산 혹은 처가가 있었던 구성에서 지냈다. 그가 도회에 머물렀던 시간은 1922년에서 1923년에 걸친 기간 정도였다. 그리고 1923년에는 동경대진재로 끝나는 유학 체험을 잠시 하기도 했다. 이렇게 보면 김소월은 근대적인 교육을 충분히 받았을 뿐 아니라 근대 문명에 대한 체험도 어느 정도 가지고 있었던 인물이었다. 그럼에도 그는 삶의 대부분을 향토에서 보냈던 인물이기도 했다.

지금까지 남아 있는 글 중에서 김소월의 시적 지향을 비교적 뚜렷이 확인할 수 있는 유일한 텍스트가 1925년 5월 『開闢』(59호)에 발표된 「詩魂」이다. 「詩魂」이 발표된 1925년은 그의 손으로 발간된 유일한 시집 『진달내꽃』이 간행된 해로 그의 시작의 절정기라고 해도 과언이 아니다.[59] 따라서 「詩魂」은 김소월이 가장 활발하게 시작 활동을 했던 시기에 발표된 글이라는 의미에서 그의 시적 지향을 가장 구체적으로 보여줄 수 있는 텍스트라고 할 수 있다.[60]

그런데 김소월의 「詩魂」은 몇 가지 의미에서 매우 특이한 텍스트라고

---

58) 그 대표적인 증언으로는 김억의 증언(金岸曙, 「夭折한 薄倖詩人 金素月에 對한 追憶」, 『朝鮮中央日報』, 1935. 1, 22~26쪽)과 김동인의 증언(김동인, 「寂寞한 藝苑」, 『每日新報』, 1932. 9. 29) 등을 들 수 있다.

59) 김소월은 1920년 문단에 나오지만 시적으로 주목할 만한 시기는 1922~1925년경까지라고 할 수 있다. 1927년 잠정적으로 시작을 중단한 이후 그는 주목할 만한 시적 성과를 거의 보여주지 못하고 있다. 이런 의미에서 소월은 1920년대 전반을 대표하는 시인으로 자리매김 될 수 있을 듯하다.(김용직 편저, 『김소월 전집』, 서울대출판부, 2001, '김소월 연보' 참고)

60) 박경수, 「"詩魂"에 나타난 金素月의 詩學」, 『정신문화연구』 27호, 한국학중앙연구원, 1985. 12, 108쪽 참고.

할 수 있다. 우선 이 글은 당대의 문단 질서를 감안할 때 매우 특이한 경로로 발표되고 있다. 「詩魂」은 표면적으로 김억이 김소월을 '민요시인'으로 자리매김했던, 1923년 12월 『開闢』(42호)에 발표된 「詩壇의 一年」이라는 글에서 이루어진 그의 시에 대한 짤막한 비평에 대한 반론 형식으로 발표된 글이다. 다시 말해, 김소월은 스승 김억이 했던 자신의 시에 대한 짧은 비평을 반박하기 위해 1년 6개월이나 지난 시점에 의도적으로 「詩魂」을 썼다는 것이다.[61] 그러나 당시 김억의 위상을 생각한다면 김억이 그의 시를 평했다고 해서 그가 반론을 제기할 만한 상황은 아니었다. 그럼에도 불구하고 그가 굳이 1년 6개월이나 지난 상황에서 「詩魂」을 발표했다는 것은 김소월이 김억의 비평을 그대로 수용할 수 없었던 분명한 이유가 있었기 때문일 것이다. 이런 사정은 「詩魂」에서 김소월이 말하고자 하는 바를 정리한 후에야 어느 정도 파악할 수 있다.

다음으로 「詩魂」에서 주목할 만한 것은 이 글이 비평적이거나 이론적인 문체로 작성되었다고 보기 어렵다는 점이다. 이 글은 마치 이론적인 구조를 거부하기 위해 작성된 글로 보일 정도로 매우 감성적인 문체로 작성되어 있다.

그러나 여보십시오. 무엇보다도 밤에 깨여서 한울을 우럴어 보십시오. 우리는 나제 보지 못하든 아름답음을, 그곳에서, 볼 수도 잇고 늣길 수도 잇습니다. 파릇한 별들은 오히려 깨여 잇섯서 애처럽게도 긔운잇게도

---

61) 1920년대 전반 문학을 둘러싼 다양한 논쟁을 살펴보면 알 수 있는 것이지만, 이 시기 문학적 논쟁 혹은 비평적 논전은 짧은 기간 집중적으로 이루어지는 것이 통상적인 것이었다. 염상섭과 김동인의 논쟁이나 현철과 황석우의 논쟁, 그리고 김억과 이상화의 논쟁 등은 그런 모습을 잘 보여주고 있다. 이런 의미에서 김소월의 「詩魂」은 전혀 뜻하지 않은 시점에 예상 밖의 형식으로 제출된 글이라고 할 수 있다.

몸을 떨며 永遠을 소삭입니다. 엇든 때는, 새벽에 저가는 요요한 달빗치, 애틋한 한 쪼각, 崇嚴한 彩雲의 多情한 치마뀌를 비러, 그의 可憐한 한두 줄기 눈물을 문지르기도 합니다.[62]

「詩魂」은 표면적으로 비평적 반론의 성격을 지니고 있는 '논문'임에도 그 표현방식이 이론적이거나 비평적이라고 하기는 어렵다. 이것은 김소월이 이 글을 표면적인 목적과는 조금 다른 의도를 가지고 쓴 것이 아닌가 하는 의문을 갖게 만든다. 요약하자면 김소월의 「詩魂」은 당대적 문단 질서와도 동떨어져 있고 글의 체제 또한 전혀 이론적으로 보이지 않는다는 것이다. 그렇다면 김소월의 이 글은 왜 발표되었을까?

다시 한번, 都會의 밝음과 짓거림이 그의 文明으로써 光輝와 勢力을 다투며 자랑할 때에도, 저, 깁고 어둠은 山과 숩의 그늘진 곳에서는 외롭은 버러지 한 마리가, 그 무슨 슬음에 겨윘는지, 수임업시 울지고 잇습니다, 여러분. 그 버러지 한 마리가 오히려 더 만히 우리 사람의 情操답지 안으며, 난들에 말라 벌바람에 여위는 갈때 하나가 오히려 아직도 더 갓갑은, 우리 사람의 無常과 變轉을 설워하여 주는 살틀한 노래의 동무가 안이며, 저 넓고 아득한 난바다의 뛰노는 물껼들이 오히려 더 조흔, 우리 사람의 自由를 사랑한다는 啓示가 안입닛가.[63]

위 인용문은 김소월이 「詩魂」에서 드러내고자 한 것이 무엇인가를 유추할 수 있는 부분이다. 이 글에서 김소월이 주목하는 것은 도회의 밝은 문명과 상반되는 곳에 위치한 것들이다. 문명과 상반되는 곳, 즉 문명의

---

62) 金素月, 「詩魂」, 『開闢』 59호, 1925. 5.
63) 김소월, 앞의 글.

빛이 비쳐들지 않는 어둠은 죽음의 공간에 가까운데 김소월은 그러한 공간에서야 "사름의 아름답은 빨내한 옷이 生命의 봄두던에 나붓"길 수 있다고 보고 있다. 즉 김소월은 도회적인 근대의 문명과는 거리가 먼, 혹은 그러한 문명의 빛으로는 보이지 않는 그러한 곳에서야 "우리의 몸보다도 맘보다도 더욱 우리에게 各自의 그림자 가티 갓갑고 各自에게 잇는 그림자가티 반듯한 各自의 靈魂"을 볼 수 있다고 주장하고 있는 것이다. 김소월의 이러한 주장은 매우 깊은 문화적 함의를 지닌다고 보인다.[64]

김소월은 존재의 본질이 빛의 밝음 즉 문명의 논리에서는 드러나지 않는다고 보고 있는 듯하다. 그러나 김소월의 이 말은 엄밀하게 해석될 필요가 있다. 김소월의 이 말은 문명의 논리는 자신이 보고자 하는 세계가 아니라는 것, 문명의 빛에 의해 드러나는 모습은 자신의 시에 담고자 하는 세계가 아니라는 그런 의미에 가깝다. 그리고 이 말은 그가 문명의 빛에 의해 드러나지 않는 것, 혹은 문명의 빛이 가려버리는 세계, 곧 '음영'의 세계가 자신이 시를 통해 드러내고자 하는 세계라는 것을 의미한다. 그렇다면 그 '음영'의 세계란 어떤 세계인가? 그 세계는 곧 서구적인 문명 혹은 일본이 앞세우고 들어온 새로운 문명에 의해 소외되고 무시되는 그런 세계라고 유추해 볼 수 있다. 물론 그러한 세계 속에는 식민지인들이 살아가고 있을 것이다. 그렇다면 결국 김소월이 시를 통해 드러내고자 하는 세계는 식민지인들의 소외된 삶, 다시 말해 빛의 세계로부터 버려지거나 소외된 그러한 삶이라고 할 수 있다. 그러한 삶은 '빛의 세계'에서

---

64) 최근 김지혜는 김소월의 「詩魂」을 이기론적 관점에서 연구해 '자생시론'으로서의 의의를 밝히고 있는데, 그의 연구는 당대 서구적 시론에 영향 받은 시론들과 『詩魂』의 차별성을 뚜렷이 밝히고 있다는 점에서 의의가 있다. 그러나 김소월의 「詩魂」이 가질 수 있는 더 깊은 문화적 함의를 밝히는 데에는 다소 부족한 감이 없지 않다.(김지혜, 「김소월 「詩魂」의 이기론적 연구」, 경북대석사학위논문, 2010 참고)

는 보이지 않는 삶, 이것을 뒤집어 말한다면 근대적인 문명의 논리에서는 그 존재가 드러나지 않는 '환원 불가능한 주변'들이라고 할 수 있다. 이런 의미에서 미적 형식을 통해 현현되는 시혼은 식민지의 환원 불가능한 주변의 다른 이름이다.

> 그러한 우리의 詩魂은 勿論 境遇에 짜라 大小深淺을 自在 變換하는 것도 안인 同時에, 時間과 空間을 超越한 存在입니다.[65]

김소월의 「詩魂」을 적어도 식민지 근대의 산물로 볼 수 있다면, 김소월이 시혼을 "時間과 空間을 超越한 存在"라고 보고 있는 것도 표면적인 의미로 받아들일 수는 없다. 김소월이 폭력적인 근대 즉 식민지라는 사회 역사적 상황으로부터 소외된 존재들을 가장 중요한 가치로 보고 있었다는 점에서, 여기서 말하는 '시간과 공간'은 곧 "都會의 밝음과 짓거림"으로 대변되는 근대 문명의 시간과 공간을 의미한다고 보아야 한다. 이런 의미에서 김소월이 '시혼'을 '시간과 공간을 초월한 존재'로 명명한 것은 근대 문명으로 환원되지 않는 식민지인들의 삶을 드러내기 위한 수사라고 할 수 있을 것이다. 다시 말해 김소월은 근대적인 논리로 '환원 불가능한 주변' 혹은 '약분 불가능한 차이'들을 '시혼'이라는 매우 암시적인 용어로 명명했던 것이다. 이런 의미에서 '시혼'은 단순히 시론상의 개념에 머무는 것이 아니라 식민지 근대의 와중에서 배제되었거나 그것으로 환원되지 않는 것들에 대한 문화적 정의에 가깝다.

> 그러면 詩魂은 本來가 靈魂 그것인 同時에 自體의 變換은 絶對로 업

---

65) 김소월, 앞의 글.

는 것이며, 가튼 한 사람의 詩魂에서 創造되어 나오는 詩作에 優劣이 잇
서도 그 優劣은, 詩魂 自體에 잇는 것이 안이오, 그 陰影의 變換에 잇는
것이며66)

　　따라서 김소월에게 '시혼'은 그 자체로 변하거나 우열이 있는 것이 아
니다. 그것이 차이를 가지게 되는 것은 다만 '음영의 변환'에 의한 것일
뿐이다. 이것은 '음영'이 전제하는 빛의 문제라고 할 수 있는데, 김소월에
게 빛의 문제가 문명의 문제이자 도시의 문제, 혹은 근대의 문제였다면,
그것은 곧 근대의 '시선'에 해당한다고 할 수 있을 것이다. 그리고 그러
한 빛은 시대와 주위 환경에 따라 서로 다른 그림자 곧 음영을 만들어낼
수 있다는 것이다. 그러나 그러한 빛에 의해 비쳐지는 대상, 즉 시혼은
그 자체로 변화되지 않는다는 것이다.67) 요약하자면 김소월은 근대적인
논리에 의해 배제되거나 환원되지 않는 것들이 시대와 환경에 따라 다르
게 보일 수는 있지만 그것의 존재 자체가 사라지거나 변화되는 것은 아
니라고 본 것이다. 이것은 김소월이 근대 문명의 논리를 상대화시키고 있
다는 것을 의미한다. 김소월이 식민지 근대화의 과정에서 배제되거나 소
외되는 것들을 근대의 시선으로 바라보지 않고 그러한 시선 자체를 상대
화할 수 있었던 것은 그의 인식론적 입지 자체가 식민지의 외부가 아니
라 내부에 있었다는 것을 의미한다.

---

66) 김소월, 앞의 글.
67) 박경수는 김소월의 시혼 개념이 "인식의 논리를 신비적인 것으로 비평의 대상에서
　　제외했다는 한계"를 갖게 했다고 언급한 바 있는데, 이러한 그의 언급은 시사하는 바
　　가 크다. 그러나 김소월의 「詩魂」이 당대 문명의 논리에 반하는 '反'이론으로서의 성
　　격을 지니고 있다는 것을 고려한다면 김소월의 '시혼' 개념은 이론적 한계를 드러낸
　　것이라기보다는 그것에 대항하는 의미가 있었다고 하는 것이 타당할 듯하다. 박경수
　　는 김소월의 「詩魂」을 시론이라는 범위 안에 배치하고자 하고 있기 때문에 「詩魂」의
　　기본적 성격인 반시론적 성격을 볼 수 없었다고 보인다.(박경수, 앞의 글, 119쪽 참고)

「詩魂」의 구도를 이렇게 정리한다면, 이 글에서 가장 중요한 대립을 이루고 있는 빛과 음영의 구조는 우리 근대의 구조, 즉 이식의 구조 혹은 문명화의 구조와 매우 흡사하다는 것을 알 수 있다. 이런 맥락에서 김소월이 김억의 비평에서 느낀 불편함은 근본적으로 우리 근대의 구조적인 모순에서 발생한 것임을 알 수 있다. 김소월은 시혼의 심천을 논하는 김억의 논리[68]에서 '빛의 논리', 즉 근대적인 문명의 논리를 감지한 것이고, 따라서 그러한 논리가 소외시키는 '환원 불가능한 주변'에 가치를 두었던 김소월에게 김억의 비평은 매우 불편한 것일 수밖에 없었던 것이다. 김억이 '제국의 시선'을 내재화하고 있었던 인물이었음을 감안한다면, 「詩魂」에서 김소월은 김억의 그러한 관점을 정확하게 파악하고 상대화시켰다고 할 수 있다.

그러므로 「詩魂」의 언어는 비평적 언어로도 이론적 언어로도 보기 어렵다.[69] 비평적 언어와 이론적 언어는 이성의 언어 혹은 근대의 언어 또는 계몽의 언어 등 그 표현이야 어떻든 근대적 원리를 체현하는 언어들이다. 그러나 「詩魂」은 그러한 언어를 사용하지 않는다. 그것은 「詩魂」이 본질적으로 근대적 언어에 의해 소외된 것들의 존재를 드러내기 위한 것이기 때문이다. 이것은 김소월의 반식민주의적 (무)의식이 드러나는 방법

---

68) "「思欲絕」의 (開闢 5월호) 5편 시는 잃어진 꿈을 차자 돌며, 하소연하는 舒情的 情緒와 곱은 리듬이 조화된 기교와 함께, 얄밉게도 싸아진 곱은 시입니다, 마는 詩魂 그 自身이 내부적 깁피를 가지지 못한 것이 유감입니다."(金岸曙, 「詩壇의 一年」, 『開闢』 42호, 1923. 12)

69) 이런 의미에서 김소월이 시를 '비평가의 시각'에서 바라보지 않았다는 장도준의 지적은 의미심장하다.(장도준, 「김소월 시론의 시혼과 음영」, 『한국 현대시의 화자와 시적 근대성』, 태학사, 2006, 227쪽 참고) 김소월이 인정할 수 없었던 것은 문명의 논리로 환원 불가능한 주변을 소외시키는 것이었고, 이를 시의 영역에 적용한다면 서구 문학의 비평의 논리 즉 '비평가의 시각'으로 자신의 시를 평가하는 것을 인정할 수 없었다는 것이 된다.

이자 그것의 발언이라고 할 수 있을 것이다. 이런 의미에서 「詩魂」은 시론이나 비평이라기보다는 시의 언어이자 무의식의 언어에 가깝다.

한편으로 김소월의 「詩魂」은 김억 시론의 가장 약한 부분을 파고든 것이기도 했다. 왜냐하면 김소월의 「詩魂」은 김억이 확보하고 있지 못한 삶의 '실체'에 대해 질문을 던지고 있었기 때문이다. 즉 '시혼'(혹은 영혼)의 존재가 전제되어야만 '음영'이 의미가 있을 수 있는데, '제국의 시선'을 내면화하고 있었던 김억의 시에는 삶의 실체에 해당하는 '시혼'이 존재하지 않았던 것이다. 물론 김억은 「詩魂」이 제기하고 있는 이런 본질적 물음을 듣지도 못했고 따라서 김소월의 글에 대해 그 어떤 반응도 보이지 않는다.

그렇다면 김소월은 어떻게 김억과는 다른 '환원 불가능한 주변'을 볼 수 있는 관점을 가질 수 있었던가? 이 질문에 대답하는 것은 매우 어려운 일이다. 다만 여기서는 김소월이 처한 문화적 환경과 그의 행적을 통해 그 동력을 유추할 수 있을 뿐이다. 이때 가장 중요해지는 것은 김소월이 근대적인 것과 근대적이지 않은 것들 사이에 낀 경계적 존재였다는 점일 것이다.[70] '제국의 시선'을 내면화했던 김억과는 달리 김소월은 근대의 논리를 접했으면서도 근대의 논리 속에서 살아갔던 인물은 아니었다. 오히려 김소월은 근대의 논리와 함께 그것과는 또 다른 삶의 논리가 존재하고 있다는 것을 알고 있었고, 그리고 그러한 삶의 논리 속에서 살아갔던 인물에 가까웠다. 김소월에게 향토라는 현실적인 공간이 중요해지는 것은 바로 이러한 맥락에서이다. 그의 시는 이처럼 사이에 낀 존재로서의 그가 볼 수 있었던 식민지의 소외된 존재들을 드러내기 위한 것이었다.

---

70) 남기혁, 「김소월 시에 나타난 경계인의 내면 풍경」, 『국제어문』 31호, 국제어문학회, 2004. 8 참고.

그누가 나를헤내는 부르는소리

붉으스럼한언덕, 여긔저긔

돌무덕이도 움즉이며, 달빗혜,

소리만남은노래 서리워엉겨라,

옛祖上들의記錄을 무더둔그곳!

나는 두루찻노라, 그곳에서,

형적업는노래 흘너퍼져,

그림자그득한언덕으로 여긔저긔,

그누구가 나를헤내는 부르는소리

부르는소리, 부르는소리,

내넉슬 잡아쓰러헤내는 부르는소리.

(金素月,「무덤」 전문,『진달내옷』, 매문사, 1925.)[71]

근대적인 이성의 논리에서 삶과 죽음은 극명하게 나뉜다. 당연히 산 자와 죽은 자의 경계 또한 분명하다. 그러나 김소월의 위 시에는 그러한 경계가 완전히 허물어지고 있는 모습이 나타나고 있다. 김소월의 시「무덤」은 죽음의 세계와 삶의 세계가 혼재하는 상태, 즉 산 자와 죽은 자가 같은 공간에 존재하는 방식을 잘 드러내주고 있는 시이다. 죽은 자는 '소리만 남은 노래'(형적 없는 노래)로 발언하고 나는 무엇인가를 '두루 찾는

---

71) 김소월의 시는 여러 차례 변형되는 경우가 많은데, 이 글에서 인용되는 김소월의 시 텍스트는『진달내옷』(매문사, 1925)에 실린 작품 형태를 기본으로 한다. 그 이유는 우선 이 시집에는 1925년 말까지 발표된 김소월의 대부분의 작품이 수록되어 있다는 점이다. 그리고 이 시집은 김소월이 초기 김억의 영향으로부터 어느 정도 벗어나 자신의 의도대로 시를 편집할 수 있었다고 보이기 때문이다.『진달내옷』에 수록되지 않은 시들과 그 이후의 시들은 특수한 경우를 제외하고는 최초 발표 지면의 시를 인용한다. 1939년 김억에 의해 편찬된『소월시초』는 원칙적으로 인용에서 배제하기로 했는데, 왜냐하면 이 시집은 발행 시기 김억이 추구하고 있었던 '격조시론'에 영향을 받아 시 형태가 변형되고 있기 때문이다.

다'. '소리만 남은 노래'는 근대화의 과정에서 그 존재가 지워져가고 있었던 식민지의 환원 불가능한 주변이 존재하는 방식에 다름 아닐 것이다. 그러면 그 소리만 남은 노래란 무엇인가? 그것은 다름이 아니라 '옛 조상들의 기록'이다. 과연 이 기록을 '역사'로 읽을 수 있느냐는 다소 의문이다. 그러나 그 기록이 식민지 근대라는 현실의 체계와는 매우 이질적인 체계에 대한 기록이라는 점은 분명하다. 그러한 기록이 과연 현실에서도 존재하고 존재할 수 있는가에 대해서는 분명한 판단을 하기 어렵다. 그러나 김소월의 이러한 인식이 그의 '내부적 응시'와 연관되어 있다는 것은 분명해 보인다. 이런 의미에서 김소월의 시는 반식민주의적 (무)의식이 발언되는 방식이라고도 할 수 있을 것이다.

나보기가 역겨워
가실째에는
말업시 고히 보내드리우리다

寧邊에藥山
진달내꼿
아름짜다 가실길에 뿌리우리다

가시는거름거름
노힌그꼿츨
삽분히즈려밟고 가시옵소서

나보기가 역겨워
가실째에는

죽어도아니 눈물흘니우리다

(金素月, 「진달내꼿」 전문, 『진달내꼿』, 매문사, 1925.)

김소월 시의 공간적 배경은 대부분 '文明의 光輝'가 비쳐드는 '도회'와
는 거리가 먼 향토의 공간인데, 이 시의 공간적 배경 또한 '영변 약산'이
라는 향토의 공간이다. 「詩魂」의 방식으로 말한다면 이 시는 '음영'의 세
계를 배경으로 하고 있다. 인용된 김소월의 대표작 「진달내꼿」은 그러한
공간에서 소외된 존재들이 그 존재를 드러내는 방식을 가장 분명하게 보
여주는 시 중 하나이다.

「진달내꼿」은 표면적으로 이별을 다루고 있지만, 그 이면적 의미는 단
순히 이별의 정한만을 담고 있는 시라고 보이지 않는다. 그것은 이 시의
구조적 특징과 그러한 특징이 만들어내는 효과를 통해 확인해 볼 수 있
다. 이 시에서 우선 주목해 볼 것은 시의 표면에 '버리는 자'가 등장하지
않는다는 점이다. 이 시에서 버리는 자는 잠재되어 있고 '버림받는 나'만
이 표면적으로 등장하고 있을 뿐이다. 따라서 이 시는 구조적으로 '버림
받는 나'가 강조될 수밖에 없다. 그런데 이 시에서 '버림받는 나'는 폭력
에 노출됨으로써 그 존재가 더욱 분명하게 드러나고 있다. 그것은 이 시
의 2, 3연을 통해 알 수 있는데, 버림받는 존재는 '거름거름 즈려 밟히는
진달래꽃'이라는 것으로 형상화되고 있다. 이런 시적 구조에서는 폭력이
강렬할수록 버림받는 존재 또한 강렬하게 드러날 수밖에 없다. 이것은 마
치 「詩魂」의 빛과 음영의 시학처럼 빛이 강렬할수록 그 음영 또한 분명
해질 수밖에 없다는 구조와 동형이라고 할 수 있다. 소외된 자, 즉 '버림
받는 나'가 자신의 존재를 드러내는 방식은 '버리는 자'의 발아래에 '꽃
을 뿌리는' 매우 피학적인 방식이다. 그리고 이러한 과정을 통해 강조되

는 것은 버리는 자의 폭력성이라고 할 수 있는데, 버림받는 존재의 객관적 상관물로서의 진달래꽃은 버리는 자의 폭력성을 극대화시키는 효과적인 이미지로 작용하고 있다. '진달래꽃을 뿌리는' 소외된 자의 발언 방식은 버리는 자의 언어로는 번역이 불가능하지만, 그 존재를 매우 분명하게 드러낼 수 있는 방식이다. 「진달내꽃」에서 소외된 자가 발언하는 방식은 스스로 이성적이고 이지적으로 발언하는 방식이 아니라, 자신을 버린 자의 발밑에 '꽃을 뿌리는' 매우 미학적인 방식인 것이다.

「진달내꽃」에서 알 수 있듯 소외된 존재들의 발언 방식은 「詩魂」의 언어와 마찬가지로 문명의 언어라기보다는 문명으로부터 소외된 곳의 언어에 가깝고, 낮의 언어라기보다는 밤의 언어, 즉 '음영'의 언어에 가깝다. 또한 이성의 언어라기보다는 '혼'의 언어에 가까운 것이기도 하다. 김소월은 시가 발언하는 방식이 이러한 방식이라는 것을 알고 있었고, 그리고 그는 이 시에서 그러한 시의 발언 방식을 충실하게 보여주고 있다. 김소월의 시가 문명화의 사명을 내면화함으로써 식민지에 '제국의 시선'을 보내고 있었던, 즉 초월의 시학을 보여주었던 시인들과는 달리 식민지의 환원 불가능한 주변을 포착하고 그것들을 시적으로 표상해줄 수 있는 내재의 시학을 구축할 수 있었던 것은 그가 「진달내꽃」에서와 같이 소외된 존재들의 발언 방식을 찾아내고 있었기 때문이다. 이렇게 본다면 「진달내꽃」을 해석하는 관습적인 방식, 즉 '체념적 애상' 혹은 '이별의 정한'이라는 전통적 해석은 김소월 시 세계의 본질과 다소 거리가 먼 해석일 수 있다.

3.2. 규율의 거부와 창조된 서정시

홍사용과 김소월은 1920년대를 대표하는 '민요시인'으로 자리매김 되고 있는 것이 사실이지만, 이 두 시인이 1920년대에 '국민문학파'가 말하는 의미에서의 소위 민요시를 썼다고 보기는 어렵다. 홍사용은 1920년대 지속적으로 시를 쓰지도 않았을 뿐 아니라,[72] 그의 시 중 '民謠'라는 이름을 달고 발표된 시는 1934년 이후에야 나타난다. 이런 사정은 김소월 또한 마찬가지였다. 김소월도 '민요시인'이라는 호칭에 거부감을 드러냈을 뿐 아니라[73] 스스로의 시를 민요시라고 생각하지도 않은 듯하다.[74] 그럼에도 1920년대 민요시 논의에서 이 두 시인은 거의 빠짐없이 언급되고 있는 것이 사실이다. 물론 이것은 1920년대에 이 두 시인이 '민요시인'으로 명명될 수 있었던 문화적 맥락이 존재했기 때문일 것이지만, 그럼에도 이 두 시인의 진면목을 살펴보기 위해서는 '민요시(인)'라는 사후적 평가를 일단 괄호로 묶어둘 필요가 있다.

1920년대 홍사용의 시들은 매우 토속적인 경험을 생생한 언어로 표현하고 있어 같은 시기 다른 시인들의 시와 뚜렷이 구분되는 특성을 보여주고 있다. 그가 이러한 시를 쓸 수 있었던 이유는 그의 체험 자체가 매우 구체적이었다는 데 일차적인 원인이 있다고 할 수 있겠지만, 앞서 살핀 것처럼 그가 근대 문명과는 다른 삶의 모습을 긍정적으로 바라보는

---

72) 홍사용은 1923년 『백조』 3호까지 시를 쓰고 토월회에 참여하면서 희곡과 소설을 주로 썼다. 그 이후 홍사용은 시단과 거의 관계를 맺지 않았다.(김학동 편저, 『홍사용 전집』, 새문사, 1985, '작가연보' 참고)

73) 이 점은 김억의 "소월이 자신은 어떤 이유인지 몰으거니와, 민요시인과 자기 불으는 것을 그는 실혀하야 시인이면 시인이라 불너주기를 바래든 것"과 같은 회고를 통해 확인할 수 있다.(金岸曙, 「夭折한 薄倖詩人 金素月에 對한 追憶」, 『朝鮮中央日報』, 1935. 1. 25)

74) 1922년 7월 『開闢』에 발표된 「진달내꽃」에는 '民謠詩'라는 부제가 붙어있는데, 이 부제는 김소월의 의도라기보다는 김억의 의도가 실현된 결과였다고 보인다. 이 점은 박경수의 연구(『한국 근대 민요시 연구』, 한국문화사, 1998, 24쪽 참고)에서도 지적되고 있다. 김소월은 '民謠'나 '민요시'라는 용어보다는 '里謠'나 '俗謠' 등의 용어를 주로 사용했다.

관점을 어느 정도 확보하고 있었기 때문이기도 하다.

    뒷동산의 왕대싸리 한짐비여서

    달든봉당에 일수잘하시는 어머님 녯이약이속에서

    뒷집노마와 어울너 한개의통발을 맨들엇더니

    자리예 누으면서 밤새도록 한가지꿈으로

    돌모로(石隅)냇갈에서 통발을털어

    손닙갓흔붕아를 너가지리 나가지리

    노마목내목을 한창시새워 나누다가

    어머니졸임에 단잠을 투정해깨니

    햇살은 화-ㄴ하고 째는 발서느젓서

    재재발은노마는 발서오면서

    통발친돌城은 다-무너트리고

    통발은 쩨여서 쟝포밧헤더지고

    밤새도록 든고기는 다-털어갓더라고

    비죽비죽우는눈물을, 쥬먹으로씻스며

    나를본다

(露雀, 「통발」, 『백조』 1호, 1922. 1.)

    매우 자유로운 형식을 보여주는 위 시는 시인의 유년 시절의 직접적인 체험이 생생하게 담겨있다. 이 시가 발표된 1922년이라는 시점에서 홍사용의 시는 매우 특이하게 보이는데, 그 이유는 '조선어'를 자유자재로 구사하면서 토속적인 삶의 직접적인 체험을 수용한 시가 당대에는 거의 없었기 때문이다.

    그러나 이처럼 매우 토속적인 삶의 체험을 생생하게 재현하고 있는 몇몇의 시들[75]을 제외하면 홍사용의 시들은 당대의 시들이 일반적으로 보여주었던 애상적 정조를 담은 시들이 대부분이다. 특히 그의 뛰어난 시적 성취들이 대부분 유년의 경험을 회상하는 시들에서 나타나고 있다는 것은 주목을 요한다. 이것은 홍사용이 시에 수용하고 있는 생생한 삶의 모습이 당대적인 것과는 다소 시차가 있는 것일 수도 있다는 것을 의미하기 때문이다. 실제로 그의 전기적 상황을 고려해 볼 때, 그의 시에 수용된 토속적인 체험은 당대적인 것이었다기보다는 그가 유년시절에 경험한 삶의 기억일 가능성이 커 보인다. 이것은 홍사용의 문단 활동이 도회를 중심으로 이루어졌다는 현실적 상황 때문에 어쩔 수 없이 발생한 현상이기도 할 것이지만, 그가 참여한『백조』동인들의 경향에 어느 정도 영향을 받고 있었기 때문이기도 할 것이다. 즉 홍사용은 근대 문명에 대한 상대적 관점을 어느 정도 보여주고는 있지만 그러한 관점은 유년이라는 회상의 방식을 통해서야 나타날 수 있었다는 것이다. 이런 의미에서 홍사용의 관점은 다소 유동적인 것이었다고 할 수 있겠다. 실제로『백조』시기 그의 시에는 근대적인 것이라고 보기 어려운 삶의 체험을 담고 있는 시들과「나는 왕이로소이다」로 대표되는 관념적 애상을 다루고 있는 작품이 공존하고 있었다. 그리고 그는 1923년 이후 희곡과 소설 창작으로 선회함으로써 더 이상의 시적 성취를 보여주지 못한다.

1920년대 홍사용의 시가 식민지적 무의식에서 어느 정도 벗어난 시의 가능성을 보여주고 있었다면, 김소월은 그러한 가능성을 전면적으로 보여준 시인이었다. 앞서 살펴본 바와 같이 김소월은 홍사용과 마찬가지로 근대적인 교육을 받은 지식인이었음에도 문명을 상대화시킬 수 있는 관점을 확보하고 있었던 인물이었다. 물론 김소월이 당대의 일반적인 시적 경

---

75) 이런 성격의 작품으로는「漁父의 跡」,「풀은 江물에 물노리 치는 것은」(이하『백조』 1호, 1922. 1),「그러면 마음대로」(『동명』17호, 1922. 12. 24) 등을 들 수 있다.

향으로부터 완전히 자유로웠다고 보기는 어렵지만, 그럼에도 그의 시는 식민지 근대의 와중에서 그 존재가 지워지고 있었던 환원 불가능한 주변의 존재를 뚜렷이 드러내 보여주고 있었다.

김소월의 초기시[76]는 7 · 5조 혹은 (3)4 · 4조를 정확하게 지킨 정형시에 가까웠다. 이런 정형적 형식은 애국계몽기부터 활용된 형식으로 김소월이 시를 창작하기 시작한 1910년대 중반에는 당대의 일반적인 시적 관습에 가까웠다.[77] 그럼에도 1920년 3월 『創造』(5호)에 발표된 「浪人의봄」을 위시한 5편의 김소월의 시들은 매우 돌출적인 사건처럼 보이는 것이 사실이다. 문맥은 다소 다르다고 하더라도 김억은 김소월 시의 이런 점 때문에 그의 시를 '경이'적이라고 표현했을 것이다.[78] 김소월의 시가 왜 이렇게 놀라운 것일 수 있었던가는 이 시가 놓인 맥락과 그 시적 특성을 살펴보면 알 수 있다.

우선 김소월의 시가 1920년 3월, 당시 일본유학생들이 동경에서 발간하던 동인잡지 『創造』에 실렸다는 것 자체가 문학사적 사건이라고 할 수 있을 정도로 매우 이례적인 것이었다. 물론 이것은 김억이라는 매개자가 있었기 때문에 가능한 일이었겠지만 미처 약관도 되지 못한, 그것도 전혀

---

76) 김소월의 시를 그 특성에 따라 시기 구분을 한다면 1921년경까지를 초기 시로, 1926년경까지를 중기 시로 그리고 그 이후 1934년까지를 후기 시로 나눌 수 있겠다. 그러나 김소월의 중요한 시적 성취는 1925년 발간된 『진달내꽃』에서 대부분 실현되고 있다고 볼 수 있다.

77) 이 점은 3 · 1운동 직후 『每日新報』에 게재되는 소위 '신체시'들이 몇몇 서구적인 문학을 접한 지식인의 작품을 제하고는 대부분 4 · 4조나 7 · 5조를 중심으로 한 정형시형에 가까웠다는 것을 통해서도 유추해 볼 수 있다.(김영철, 「『每新文壇』의 文學史的 意義」, 『국어국문학』 94호, 국어국문학회, 1985; 권유성, 「1920년대 초기 『每日申報』의 근대시 게재 양상과 의미」, 『한국시학연구』 23호, 한국시학회, 2008. 12 참고)

78) 김억은 김소월의 등장을 "여하간 그 당시에 이러한 조선말을 사용하였다는 것은 한 개의 驚異가 아닐 수 없었든 것"이라고 표현했다.(金岸曙, 「夭折한 薄倖詩人 金素月에 對한 追憶」, 『朝鮮中央日報』, 1935. 1. 25)

알려지지 않은 식민지 청년의 시가 동경에서 발간되던 문예동인지에 실렸다는 것은 매우 이채롭다. 그리고 그의 시는 당시 『創造』에 발표된 주요한이나 김억 또는 천원 오천석과 같은 시인들의 서구적인 자유시를 모방한 시들과는 외관 자체가 매우 달랐다. 그러나 그의 시가 큰 충격으로 다가오는 것은 무엇보다도 그의 시가 가진 내적 특성 때문이다.

휘둘니산을넘고,
구비진물을건너,
푸른풀붉은꼿에
길것기시름이어. (愁)

닙누른시닥나무,
철이른푸른버들,
해벌서석양인데
불슷는바람이어. (불어스치는)

골작이니는연기
뫼틈에잠기는데,
산모루도는손의
슬지는그림자여. (스러지는)

산길가외론주막,
어이그, 슬쓸한데,
몬져든짐쟝사의

곤한말한소래여.

지는해그림지니,
오늘은어데까지,
어둔뒤아모대나,
가다가묵을네라.

풀숩에물김쓰고,
달빗에새놀내는,
고흔봄야반에도
내사람생각이어.

(金素月, 「浪人의봄」 전문, 『創造』 5호, 1920. 3.)

　　김억이 김소월의 시를 '경이'적이라고 말한 이유는 조선어 구사의 자유
로움 때문이었다. 그러나 김억이 김소월의 시에서 느낀 '경이'를 단지 언
어의 문제 때문이었다고 보기는 힘들다. 왜냐하면 김소월의 자유로운 조
선어 구사는 단지 그의 뛰어난 언어적 감각 때문이었다기보다는 식민지
의 소외된 삶을 보고 그리고 그 자신이 실제로 그러한 삶을 살아가고 있
었기 때문에 가능했기 때문이다. 즉 김소월의 조선어는 다만 언어의 문제
만이 아니라 실제 삶의 문제와 직결되어 있었다는 것이다. 이런 의미에서
김억이 김소월의 시를 읽고 느낀 '경이'는 그의 시가 담고 있는 식민지의
구체적인 삶에 대한 시선 때문이었을 것이다. 앞서 살핀 것처럼 이 시기
김억을 포함한 자기 식민지화된 지식인들의 시는 당대적 현실과 절연된
내면적 풍경 혹은 식민지의 삶을 소외시킨 외부 풍경을 주로 다루었다.
그리고 그런 시에서 시적화자는 풍경의 외부에 위치하고 있었다. 그러나

김소월의 시는 단순히 내면적 풍경이나 외부의 풍경만을 담고 있는 시가 아니다. 그것은 시적 화자가 바로 식민지의 삶 속에 위치하고 있는 인물이기 때문이다. 그럼으로써 김소월의 시는 김억과 유사한 모습을 담고 있었다고 하더라도 그 속에서 이루어지는 식민지인의 삶을 소외시키지 않을 수 있었다. 이것이 가능했던 이유는 일차적으로 김소월 스스로가 그 속에서 삶을 영위하고 있었기 때문일 것이다. 그리고 이것은 김소월이 식민지적 무의식을 내면화한 인물이라기보다는 식민지적 자의식이 강한 인물이라는 것을 역으로 보여주는 것이기도 하다. 김억이 감탄한 김소월의 조선어 구사는 이와 같은 문화적 배경 때문에 자연스럽게 가능했던 것이지 김억의 언급처럼 다만 '경이'적인 것이었다고 보기는 어렵다.

그러나 김소월 시가 가진 이러한 특성이 당대의 시들과 매우 이질적인 것이었음에도, 김동인의 지적처럼 김소월의 초기시가 김억류의 시를 모방한 측면이 있었다는 점은 분명해 보인다.[79] 물론 이 시기 김소월이 자기 식민지화된 지식인들처럼 서구적인 자유시를 모방한 것은 아니라고 하더라도, 그리고 김동인의 지적처럼 '第二 岸曙의 시대'로 규정될 정도로 그 모방의 정도가 절대적인 것은 아니었다고 하더라도, 1922년 이전 김소월의 시들이 보여주고 있는 시적 정서는 김억류의 시들과 매우 유사한 것이 사실이다. 이런 의미에서 이 시기 김소월은 「詩魂」에서 보여주었던 자신만의 세계관을 뚜렷하게 보여주지 못하고 있었다.

김소월의 시가 김억에 대한 모방의 단계를 벗어나 스스로의 시 세계를

---

79) 김동인은 1922년 「朔州龜城」 이전 김소월의 시가 김억 시에 대한 철저한 모방이었다고 언급한 바 있다. "안서의 제자이든 그는 처음 한째는 온갓 것(詩風 格 語句 심지어는 몸가짐 옷 原稿用紙의 樣式까지)을 안서를 본바든 째가 잇섯다. 숭배하는 자긔의 스승을 본밧기에 급급하여 다른 일은 돌아볼 겨를이 업는 第二 岸曙의 시대가 잇섯다."(김동인, 「寂寞한 藝苑」, 『每日新報』, 1932. 9. 29)

분명하게 해나가기 시작한 것은 1922년을 전후한 시기였다. 이 시기에 오면 그의 시는 형식적으로 정형성을 벗어나기 시작할 뿐 아니라,[80] 「詩魂」에서 그가 보여주고자 했던 것, 즉 식민지 근대의 와중에서 소외된 환원 불가능한 주변을 표상해줄 수 있게 된다. 그러한 존재를 표상하기 위해 이 시기 김소월의 시에 가장 자주 등장하는 것은 '죽음'의 이미지나 '거리'에 대한 감각 등이다.

山새도 오리나무
우혜서 운다
山새는 왜우노, 시메山골
嶺넘어 갈나고 그래서 울지.

눈은나리네, 와서덥피네.
오늘도 하룻길
七八十里
도라섯서 六十里는 가기도햇소.

不歸, 不歸, 다시不歸,
三水甲山에 다시不歸.
사나희속이라 니즈련만,
十五年정분을 못닛겟네

---

80) 김소월의 초기 시들은 대부분 정형적 성격을 띠고 있는 시들인데 이 시들은 청년기에 접어들기 이전 즉 20세 전후로 창작된 작품들이 대부분이라고 보인다. 김억의 회고에 의하면 그의 많은 시들이 이 시기에 창작된 것이라고 하는데, 그것은 사실인 것으로 보인다. 이런 의미에서 김소월의 정형적인 시들은 1922년 이후에 발표된 시들이라고 하더라도 그 이전에 창작되어 있었을 가능성이 큰 작품들이라고 할 수 있다.

산에는 오는눈, 들에는 녹는눈.
山새도 오리나무
우혜서 운다.
三水甲山가는길은 고개의길.

(김소월, 「山」 전문, 『진달내꽃』, 매문사, 1925.)

김소월의 시에서 '거리'의 문제는 매우 복합적인 의미를 지니고 있다. 그의 시에서 '거리'는 공간적인 거리로 나타나기도 하고 시간적인 거리로 나타나기도 하며, 이 두 가지가 혼재된 심리적인 거리로 나타나기도 한다. 그의 시에서 공간적인 거리의 문제는 흔히 이산과 이별(사별)의 문제와 함께 나타나는 경우가 많은데, 이와 같은 감각은 김소월이 향토에서 접한 식민지인들의 현실적인 삶에 그 뿌리를 두고 있다. 즉 그러한 거리에 대한 감각은 삶의 터전을 잃고 "楚山지나 狄踰嶺/넘어"(「옷과밥과自由」) "도라다보이는 무쇠다리"를 건너 "남의나라땅"(「남의나라땅」) "만주나 봉천"(「나무리벌 노래」)으로 유리할 수밖에 없는 식민지인들의 현실적인 이산과 이별의 상황에서 기인한 것이다. 그리고 그런 현실적인 거리의 문제는 그리움의 정서와 결합하면서 심리적인 거리의 문제로 화하기도 한다. 위 인용된 시에서 나타나는 거리의 문제는 현실적인 거리가 심리적인 거리로 화하는 과정을 잘 보여주고 있다.

인용된 시에서 시적 화자는 삶의 터전이라고 할 수 있는 '삼수갑산'을 지향 없이 떠나고 있는 인물인데, 이 시적 화자의 내면에는 '삼수갑산'으로 돌아가고자 하는 그리움과 그것이 불가능하다는 것에 대한 안타까움이 거리의 문제로 형상화되고 있다. 그것은 "오늘도 하룻길/七八十里/도라섯서 六十里는 가기도햇소"라는 구절에 잘 형상화되어 있는데, '칠팔십리 하룻길'을 '돌아서서 육십리를 가기도'하는 시적 화자의 행동은 삶의 터전에 대한 그리움과 그러한 그리움을 해소할 수 없는 안타까운 상황을 동시에 보여주고 있다. 이러한 거리는 실제의 거리이기도 하지만 회귀하고 싶은 공간인 '삼수갑산'[81]에 대한 심리적인 거리이기도 하다. '우는 새'라는 형상은 이와 같은 그리움을 안고 떠날 수밖에 없는 시적 화자의 객관적 상관물에 다름 아닐 것이다. 이렇게 김소월의 시에는 식민지 근대의 과정에서 소외된 식민지인들의 현실적인 삶의 문제가 전제되어 있다. 즉 김소월 시에서의 거리의 문제는 「詩魂」에 나타나고 있는 근대의 논리와는 다른 혹은 근대의 논리로부터 소외된 것들의 존재와 연관되어 있다는 것이다. 이런 의미에서 김소월 시에 나타나는 거리의 문제는 본질적으로 역사적인 거리의 문제라고 할 수 있다.

　　山에는 꼿픠네
　　꼿치픠네
　　갈 봄 녀름업시
　　꼿치픠네

　　山에
　　山에
　　픠는꼿츤
　　저만치 혼자서 픠여잇네

---

81) 김소월의 시에서 '삼수갑산'은 시기적으로 다른 의미를 가지는데, 1934년 발표된 김소월의 「三水甲山」에서 '삼수갑산'은 회귀하고 싶은 공간이 아니라 벗어날 수 없는 절망적 공간으로 형상화된다.(본고 3장 2절 참고)

山에서우는 적은새요
꼿치죠와
山에서
사노라네

山에는 꼿지네
꼿치지네
갈 봄 녀름업시
꼿치지네

(金素月,「山有花」전문,『진달내꼿』, 매문사, 1925.)

　김소월의 시 중에 가장 서정적인 시로 알려진「山有花」는 그 동안 여러 논자들에 의해 다양한 방식으로 해석되었다. 특히 이 시에서 가장 주목을 많이 받은 구절이 '저만치'라는 거리의 감각을 보여주는 구절이었음은 주지의 사실이다. 일찍이 김동리는 '저만치'라는 구절에 시인의 "청산과 자기와의 거리" 의식이 집약적으로 드러나 있다고 말한 바 있다.[82] 이 시에서 자연과 인간과의 항구적 거리나 삶의 무상성 등과 같은 보편적 질서를 읽어내는 것은 그리 어렵지 않다. 그러나 앞서 살핀 바와 같이 김소월 시에서 거리의 문제가 본질적으로 식민지의 소외된 삶과 연관되어 있다는 점을 생각한다면,「산유화」에 나타난 거리의 감각을 다만 보편적으로 읽을 수만은 없다. 오히려 이 시가 김소월 시의 맥락에서 가지는 의미를 파악하기 위해서는 그러한 감각을 역사적인 것으로 읽어내는 것이 필요할 것이다. 즉 앞서 살핀 대로 김소월의 시가 문명화(식민지 근대화)의 과정에서 그 존재가 잊혀지거나 소외된 것들, 즉 환원 불가능한 주변

---

82) 김동리,『문학과 인간』, 백민사, 1948, 51쪽 참고.

의 존재를 드러내기 위한 것이라고 할 수 있다면, 이 시는 보편적인 질서를 드러낸 것으로 해석될 여지도 있지만 또한 매우 역사적인 상황을 드러낸 시로 해석될 여지도 충분하다는 것이다.

역사적인 관점에서 이 시를 보면, 이 시에 나타나고 있는 '거리'의 문제는 단순히 자연적인 거리의 문제로도 그리고 매우 보편적인 거리의 문제로도 보기 어렵다. 이때의 거리는 매우 역사적인 것으로 근대적인 질서와 그러한 질서에서는 그 존재가 드러나지 않는 주변적인 것들 사이의 거리로 볼 수 있다. 김소월의 시적 성취가 매우 두드러지는 시들은 대부분 거리의 문제가 시적으로 잘 표현되고 있는 시들인데,[83] 이것은 그의 시에서 거리의 문제가 매우 본질적인 문제임을 반증하는 것이기도 하다. 그의 시에는 거리의 문제가 직접적으로 드러나지 않은 시들에서도 거리의 문제가 내장되어 있는 경우가 많은데, 그것은 앞서 지적한 것처럼 그의 시들이 대부분 식민지인들의 이별 혹은 이산의 경험을 담고 있는 경우가 많기 때문이다.[84]

「산유화」에서 다음으로 주목해 볼 점은 '저만치' 떨어진 세계가 갖추고 있는 구조의 문제다. 이 시에서 '저만치' 떨어진 세계는 스스로 매우 자족적인 구조를 갖추고 있다. 자연의 질서를 빌어 구축된 그 질서는 순환적인 질서를 갖춘 구조로 생명과 죽음이 순환하는 세계의 모습을 보여주고 있다. 그 속에서 살아가는 '적은 새'는 시적화자의 모습에 다름 아닐 것이다.[85] 「산유화」가 구축하고 있는 이러한 세계의 질서는 근대적인

---

83) 1922년 이후 '거리'의 감각을 보여주는 대표적인 작품으로는 「산유화」 외에도 「朔州龜城」, 「山」, 「길」, 「招魂」 등을 들 수 있다.

84) 이런 점에서 김소월의 시를 개인과 집단의 변증법이라는 논리로 읽고자 한 오세영의 논의는 비록 민족주의적 관점을 벗어나지 못하고 있었다 하더라고 주목할 만하다. (오세영, 『김소월, 그의 삶과 문학』, 서울대출판부, 2000, 123~124쪽 참고)

85) 김동리처럼 '저만치'를 '나와 청산과의 거리'로 해석할 경우 청산 속에 있는 '적은

질서와는 매우 다른 세계임에 틀림없다. 이렇게 보면 김소월은 이 시에서 문명화(식민지 근대화)의 과정에서 주변으로 밀려난 것들의 존재를 시적으로 포착했을 뿐 아니라, 그러한 세계의 질서를 예술적으로 형상화했다고 할 수 있을 것이다. 김소월의 시에서 이러한 자족적인 세계는 '무덤'의 이미지로 형상화되거나 '三水甲山'이라는 매우 고립된 공간으로 형상화되기도 한다. 시적화자는 그러한 공간을 향해 가고 있거나 그러한 공간과 근대적 공간 사이에서 방황하고 주저하는 모습으로 등장하는 경우가 대부분이다. 이런 의미에서 「산유화」는 근대적인 질서가 지배하기 시작한 세계와는 다른 세계, 즉 김소월이 「詩魂」을 통해 보여주었던 그러한 세계의 원형을 가장 잘 보여주고 있는 시라고 할 수 있을 것이다. 그 세계는 삶과 죽음이 순환하는 스스로의 생명력으로 충만한 세계다.

> 잔듸,
> 잔듸,
> 금잔듸,
> 深深山川에 붓는불은
> 가신님 무덤까엣 금잔듸.
> 봄이 왓네, 봄빗치 왓네.
> 버드나무쏫테도실가지에.
> 봄빗치 왓네, 봄날이 왓네,
> 深深山川에도 金잔듸에.

(金素月, 「金잔듸」 전문, 『진달내쏫』, 매문사, 1925.)

새'는 자연을 상징하는 존재다. 그러나 이 글의 관점에서 보자면 '적은 새'는 시인 혹은 시적 화자 자신의 객관적 상관물이라고 할 수 있다.

김소월을 1920년대 시단의 총아로 만들어준 위 시는 김소월이 구축한 공간이 매우 역설적이면서도 생동감 넘치는 세계라는 것을 잘 보여준다. '가신님 무덤'이라는 죽음의 이미지를 둘러싸고 있는 것은 '불 붓는 금잔 듸'라는 생명력 넘치는 이미지다. 그러한 생명은 자연스럽게 봄의 이미지 와 연관되는데, 봄은 죽은 것의 재생을 환기한다. 이렇게 김소월의 시는 소외된 공간 속에 내재된 불타는 생명력을 잘 형상화해내고 있다. 그의 말을 빌자면 이것은 "죽음에 갓갑은 山마루에 섯서야 비로소 사름의 아 름답은 빨내한 옷이 生命의 봄두던에 나붓기"는 모습을 볼 수 있다는 원 리와 통한다고 할 수 있을 것이다. '생명의 봄두던'은 '불 붓는 듯한 금잔 듸'가 덮고 있는 '가신 님의 무덤'에 다름 아니다. 이 시는 매우 고립되어 있으면서도 역설적으로 죽음과 생명이 요동치는 생동감 넘치는 세계가 김소월 시를 구성하는 핵심적인 원리를 만들어내고 있음을 잘 보여주는 시다.

한편 김소월 시의 리듬은 본질적으로 근대적인 논리와는 다른 논리로 존재하는 환원 불가능한 주변의 삶의 리듬과 직결되어 있다. 이런 의미에 서 김소월 시의 리듬은 단순한 시적 형식, 즉 운율의 문제로 국한될 수 있는 것이라기보다는 삶의 리듬 즉 "세계에 대한 비전"의 문제와 연관되 어 있는 것이다.[86] 「산유화」의 리듬이나 「금잔듸」의 리듬이 단순하면서 도 김소월의 이전 시들이 가진 경직성들을 상당히 극복하고 있다는 것은 분명하다. 김억은 김소월 시가 보여주는 이와 같은 특징적인 리듬을 단순 히 '시인적 用意'라는 것으로 의미부여하고 있지만, 이것이 단순히 시적 재능의 문제로 처리될 수는 없다. 왜냐하면 그의 리듬은 본질적으로 근대 와는 다른 생명의 논리, 혹은 삶의 논리를 표현하기 위한 것이기 때문이

---

86) 옥타비오 파스, 김홍근·김은중 옮김, 『활과 리라』, 솔, 1998, 74쪽 참고.

다. 그의 시에 나타나는 반복은 시적 효과를 위한 반복이기도 하지만, 삶의 리듬을 체현하기 위한 반복이기도 하다. "잔듸/잔듸/금잔듸"라는 반복은 잔디의 편재성과 생명력을 표현하기 위한 것이다. 그것은 산유화의 리듬 또한 마찬가지다. 유사한 구절의 반복은 생명의 순환을 표현하기 위한 반복이지 단순한 시적 장치에 불과한 것은 아니기 때문이다. 김억이 김소월의 시적 리듬에 매혹되었으면서도 그 시적 '用意'를 부분적으로밖에 파악할 수 없었던 이유가 바로 여기에 있었다. 김억은 김소월 시의 리듬을 시적 장치 혹은 시형의 문제로만 파악할 뿐 그것이 형상화하고 있는 '삶의 리듬'을 결코 파악할 수 없었던 것이다. 김소월이 1920년대 중후반에 들어서 김억이 지향한 균질적인 리듬, 즉 정형시의 리듬을 벗어나 자유시로 향해 갈 수 있었던 것은 이와 같이 근대적인 공간과는 본질적으로 다른 삶의 공간을 시화하고 있었기 때문이다.

김소월의 시가 식민지의 환원 불가능한 주변을 시적으로 표상하는 과정에서 정형의 틀을 변형시키는 것과 마찬가지로, 그러한 정형의 틀이 완전히 파괴되는 지점은 소외된 식민지의 삶이 죽음의 공간이 아니라 생명의 공간으로 변환되는 순간이다. 이런 의미에서 그의 자유시는 식민지 근대의 폭력적인 규율로부터 벗어난 생명의 원리를 표현하기 위한 것이라고 할 수 있다. 다시 말해 김소월의 자유시는 환원 불가능한 주변의 생명력이 분출되는 형식이라는 것이다.

우리두사람은
키놉피가득자란 보리밧, 밧고랑우헤 안자서라.
일을畢하고 쉬이는동안의깃븜이어.
지금 두사람의니야기에는 꼿치필째.

오오 빗나는太陽은 나려쏘이며

새무리들도 즐겁은노래, 노래불너라.

오오 恩惠여, 사라잇는몸에는 넘치는恩惠여,

모든은근스럽음이 우리의맘속을 차지하여라.

世界의씃튼 어듸? 慈愛의하눌은 넓게도덥헛는데,

우리두사람은 일하며, 사라잇서서,

하눌과太陽을 바라보아라, 날마다날마다도

새라새롭은歡喜를 지어내며, 늘 갓튼짱우헤서.

다시한番 活氣잇게 웃고나서, 우리두사람은

바람에일니우는 보리밧속으로

호믜들고 드러갓서라, 가즈란히가즈란히,

거러나아가는깃븜이어, 오오 生命의向上이어.

(金素月, 「밧고랑우헤서」 전문, 『진달내쏫』, 매문사, 1925.)

　향토에서의 농경적 삶이 생동감 있게 표현된 이 시에는 형식적 구속이
전혀 느껴지지 않는다. 그리고 이 시의 그러한 리듬은 '生命의 向上'이라
는 삶의 리듬이 그대로 반영된 결과라고 할 수 있다.[87] 이렇게 본다면 김
소월의 시가 정형적 규율을 벗어나 자유시의 영역으로 나아가는 모습은
문명화(식민지 근대화)의 과정에서 소외된 존재들의 생명을 긍정하는 과
정에 다름 아니다. 그것은 김소월이 근대 문명을 규율로서 받아들인 것이

---

87) 이런 의미에서 김소월의 시는 초월의 시학이 보여주었던 독백주의적 서정성과는 다
　른 서정성, 즉 상호주체적 서정성을 보여주고 있다고 할 수 있다. 김소월의 시는 객
　관세계를 내면의 세계로 전유하거나 환원하지 않고 그 자체의 질서를 드러내주고
　있기 때문이다.(박현수, 「서정시 이론의 새로운 고찰」, 『우리말글』 40호, 우리말글학
　회, 2007. 8 참고)

아니라 상대적인 논리로 인식한 결과라고 할 수 있는데, 이것은 김소월의
시가 모방의 단계에서 창조의 단계로 나아가고 있다는 가장 분명한 증거라
고 할 수 있다. 김소월의 시 중 식민지의 소외된 삶의 생명력을 다루고 있
는 시들은 대부분 자유시형을 취하고 있는데 주로 『진달내꼿』의 「바리운
몸」이라는 장에 집중되어 있다. 그 대표적인 작품으로는 위에 인용한 「밧
고랑우혜서」를 비롯해 「들도리」, 「바라건대는 우리에게우리의보섭대일쌍
이 잇섯더면」, 「저녁째」, 「默念」 등을 더 들 수 있다.

제3장
담론 지형의 변화와 '조선적' 서정시의 창출

앞서 살핀 것처럼 1920년대 전반의 서정시는 크게 두 가지 흐름으로 정리될 수 있었다. 그 흐름을 결정한 가장 중요한 요인은 서구적인 근대 문명을 어떻게 바라보느냐의 문제였다. 그리고 1920년대 전반 서정시의 두 가지 흐름은 다소 유화적인 문화적 상황에서 드러날 수 있었던 것으로 초월의 시학과 내재의 시학으로 그 특성을 대별해 볼 수 있었다. 이 두 시학은 같은 시기에 나타난 현상이었다고 하더라고 매우 다른 특성을 보여주고 있었던 것이 사실이다.

그러나 1920년대 중후반을 거치면서 1920년대의 문화적 상황은 다소 변화하기 시작한다. 그중 서정시와 관련된 가장 중요한 변화는 문명담론 이 상대적으로 약화되는 동시에 민족주의 담론이 강화되고 있었다는 점 이다. 그리고 민족주의 담론의 강화는 1920년대 중후반 '조선적' 서정시 의 창출 과정에서 가장 중요한 요인 중 하나로 작용하게 된다. 왜냐하면 민족주의 담론이 강화되면서 '조선적인 것'을 강조하는 국민문학파의 집 결이 가능했고, '조선적' 서정시는 바로 그렇게 결집한 국민문학파에 의해 창출될 수 있었기 때문이다.

이 장에서는 1920년대 중후반 담론 지형의 변화를 통해 형성된 새로운 문화적 환경 속에서 어떻게 '조선적' 서정시가 창출되고 있었던가를 중점적으로 살핀다. 이 과정은 이전 시기의 서정시에 대한 비판과 변형의 과정인 동시에 전유의 과정이기도 했다. 이런 의미에서 1920년대 전반에 형성된 서정시의 두 흐름은 '조선적' 서정시의 창출 과정에 필요한 중요한 토대 중 하나였다.

1. 민족담론의 강화와 국민문학파의 성립

1.1. 문화운동의 분열과 이념 대립의 격화

3·1운동으로 시작된 1920년대에는 그 이전 시대와는 다른 문화적 환경이 조성되었고 그 속에서 매우 다양한 사상과 운동들이 나타날 수 있었다. 그러나 1920년대 조성된 문화적 환경 또한 식민지라는 한계 내부의 것이었다. 식민당국이 내세운 문화정치는 조선인들에게 최소한의 자유만을 허용한 것이었을 뿐 본질적으로 식민통치의 한 변종이었다는 것에는 변함이 없었다. 문화정치는 3·1운동이라는 광범위한 저항에 부딪힌 식민당국이 어쩔 수 없이 선택한 통치 방식의 다른 이름이었을 뿐이다. 문화정치 아래에서 일제가 조선인들의 통제를 위해 활용한 중요한 통치 수단으로는 협력집단의 적극적 육성[1]과 운동 세력 간의 분열책을 들 수 있다.

---

1) 강동진, 『일제의 한국침략정책사』, 한길사, 1984의 '친일세력의 육성·보호·이용' 부분 참고.

1920년대 전반 문화운동이라는 구호 아래 포괄되어 있었던 각종 사상과 운동이 시간이 지나면서 점차 그 차이가 뚜렷해지기 시작했는데, 그러한 차이를 대립의 차원으로 변환시키는 데에는 식민 당국의 분열정치가 큰 역할을 했다. 식민 당국의 분열 정치는 크게 저항적 민족운동 세력의 분열을 조장하는 방식과 계층적 대립을 조장하는 두 가지 방식으로 나타났다. 민족운동 내부의 분열은 자치운동을 중심으로 일어났다고 할 수 있다. 즉 자치를 받아들이느냐 아니면 자치가 아니라 독립을 목표로 하느냐라는 논점을 기준으로 부르주아 민족주의와 민족주의 좌파가 나누어졌다.[2] '자치'의 문제가 중요했던 이유는 식민 지배에 대한 입장을 단적으로 확인할 수 있는 문제였기 때문이다. 즉 '자치'의 의미는 식민지라는 전제를 수용한 후 가능한 논리였기 때문에 민족의 독립이라는 문제를 중심으로 설정되었던 저항적 민족주의운동에서는 받아들이기 곤란한 논리였다. 그러나 식민지라는 현실적 조건 아래에서 민족운동을 전개해 나가기 위해 식민지라는 현실을 인정하고 최대한 조선인들의 권리를 확보하고자 하는 자치운동[3]은 많은 민족주의자들을 개량주의적으로 돌아서게 만들었던 논리 중 하나였다. 민족운동의 개량화는 사회주의를 민족주의적 저항의 거점으로 만드는 데 큰 역할을 했다. 부르주아 민족주의의 친일적 성향의 노출은 "등장한 지 얼마 되지도 않은 사회주의운동"을 "순식간에

2) 박찬승은 1920년대 민족주의 전반을 부르주아 민족주의로 규정하고 그것을 다시 우파와 좌파로 나누고 있다. 그러나 이 글에서는 일반적 용례를 따라 우파 부르주아 민족주의를 부르주아 민족주의로 좌파 부르주아 민족주의를 민족주의 좌파로 지칭한다. (박찬승, 『민족주의의 시대』, 경인문화사, 2007 참고)
3) 자치운동의 주요한 내용은 조선인 참정권 문제와 조선의회 설치 문제 등이었다. 3·1운동 이후 식민당국은 형식적으로라도 지방의회를 설치하고 선거를 실시했지만, 참정권은 매우 제한적인 계층에게만 주어졌다. 그리고 조선의회 설치 문제는 일부 식민당국자들에 의해 제안되고 논의되었을 뿐 현실화되지는 못했다.(강동진, 『일제의 한국침략정책사』, 한길사, 1985; 김동명, 『지배와 저항, 그리고 협력』, 경인문화사, 2006 참고)

반일역량의 중심적인 존재"[4]로 느끼도록 만들었던 것이다. 1925년 비밀리에 결성된 조선공산당은 이와 같은 사상적 지형에서 가능했던 일이었다.

민족운동의 좌우분열이라고 표현할 수 있는 이와 같은 현상이 표면화되기 시작한 것은 1922~3년경이라고 알려져 있다. 그것은 3·1운동 이후 저항적 민족주의라는 기치 아래 동서하던 세력들이 베르사유강화회의·워싱턴군축회의 등에서의 외교적 독립청원이 실패로 돌아가면서 내부적인 변화의 요구에 직면했기 때문이었다. 이러한 상황에 식민당국의 분열 정치가 가미되면서 민족운동 세력의 분열이 본격화되었다. 문학의 영역에서 본다면 1922년 이광수의 「민족개조론」을 둘러싼 논쟁[5]은 민족주의의 계량화와 그에 대한 반발을 동시에 보여주었던 사건이었다.

민족주의의 개량화는 비판세력으로서의 민족주의 좌파 혹은 사회주의 세력의 결집으로 이어졌다. 물론 이 시기에 있어 민족주의와 사회주의가 선명하게 구분될 수 있었던 것은 아니었다. 급진적인 경우를 제외한다면 이 시기 사회주의는 저항적 민족주의와 결합되어 있는 경우가 많았다. 이것은 민족주의와 사회주의가 식민지라는 구조 아래에서 '저항'이라는 공통적인 지향으로 묶일 수도 있었기 때문이다. 물론 저항의 대상과 목적이 각기 다를 수는 있었지만 식민지라는 구조는 그러한 차이를 어느 정도

---

4) 강동진, 『일제의 한국침략정책사』, 한길사, 1984, 416쪽.
5) 1922년 5월 『開闢』(23호)에 발표된 이광수의 「민족개조론」은 발표되자마자 뜨거운 논쟁의 대상이 되었는데, 이것은 같은 해 『開闢』 6월호 편집후기의 "그리고 다시 한 말씀 하올 것은 본지의 5월호에 揭載된 李春園의 「民族改造論」에 대한 것이외다. 우리는 다못 民族改造라는 그것이 여하간 1차 논의할 거리가 됨과 가름으로 이를 一般 民衆의 批判의 俎上에 供한 것뿐이온 바 이에 대한 批判의 如何는 오즉 賢明한 사회 여러분의 公眼에 一任할 뿐이외다."라는 언급을 통해 유추해볼 수 있다. 박종화도 춘원이 이 글에서 '야만'이라는 극단적인 언사 때문에 문단에서 축출될 정도로 신망을 잃었다고 평한 바 있다.(朴月灘,「文壇의 一年을 追憶하야 現狀과 作品을 槪評하노라」, 『開闢』 31호, 1923. 1 참고)

가려주는 역할을 했다. 이러한 상황이 이후 사회주의 내부의 논쟁으로 이어진 것은 주지의 사실이다.[6] 어찌되었든 이 시기 대립의 구도는 민족주의 내부의 구도와 민족주의와 사회주의의 구도, 그리고 사회주의 내부의 구도 등 매우 다양하게 형성될 수 있었지만, 문학 현상에 가장 큰 영향을 미친 것은 개량화된 부르주아 민족주의와 소위 '과격파'로 통칭되던 민족주의 좌파와 사회주의 사이의 대립이었다.[7]

한편 문학의 영역과 관련해 1920년대 중반 이후 본격화된 위와 같은 상황이 불러온 가장 유의미한 변화 중 하나는, 담론의 중심이 문명의 문제에서 민족의 문제로 서서히 이동하고 있었다는 점이다. 3·1운동 직후 세계적 조류에 대한 낙관적 전망이 결실을 맺지 못한 상황에서 담론의 중심은 세계적인 '문화'의 수용 문제보다는 식민지 내부의 민족운동으로 그 중심이 이동할 수밖에 없었다. 이러한 변화를 가장 잘 보여주는 예시 중 하나가 1923년부터 시작된 『開闢』의 '조선문화기본조사사업'이다. 『開闢』의 이 사업은 "조선의 일반현상을 근본적으로 답사하야 써 그 소득을 형제에게 공개하기"[8] 위한 것으로, 이러한 사업은 『開闢』이 발간 초기부터 보여주었던 '현실성'을 더욱 강화한 측면이 있었다. 이 사업은 창간 초기 『開闢』이 보여주었던 낙관주의적 전망이 대내외적 상황의 변화로 더 이상 유지되기 어렵게 된 상황에서, 식민지 내부 현실에 대한 더욱 철저한 조사와 인식을 강조하기 위한 것이었다.

---

6) 전명혁, 『1920년대 한국사회주의 운동연구』, 선인, 2006 참고.
7) 이 글에서는 앞으로 이러한 대립을 민족주의와 사회주의의 대립으로 단순화해 표현하기로 한다. 이후부터 '민족주의'는 개량화된 부르주아 민족주의의 의미로, '사회주의'는 민족주의좌파와 급진적 사회주의를 모두 포괄하는 의미로 사용된다.
8) 「朝鮮文化의 基本調査, 各道道號의 刊行」, 『開闢』 31호, 1923. 1, '社告'.

朝鮮文化의 基本調査! 慶南文化의 基本調査! 일은 과연 크오며 뜻은 사실 깁습니다. 그런데 우리의 微力이 능히 이를 堪當할년지 晝宵의 우려는 진실로 여긔에 잇습니다.

「먼저 朝鮮을 알자. 분명히 알자. 그래서 朝鮮의 사람사람이 제각히 「朝鮮의 光榮잇는 明日」을 차저 내이는 큰 일의 임자가 되게 하자」. 우리의 일반정신은 여긔에 멧첫습니다. 여러분의 정신도 역시 그러할 줄 압니다. 이 정신과 정신이 서로 합치되는 자리에 그 자리에서는 우리의 微力은 벌서 微力이 아니겟습니다.[9]

1923년 4월 경남지역부터 시작된 『開闢』의 조선문화기본조사사업은 1925년 12월까지 3년에 걸쳐 진행되었는데, 이 조사는 식민지 조선의 당대적 상황에 대한 것은 물론 인정풍속과 구전 민요, 전설 등과 같은 문화적 소산에 대한 것에까지 미치고 있었다. '먼저 조선을 분명히 알자'는 구호를 통해 유추할 수 있는 바와 같이 조선 13도에 걸친 이 조사 사업은 식민지의 현실적 상황을 답사와 객관적인 자료를 통해 보여줌으로써 그 구조적인 모순을 드러내고 고발하는 측면이 있었다. 조선문화기본조사사업의 이런 면모는 1922~3년 경 나타나는 『開闢』의 사회주의로의 경사와도 연결될 수 있는 부분으로, 『開闢』이 경향문학의 산실이 될 수 있었던 것도 『開闢』의 이 같은 지향과 무관하지 않았다.[10] 그러나 또한 『開闢』의 이 조사사업은 조선이라는 지역의 지리적 경계를 분명히 하는 동시에 민족 정체성을 구상하기 위한 기획의 일종이기도 했다.[11] 다시 말해 『開闢』

---

9) 「百七十四萬의 兄弟를 찾는 마당에, 이 글을 特히 慶南人士에게 부칩니다」, 『開闢』 32호, 1923. 2, '社告'.
10) 한기형, 「『개벽』의 종교적 이상주의와 근대문학의 사상화」, 『『개벽』에 비친 식민지 조선의 얼굴』, 모시는사람들, 2007 참고.
11) 홍순애, 「1920년대 기행문의 지정학적 성격과 문화민족주의 기획」, 『한국문학이론

의 조선문화기본조사사업은 사회주의적 지향으로도 민족주의적 지향으로도 구체화될 수 있는 것이었다. 『開闢』의 상황만을 놓고 본다면 이러한 동서가 시간이 지나면서 점차 갈등의 상태로 변화된다고 할 수 있을 것이다.[12] 그러나 조선문화기본조사사업을 둘러싼 『開闢』의 이와 같은 상황은 비단 『開闢』에만 나타났던 것이었다기보다는 조선 문단 전체에 걸쳐 나타났던 현상이라고 할 수 있었다. 즉 문학의 영역에서도 사회주의와 민족주의를 둘러싼 갈등이 현실화되는 과정에서 1920년대 문단 지형은 심각한 변화를 맞이할 수밖에 없었다는 것이다. 그러한 변화 중 가장 큰 변화는 소위 국민문학파로 대표되는 민족주의문학과 프로문학 사이의 대립이 본격화되었다는 것이었다. 서정시 영역으로 국한해서 본다면 이러한 변화는 1920년대 전반 문단 전체를 휩쓸다시피 했던 예술지상주의적이거나 유미주의적인 경향에 대한 비판이 본격화되면서 '조선적' 서정시에 대한 모색을 추동하는 역할을 하게 된다.

1.2. 국민문학파의 성립과 '조선적인 것'의 강조

1920년대 중반 이후 본격화된 민족주의와 사회주의의 대립이 문학적 상황에도 큰 영향을 미친 것은 주지의 사실이다. 특히 1920년대 '조선적' 서정시의 창출이라는 문제는 이러한 대립에 큰 영향을 받았다. 이런 이념 대립을 바탕으로 한 근대문학은 1920년대 전반 형성된 다양한 가능성을 확장하기에는 문제가 있었다. 그것은 프로문학과 민족주의문학 모두에 공

과 비평』 49호, 한국문학이론과비평학회, 2010. 12 참고.
12) 이러한 점은 『開闢』에서 활동하는 문학인들의 성향 변화와도 연결된다. 즉 1922~ 1923년을 지나면서 『開闢』에서 활동하던 문인들은 유미주의적이거나 민족주의적인 성향을 보여주었던 인물들에서 점차 사회주의적 성향을 보여주었던 문인들로 교체된다.(최수일, 앞의 글, 109~122쪽 참고)

통적으로 해당되는 문제였다. 주로 국민문학파에 의해 창출되었다고 보이는 '조선적' 서정시 또한 대부분의 경우 그 이전 시들의 가능성을 확장시키기보다는 위축시키는 부정적인 방향으로 창출되었다고 보인다. 왜냐하면 이러한 대립이 강화될수록 식민지의 구체적인 삶의 문제가 외면 받을 가능성이 커질 뿐 아니라, 외면 받지는 않는다고 하더라도 이데올로기적으로 왜곡될 가능성이 커질 수밖에 없기 때문이다.

1920년대 중반 프로문학의 본격적인 등장과 함께 이루어진 소위 '국민문학파'의 성립은 위와 같은 이념 대립의 부정적인 양상이 현실화된 것이었다. 국민문학파는 1920년대 중후반 부르주아 민족주의를 이념적 기반으로 주로 '조선적인 것'을 강조하는 입장에서 문학 활동을 해나간 인물들을 통칭하는 개념이다. 국민문학파가 KAPF와 같은 외부 조직을 가지고 있지 않았기 때문에 그 범위가 연구자에 따라 다소 유동적인데, 시의 영역에 국한해서 보면 김용직은 이들을 '민족문학파'로 부르면서 그 구성원으로 이광수, 김억, 주요한, 변영로, 최남선, 이은상, 조운, 김소월 등을 포함시키고 있다.[13] 김소월을 포함시킨 것이 이채로운데 그것은 김소월의 문단 활동보다는 시적 경향을 근거로 판단한 결과로 보인다. 그리고 구인모는 국민문학파의 구성원으로 김억, 이광수, 주요한, 최남선, 홍사용 등을 우선 포함시키고 김동환도 논의의 범주에 포함시키고 있다.[14]

1920년대 프로문학과 민족주의문학의 대립이 본격화되는 과정에서 우선 주목해볼 수 있는 현상 중 하나는, 앞 장에서 살펴보았던 서구적인 자유시를 모방한 초월의 시학에 대한 광범위한 비판이다. 이러한 비판은 프로문학과 민족주의문학의 양방향에서 동시에 이루어지고 있었다.

---

13) 김용직, 『한국근대시사 하』, 학연사, 1998, 제5장 참고.
14) 구인모, 앞의 책 참고. 이 글에서는 주로 구인모의 논의를 참고해 국민문학파의 범위를 설정했다.

今日의 文士들은 昔日 文士의 欠點을 고대로 繼承ᄒ고 게다가 頹廢기의 일본문사의 흠점을 가미ᄒ엿스며 그쑨더러 識見업고 鍊鍛업는 靑年의 흔히 ᄒ는 바와 갓치 그네의 흠점만 배우고 長處는 비호지 못ᄒ얏슴니다. 이리ᄒ야 오늘날 우리 문단의 절믄 文士諸氏는 무서운 道德的 惡性病에 걸려 잇슴니다.[15)

이광수는 1920년대 가장 이른 시기에 소위 유미주의적인 문학 경향을 비판한 인물이었다. 그는 그 이전 시기부터 민족주의자로서의 면모를 분명히 하고 있었기 때문에 그 비판의 근거는 물론 '민족의 발전에 악영향을 미친다'는 것이었다. 그는 1920년대 초월의 시학에 대한 기본적인 비판의 논리를 가장 잘 보여준 인물이었다. 그리고 이와 같은 비판은 1920년대 전반 스스로 초월의 시학에 참여했던 인물들에 의해서도 광범위하게 이루어진 것이 사실이다. 김억이나 주요한과 같은 인물들이 그것의 이식성을 중심으로 비판에 나섰다면, 박영희나 김기진과 같은 인물들은 그것의 관념성을 중심으로 비판에 나섰다.

그러나 우리는 또한 奇異한 現象을 보게 된다. 그것은 이 괴로운 苦惱期의 生活을 無價値한 것으로 생각하며 스스로 그것에서 避하려는 文學이 잇스니 그것은 推想的으로 情緒의 美化뿐을 目的하여 가지고 現實에 對한 沒智한 靈의 欲求의 나라로 달아나려고 하는 것이다. 그것을 나는 우리 生活에 比해서 逃避的 文學이라고 하겟다. 이 逃避的 文學은 우리 生活과 우리 時代와는 아무러한 關係가 업다. 잇다면 그것은 文學自體가 만드는 時代的 文學이라고 할 수 잇슬는 지는 모르나 人生의 時代的 創造라고는 할 수 업다. 時代生活을 떠난 文學은 아모러한 價値가 업는 까

15) 春園, 「文士와 修養」, 『創造』 8호, 1921. 1.

닭이다.16)

　박영희의 위 글은 1920년대 전반 초월의 시학에 대한 가장 날카로운 비판 중 하나라고 할 수 있는데, 이러한 비판은 프로문학자로 전향하기 이전 그 자신의 시에 대한 자아비판의 성격이 강하다. 왜냐하면 현실을 부정하고 "推想的으로 情緖의 美化"를 주로 하면서 "現實에 對한 沒智한 靈의 欲求의 나라로 달아나려고 하는 것"은 「월광으로 짠 병실」과 같은 그 자신의 유미주의적 작품의 전형적인 특징이었기 때문이다. 박영희가 이러한 비판의 근거로 제시하는 것은 그것이 '우리의 시대생활'과 아무런 관련이 없고 다만 '도피적 문학'의 성격만을 보여주고 있다는 점이다. 이런 비판은 이념적으로 다른 곳에서 출발하고 있었다고 하더라도 김억이나 주요한이 초월의 시학을 비판하는 방식과도 닮아 있다. 김억이나 주요한 또한 초월의 시학이 '현대 조선의 사상과 정서'를 표현하지 못하고 있다는 점을 비판하고 있었기 때문이다. 결국 1920년대 중반 이후 제기된 초월의 시학에 대한 비판은 그 이념적 기반은 달랐다고 하더라도 그것이 당대적 현실과 아무런 연관성을 맺고 있지 못하다는 점에서 출발하고 있었고, 그러한 비판은 문학적 실제와 크게 어긋나지 않았다.

　1925년 1월 이루어진 임장화의 절필 선언은 위와 같은 비판의 강력한 영향력을 단적으로 보여주는 사건이었다. 즉 임장화의 절필 선언은 문단 내외의 비판을 통해 1920년대 전반의 유미주의적인 작품, 즉 초월의 시학을 전형적으로 보여주는 작품들의 입지가 매우 좁아졌다는 것을 잘 보여주고 있다.

---

16) 朴英熙, 「苦悶文學의 必然性, -問題에 對한 發端만을 論함」, 『開闢』 61호, 1925. 7.

그럼으로 나는 누구한테나 이해를 求치 안는다. 만일에 지금까지 서로 잘 알아서 사괴엿든 벗이 잇섯다고 할 것 갓흐면 벗들이여 나는 그대들과 이로부터 반드시 교린을 끈켓다. 나는 그대들의 동정과 이해가 업서도 적막한 정서를 니르키지 안켓다. 나는 모든 것을 저바리고 나 혼자 맘이 되겟다. 그리하야 深林幽谷 가운데서 외로히 자라는 수풀과 갓치 나 혼자 즐기고 슬퍼하겟노라. 그대들의 간섭만 업슬 것 갓흐면 나는 고요하고 아름다운 째와 더부러 내맘 속에 깁히깁히 파뭇처 잇는 숭고한 이상을 자랑할 수 잇다. 그 자랑은 수풀이 공간에 대한 꼿업는 열정과 갓치 알지 못하는 벗에게 주는 자랑이다. 거긔에는 공명도 업고 허영도 업슬 것이다. 단지 자긔 맘을 거울갓치 드려다 볼 수 잇는 그럿틋한 아름다운 것이 잇슬 쑌이다.[17]

위 글은 1925년 1월 1일 『東亞日報』에 발표된 노월 임장화의 절필 선언의 일부이다. 위 글에서 임노월은 극히 개인주의적이며 유미주의적인 예술관을 뚜렷이 보여준다. 임노월의 이런 유미주의는 정도의 차이는 있을지 모르지만 1920년대 초월의 시학을 보여준 시인들이 공통적으로 가지고 있었던 경향이었다. 그러나 이러한 유미주의는 당대 사회로부터 지속적으로 공격을 받아온 것이 사실이다. "그대들의 간섭만 업슬 것 갓흐면" 자신만의 미의 세계를 구축하고 만족할 수 있을 것이라는 임노월의 언급은 사회적 공격에 대한 완전한 거부를 뜻하는 것이었다. 사회적 공격에 대한 완전한 거부가 임장화에게는 절필의 방식으로 표출되었던 것이다. 물론 임장화의 주장처럼 당시의 유미주의적 문학에 대한 사회적 공격이 무지와 편견에 근거한 것일 수도 있었지만, 그러한 문학이 사회적 요구와 거리가 먼 것도 사실이었다. 그리고 이 시기 유미주의자들은 사회와

---

17) 林蘆月, 「無題」, 『東亞日報』, 1925. 1. 1.

적절한 관계를 맺고자 하는 의사가 없었기 때문에 스스로 고립을 자초하고 있었는데, 이것은 그들의 식민지적 무의식의 발로에 다름 아니었다. 이들은 그들이 유학을 통해 배운 서구적인 문학을 절대적인 규율로 받아들였기 때문에 그러한 규율의 변화를 요구하는 사회 자체를 부정할 수밖에 없었던 것이다. 임노월은 그러한 부정을 가장 극단까지 밀고 간 인물이었을 뿐이다.

그러나 1920년대 초월의 시학을 보여주었던 대부분의 시인들은 임노월과 같은 극단적인 선택을 하지는 않았다. 사회적 비판이 강화되고 '프로와 부르'의 대립이 강화되는 상황에서 대부분의 시인들은 사회와 적절한 관계를 맺기 위해 초월의 시학을 어느 정도 포기했다. 즉 국민문학파는 '조선적인 것'의 탐구를 전면화하는 것으로, 프로문학자들은 사회주의 이념을 전면화하는 것으로 나아갔던 것이다. 그러나 이념적 선택이 어려울 정도로 유미주의에 심취해 있었던 인물들은 문단에서 자취를 감추는 길밖에 없었다. 임노월의 절필 선언은 유미주의에 심취한 문학인이 1920년대 중반 선택할 수 있는 가장 극단적인 방식을 잘 보여주고 있다.[18]

그러나 이 시기 국민문학파가 보여준 변화도 그리고 프로문학자들이 보여준 변화도 문학의 상대적 자율성을 확보하기에는 부족한 측면이 있었던 것이 사실이다. 특히 '조선적' 서정시의 창출에 절대적인 영향을 미쳤다고 보이는 국민문학파의 선택은 어떤 의미에서 '문명'이라는 기표를 '민족'이라는 기표로 대체했을 뿐 진정한 관념성의 극복으로까지 나아갔

---

18) 반면 황석우와 같은 인물은 절필을 선언하지는 않았지만 '연애'지상주의에서 빚어진 사회와의 마찰을 통해 문단에서 배제되었다고 하는 것이 타당할 것이다. 1920년대 중반 황석우는 법정 다툼으로까지 비화된 갖가지 염문 행각으로 사회적 물의를 일으켰는데, 그 바탕에는 '연애'와 예술을 거의 동일시하는 '연애'지상주의가 깔려 있었다.(「女子를 불상히 역여 慈善的으로 戀愛」, 『東亞日報』, 1925. 8. 16 등의 기사 참고)

다고 보기는 어려웠다. 그러나 국민문학파는 단순한 '초월'을 지향하지 않았다는 점에서 분명 1920년대 전반 시들이 보여주었던 초월의 시학과는 차이가 있었다. 왜냐하면 '민족'이라는 기표는 매우 광범위한 삶의 경험과 형식들을 그 기의로 끌어들일 수 있었기 때문에 어느 정도의 구체성을 확보할 수 있었기 때문이다.

다른 한편 1920년대 중후반 국민문학파가 민족주의를 전면화하기 위해서는 초월의 시학에 대한 비판은 물론 프로문학에 대한 비판도 필요했다. 이들의 프로문학에 대한 비판은 표면적으로 예술의 자율성 개념을 중심으로 이루어졌지만, 그 이면에는 프로문학의 이념적 지향에 대한 비판이 깔려있었다.

> 그리하야 무한한 창조적 세계를 何하고 藝術自身의 本體的 目的을 위하야 무한한 길을 밟아나아갈 뿐입니다. 이미 그러한 것이 예술 자신의 가진 자체의 본위적 목적이라고 하면 예술에는 세상에서 말하는 인생파니 예술파니 하는 것가튼 것은 업슬 것입니다. 그러기에 나는 예술에는 소위 유행어인 「부르문학」도 업고 「푸로문학」도 업시 藝術에는 嚴正한 그 自身의 獨立性이 잇다고 주장합니다. (중략)
> 이러한 의미에서 「프로문학」이란 예술을 타락식히는 것으로 예술을 수단과 방법으로 생각한 것이 잘못이라 하지 아니할 수가 업습니다.[19]

위 글에서 김억은 예술 그 자체가 '본체적 목적', 즉 '그 자신의 독립성'을 가지고 있기 때문에 "예술을 수단과 방법으로 생각"하는 프로문학은 예술을 타락시킨 것이라고 비판하고 있다. 김억의 비판이 프로문학의

---

19) 岸曙 金億, 「藝術의 獨立的 價値-詩歌의 本質과 現詩壇」, 『東亞日報』, 1926. 1. 2.

지나친 목적성에 대한 비판이라면 어느 정도의 타당성을 가질 수도 있다.[20] 그러나 김억의 프로문학에 대한 비판은 '예술 그 자체의 독립적 가치'를 옹호하기 위한 것이었다기보다는 프로문학의 이념적 지향에 대한 비판에 가까웠다. 어찌 되었든 김억은 프로문학에 대한 비판을 통해 국민문학파가 추구하는 문학에 예술적 가치를 부여하고자 노력하고 있었다고 보인다.

만은 우리의 現下 시단을 범위로 잡고 보더라도 詩歌답은 詩歌의 발표가 極히 적은 것은 대개 한 遺憾입니다. 우리 詩壇에 發表되는 대개의 詩歌는 암만하여도 朝鮮의 思想과 感情을 背景한 것이 아니고, 엇지 말하면 구두를 신고 갓을 쓴 듯한 創作도 飜譯도 아닌 作品입니다.[21]

詩壇의 詩作이 現在의 朝鮮魂을 朝鮮말에 담지 못하고 남의 魂을 빌어다가 옷만 朝鮮 것을 입히지 안앗는가 의심한다. 다시 말하면 洋服 입고 朝鮮 갓을 쓴 것이며 朝鮮옷에 日本 「게다」를 신은 것이란 말이다. …이러니까 시단-아니다 문단의 작가들을 세상에서는 비웃는 것도 무리가 아닐 것이다. 몬저 우리는 일허진 朝鮮魂을 차자야 할 것이다. 파뭇친 진주의 발견만이 진정한 조선의 「만인의 거울이 한 사람의 거울」인 國民的 文藝을 樹立케 한다.[22]

위 두 편의 인용문은 1924년과 1925년 벽두에 김억이 발표한 글인데,

---

20) 1920년대 프로문학, 특히 프로시가 '뼈다귀시'라는 비판을 받는 이유는 예술의 목적성을 지나치게 강조한 결과였다. 그리고 이것은 프로문학도 1920년대 전반 초월의 시학과 마찬가지로 당대의 구체적인 삶을 소외시키고 있었다는 것을 의미한다.
21) 金億, 「朝鮮心을 背景삼아=詩壇의 新年을 마즈며=」, 『東亞日報』, 1924. 1. 1.
22) 金岸曙, 「詩壇一年」, 『東亞日報』, 1925. 1. 1.

이 글에서 김억이 강조하는 것은 조선의 시가가 '조선심' 혹은 '조선혼'을 담아내지 못하고 있다는 점이다. 즉 김억은 1920년대 전반의 시들이 서구적인 시에 대한 모방적 성격이 강하다는 점을 비판하고 시의 핵심이라고 할 수 있는 '혼'을 '조선적인 것'으로 채워 넣어야 한다고 주장하고 있는 것이다. 김억의 이와 같은 주장은 이후 '조선의 사상과 정서'를 담아낼 수 있는 '조선시형(朝鮮詩形)'의 문제를 중심으로 진행되는데23) 그 결정체가 바로 그의 격조시였다. 그리고 김억의 주장은 김억에게만 국한된 것이 아니라 이 시기 국민문학파로 불릴 수 있는 대부분의 시인들이 공통적으로 공유하고 있던 생각이었다.24) 즉 1920년대 중후반에 전개된 민족주의문학은 1920년대 전반의 초월의 시학과 프로문학을 동시에 비판하면서 그 핵심적인 가치로 '조선적인 것'이라고 통칭될 수 있는 것들을 내세웠다는 것이다. 이 시기 이들이 사용하는 '조선심'이나 '조선혼' 또는 '조선정서'나 '조선시형'과 같은 기표들은 모두 '조선적인 것'으로 포괄될 수 있는 것들이었다. 1920년대 '조선적' 서정시는 바로 '조선적인 것'을 시에 담을 수 있는 새로운 시 양식으로 구상되었다. 다만 문제는 이들이 그 거대한 기표를 채워줄 기의들을 거의 확보하지 못하고 있었다는 점이었다. 따라서 실제로 국민문학파는 그것들을 찾아내거나 창출해 낼 수밖에 없는 상황에 처할 수밖에 없었다. 그 과정은 민족이 공통적으로 감각할 수 있는 '조선정서'의 창출과 그것을 담아낼 수 있는 '조선시형'의 창출이라는 것이 동시에 이루어져야 하는 과정이었다. 1920년대 중후반 국민문학파에게 김소월이라는 존재가 매우 중요한 시인으로 받아들여질 수

---

23) 金岸曙, 「「朝鮮詩形에 關하야」를 듯고서」, 『朝鮮日報』, 1928. 10. 18~21, 23~24 참고.
24) 주요한은 김억과 유사한 맥락에서 '조선시형'이라는 말을 '조선노래다운 노래'로 부르기도 했다.(주요한, 「노래를 지으시려는 이에게」, 『朝鮮文壇』 3호, 1924. 12)

밖에 없었던 이유도 바로 여기에 있었다. 그들에게 김소월은 그들이 확인하고 또 확보하고 싶었던 소위 '조선적인 것'의 실체를 보여줄 수 있는 인물로 비쳐졌기 때문이다.

2. 민족에 대한 공통감각, '조선정서'의 창출

2.1. '조선정서'의 소환 통로, '민요'

국민문학파의 활동은 1920년대 중반 이후 전면화 되었는데, 그 핵심지면은 1924년 10월 창간된 『朝鮮文壇』이었다. 그렇다고 『朝鮮文壇』이 국민문학파의 작품만을 전적으로 게재했다고 보기는 어렵다. 실제 『朝鮮文壇』에 게재된 작품들에는 민족주의적 경향의 작품은 물론 신경향파문학과 프로문학까지도 포함되어 있었기 때문이다.[25] 그럼에도 『朝鮮文壇』이 국민문학파의 거점으로 평가받는 것은 이 잡지를 통해 국민문학파의 중요한 문학적 실천 방향들이 논의되고 또 실천되었기 때문이다. 시에 있어서 국민문학파의 실천은 이들에 의해 재래 시형으로 인식되었던 민요와 시조를 중심으로 이루어졌다. 그런데 이런 실천이 전면화 되기 위해서는 서구적인 자유시를 모방한 초월의 시학에 대한 비판은 물론 자유시에 대한 이론적 상대화가 뒷받침되어야만 했다. 그래야만 재래의 시형에 대한 가치 부여가 가능해질 수 있었기 때문이다.

김억과 주요한을 포함한 국민문학파가 '조선시형'의 모색을 더 이상 '詩人自己의 主觀에 맛'기지 못하고 재래의 시형에서 그 근거를 찾고자

---

25) 이봉범, 「1920년대 부르주아문학의 제도적 정착과 『朝鮮文壇』」, 『탈식민의 역학』, 소명출판, 2006, 161~162쪽 참고.

한 이유는 어디에 있었던가? 그 이유를 알아보기기 위해서는 우선 김억과 주요한 등이 자유시에 대한 모방을 그치고 그것의 가치를 상대화하는 과정을 살펴보아야 한다. 이러한 과정은 역으로 그들이 자유시가 아니라 민요나 시조를 중심으로 '조선시형'을 창출해야 한다는 주장을 하게 된 이유를 살펴볼 수 있는 지점이기도 하다. 이들이 재래의 시형을 통해 '조선시형'을 모색해야 한다고 생각하게 된 데에는 그것을 시인 개인의 주관에 맡긴 결과 만족할 만한 성과를 얻지 못했다는 인식[26]과 함께 사회주의라는 강력한 이념적 대타항의 의식적·무의식적 공격에 대응해야 한다는 인식이 깔려 있었다.

그러나 국민문학파의 초월의 시학에 대한 비판은 표면적으로만 타당한 것이었다. 이미 살펴본 바와 같이 1920년대 전반 초월의 시학이 만족할 만한 시적 성과를 내지 못했던 것은 그것이 식민지 조선이라는 역사적 현실과 관계를 맺는 방식을 찾아내지 못하고 있었기 때문이었다. 다시 말해 1920년대 전반 초월의 시학은 식민지라는 폭력적 근대를 인식하고 그에 대한 태도를 결정할 만한 관점을 확보하지 못하고 있었다는 것이다. 1920년대 전반 초월의 시학을 보여주는 시인들에게 반복적으로 나타나는 '유랑' 혹은 '표박'의 이미지는 이 같은 이들의 상황을 단적으로 보여주는 비유였다.[27] 물론 이런 현상에는 우리의 타율적 근대라는 역사적 근원

---

26) 김억은 이것을 "사상을 남의 곳에서 빌어다가 그것에게 조선옷을 입혓"다고 표현했다.(金岸曙, 「밟아질 朝鮮詩壇의 길」, 『東亞日報』, 1927. 1. 3) 주요한 또한 1920년대 전반의 시들이 서양시 혹은 일본시의 모방 차원에서 이루어졌다는 점을 강조했다. (주요한, 「노래를 지으시려는 이에게」, 『朝鮮文壇』 창간호, 1924. 10)

27) 김송희는 이와 같은 '표박'의 이미지를 가장 잘 보여주는 김억 시의 특성을 "'떠흐름'의 현상학"으로 규정하고 그의 격조시가 '떠흐르는' 주체의 불안을 이겨내기 위한 시도였다고 정리하고 있는데, 이는 일정 부분 타당한 측면이 있다.(김송희, 「지워지는 주체와 '떠흐름'의 현상학」, 『김안서 연구』, 새문사, 1996, 101쪽 참고) 그러나 1920년대 김억 시의 특성을 다만 '주체'의 문제로 환원하는 것은 그의 시의 일부만

이 엄존하고 있었지만 그럼에도 불구하고 그들이 그러한 역사적 상황을 분명히 인식할 수 있는 세계관을 확립하지 못했다는 것은 간과할 수 없는 문제였다. 이런 의미에서 국민문학파의 초월의 시학에 대한 비판은 가장 중요한 부분을 간과하고 있었다고 볼 수 있다. 사정이 이렇게 된 데에는 국민문학파 또한 1920년대 전반 초월의 시학이 지니고 있었던 문제점을 그대로 반복하고 있었기 때문이다. 국민문학파가 이념적 대타항이었던 사회주의에 대한 대응으로 '조선시형'의 본격적 모색으로 나아갔다는 것은 이들의 세계관이 얼마나 빈약한 것이었던가를 단적으로 보여주고 있다.

1920년대 중반 이후 국민문학파 시인들이 자유시를 상대화시켜가는 과정은 이들이 '조선시형'을 모색하는 과정과 직결되는 것이기 때문에 자세히 살펴볼 필요가 있다. 그 과정은 김억의 자유시에 대한 인식 변화를 통해 구체적으로 살펴볼 수 있다. 주지하다시피 김억은 프랑스 상징주의시를 번역 소개하는 과정에서 자유시의 역사적 의의를 정리해 소개한 바 있는데, 그는 자유시가 기존 시가의 형식적 규범을 벗어나 자유로운 형식으로 개인의 개성적인 내면을 표현하기 위해 만들어졌다고 정당하게 평가하고 있었다. 그러나 자유시에 대한 이런 평가는 1920년대 중반을 거치면서 매우 혼란스럽게 변화하고 있는데, 그는 한편으로 자유시의 역사적 의의를 인정하면서도 다른 한편으로 그 형식적 자유로움이 시의 본질을 해칠 수도 있다는 주장을 펼치고 있다.

自由詩는 결국 낡은 것이면 이것저것 할 것 업시 모도다 두다려 부석고 말자는 近代 思潮가 나하 노흔 現象의 하나이라고 할 수도 잇는 것입니다 만은 그것보다도 詩人 자신의 思想과 感情을 까닭스럽은 拘束 업시

을 보게 만들 위험도 있다.

여실하게 그대로 內生命을 內在律에 의하야 表現하지 아니할 수 업는 必
然한 要求에서 생긴 것입니다.

입체파니 따다파 시가니 하는 것을 재래의 인습에 대한 반항 운동의
한 현상으로 인정하는 우리는 결코 자유시를 「갓튼 것을 반복하는 염증」
에서 뿐 생겨난 것이라 볼 수가 업다. 의미 깁흔 새 思想과 새 感情의 要
求에 업서서는 아니 될 近代的 必然이엇습니다.[28]

위 글을 통해 1920년대 후반까지도 김억은 한편으로 자유시의 역사적
의의를 정확하게 정리하고 있음을 알 수 있다. 주요한의 조선시형에 대한
강연을 비판적으로 검토하고 있는 위 글에서 그는 '자유시는 서구시를 모
방한 일문시에 대한 모방의 모방에 불과'하다는 주요한의 주장을 비판하
고 자유시를 "詩人 자신의 思想과 感情을 짜닭스럽은 拘束 업시 여실하
게 그대로 內生命을 內在律에 의하야 表現하지 아니할 수 업는 必然한 要
求에서 생긴 것"으로 정의하고, 그것의 역사적 의의를 '근대적 필연'이라
는 매우 분명한 표현으로 정리해주고 있다. 즉 김억은 자유시의 개념을
정확하게 이해하고 있었을 뿐 아니라, 그것이 가질 수 있는 근대적 의미
까지도 정리하고 있었다는 것이다. 그리고 조선에서도 뛰어난 자유시형의
시들이 나타나고 있기 때문에 "자유시형은 언제까지든지 존재할 가치가
잇슴으로 굿게 밋고 의심하지 아니"한다고까지 말하고 있다. 그러나 김억
의 이 같은 자유시의 의의에 대한 인정은 실제 시적 실천에서는 큰 의미
가 없었던 것으로 보인다. 왜냐하면 김억은 1920년대 중반부터 이미 자
유시를 '조선시형'을 추구하는 과정에서 중요한 지점으로 설정하지 않았
을 뿐 아니라, 실제 창작에서도 자유시를 거의 배제하고 있었던 것이 사

---

28) 金岸曙, 「「朝鮮詩形에 關하야」를 듯고서」, 『朝鮮日報』, 1928. 10. 19.

실이기 때문이다.[29] 그리고 여러 비평들에서 자유시의 의미를 축소하거나 부인하는 듯한 논리를 동시에 펴고 있기도 하다. 그는 1929년 『岸曙詩集』에 수록된 시들을 "散文과 混同되기 쉬운 自由詩보다는 制限잇는 格調詩가 읊기에 훨신 조타는 理由로" "全部 音節을 마초아 노핫"[30]을 뿐 아니라, 그의 시론의 결정이라고 할 수 있을 「格調詩形論小考」에서도 자유시의 가치를 잠정적으로 인정하고는 있으나 격조시에 그 무게를 실어주고 있는 것이 사실이다.

> 그리고 저 自由詩形에 이르러서는 音節數도 아모 拘束도 업는 그야말로 自由詩形인 것만큼 흘러나오는 詩感 그대로 가장 自由롭게 長短도 돌아보지 아니하고 記錄하야 한구 한연을 맨들엇기 째문에 詩人 그 自身의 內在律을 尊重하는 점으로 보아서는 조흘는지 믈르겠습니다 만은 한 마대로 말하자면 原始的 表現方式에 지내지 아니한다는 感을 금할 수가 업습니다. (중략) 또 그것보다도 아모리 內在律을 尊重하지 아니할 수가 업다 하드라도 自由詩形의 가장 무섭은 危險은 散文과 混同되기 쉬운 것이외다. 나는 自由詩를 볼 째에 넘우도 散漫함에 어느 점짜지가 散文이고 어느 점짜지가 自由詩인지 알 수가 업서 놀래는 일도 만습니다. 만은 여하간 自由詩의 當面한 危險은 거의 散文에 갓갑은 그 점에 잇습니다.[31]

위 글에서 김억은 자유시를 '근대적 필연'이라고 평가했던 것과는 매우 상반되게 그 특성인 내재율을 '원시적 표현방식'으로 평가하고 있다. 김

---

29) 김억은 1924년 8월 『신여성』에 게재된 「身彌島三角山」에서 '民謠'라는 용어를 처음 쓰고, 같은 해 9월 『영대』 2호에 「녀름져녁에을픈노래」에서 '民謠詩'라는 용어를 처음 쓰고 있다. 그 이후로 김억은 지속적으로 민요시를 발표한다.
30) 金億, 『岸曙詩集』, 한성도서주식회사, 1929.
31) 金岸曙, 「格調詩形論小考」, 『東亞日報』, 1930. 1. 17.

억은 그의 시론에서 '원시적'이라는 용어를 두 가지 의미로 사용하고 있는데, 하나는 민요를 '원시적 정서'를 담고 있는 시라고 평가하는 부분이다. 이러한 문맥에서 '원시적'이라는 말의 의미는 비교적 단순하면서도 매우 오래된 것을 의미하는 것으로, 이후 민족적 정서의 고대성과도 연관될 수 있는 부분이다. 그러나 인용문에서의 '원시적'이라는 말의 의미는 민요를 평가할 때의 의미라기보다는 정형시로서의 격조시의 가치를 전제한 바탕에서 산문과 구분되지 않는 정제되지 않은 산만한 형식이라는 다소 부정적인 의미를 담고 있다고 할 수 있다. 어떻게 '근대적 필연'으로 보였던 것이 단기간 내에 원시적 표현방식으로 그 평가가 바뀔 수 있는지는 의문이 아닐 수 없다. 이것을 김억 비평의 논리적 취약점으로 볼 수도 있을 것이지만, 김억의 관점이 이렇게 변화된 데에는 더 근원적인 이유가 있다고 보인다. 그것은 그가 자유시의 가치를 상대화시킴으로써 얻고자 하는 바가 무엇이었던가를 살펴보면 알 수 있다. 김억이 여기서 자유시를 상대화시키고 정초하고 싶었던 것은 '조선시형'의 가치였다. 즉 김억의 자유시에 대한 논의에서 나타나고 있는 비약은 그의 '조선시형'에 대한 열망이 얼마나 강렬했던가를 단적으로 보여주고 있다는 것이다. 특히 자유시를 잠정적으로 부정하는 논거로 그가 제시하고 있는 '산문과의 혼동 가능성'이라는 위험은 또 다른 주목을 요한다. 왜냐하면 김억은 산문과 운문을 이성과 정서의 문제로 극단적으로 대비시키는 논리를 가지고 있었기 때문이다. 즉 김억이 자유시의 가치를 잠정적으로 부정하는 이유는 그것이 이성의 표현방식인 산문과 구분되지 않을 수도 있다는 위험 때문이었다.

한편 김억이 '조선시형'의 형식에 강조점을 두고 있었다면, 주요한은 김억과는 달리 균형 잡힌 시각을 보여주고 있다. 즉 그는 신시[32]의 형식이 중요하다는 점을 강조하면서도 그럼에도 그 성공의 여부는 신시의 형식에 있다기보다는 새로운 사상과 정서를 어떻게 미적으로 형상화해 낼 것이냐에 달려있다고 보고 있다.

> 그와 마찬가지로 오늘날 우리가 창작코저 시험 중에 잇는 조선의 신시도 그 신시라는 형식으로 인하야 생명을 어들 것이 아니라 신시의 속에 실린 사상과 정서의 독창뎍이고 아님에 그 생명이 달릴 것이외다. 만일 오늘 신시의 작가들이 참 새론 정신과 새론 미를 발견하면 우리 신시운동은 성공할 것이요 그러치 못하면 얼마 가다가 쇠하고 말 것입니다. 만일 이 신시운동이 실패된다 하면 조선민족에게 거긔서 더한 불행이 업슬 것이오 그것이 성공되면 우리 당대와 후손에게 그런 보배가 업슬 것입니다. 그럼으로 오늘 이 운동에 참가한 우리(그 수효가 손으로 곱으리만치도 못 되는 우리)는 우리의 책임이 얼마나 중한 것을 깨다러야 하겟습니다.[33]

주요한도 김억과 마찬가지로 새로운 시형의 창조가 조선 민족에게 그 무엇보다도 중요하다는 사명감을 드러내면서 그것의 성공 여부가 '독창적인 새로운 사상과 정서를 새로운 시에 담아내는 것'이라고 정리하고 있다. 물론 주요한도 과연 새로운 사상과 정서라는 것이 무엇이냐는 문제와 그리고 그것을 어떻게 '조선적인 것'으로 만들 것이냐의 문제에 대한 구

---

32) 주요한이 사용하는 '新詩'라는 용어는 애초 신체시는 물론 자유시와 민요시 등 전통적인 시형을 제외한 모든 시를 포괄하는 시대적인 개념에 가까웠다. 그러나 1920년 중후반에 들어서면 '신시'라는 용어는 '새로운 '조선시형''이라는 의미에 가까워진다. 주요한은 그러한 '새로운 '조선시형''의 창출이 시조와 민요 같은 전통적 시형에서 출발하는 것이 가장 바람직하다고 보았다.(주요한, 「노래를 지으시려는 이에게」, 『朝鮮文壇』 1-3호, 1924. 10~12쪽 참고)
33) 주요한, 「노래를 지으시려는 이에게」, 『朝鮮文壇』 2호, 1924. 11.

체적인 해답을 제시하지는 못한다. 다만 잠정적으로 새로운 '조선시형'의 모색이 시조와 민요를 토대로 이루어질 수 있으리라는 점을 결론적으로 제시하고 있을 뿐이다.

정리하자면 1920년대 중반 이후 국민문학파에게 가장 중요한 문제는 '조선시형'을 수립하는 것이었다고 할 수 있는데, 그러한 '조선시형'의 수립 과정에서는 형식의 문제만이 아니라 그러한 형식을 채워줄 수 있는 내용, 즉 조선민족이 공통적으로 느끼고 받아들일 수 있는 '조선정서'(사상과 정서)의 문제가 가로놓여 있었다. 서구적인 자유시를 모방함으로써 '조선시형'을 추구하고자 했던 이들에게 민족의 고유한 정서를 파악하는 것은 결코 쉬운 일이 아니었다. 실제로 이들은 그러한 민족적 정서를 스스로 규정해나가거나 만들어나가야 하는 매우 어려운 상황에 처해 있었다. 이러한 과정을 가장 잘 보여준 것이 바로 민요시의 창출 과정이었다.

'조선적' 서정시가 창출되는 모습은 민요시가 창출되는 과정에서 가장 잘 드러나는데, '민요(시)'는 1920년대에 애초 '기의 없는 기표'에 가까웠다. 김억이나 주요한과 같은 인물들은 일본 유학과 도시 생활을 통해 문학을 배우고 문단 활동을 영위해왔던 인물이었기 때문에 민요의 실체에 대해 거의 아는 바가 없었다. 그들이 아는 것은 일본 문단을 통해 유입된 '民謠(詩)'라는 기표뿐이었다. 김동인의 회고는 1920년대 새롭게 등장한 시인들이 대부분 민요에 대해 무지했다는 것을 정확하게 지적하고 있다.

요한은 平壤이라는 도시 태생이엇다. 게다가 어려서부터 신식소학교를 다녓다. 열 살이 조금 넘어서는 동경에 놀앗다. 짜라서 요한은 민요라는 것을 아지 못하고 컷다. 그 요한이 아직도 조선에 돌아오기 전의 일인지라 요한에게서 민요가 나올 리가 업섯다.

안서는 당시 불란서의 퇴폐적 시인들에게 잔뜩 歸依해 잇는 째니만치
朝鮮민요가튼 것은 너절하다 하여 돌아볼 까닭도 업섯다.
　상아탑 역시 자긔의 小曲의 式을 發明하여 가지고 다른 길을 돌아볼
여유도 업든 째다.
　이런 당시에 잇서서 소월이 새로운 想을 가지고 민요를 쓰기 시작한
것이다.[34]

　김동인은 김억, 주요한, 황석우 등 1920년대 전반을 대표하던 시인들이
모두 민요에 대해 무지할 수밖에 없었던 문화적 환경을 잘 지적하고 있
다. 이 시인들은 일본 유학을 통해 서구적인 문학을 배웠고 그리고 그러
한 문학을 모방하면서 시를 창작하고 있었기 때문에 이들에게 조선의 민
요에 대한 지식을 요구하기도 어려운 상황이었다. 그리고 그것을 가지고
있었다고 하더라도 그것은 대부분의 경우 '너절한 것' 정도의 부정적 인
식에 지나지 않았던 것이다.[35] 그러나 김소월의 등장은 그들에게 서구적
인 문학의 모방만이 새로운 시를 정초하는 유일한 방법은 아니라는 것을
일깨워준 계기가 되었던 듯하다. 물론 황석우와 같은 시인은 민요시의 창
작으로 나아가지 않았지만 주요한과 김억은 김소월이라는 존재를 접한
후 시조 혹은 민요를 중심으로 새로운 시형을 모색하고자 하는 시도를
하게 된 것이다.
　그러나 이미 지적한 바와 같이 1920년대 '민요'라는 말은 일본에서 새

---

34) 김동인, 「寂寞한 藝苑」, 『每日新報』, 1932. 9. 29.
35) '民謠'를 '너절한 것'으로 본 것은 매우 오래된 관점이었는데, 이러한 관점은 애국계
　　몽기 신채호의 「천희당시화」에서부터 1920년대 전반까지 지속된 관점이었다.(「천희
　　당시화」에 대해서는 김주현, 「「천희당시화」의 위상과 성격」, 『어문학』 91호, 한국어
　　문학회, 2006. 3 참고) 소위 기존 연구에서 가장 중요한 '민요시인'으로 평가받았던
　　김소월조차 민요를 '鄭聲衛音'(「팔버개노래調」, 『가면』, 1926. 8)이라고 보았을 정도
　　였다.

롭게 수용된 기의 없는 기표에 가까웠다.36) 1920년대 '民謠'라는 용어의
이른 용례는 전영택의 글에서 찾아볼 수 있다.

> 괴-테는 천칠백칠십년 가을에 헤르델을 만나보고, 시대의 선각자인
> 그를 숭배하는 마음이 대번에 쓰거워졋다. 그리하야 그의게 바든 영향이
> 심히 컷섯다.
> 「시인은 압발자국을 짜라서 이를 모방하려고 하지 말고 맛당히 자아
> 를 모방하여라. 그리하야 올리지날(創原)의 사람이 되어라」하는 헤르델의
> 말과, 「서정시인은 民謠-그 중에도 웃시안의 고대 스코틀랜드의 시가를
> 배호라. 民謠는 淸味가 잇고 직각적이라 그 용어와 措辭는 국민성의 중
> 심에서 나오는 천진적 표현이니라」고 말한 헤르델의 설은 괴-테의게 실
> 노 무상한 복음이엇다.37)

시인으로서의 괴테를 소개하는 이 글에서 전영택은 '民謠'라는 용어를
무의식중에 소개하고 있다. 위 글을 통해 우리는 1920년대 새롭게 등장
한 지식인들에게 "淸味가 잇고 직각적이라 그 용어와 措辭는 국민성의
중심에서 나오는 천진적 표현"이라는 헤르더의 '民謠' 개념이 어느 정도
익숙한 개념이었다는 것을 짐작할 수 있다. 이 시기 일본 유학을 통해 서
구적인 문학을 접했던 인물들에게 '民謠'라는 개념은 익숙한 개념일 수
있었다. 왜냐하면 일본에서는 명치 후기에 이미 헤르더의 조어 Volkslied

---

36) 1920년대 이전 '민요'라는 용어의 용례는 민중의 반란이라는 의미의 '民擾'가 대부
분이었다. '국민의 노래'라는 뜻의 '民謠'라는 용어는 서구에서는 물론 일본에서도
국민국가가 성립되는 과정 혹은 성립된 이후에야 사용될 수 있었던 용어로 우리에
게는 1920년대에 들어와서야 이입되었다고 할 수 있다.(임경화, 「민족의 소리로서의
민요」, 『근대 한국과 일본의 민요 창출』, 소명출판, 2005, 161쪽 참고)
37) 秋湖, 「詩人괴테」, 『創造』 2호, 1919. 3. 20.

가 '民謠'로 번역되었고 대정기에는 '국민의 소리로서의 民謠'라는 개념이 통용되고 있었기 때문이다.[38] 1920년대 국민문학파가 사용한 '民謠' 개념은 이처럼 일본을 통해 수용된 것이었다.[39]

민요가 '국민성의 중심'에서 나오는 것이라는 정의는 매우 중요한 문화적 함의를 지닌 것이었다고 할 수 있는데, 왜냐하면 이러한 정의 덕분에 민요는 단순한 시가 양식의 하나가 아니라 민족적 심성 혹은 민족적 정서를 담은 그 기원을 알 수 없는 '소리'로 자리매김 될 수 있었기 때문이다. 1920년대 중반 이후 민요가 국민문학파의 핵심적인 장르로 자리 잡을 수 있었던 것은 바로 이러한 개념이 문단에 자리 잡았기 때문이었다. '시조' 또한 이 시기 민족적 양식으로 주목받았지만 민요만큼의 지지를 받지 못했는데, 그 이유는 시조가 가진 계층적 편향성 때문이었다. 최남선 같은 인물은 시조를 민족의 고대성과 연관 짓고자 노력했지만,[40] 김동환 같은 인물은 시조가 '유한계급'의 유산일 뿐이라고 그 의의를 전면적으로 부정했다.[41] 물론 시조에 대한 이런 상반된 시각은 민족주의와 사회주의의 대립적인 관점에서 기인한 바 크지만, 그럼에도 시조가 계층적으로 편향된 특성을 가지고 있었다는 점이 부정되기는 어려웠다. 반면 민요에 대한 관점도 민족주의와 사회주의로 이분되었지만, 그것이 민족 혹은 민중의 양식이라는 점에 대해서 이의를 제기하는 인물은 없었다. 국민문학파가 '조선시형'을 수립하는 데 시조보다도 민요가 중요한 양식으로 자

---

38) 시나다 요시카즈, 「일본의 국민문학운동과 민요의 발명」, 『근대 한국과 일본의 민요 창출』, 소명출판, 2005, 24~40쪽 참고.
39) 이 시기 '民謠'의 기본적인 개념은 '국민의 소리' 정도로 공통적이었던 듯하다. 이광수도 헤르더가 정리한 의미에서 '民謠'의 의의를 강조했고(李光洙, 「民謠小考」, 『朝鮮文壇』 3호, 1924. 12), 김억 또한 이와 유사한 의미에서 민요라는 말을 사용하고 있다.
40) 崔南善, 「時調胎盤으로의 朝鮮民性과 民俗」, 『朝鮮文壇』 17호, 1926. 6.
41) 金東煥, 「時調排擊論小議」, 『朝鮮之光』 68호, 1927. 6.

리 잡게 된 것은 이와 같은 사정이 있었기 때문이다.

전영택 이후로 민요 개념을 정의하고 있는 인물로는 이광수가 있는데, 그는 민요를 민족적 시가라고 정의하고 그 이유를 그것이 민족의 심성을 담고 있는 고유한 노래라는 점에서 찾고 있다. 그러나 전영택도 이광수도 이런 원론적인 민요에 대한 정의에서 더 구체적인 것으로 나아가기는 어려웠다. 이광수는 원론적인 민요 정의를 지나 구체적인 논의로 들어가면서 민요에 대한 스스로의 무지를 고백할 수밖에 없었다. 즉 자신은 한 번도 민요에 대해 연구해 본 적이 없다는 것이다. 그럼에도 이광수는 조선의 민요가 조선의 민족성을 가장 풍부하게 담고 있는 시가라는 주장을 전혀 의심하지 않았다. 오히려 그는 민요의 연원을 최대한 고대로 소급함으로써 그것의 고대성을 찾아내고자 노력한다.

> 대개 우리 民謠에 대하야 아직 아모 긔록이 없스니 만일 년대를 찾는다 하면 民謠에 씨어진 말로나 차질 것이언마는 그것도 부른 사람의 대가 가심을 싸라 변하여왓스니 말을 보고도 련대를 찻기가 심히 어렵다. 나는 우리 民謠 중에는 퍽 년대가 오래어 삼국적부터 나려오는 것조차 잇슬 줄로 밋는다. (중략) 「우리 民謠는 퍽 녯날(아마 삼국적)부터 그 곡조와 후렴을 간신히 유지하면서 내용을 변해가며 오늘까지 나려온 것이다.」[42]

이광수는 민요에 대한 스스로의 무지를 인정하면서도 민요에 등장하는 '아르랑 아르랑'과 같은 후렴구가 오늘날의 의미로는 그 의미를 유추할 수 없다는 이유로 그 연원을 삼국시대로까지 소급하고 있다. 민요의 후렴

---

42) 李光洙, 앞의 글.

구들이 애초 무의미한 소리의 반복이라는 특성을 갖고 있다는 것에 대한 고려 없이, 다만 그것이 오늘날의 의미로 해석되지 않기 때문에 그 연원이 매우 오래되었을 것이라는 결론을 내리고 있는 것이다. 민요의 고대성에 대한 강조는 이후 홍사용에게서 그 극적인 표현을 얻는다.

> 다만 그것은 임자가 잇는 보물이며 또 남자밧게는 도모지 알은 체도 안하는 보물이니 우리만 갓고 우리만 질기고 우리만이 자랑할 신통하고도 거룩한 보물이다. (중략) 그것은 우리로서는 아조 알기 쉬운 것이다. 싸고도 비싼 보물이다. 「메나리」라 하는 보물! 한자로 쓰면 조선의 民謠 그것이란다. (중략) 메나리는 글이 안이다. 말도 안이요 또 시도 안이다. 이 백성이 생기고 이 나라가 이룩될 때에 메나리도 저절로 딸아 생긴 것이니, 그저 그 백성이 저절로 그럭저럭 속깁히 간직해 가진 거룩한 넉시일 뿐이다.[43]

위 글에서 홍사용은 메나리(民謠)를 조선의 보물이라고 말하고, 그것을 '글도 아니고 말도 아니고 시도 아닌' '백성이 생기고 나라가 이룩될 때 저절로 따라 생긴 넋'이라고 규정한다. 홍사용은 민요를 하나의 예술 양식으로 보지 않고 조선인의 넋 그 자체로 규정함으로써 민요를 민족과 일체화시키고자 하고 있음을 알 수 있다. 따라서 민요는 조선민족이 존재하는 것과 동시에, 조선이라는 나라가 생기게 된 것과 동시에 존재하기 시작한 것으로 민족의 까마득한 고대성에 그 뿌리를 두고 있다는 것이다. 홍사용의 민요 정의는 '민족'이라는 현상을 근대적인 것으로 보지 않고 추상화시키고 있었기 때문에 가능한 것이었다. 민족을 영원불변한 추상적

---

43) 露雀, 「民謠자랑-둘도 업는 寶物, 特色잇는 藝術, 朝鮮은 메나리 나라」, 『別乾坤』 12·13호, 1928. 5.

존재로 규정하고 있었기 때문에 민요 또한 마찬가지로 영원불변한 것으로 규정될 수 있었던 것이다. 홍사용은 이런 방식의 민요 정의에 전혀 불편함을 느끼고 있지 않은 듯 보인다. 그것은 '民謠'라는 용어 자체가 가진 이데올로기적 효과에 그 근본적인 원인이 있었다고 보이는데, 이미 지적했듯 민요라는 용어는 독일 낭만주의 조류의 와중에서 헤르더가 만들어낸 Volkslied[44]를 명치기 일본의 문학자들이 번역한 용어였다. 애초 '民謠'라는 용어는 그것이 만들어지고 그리고 번역되는 과정에서 충분한 이데올로기적 장치들을 내장한 상태였던 것이다.[45] 그 결과 '民謠'는 자동적으로 '민족'이라는 관념을 환기하고, 민족이라는 관념이 환기하는 '상상의 공동체'라는 것과 '고대성'이라는 여러 개념들을 동시에 환기시키고 있었던 것이다. 즉 민요는 민족에 대한 공통감각을 환기할 수 있었다는 것이다.[46] 홍사용은 그러한 담론 체계를 매우 자연스럽게 받아들이고 있었기 때문에 민요를 '조선의 넋'으로 규정해 낼 수 있었던 것이다. 그리고 이러한 과정에서 민요가 가진 지역적 차이들은 무시되었다.

　　이름 잇는 소리 이름 업는 소리 그 모든 소리가 우리 입에 올으날이는 것만 해도 그 가지ㅅ수가 이로 헤일 수 업시 만흐니 메나리로서는 우리의 것이 온 세계에 가장 자랑할만치 풍부하거니와 한 가지 가튼 소리로도 곳곳이 골ㅅ을 딸아 그 뜻과 그 멋이 달으다. 「아리랑」도 서울 「아

---

44) 독일어로 'Volk'는 '민중 혹은 민족'의 의미를 가진 말이고, 'lied'는 '노래'라는 의미의 말이다.
45) 일본에서 「萬葉集」이 '民謠'라는 개념과 결합해 고대성을 획득함으로써 국민시가집으로 탄생하는 과정에 대해서는 시나다 요시카즈, 「국민시가집으로서의 「만요슈(萬葉集)」」, 『창조된 고전』, 소명출판, 2002 참고.
46) 1920년대 국민문학파가 '민족이라는 공통감각'에 의지함으로써 자신들의 문학 활동을 지속해나갔다는 점에 대해서는 구인모도 언급한 바 있다.(구인모, 앞의 책, 19쪽 참고)

리랑」江原道 忠淸道 咸鏡道 慶尙道 「아리랑」이 달으고 「홍타령」도 서울
「홍타령」, 嶺南 「홍타령」이 달으고 「산염불」도 서울 시골이 갓지 안코,
「난봉가」도 서울과 開城과 黃海道껏이 달으고 「愁心歌」도 平壤 「愁心歌」
忠北 「愁心歌」 黃海道 껏이 달으고 갓지 안은 멋이 잇다.[47]

실제 민요는 지역적으로 매우 다른 특징을 가지고 있었고, 홍사용 또한
그것을 충분히 알고 있었다. 그러나 그러한 차이를 홍사용은 '우리의 것'
이라는 이유로 지워버리고 있다. 즉 강원도, 충청도, 함경도, 경상도의 아
리랑이 모두 다르다는 것이 중요한 것이 아니라 아리랑이라는 것이 상상
할 수 있는 민족의 모든 영토에 산재해 있다는 것이 훨씬 중요하다는 것
이다. 그에게 차이는 역설적이게도 차이를 없애는 용도로 활용되고 있었
던 것이다. 홍사용에게 민요라는 것은 "아주 먼 고대성에 뿌리를 두고 있
으며, 구성된 것의 정반대, 즉 너무도 자명해서 더 이상 정의할 필요도
없는 '자연적인'"[48] 것이었다. 차이들의 배제를 통한 균질적 공간의 상상
이라는 상상적 공동체로서의 민족의 창출 과정이 민요의 창출 과정에서
도 동형으로 반복되고 있었던 것이다.

이렇게 '民謠'라는 개념은 도입된 지 채 10년이 되기도 전에 이미 까마
득한 민족의 뿌리와 함께 하는 고대성을 획득하고 있었다. 그리고 이러한
고대성이라는 민요의 자질은 거꾸로 민족적 전통을 소환해낼 수 있는 매
우 효과적인 통로로 작용하게 되는데, 이러한 기능은 민요시에까지 확장
될 여지가 충분히 있었다. 왜냐하면 민요시를 규정하는 방식 또한 민요를
규정하는 방식과 매우 흡사하기 때문이다. 그것이 아무리 가까운 근대에

---

47) 露雀, 앞의 글.
48) 에릭 홉스봄 외, 박지향·장문석 옮김, 『만들어진 전통』, 휴머니스트, 2004, 41쪽.

특정한 개인이 창작했다고 하더라도 그 속에는 '조선정서'가 들어가 있다고 가정되었기 때문에 민요시 또한 전통을 소환해 낼 수 있는 통로가 될 수 있었다.

그러나 분명 '民謠'와 민요시는 다른 것이었다. '民謠'에 대한 이와 같은 민족주의적 규정이 존재한다고 하더라도 구체적으로 그것을 '현대 조선의 새로운 시가'로 거듭나게 할 수 있는 방법이 어떤 것이었는가를 알고 있었던 사람은 거의 없었다. 주요한과 이광수는 물론 김억도 민요가 새로운 '조선시형'을 창출하는 과정에서 출발점이 되어야 한다는 당위에는 동의하고 있었지만,[49] 구체적으로 민요시가 어떻게 만들어질 수 있을 것인가에 대해서는 누구도 명쾌한 해답을 제시할 수 없었다. 그것은 이미 지적한 바와 같이 이들 자신이 일본 유학을 통해 서구적인 문학을 배웠기 때문에 조선 민요에 대해 구체적으로 아는 바가 없었고 그리고 참고할 만한 선례도 거의 없었기 때문이었다.[50] 그럼에도 이들은 새로운 '조선시형'을 최대한 빨리 그리고 최대한 그럴듯하게 만들어내야 한다는 사명감에 불타고 있었던 것이다.

---

49) 그 전형적인 논리가 주요한의 "조선의 신시운동이 성공하려면 반드시 民謠를 긔초 삼고 나아가야 되리라합니다. 이것은 엇던 나라 문학사를 보드래도 증명할 수 잇는 것이외다. 문학 발생의 초창시대에 잇서서 그 새문학의 출발뎜이 언제든지 民謠에 잇섯습니다. 멀리 그릭이 그랫섯고 라틘문학, 영, 법, 덕의 근대문학, 각가히 러시아, 일본의 문학이 그랫습니다"라는 언급에 잘 나타나 있다.(주요한, 「노래를 지으시려는 이에게」, 『朝鮮文壇』 3호, 1924. 12)

50) 조선 민요에 대한 수집과 연구는 1920년대에 들어서야 이루어지는데 문제는 그러한 수집이 초창기에는 대부분 일본인들에 의해 이루어졌다는 것이다. 그 대표적인 연구 성과가 1927년 출간된 『朝鮮民謠の研究』(坂本書店)였는데, 여기에는 일본인 11명의 글 외에도 최남선, 이광수, 이은상의 일문 논문도 실려 있다. 전문적인 조사는 아니었다고 하더라도 1923년부터 『開闢』이 실시한 조선문화기본조사사업은 조선 각지의 민요를 조사해 게재하기도 했다. 그리고 『東亞日報』 등 일간지에도 1920년대 중반 이후 민요가 발굴 소개되는 경우가 있었다.

지금까지 확인할 수 있는 자료에서 민요시라는 용어가 처음으로 사용된 예는 1922년 7월 『開闢』(25호)에 발표된 김소월의 시 「진달내꼿」에 붙은 '民謠詩'라는 부기이다. 그러나 김소월과 김억의 관계 등을 고려해 볼 때 여기서 민요시라는 부기는 김소월의 의도라기보다는 김억의 의도가 반영된 결과였다고 보인다. 실제로 김억은 이보다 일찍 민요시라는 용어를 사용하고 있었다. 김억은 1922년 작성한 『잃어진 진주』의 서문에서 민요시라는 용어를 서정시의 대표적인 한 양식으로 분류하고 있다.[51] 이 글에서 김억은 자유시와 민요시를 대비시키는 과정에서 민요시의 특성을 규정하고 있는데, 이 시기까지 김억의 주요한 관심사는 자유시였기 때문에 민요시에 큰 의미를 부여하고 있지는 않다.

民謠詩와 自由詩와 갓튼 점이 잇게 보입니다 만은 그 실은 그러치 아니 하야 대단히 다릇습니다. 自由詩의 특색은 모든 형식을 쌔트리고, 詩人 自身의 內在律을 중요시하는 데 잇습니다. 民謠詩는 그럿치 아니 하고, 從來의 傳統的 詩形(形式上 條件)을 밟는 것입니다. 이 시형을 밟지 아니 하면 民謠詩는 民謠詩답은 점이 업는 듯합니다. 우습은 생각 갓습니다 만은 民謠詩는 문자를 좀 다슬이면 容易히 될 듯합니다. 한데 民謠詩의 特色은 單純한 原始的 휴맨니틔를 거즛업시 表白하는 것이 아닌가 합니다.[52]

---

51) 김억은 이 글에서 시를 크게 서정시, 서서시, 희곡시로 분류하고 서정시 아래에 民衆詩(人生詩), 寫像詩(이미지스트), 未來詩(퓨처리즘), 後期印象詩(포스트-임프레셔니즘), 立體詩(큐비즘), 民謠詩(샹송 송), 自由詩(버스-리브리스테), 象徵詩(심벌리즘), 事實詩(파르나시앙), 理智詩(哲理詩, 思想詩)를 위치시키고 있다.

52) 金億, 「序文 代身에」, 『잃어진 진주』, 평문관, 1924. 이 글은 1924년 발간된 시집에 실려 있지만, 김억의 말에 의하면 글 자체는 1922년경에 작성되었음을 알 수 있다. 이 해는 김소월의 시 「진달내꼿」에 민요시라는 양식명이 사용된 해이기도 하다.

인용문에서 김억은 자유시와 민요시의 기본적인 차이를 형식적 구속 여부에 두고 있다. 그리고 이 시기 김억은 민요시를 재래의 전통적 시형을 이어받으면서 '단순한 원시적 휴머니티'를 표현한 시 정도로 이해하고 있었음을 알 수 있다. 그러나 이 시기 김억이 민요시가 표현하는 '원시적 휴머니티'가 민족적 정서와 직결되는 것이라고 보았는가에 대해서는 단언하기 어렵다. 즉 이때까지 김억은 민요시를 '조선시형'으로까지 격상시키고 있다고는 보이지 않는다. 김억은 이 글에서 외국의 민요시 사례로 프랑스의 폴 포르를 언급한 후 김소월의 「금잔듸」와 「진달내쏫」을 그 예로 인용하고 있다.

이렇게 본다면 김억은 위 글이 작성된 1922년경에 이미 김소월의 「금잔듸」와 「진달내쏫」을 민요시로 규정하고 있었음을 알 수 있다. 김소월의 「금잔듸」가 『開闢』 1922년 1월호에 '小曲'이라는 이름으로 그리고 「진달내쏫」이 『開闢』 1922년 7월 '民謠詩'라는 이름으로 발표된 것을 고려해 볼 때, 김소월의 시에 민요시라는 명칭을 사용한 것은 김소월의 의도라기보다는 김억의 의도에 의한 것이었다고 보는 것이 타당하다고 보인다. 그러나 김억의 이 글은 1924년에야 발표된다. 따라서 문단에서 공식적으로 김소월의 시가 민요시로 규정된 것은 1922년경이 아니라 1923년 12월경이다.

그런데 문제는 김동인의 언급을 통해 유추해 볼 수 있었던 바와 같이 김억이 민요시에 대한 원론적 규정 이외의 구체적인 것에 대해 거의 아는 것이 없었다는 점이다. 김동인의 지적처럼 이 시기 국민문학파에 참여한 대부분의 시인들은 조선 재래의 문학 혹은 시가에 대한 지식이 거의 없었다고 해도 과언이 아니다. 그럼에도 '朝鮮心' 혹은 '朝鮮魂'을 전면에 내세우고 민족적인 시형을 추구해 나갈 수밖에 없었다는 것에 이들의 어려움이 있었다.

　　임의 서양과 중국의 한시의 시형과 운율의 대개를 말하엿스니, 이번
에는 우리의 시형이란 엇더한 것인가를 말하지 안을 수가 업습니다. 만
은 조선에서 생을 밧아 이곳에서 자라서 이곳에서 이러한 詩作法을 말
하게 된 나로서는 이런 말을 하기에는, 그럿치 아니 하여도 더워서 쌈이
흘으지만은 붉은 얼골에다 구즌 쌈을 흘리지 아니 할 수가 업습니다. 구
즌 쌈은 흘닐 수 잇거니와 구즌 쌈을 흘리면서도 조선의 시형은 말할 수
가 업스니, 이에서 더 어려운 일은 업습니다. 정직하게 고백하면 필자의
지식으로는 알 수가 업서, 이것 져것 되는 대로 참고할 것이나마 잇스면
참고라도 하라고 하엿습니다 만은 참고할 거리조차 업스니, 이를 엇지합
닛가. 그리하야 여러 선배에게 물어도 보앗스나 미안합니다 만은 한 분
도 완전한 대답을 주지 못하엿습니다.[53)]

　　김억은 1924년과 1925년 벽두에 '조선심' 혹은 '조선혼'을 바탕에 두
지 않은 현대의 시가는 아무런 의미를 가질 수 없다고 선언하면서, 오직
'현대의 조선정신'을 바탕에 두었을 때만 "國民的 文藝의 樹立"[54)]이 가능
하다고 주장한 바 있다. 그러나 정작 김억 자신이 '조선적' 문예가 어떠
한 것인가에 무지했다는 것은 아이러니가 아닐 수 없다. 김억은 「작시법」
을 연재하면서 서양시의 압운이나 한시의 평측법에 대해서는 상세하게
해설하고 있지만, 정작 조선의 시가에 어떠한 것이 있고 어떤 특징이 있
는가에 대해서는 자신의 지식으로는 알 수가 없다고 고백하고 있는 것이
다. 물론 이런 사태가 김억 개인의 탓이라고 할 수는 없다. 이렇게 된 사

---

53) 金岸曙, 「作詩法」, 『朝鮮文壇』 10호, 1925. 7.
54) 金岸曙, 「詩壇一年」, 『東亞日報』, 1925. 1. 1.

정에는 타율적 근대와 이식의 문제라는 우리 근대문학의 태생적 조건이 작용하고 있기 때문이다. 그러나 그럼에도 분명한 것은 김억 자신이 스스로 '조선시형' 혹은 국민적 문예의 수립을 주장하면서도 스스로가 '조선적인 것'에 대한 감각이 거의 없었다는 사실이다. 따라서 그는 스스로가 '조선적인 것'을 역으로 찾아 나설 수밖에 없는 처지에 놓이게 된다. 결국 김억은 조선의 시가를 최남선 이후의 '새로운 시가'에서 찾을 수밖에 없었는데, 과연 그런 역사가 일천한 새로운 시가가 '조선혼' 혹은 '향토성'을 담아낼 수 있을 것인가라는 근원적인 질문은 외면할 수밖에 없었다.

그리고 한 가지 더 지적할 것은 김억은 조선 시가의 특성을 전혀 특정해낼 수 없었기 때문에, 과거의 변형에서 새로운 시가를 만들어가는 것이 아니라 세계적 보편성이라는 매우 추상적인 차원에서 새로운 시가를 구상할 수밖에 없었다는 것이다. 프랑스의 자유시가 고답파의 정형적 시에 반발함으로써 이루어졌고 일본의 신체시가 전통적 하이쿠의 변형을 통해 만들어졌다는 구체적 사실들은 다만 '낡은 구속에 대한 저항 혹은 타파'라는 추상적인 차원에서의 일반화를 통해 외면당한다.[55) 결국 김억은 새로운 조선의 시가가 '조선혼' 혹은 '향토성'을 담아야한다고 주장하면서도 그러한 것이 실제로는 새롭게 창출될 수밖에 없다는 것을 무의식적으

---

55) "그리고 여긔에서 새로운 詩歌라는 것은 서양의 그것과 쏘는 동양 몟 나라의 그것과 갓치 지금까지 존재된 시형의 그것에 대한 말로 이 詩歌의 의의는 물론 동일한 것이고 그 표현형식에 니르러서는 엇던 정도까진 언어의 차이 째문에 다릇습니다. 그러고 새롭은 詩歌라 함은 필경 규율에 대한 相反語로 고전적 엄밀한 시형의 약속에 대한 말이니 仄廣이니 押韻이니 음절제한이니 하는 싸닭스러운 것을 파괴하야 바리고 재래 시형의 온갖 속박과 제한과 규정을 버서버린 극히 자유롭은 시형이라는데 지내지 못합니다./ 한 마듸로 말하면 모든 것을 쑤다려보시자는 「近代的」이니 이에 대한 해석을 구태여 말하고저 하지 아니합니다. 엇쩌한 시형과 표현형식을 물론하고 고전적 시형과 표현형식을 反抗하고 니러난 근대의 詩歌는 다 갓치 새롭은 詩歌라고 할 수가 잇습니다."(「作詩法」, 『朝鮮文壇』 11호, 1925. 8)

로 보여주고 있다. 실제로 김억이 새로운 조선 시가의 특성이 어떻게 찾아질 수 있는가에 대한 대답으로 유일하게 제시할 수 있는 것은 '말의 차이'밖에 없었다.[56] 그러나 이런 주장은 영어와 일본어가 다르다는 매우 원론적인 수준의 언급일 수밖에 없다. 그리고 정작 김억처럼 일본 유학을 통해 문학을 접한 국민문학파의 시인들은 조선어의 특성을 가장 잘 살려 쓸 수도 없었을 뿐 아니라 그것을 살려 쓴 재래의 시가에 대해서도 아는 바가 거의 없었다. '조선시형'을 창출하고자 하는 열망에 불타고 있었던 국민문학파가 정작 조선어와 민족의 재래 형식에 무지했다는 것은 이들에게 그 무엇보다도 큰 난관이 아닐 수 없었다. 따라서 이들에게는 재래의 형식적 틀과 가까우면서도 조선어의 아름다움을 살려 쓴 시인을 찾아내는 것이 무엇보다도 중요했다. 다시 말해 이들에게는 '조선시형'의 전범을 보여줄 수 있는 대상이 절대적으로 필요했다는 것이다. 그리고 이들이 찾아낸 전범은 역설적이게도 김억의 제자였던 김소월이었다.

1920년대 민요시가 창출되는 과정은 시 창작이라는 문학적 실천의 과정이기도 하지만, 다른 한편으로는 이미 창작된 시를 민요시로 규정해 가는, 달리 말한다면 '시인'을 '민요시인'으로 규정해 가는 담론적 실천의 과정이기도 했다. 1923년 12월 김억이 김소월의 「朔州龜城」 등의 시를 민요시로 규정했을 때,[57] 처음으로 '민요적인 것'이 문제가 되기 시작한

---

56) 김억은 '조선시형'의 출발점으로 '언어'의 문제를 항상 강조하는데, 그는 언어가 그 자체로 신성한 것이고 따라서 언어를 표현수단으로 하는 시가도 언어가 절대적인 것처럼 절대성을 가진다고 주장한다. 그의 이러한 주장에는 분명 언어민족주의적 성향이 깃들어 있다. 그는 '조선시형'을 지속적으로 추구해왔지만 적절한 시형을 찾을 수 없었을 뿐 아니라, 그 출발이 될 수 있는 재래의 시가에 대한 지식도 거의 없었다. 그가 언어의 절대성 혹은 언어의 신성성을 강조하는 이유는 그가 이러한 문제를 언어민족주의를 통해 돌파하고자 했다는 것을 의미한다. 그의 이런 인식은 "言語는 어쩌한 것을 물론하고 그 民族의 宿命이라는 感"으로까지 나아간다.(金岸曙, 「格調 詩形論小考」, 『東亞日報』, 1930. 1. 16 참고)

것이다. 김억보다도 앞서 김소월의 시를 극찬했던 박종화는 민요의 기본 개념을 알고 있었음에도[58] 김소월의 시와 '민요'를 연관시키지는 않았다.[59] 이것은 김소월이 민요시를 쓴 것이 아니라 김억이 김소월의 시를 민요시로 읽기 시작한 그 순간 '민요적인 것'이 문제가 되기 시작했다는 것을 의미한다. 이것은 적어도 '민요'라는 용어가 이 시기 일본으로부터 도입된 새로운 용어였기 때문이고 따라서 그 개념적 정의가 '조선적'인 것으로 채워질 필요가 있었기 때문이다. 김억이 김소월의 시를 민요시라고 명명하기 시작한 것은 곧 그러한 작업의 출발을 알린 것이었다. 그러나 여기서 주목할 것은 '민요적인 것'이라는 개념이 확정되지도 않은 상태에서 김소월의 시를 민요시라고 명명했을 때 발생할 수밖에 없는 개념적 착종이다.

김억이 김소월의 시를 민요시로 지칭하는 표면적인 이유는 두 가지 정도이다. 하나는 音律(즉 율격) 때문이고 다른 하나는 넓은 의미의 정조(혹은 무드) 때문이다. 이것을 다시 정리한다면 김억은 김소월의 시가 형식적으로 정형적인 특성을 보여주고 있다는 점, 그리고 향토적인 무드, 즉 '원시적 감성'을 보여주고 있기 때문에 그것을 '민요적인 것'으로 판단했다는 것이다. '민요적인 것'에서 향토의 원시적 감성이 중요한 이유는 그것이 '조선혼'이라는 것과 연관될 수 있었기 때문이다. 그러나 이곳에는 분명 이론적인 비약이 존재하고 있다. 왜냐하면 김소월의 시에서 발견되는 형식적 특성과 정조가 '조선적인 것'이라고 확신할 만한 준거를 김억은 거의 가지고 있지 못했기 때문이다. 그리고 김억의 이러한 명명은 그

57) 金岸曙,「詩壇의 一年」,『開闢』42호, 1923. 12.
58) 박종화는『白潮』1호(1922. 1)에「여시아의 民謠」라는 글을 통해 (신)민요의 개념과 작품을 소개했다.
59) 朴月灘,「文壇의 一年을 追憶하야」,『開闢』31호, 1923. 1.

가 새로운 조선 시가의 조건으로 제시했던 '현대의'라는 전제를 괄호 친 상태에서야 가능한 것이었다. 이런 비약은 애초 김억의 구상 자체가 불가능하거나 논리적 모순을 내포한 것일 수 있다는 것을 암시한다. 즉 그 기원을 알 수 없을 정도로 오래된 것이면서도 현대적인 것이란 도대체 무엇일 수 있단 말인가? 김억의 요구는 바로 그것이었다. 김소월의 시는 매우 현대적일 수도 있었지만 김억은 그곳에 주목하지 않았다. 그는 오직 김소월의 시를 통해 '구원한 조선혼'만을 보고자 했기 때문이다.

이미 살펴본 대로 김소월의 시는 식민지 근대의 폭력적 논리로부터 소외된 환원 불가능한 주변을 드러내기 위한 시들이었다. 다시 말해 김소월의 시는 매우 근대적인 삶의 형상을 시에 담아내고 있었다는 것이다. 그럼에도 김억은 김소월의 시에서 '구원한 조선심'을 보았다는 것이다. 이것은 무슨 의미인가? 이것은 다른 것이 아니라 김억이 당대적 삶을 다룬 김소월의 시를 통해 거꾸로 '조선적인 것'(혹은 민요적인 것)을 재구해 냈다는 것을 의미한다. 즉 김억의 김소월에 대한 독법에는 현재가 과거의 기원이 되는 역설과 전도가 내포되어 있을 수밖에 없었다는 것이다. 그러나 이러한 역설과 전도는 고진이 지적한 바처럼 그 기원과 함께 곧 은폐된다.[60] 달리 말해 김소월의 시가 '민요적인 것'으로 명명된 순간 그것은 역사적으로 구성된 것들임에도 마치 오래된 민족적인 것처럼 인식되기 시작했다는 것이다.[61] 1920년대 국민문학파는 대부분 이런 전도된 관점

---

60) 가라타니 고진은 일본 근대문학이 '역사적'인 것을 마치 '보편적'인 것으로 보게 만드는 가치전도를 통해 가능해졌다고 주장한 바 있다.(『일본 근대문학의 기원』 중 '풍경의 발견' 부분 참고)

61) 김소월의 일련의 시들이 '민요적'이라는 인식은 김억의 명명 이후 매우 짧은 기간 안에 보편적인 것으로 자리 잡았던 것으로 보인다. 참고로 1929년 간행된 『岸曙詩集』(1929년 4월 한성도서주식회사판)에 실린 『진달내꼿』(매문사)의 광고에는 "더욱 同氏의 民謠詩 갓튼 것은 무어라고 形容해야 조흘지 몰을 만하야 音樂 以上의 恍惚

으로 김소월을 바라보고 있었다고 할 수 있다. 물론 그들이 김소월의 시에서 '구원한 민족적인 것'을 읽어냈던 것에는 나름의 이유가 분명 있었다. 이미 살펴본 것처럼 김소월은 초월의 시학을 보여주었던 자기 식민지화된 지식인들이 결코 볼 수 없었던 식민지의 소외된 삶을 체험으로 알고 있었고 실제로 그들의 삶에 밀착된 생생한 언어로 그것을 형상화하고 있었다. 김억이 김소월의 조선어 구사를 '경이'롭게 바라본 것은 그 언어가 생생한 삶의 언어였기 때문이었다. 그리고 그러한 생생한 삶의 언어가 불러일으키는 정서는 김억과 같은 민족주의자들에게는 충분히 살아 있는 '조선정서'로 환각될 수 있었다. 물론 김소월의 시가 보여준 정서는 '조선적'이라는 규율로는 결코 온전히 환원될 수 없는 것이었지만, '민족'이라는 거대한 기표를 완전히 벗어난 것 또한 아니었기 때문이다. 김소월이 민요시의 전도된 기원이 될 수 있었던 것은 이러한 사정 때문이었다.

> 야반에 울려오는 人의 통곡성과도 가티 닑는 사람으로 하여금 소름찌
> 치게 하는 그 魔力 여기 素月의 勝利가 잇다.[62]

1929년 김동인의 '김소월의 승리' 선언은 기원으로서의 김소월이라는 존재를 확정하는 것에 다름 아니었다. 김소월의 시는 논리적인 언어로 평가되기보다는 '경이', '魔力' 혹은 '恍惚・奇異' 등과 같은 매우 비논리적인 표현으로 평가되는데, 이것은 어떤 의미에서 당연한 결과였다. 왜냐하면 그러한 평가는 이성적인 논리를 바탕으로 한 것이었다기보다는 민족주의적인 이데올로기를 바탕에 둔 평가였기 때문이다. 그래서 김소월의

___

을 주니 奇異하달밧게 더 할 말이 업습니다."라는 구절이 보인다.
62) 김동인, 「내가 본 詩人 金素月君을 論함」, 『朝鮮日報』, 1929. 11. 13.

시에 대한 비평은 논리적인 방식으로 진행되었다기보다는 정서적 감흥을 불러일으키는 방식으로 진행되었던 것이다. 물론 이에는 근대적인 논리로 환원될 수 없는 김소월 시의 근본적인 특성도 작용했으리라는 것을 충분히 유추해 볼 수 있다.

그런데 김소월이 '조선정서'를 대표하는 민요시인으로 규정되는 과정에는 또 다른 전도된 관점이 게재되어 있다. 김동인의 다음 글은 '민요적인 것'이라는 것의 연원이 어디에 있었던가를 시사해주고 있어 주목된다.

　　日本歌人 高濱淸(虛子)[63]씨가 조선을 漫遊하는 동안에 民謠「아리랑」을 듯고 그의 저 「朝鮮」에 말한 바 「亡國的」이라고 말하고 십흔 「哀調」는 素月의 온갖 시에 풍부히 나타나 잇다. 그러고 그 哀調야말로 루루 수천년간 鄕間의 婦女들에게 傳하여 나려온 바 그 조선 「미나리」가 가지고 잇는 그 哀調에 다름 업섯다. 그러고 그것을 素月 特有의 「戲弄」이라고까지 형용하고시푼 放奔한 敍辭技術로서 적어노흔 것이 소월의 詩엿다. 간단하게 말하자면 朝鮮情調의 진실한 理解者-오 朝鮮말 驅使의 鬼才-그것이 우리 시인 素月이엇다.[64]

위 인용문을 보면 김동인은 몇 가지 전제를 가지고 글을 쓰고 있음을 알 수 있다. 우선 '조선정조'라는 것이 존재한다는 전제이다. 그리고 그러한 조선정조는 민요에 가장 잘 나타난다는 전제이다. 이러한 전제는 앞에

---

63) 高濱虛子(다카하마 쿄시;1874~1959)는 일본의 하이쿠 작가이자 소설가로 1911년 조선을 여행했다. 그 경험을 바탕으로 쓴 '신문소설'이 『조선』이다. 이 책의 여행기 형식이 일본의 '북천과정'과 겹쳐지고 있어 데라우치 총독이 특별히 사의를 표했을 정도라고 한다. 이 책은 1911년 『동경일일신문』과 『대판매일신문』에 연재된 것을 1912년 『조선』(實業之日本社)이라는 단행본으로 출판한 것이다.(박광현, 「재조일본인의 '재경성 의식'과 '경성' 표상」, 『상허학보』 29호, 상허학회, 2010 참고)
64) 김동인, 앞의 글.

서 살펴본 '민요'라는 개념의 수용 과정에서 충분히 살펴본 바였다. 그리고 마지막 전제는 김소월이 민요가 가지고 있는 조선정조를 가장 잘 표현해냈다는 전제이다. 그런데 그 조선정조의 정체라는 것은 '망국적이라고 말하고 싶혼 「哀調」,'[65]다. 그리고 그러한 조선정조의 연원은 김동인이나 다른 조선인의 언급이 아니라 일본의 한 작가(다카하마 쿄시)가 조선을 기행하다 우연히 들은 「아리랑」을 통해 얻은 감상이다. 김동인은 일본 소설가의 간단한 언급을 근거로 조선정조를 '망국적인 애조'로 규정하고, 김소월을 그러한 애조를 가장 잘 표현한 민요 시인으로 규정하고 있는 것이다. 물론 이러한 전도된 시각이 비단 김동인에게만 국한된 것은 아니었다. 민요에 대한 수집과 연구가 일본의 식민통치의 일환으로 시작되었고, 그러한 연구에 고무된 조선인들이 민요에 관심을 가지고 수집과 연구를 시작한 것이 김동인이 보여준 전도된 시각의 연원이었다. 김억이나 주요한 그리고 이광수와 같은 민요시 작자들이 일본인들의 조선 민요 연구에서 자극을 받아 민요에 관심을 갖게 되고 창작으로 나아갔다는 것은 자유시의 이식과는 또 다른 이식의 한 단면을 보여준다고 할 수 있을 것이다.[66] 즉 이들은 전도된 오리엔탈리즘의 관점으로 조선을 바라보았던 일본인들의 시각에 영향을 받을 수밖에 없었는데, 특히 이들이 문명화에 대한 욕망이 지극히 강했던 자기 식민지화된 지식인들이었다는 점에서

---

65) 다카하마 쿄시의 이와 같은 인식은 한자문화권에서는 매우 널리 알려진 것이었다. '亡國之音'은 『악기 : 예기』의 "망하려는 나라의 음악은 슬프고 시름 깊으니, 그 백성이 고난에 차있기 때문이다.(亡國之音哀以思, 其民困)"라는 말에서 유래한 것으로, 원뜻은 국가가 망하려 하면 백성이 곤궁에 처하고, 이 때문에 음악도 애조를 띤 곡조가 많게 되는 것을 가리켰는데, 후에는 퇴폐적이고 음탕한 노래를 말하는 데 주로 사용되었다. 다카하마 쿄시는 이 말을 원래의 뜻에 가깝게 사용한 것으로 보이지만, 후대의 뜻을 몰랐던 것으로 보이지는 않는다.

66) 구인모, 앞의 책, '『朝鮮民謠の硏究』와 그 이후, 국민문학론의 전도' 부분 참고.

그러한 영향은 매우 심각한 것이었다. 그 결과 이들은 일본인들에 의해 이루어진 조선 민요의 특성에 대한 매우 부정적인 규정을 그대로 받아들이거나 그대로 받아들이지는 않았다고 하더라도 그것에 심각하게 영향을 받을 수밖에 없었던 것이다. 김동인이 보여준 조선 민요에 나타난 조선 정조의 의심 없는 규정은 이런 모습을 잘 보여주는 한 예일 뿐이다. 김억이나 주요한과 같은 민요시인 또한 김동인과 같은 영향에서 결코 자유로운 인물들이었다고 할 수는 없기 때문이다.

2.2. 향토의 낭만화와 '고향'의 재구성

국민문학파가 새로운 '조선시형'을 모색하는 과정에서 민요시가 가장 중요한 역할을 할 수밖에 없었던 사정은 앞에서 살펴보았다. 민요시는 '조선심' 혹은 '조선혼'이라는 민족의 공통감각을 환기할 수 있는 '조선정서'를 실어 나를 수 있는 형식으로 받아들여졌기 때문에 이들에게는 가장 민족적인 서정시로 보일 수 있었다. 그렇다면 '조선심'이나 '조선혼'을 담는다는 것은 어떤 의미인가? 이미 살펴본 바와 같이 이 시기에 있어서 '민요'가 공허한 기표에 가까웠듯 '조선혼'이라는 것 또한 공허한 기표에 가까웠다. '조선정서'에 대한 요구는 컸지만 구체적으로 무엇이 '조선정서'일 수 있고, 그리고 그것이 어떻게 시에 구현될 수 있는가에 대해서는 그 누구도 분명하게 이야기하기 어려웠다. 국민문학파가 유일하게 준거로 삼을 수 있었던 것은 김소월의 시적 성취 정도였다.

그런데 이 시기 국민문학파의 논의에서 한 가지 주목할 만한 것은 '조선혼'이라는 것이 향토의 문제와 밀접하게 관련된 것으로 인식되고 있었다는 점이다. 이들에게 향토는 민족의 오랜 삶이 지속된 민족의 고대성과 원시성이 보존된 곳, 즉 '조선정서'를 담고 있는 공간으로 보였던 듯하다. 이 시기 국민문학파는 그래서 '鄕土性'이라는 말을 '조선혼'과 동일하거나 유사한 의미로 사용한다.

누구나 우리의 詩歌를 읽을 때에 물론 그러치 아니한 것도 잇습니다만은 대다수의 작품에는 어섬버섬한 맛지 아니하는 생각을 금할 수가 업는 것은 朝鮮魂이라 할 만한 鄕土性을 등한히 한 까닭인 줄로 압니다. 하기는 과도기에 잇는 것만큼 외래 사상의 수입에 급급하야 자기의 것은 니러바리기도 쉽으리라고 할 수도 잇슬 것입니다 만은 眞正한 朝鮮의 詩歌를 나흐랴면 언제나 鄕土性인 朝鮮魂을 이저버려서는 아니 될 것이고 이것이 쏘한 朝鮮에 새롭은 詩歌를 樹立할 救援의 길인 줄로 압니다. 최근에 와서 이러한 점에 주의되는 詩歌가 듬을기는 하나 얼마큼 보이게 된 것은 대단히 깃분 일입니다.[67]

위 글에서 김억은 서구적인 자유시를 모방한 '우리의 詩歌'가 '어섬버섬한' 이유를 "朝鮮魂이라 할 만한 鄕土性을 등한히 한 까닭"이라고 진단한다. 다시 말해 김억은 1920년대 새로운 근대시가 대부분 향토성을 통해 민족혼을 구현하지 못했기 때문에 조선인들이 읽기에 좋은 시가 되지 못했다는 평가를 내리고 있는 것이다. 따라서 "眞正한 朝鮮의 詩歌를 나흐랴면 언제나 鄕土性인 朝鮮魂을 이저버려서는 아니"된다는 것이다. 김억은 이것이야말로 조선 시가에 있어서 '구원의 길'이라 결론짓는다. 김억은 시가에 향토성을 구현하는 것이 곧 조선혼을 구현하는 것이라 말하고 있는 것이다.[68] 1920년대 국민문학파가 창출한 서정시가 향토나 전통

---

67) 金岸曙, 「現詩壇」, 『東亞日報』, 1926. 1. 14.
68) '향토성'은 같은 식민지기라고 하더라도 1920년대와 1930년대 말에 서로 다른 의미

적인 고향을 중요한 소재로 활용할 수밖에 없었던 이유가 바로 여기에 있었다. 국민문학파가 김소월의 시를 민요시로 쉽게 받아들일 수 있었던 이유도 그들이 그의 시에서 '향토적인 무드(정서)'를 읽어냈기 때문이었다.

그러나 국민문학파가 '조선정서', 다시 말해 향토성을 과연 그들의 시에 담아낼 수 있었던가의 문제는 또 다른 문제이다. 그것은 이들이 실제로 그들의 시에 담아내고 있는 것이 무엇인가를 구체적으로 검토해 보아야 알 수 있다. 과연 이들은 김소월의 시에서 그들이 읽어냈던 향토적인 정서를 그들의 시에 담아낼 수 있었을까? 이들의 시에 향토나 고향은 어떤 과정으로 그리고 어떤 모습으로 수용되었던가?

1920년대 후반 국민문학파, 특히 김억의 시가 김소월 시를 모방하는 차원에서 창작되었다는 김동인의 회고는 다소 과장된 측면이 있음에도 불구하고 매우 적절한 지적이었다고 보인다.[69] 이 시기 김소월은 국민문학파에게 매우 특별한 시인으로 취급될 수밖에 없었는데, 왜냐하면 그들에게 김소월은 그들이 시적으로 실현하고자 했던 바를 선취한 시인으로 보였기 때문이다. 따라서 이들은 김소월을 적극적으로 평가하는 것은 물론 그의 시에 대한 모방도 마다하지 않았다. 그 대표적인 시인이 김억으로 그는 김동인의 회고처럼 김소월의 시적 소재는 물론 언어와 그 형태

로 해석될 가능성이 있다. 왜냐하면 1930년대 말의 맥락에서 조선은 전체가 일본의 한 '지방'으로 지칭되기도 했는데, 이러한 맥락에서 보자면 향토성은 조선적인 모든 것을 지칭하는 용어로 사용될 수도 있기 때문이다. 그러나 1920년대 국민문학파의 맥락에서 조선혼과 유사한 의미로 사용되는 향토성은 근대적인 문명 혹은 도회적인 것과 대비되는 특성이라는 정도의 의미를 가진 것이었다.

69) 김동인은 민요시 창작 시기의 김억에 대해 다음과 같이 회고한 바 있다. "春園도 민요시를 썼다. 요한도 민요시를 썼다. 소월의 스승인 안서도 이번에는 물러서서 제자에게 師仕하엿다. 뿐더러 이전 詩時代에 잇서서 소월이 안서를 고대로 숭내내드니만치 민요에 잇서서는 안서가 소월의 第二世가 되엿다. 간간 민요의 웃머리에 부치는 緒言조차 안서는 고대로 숭내내엇다."(김동인, 「寂寞한 藝苑」, 『每日新報』, 1932. 9. 29)

에서까지 김소월의 시를 모방했다. 그러나 김소월의 시에서 다루어지는 고향과 그것을 모방한 김억 시에서의 고향이 과연 같은 성질의 것이었던 가에 대해서는 더 살펴볼 필요가 있다. 그것을 단적으로 살펴볼 수 있는 작품으로 두 시인이 차운(次韻)의 형식으로 발표한 두 편의 「三水甲山」이 있다.

김억과 김소월의 「三水甲山」은 이 두 시인의 서로 다른 시적 여정이 도달한 지점을 보여주는 작품일 뿐 아니라, 두 시인이 바라보는 고향이 어떻게 다른가를 보여주는 작품이기도 하다.

> 三水甲山 보고지고 三水甲山 어드매냐,
> 三水甲山 아득타아하 山은첩첩 흰구름만 싸인곳
>
> 三水甲山 가고지고 三水甲山 내못가네,
> 三水甲山 길멀다 아하배로사흘 물로사흘길멀다.
>
> 三水甲山 어듸메냐, 三水甲山 내못가네,
> 不歸不歸 이내맘 아하새드라면 날아날아가련만.
>
> 三水甲山 내故鄕을 내못가네, 내못가네,
> 오락가락 無心타 아하 三水甲山그립다고 가는쑴
>
> 三水甲山 먼먼길을 가고지고 내못가네
> 不歸不歸 이내맘 아하 三水甲山 내못가는이心思
>
> (김억, 「삼수갑산」 전문, 『삼천리』, 1934. 8.)[70]

---

70) 이 시는 『삼천리』 1933년 8월호에 게재된 것으로 보이는데(박경수편, 『안서김억 전집』 1, 한국문화사, 1987 참고) 원문은 확인되지 않는다. 여기 인용한 시는 『삼천리』

三水甲山 내웨왔노 三水甲山이 어디뇨,
오고나니 奇險타 아하 물도 많고 山첩첩이라 아하하

내故향을 돌우가자 내고향을 내못가네
三水甲山 멀드라 아하 蜀道之難이 예로구나 아하하

三水甲山이 어디뇨 내가오고 내못가네
不歸로다 내故향 아하 새가되면 떠가리라 아하하

넘게신곳 내고향을 내못가네 내못가네
오다가다 야속타 아하 三水甲山이 날가두었네 아하하

내고향을 가고지고 오호 三水甲山 날가두었네
不歸로다 내몸이야 아하 三水甲山 못버서난다 아하하

(金廷湜, 「三水甲山―次岸曙三水甲山韻」 전문, 『신인문학』, 1934. 11.)[71]

　이 두 시는 '次韻'의 형식으로 발표된 작품들이다. 김억의 「三水甲山」
은 1923년 10월 『開闢』에 발표된 김소월의 「山」에서 시상과 운을 따온
작품인데,[72] 김억의 작품을 김소월이 다시 '次韻'의 형식으로 답한 시가
「三水甲山-次岸曙三水甲山韻」이다. 표면적으로 볼 때 이 두 시의 주제는
'향수(鄕愁)'다. 두 시에서 김억과 김소월은 모두 고향에 돌아갈 수 없는

　　1934년 8월호에 「안서시집」이라는 제하에 실린 6편의 민요시 중 한 편이다.
71) 이 작품은 1934년 12월 김소월이 요절한 후 김억에 의해 1935년 『신동아』 2월호에
　　서간문 원본과 함께 다시 게재된다. 그때는 모습이 약간 달라진다. 지금 일반적으로
　　알려진 「次岸曙先生三水甲山韻」이라는 제목이 이때 사용된다. 그리고 이 시는 『소
　　월시초』(1939)에도 수록되는데 그때는 김억의 격조시형론에 따라 매우 정형화된 모
　　습으로 실리게 된다.
72) 김소월의 시 「山」에 대해서는 2장 3절 참고.

자신의 신세를 한탄하면서 '고향'에 돌아가고 싶어 한다. 그런데 아이러니한 것은 이 두 시인이 고향으로 보고 있는 곳이 서로 다르다는 점이다. 김억이 고향으로 보고 있는 '삼수갑산'을 김소월은 자신을 고향으로 돌아갈 수 없도록 만드는 난관으로 보고 있다. 반면 김억은 김소월이 벗어나고 싶어 하는 '삼수갑산'을 자신의 고향으로 보고 그곳으로 돌아가고 싶다고 말하고 있는 것이다. 같은 향수를 주제로 한 시가 어떻게 이렇게 서로 다른 '고향'을 상정할 수 있었을까? 이 의문은 이 두 시인이 걸어온 시적 역정과 그들이 처한 상황을 고려해야만 해결될 수 있다.

우선 김소월이 위 시에서 말하는 '고향'은 자연적이고 지리적인 고향에 가깝다. 즉 자신이 나고 자란, 그리고 그 속에서 살아왔던 실제적인 삶의 공간으로서의 고향이다. 김소월이 식민지 근대의 와중에서 소외된 환원 불가능한 주변의 존재들을 시적으로 형상화하는 데 주력했다는 의미에서, 그가 돌아가고 싶어 하는 '고향'은 식민지 근대라는 폭력적인 규율권력으로부터 자유로웠던 삶의 현장일 수도 있겠다. 따라서 김소월에게 자신을 가두는 '삼수갑산'은 고향에 가지 못하도록 만드는 모든 현실적인 난관을 상징하는 공간적 비유에 가깝다. 그리고 김소월이 절망적인 '삼수갑산'이라는 공간에 처하게 된 과정은 매우 구체적인 것이었다. 김소월은 1922년 배재고보를 다니던 시기와 1923년 반 년가량의 유학을 제외하면 생의 대부분을 고향인 정주와 처가가 있었던 구성에서 보냈다.[73] 그러한 삶의 결과가 도달한 곳이 바로 '삼수갑산'이다. 즉 삼수갑산은 그 자신이 식민

---

73) 김소월이 향리에서 경험한 생활인으로서의 삶이 신산스러운 것이었음은 익히 알려진 바다. 그의 처가가 있던 구성에 개설한 『東亞日報』 지국이 망하고, 호구지책으로 손댔던 고리대금업도 시원치 않았던 것으로 보인다. 그 후 김소월은 술로 소일하다 결국 자살로 생을 마감한다.(계희영, 『약산 진달래 우련 붉어라-김소월의 생애』, 문학세계사, 1982; 김영철, 『김소월』, 건국대출판부, 1994 참고)

지 근대를 온몸으로 부딪치며 살아가는 과정에서 도달한 종착점과 같은 곳이다. 이런 의미에서 그의 삼수갑산은 식민지 근대의 흐름 속에서 식민지인 혹은 식민지 민중이 처할 수밖에 없었던 상황을 체현하고 있다고 할 수 있다.[74] 따라서 김소월은 현실 속에 자신이 돌아갈 아름다운 고향 따위는 없다는 사실을 너무나 잘 알고 있다. 그것은 김소월이 실제로 향토에서 고향이 파괴되어 가는 과정을 체험을 통해 알고 있었기 때문이다.

新載寧에도 나무리벌
물도만코
쌍조흔곳
滿洲나奉天은 못살고쟝

왜 왓느냐
왜 왓드냐
자곡자곡이 피쌈이라
故鄕山川이 어듸메냐

黃海道
新載寧
나무리벌
두몸이김매며살앗지요

---

74) 이 점은 심선옥의 다음 언급을 참조할 수 있다. "그런데 김소월의 '삼수갑산'은 비유가 아니라 현실이다. 구성에서 보낸 십년 세월이자 그가 지금 발 딛고 있는 절망적인 현실이다."(심선옥, 「1920년대 민요시의 근원(根源)과 성격」, 『상허학보』 10호, 상허학회, 2003. 2, 307쪽)

올벼논에 다은물은

츠렁츠렁

벼자란다

新載寧에도 나무리벌

(흰달, 「나무리벌노래」 전문, 『東亞日報』, 1924. 11. 25.)

김소월의 위 시는 소외된 식민지인들이 고향을 떠날 수밖에 없는 역사적 상황을 압축적으로 형상화해놓은 시다. 이미 알려진 바와 같이 이 시는 나무리벌을 둘러싼 일제의 수탈과 그에 대한 저항의 과정을 배경으로 한 작품으로,[75] '물도 많고 땅도 좋은' 고향산천 '신재령 나무리벌'[76]을 떠나 만주나 봉천으로 유리할 수밖에 없는 식민지인들의 소외된 삶을 잘 보여주고 있다. 즉 이 시는 식민지 근대의 와중에서 소외된 존재들의 삶을 압축적으로 표상해주고 있다는 것이다. 이 시를 통해 알 수 있듯이 김소월은 자신이 경험한 과거의 아름다운 고향은 이제 존재하지 않는다는 사실을 자각하고 있다. 즉 현실에서 그런 고향은 이미 사라졌거나 다시는 돌아갈 수 없는 곳이라는 점을 잘 알고 있었다는 것이다. 김소월에게 '삼수갑산'은 바로 그런 고향으로 돌아갈 수 없는 절망적인 상황에 대한 공간적 비유였던 것이다.

그러나 김억은 김소월의 이런 절망적인 '삼수갑산'을 못내 그리워할 만한 고향으로 인식하고 있는데, 이런 의미에서 김억의 고향은 김소월이 실제로 살아가는 현실적인 고향이 아니라 그의 관념 속에서 낭만적으로 채

---

75) 윤영천, 「일제강점기의 문학과 예술—일제강점기 한국 현대시와 "만주(滿洲)"」, 『東洋學』, 45호, 단국대동양학연구소, 2009. 2, 220~222쪽 참고.
76) '나무리벌'은 한자로 '여물평(餘勿坪)'이라는 말로 땅이 비옥해 농사를 지어 먹고도 남는다는 뜻에서 붙여진 지명이라고 한다.

색된 고향에 가깝다. 김소월의 귀향을 막는 것이 현실적인 난관이라면, 김억이 귀향하지 못하는 이유는 그러한 '고향'이 애초에 존재하지 않는 고향이기 때문이다. 김억은 김소월이 경험하고 있었던 실제 삼수갑산의 현실을 체험한 적이 없다. 그는 다만 그러한 공간이 있으며 그러한 공간이 그리워할 만한 공간이라는 것만을 알고 있을 뿐이다. 그리고 그러한 공간을 그는 김소월의 시를 통해 경험한다. 그러나 그 경험은 실질적인 삶의 체험이 아니라 관념 속에만 존재하거나 관념 속에서 낭만적으로 채색된 전원적 세계에 가깝다. 이것을 간단히 도식화 하면 다음과 같이 될 것이다.

김억 ⇒ 고향(김소월의 '三水甲山') ⇏고향 ˝

이 도식은 '고향'이라는 기표는 존재하지만 이 두 시인 사이에서 그 기의가 고정되지 못하고 유동하는 상태를 잘 보여주고 있다. 즉 김억이 추구하는 고향은 김소월을 통해 간접적으로만 도달할 수 있는 곳이거나 혹은 존재하지 않는 가상의 공간이다. 그러나 김소월이 그리고 있는 고향 ˝ 은 이미 돌아갈 수 없거나 혹은 파괴된 고향이다. 이런 의미에서 김억은 결코 현실에 실재하는 고향 ˝ 에 대한 인식에 도달할 수 없는 인물이었다고 볼 수 있다. 그것은 김억의 민족주의적 지향이 가진 관념성에 그 근본적인 원인이 있을 것이지만, 또한 그의 현실적인 삶이 그가 시에 담아내고 싶었던 고향(향토)에서 이루어지고 있었던 것이 아니라 주로 도회에서 이루어지고 있었던 데에도 원인이 있었다고 보인다.[77] 김억의 김소월에

---

[77] 김억이 김소월의 '내재의 시학'이 본격화되기 이전의 시들이라고 할 수 있는 초기
    시들을 서정시로 고평하고 그 이후의 시들을 '이지'의 산물이라는 이유로 폄하하는
    이유의 일단을 여기서 찾아볼 수 있을 것이다. 즉 김억은 김소월의 시에서 주로 낭

대한 모방은 이런 의미에서 필연적인 것이었다. 그리고 이것은 다음과 같은 사실을 암시한다. 즉 김억이 시 속에서 재현하는 '고향'이라는 것이 가상이라는 것, 다시 말해 '고향(혹은 향토)'이라는 것이 일반적으로 운위되는 것처럼 '상실'된 것이 아니라 오히려 국민문학파에 의해 새롭게 창출되고 있었다는 것이다.[78] 이런 의미에서 김소월의 고향이 현실적이면서도 구체적인 이미지로서의 표상(representation)이라면 김억의 고향은 구체적이고 현실적인 맥락을 사상한 추상적이고 관념화된 '이미지를 가장한 표상(emblem)'에 가깝다.[79]

그러면 이 시기 국민문학파가 생산해내고 있는 고향의 모습은 구체적으로 어떤 것이었던가를 살펴보자. 김억은 소위 민요시를 창작하기 시작하면서 거의 대부분의 시에 '고향'의 이미지를 활용하고 있다.[80]

順風마자 들오는배
두대백이 分明하외다
눈물나게 속이傷해
이내맘이 휘감돕니다

만적인 향토 혹은 고향의 이미지만을 읽어내고자 했기 때문에 현실적인 향토의 모습을 담아내고 있었던 김소월의 '이지'의 시들이 불편하게 다가왔을 것이다.(金岸曙, 「夭折한 薄倖詩人 金素月에 對한 追憶」, 『朝鮮中央日報』, 1935. 1, 22~26쪽; 金岸曙, 「素月의 生涯」, 『女性』 39호, 1939. 6 참고)
78) 1920년대 '고향' 이미지에 대한 주목할 만한 최근 연구로는 동국대문화학술원한국문학연구소 편, 『'고향'의 창조와 재발견』, 역락, 2007에 실린 연구들을 들 수 있다.
79) 박현수, 「이육사의 시학과 주리론의 미학체계」, 『현대시와 전통주의의 수사학』, 서울대출판부, 2004 참고.
80) 민요시를 창작하기 시작한 이후부터의 김억의 시는 대부분 '고향'의 이미지를 재생산하고 있는데, 그 결과를 모아놓은 시집이 『岸曙詩集』(한성도서주식회사, 1929)이다. 그리고 이 시집 이후의 시들 또한 '고향'의 이미지에서 거의 벗어나지 못하고 있다.

지내간歲月 모도다꿈이라
살아올길은 업다더라도
두대백이돗대만 보여도
아니아니 니즐수가업구려.

(金岸曙, 「두대백이」 전문, 『朝鮮文壇』, 1927. 1.)

인용된 시는 「黃浦의노래(民謠詩)」라는 제목 아래 수록된 시로 김억 자
신의 고향인 황포의 풍경을 소재로 창작된 시임을 알 수 있다. 그러나 이
시에는 고향의 풍경이나 실제 삶이 강조되는 것이 아니라 "살아올길은
업"는 "지내간歲月"에 대한 그리움이라는 정서가 강조되고 있다. 시인은
'두대백이'81)가 들어오는 모습에 "눈물나게 속이傷"해 하는데 시 속에는
왜 그것이 속이 상한 일인가에 대한 정보가 나타나지 않는다. 그리고 그
러한 애상의 정서가 곧바로 고향에서의 지난 세월에 대한 그리움의 정서
와 결합되고 있다. 이런 과정에서 고향의 구체적인 모습은 사상된 채 "니
즐수가업"다는 그리움의 정서만이 강조되는 것이다.82) 이처럼 김억의 시
에서 고향은 추억 속의 고향이자 돌아오지 못할 이상향으로 그려지는 경
우가 많다. 즉 그에게 고향은 '꿈처럼 살아올 길 없지만 잊을 수는 없는'
그리움의 대상이다. 그의 시에는 그리움의 대상으로서의 고향의 풍경이

---

81) '두대박이'의 다른 말. 돛대를 두 개 세운 큰 배를 의미한다.(『고려대한국어대사전』,
    고려대 민족문화연구원, 2009)
82) 반면 김소월의 시에서 바다와 배의 이미지는 실제 식민지인들의 삶이 스며들어 있는
    매우 구체적인 것들이다. 다음 시는 바다와 배가 식민지인들에게 삶의 현장으로 매
    우 공포스러운 곳일 수도 있다는 것을 잘 보여준다.
    헛된줄모르고나 살면 조화도!
    오늘도 저넘엣便 마을에서는
    고기잡이 배한隻 길쩌낫다고.
    昨年에도 바닷놀이 무섭엇건만.(「漁人」, 『진달내쏫』, 매문사, 1925)

묘사되고 있을 뿐, 김소월의 시에서 나타나는 고향에서의 삶의 체험이 거의 나타나지 않는다.

김억 시에 나타나는 고향의 이미지는 이처럼 풍경으로서의 이미지들을 담고 있는 애상적인 시들이 대부분이다. 이 시들에서 고향이미지를 통해 부각되는 것은 김소월의 시처럼 식민지 근대의 와중에서 소외된 환원 불가능한 주변이 아니라 실제로는 시인 자신의 내면이다. 이런 의미에서 김억의 고향을 소재로 한 시들은 김소월 시에 대한 모방의 성격을 가짐에도 김소월의 시가 가진 핵심적인 특성을 거의 보여주지 못한다. 오히려 그의 시는 식민지 근대의 과정에서 소외된 존재들의 삶을 풍경으로만 그의 시에 수용함으로써 그러한 소외를 심화시키고 있다. 다시 말해 그의 시는 문명의 관점 혹은 도회의 관점에서 향토를 바라보는 시들이 대부분이라는 것이다.

> 長箭은바다까, 고기도만소
> 외낙시두낙시 別낙시에도
> 밥알밋기만 토독히 물녀도
> 고기가물녀 싸기가 밥브오.
>
> 서울은큰都會, 계집도만소
> 맘낙시살낙시 別別낙시에
> 銀金밋기를 토독히 물녀도
> 계집들 배돌다 밋기만싸오.
>
> (金億, 「고기잡이」 전문, 『岸曙詩集』, 한성도서주식회사, 1929.)

김억의 위 시는 향토적 소재들이 그에게 어떤 의미인가를 단적으로 보여주는 시다. 이 시는 향토적 소재와 도회적 소재가 삼투되고 있는 모습을 보여주지만, 시의 전체적인 구조에서 강조되는 것은 도회적 삶의 모습이다. 향토적 삶은 도회적 삶의 모습을 부각시키는 역할을 하고 있을 뿐이다. 이 시를 통해 알 수 있는 것은 김억이 도회적 감각으로 향토적인 소재들을 시에 수용하고 있다는 사실이다. 그 결과 향토적인 소재는 다만 하나의 풍경이지 의미 있는 삶의 모습으로 수용되지 못한다. 물론 김억이 도회적 삶을 살아간다는 것이 문제적이라고 할 수는 없다. 오히려 문제적인 것은 김억이 도회적 감각으로 도회에서 살아가면서 향토적 소재를 활용해 고향의 이미지를 끊임없이 재생산하고 있었다는 점이다. 이렇게 보면 김억의 고향은 "실체로서 존재하는 것이 아니라, 구성되고 이야기되는 것에 의해 드러나는 공간"[83]에 가깝다. 따라서 김억의 고향이미지는 실존하는 고향의 산물이 아니라 오히려 도시적 삶의 산물이라고 보는 것이 타당하다.[84] 이것은 김억의 시가 '도시에서 부르는 민요', 즉 그 토대를 벗어난 시적 양식으로서의 '뿌리 없음'을 벗어나지 못하는 근본적인 이유 중 하나라고 할 수 있다.

이 시기 국민문학파 대부분은 향토 혹은 고향의 이미지를 적극적으로 활용해 시를 창작했다. 이광수, 주요한은 물론 한때 카프에 가담하기도 했던 김동환조차 민요시를 창작할 때에는 고향의 이미지를 적극적으로 활용했다. 그리고 그러한 고향은 대부분의 경우 당대적 삶이라기보다는 기억 속에서 낭만화된 고향의 이미지인 경우가 대부분이다.

---

83) 나리타 류이치, 한일비교문화세미나 옮김, 『고향이라는 이야기』, 동국대출판부, 28쪽 참고.
84) 이런 의미에서 "도시 공간은 '고향'이 창출되고, 이야기되고, 연출되는 공간이었다."라는 나리타 류이치의 언급은 김억이 고향의 이미지를 재상산하는 과정을 설명해 줄 수 있는 좋은 지적이라고 할 수 있겠다.(나리타 류이치, 앞의 책, 204쪽 참고)

벌판으로 가득한 곡식들의 행진곡
수수는 귓발들고 벼는 발을 맞춰
물결처럼 군대처럼 열을 지어서
앞으로 앞으로 영원한 「희망」으로
조선사람의 가슴을채워주는-

아, 녀름은 나의 고향 나의 조국
그의 품은 나를 단련하는 풀무불
해외에 떠단닐때에 생각을 이끌어가고
일에 지처 곤할때에 새긔운을 돋우는
나의 집, 나의 어머니, 조선의 녀름-

(주요한, 「조선」 부분, 『삼인작시가집』, 영창서관, 1929.)

　주요한의 위 시는 고향의 이미지가 생생하게 재현되고 있지만 실제로
이 시에 나타나는 고향의 이미지는 '기억' 속의 이미지들이다. 그리고 그
기억 속의 고향의 이미지들은 시인 개인에게는 '해외에 떠단닐 때' 그리
고 '일에 지처 곤할 때' 기운을 돋궈주는 이미지들이다. 다시 말해 이 기
억 속의 고향의 이미지들은 물론 시인 자신의 체험을 바탕으로 한 것이
지만 현실적인 고향의 모습이라고 보기는 어렵다. 오히려 시인의 기억 속
에서 낭만화된 전원적 풍경에 가깝다. 그런데 이러한 전원적 풍경이 민족
적인 것으로 자리매김되고 있다는 것은 문제적이다. 고향의 풍경은 '조선
사람'의 '가슴을 채워주는' 것이고 그리고 '나의 조국' 그 자체로 그려지
고 있다. 이 시의 제목이 「조선」인 이유도 바로 여기에 있다. 물론 이것
은 주요한이 조선사람들에게 "오직 건강한 생명이 가득한" 예술을 선사
하겠다는 의지가 작용한 것일 테지만,[85] 그것이 현실의 고향이라기보다

는 기억 속에서 낭만화된 고향에 가깝다는 점에는 변함이 없다.

고향이나 향토의 이미지를 낭만화하는 경향은 국민문학파뿐 아니라 1920년대 카프에 가담하기도 했던 김동환의 경우도 마찬가지였다. 김동환은 민요를 '민족'의 노래가 아니라 '민중'의 노래로 자리매김함으로써 그것의 계급성을 부각시키고자 노력했다.86) 그러나 또한 그의 민요론은 민요가 "순전히 우리 손에 발생되어 우리말과 우리 情調를 바더 마시고서 成育한 것"이라거나 "奔放한 原始人的 情緒生活"을 담고 있다는 등의 언급을 통해 알 수 있듯, '국민성' 혹은 '민족성'이라는 범위를 벗어난 것이었다고 보기는 어려웠다.87)

> 진달래꽃 가득핀 藥山東臺에
> 西道각씨 꽃짜서 花煎지지네
> 벅국이도 홍겨워 놀애부르니
> 봄이왓네 봄왓네 이江山에야
>
> (金東煥, 「봄」, 『삼인작시가집』, 영창서관, 1929.)

김동환의 민요시는 어떤 의미에서 김억이나 주요한의 시보다도 더 낭만화된 향토 혹은 고향의 모습을 담고 있다. 위 시를 보면 카프 맹원으로서의 김동환의 면모가 거의 사라지고 오직 낭만적으로 채색된 고향의 풍경만이 전면화 되고 있음을 알 수 있다. 물론 이러한 풍경의 전면화는 일

---

85) 주요한은 『아름다운 새벽』(朝鮮文壇사, 1924)의 「책끗헤」에서 데카당스를 멀리하고 건강한 생명력을 가진 밝은 예술을 조선 민중에게 제공하겠다는 의지를 피력한 바 있다. 그의 이러한 의지는 물론 '계몽적 색채'를 띤 것이었고, 따라서 현실에 대한 관념적 인식을 낳을 공산이 큰 것이었다.
86) 이 점은 그의 「朝鮮民謠의 特質과 其將來」(『조선지광』, 1929. 1.)를 보면 알 수 있다.
87) 구인모, 앞의 책, 174~175쪽 참고.

찍이 김억의 시가 보여주었던 식민지인들의 구체적인 삶이 배제된 풍경과 크게 다를 것이 없다. 결국 김동환의 민요시들[88]이 보여주는 특성은 국민문학파의 시들이 보여준 것과 별반 다르지 않다는 것이다.

김억과 김소월의 「삼수갑산」에서 '고향'이라는 이미지의 표상작용을 통해 알 수 있었듯이, 이 시기 국민문학파의 고향 이미지는 공간적으로 분열되고 있고 시간적으로 연기되는 모습을 보여주고 있다. 즉 이들의 시에 나타난 고향 이미지들은 실재에서는 부재하는 공간적 이미지들에 가까운 것이었고, 그리고 그 의미는 과거의 것이거나 미래에 회복되어야 할 것이기 때문에 언제나 시간적으로 연기되는 것이었다. 왜냐하면 이들이 시에서 그리고 있는 고향의 이미지는 이미 흘러가 버린 과거의 것이거나 아니면 김소월과 같은 시인의 시를 통해 간접적으로 체험한 세계에 가까웠기 때문이다. 이런 의미에서 국민문학파의 시에 나타나는 고향의 이미지는 "현존의 환영",[89] 즉 가장된 이미지로서의 표상(emblem)에 가까운 것이었다.

3. 민족적 규율의 강조와 정형적 형식의 창출

3.1. 내용과 형식의 전도, '격조시'

앞 절에서는 국민문학파가 새로운 '조선시형'을 창출하기 위해 어떻게 향토나 고향을 소재로 민족의 공통감각으로 받아들여질 수 있는 '조선정

---

88) 김동환은 그의 민요시들 중 어떤 시는 '소곡·민요'로, 그리고 또 어떤 시들은 '속요'로 분류해두고 있는데(『삼인작시가집』, 영창서관, 1929) 그 각각의 명칭이 큰 의미를 가지고 있다고 보기는 힘들다.
89) 호미 바바, 앞의 책, 116쪽 참고.

서'를 만들어갔던가를 살펴보았다. 그러나 김소월의 시를 민족 이데올로기를 통해 전유하는 과정에서 살펴볼 수 있었듯이, 이들이 만들어내고자 했던 '조선정서'는 그 실체가 있었다기보다는 오히려 기의가 부재하는 기표에 가까웠다. 국민문학파가 실체가 존재하지 않는 '조선정서'를 잡아내기 위해 선택한 방법은 소위 '향토성'을 '조선혼'과 등치시키고 향토 혹은 고향의 이미지를 시 속에서 지속적으로 재생산하는 방식이었다. 물론 그들이 재생산한 향토나 고향의 이미지가 현실적인 고향의 모습과 같지는 않았다. 오히려 그들이 시 속에 그려내고 있는 향토나 고향의 모습은 현실에서는 존재하지 않는 과거의 추억이거나 낭만화된 모습에 가까운 것이었다.

국민문학파에게 시적 형식이 중요해지는 이유의 일단이 바로 이곳에 있었다. 어떤 의미에서 이들은 스스로 만들어가고자 하는 것의 실체를 가지고 있거나 알고 있지 못했기 때문에 그것을 보증해 줄 만한 지표들이 필요했던 것이다. 소위 '향토성'은 내용의 측면에서 그들이 설정한 '조선적 것'을 보증해 줄 수 있는 지표 중 하나였다. 그리고 이런 작업은 형식의 문제에서도 동시에 진행되었는데, 그 핵심에는 물론 민요시가 놓여있었다. 그러나 이미 살펴본 바처럼 이들에게 민요라는 것이 새롭게 도입된 기표의 일종이었듯 민요시 또한 마찬가지였다. 이들에게 민요시는 이미 주어져있는 것으로 가정되었지만 실제로는 스스로가 만들어가야 하는 것에 가까웠다. 그리고 '조선정서'를 규정해가는 과정에서 김소월이라는 시인의 존재가 중요했듯 민요시의 형식을 규정해 가는 과정에서도 김소월이라는 존재는 매우 중요한 시인이 될 수밖에 없었다. '조선시형'으로서의 민요시를 만들어가는 과정은 국민문학파의 대표적 이론가였던 김억을 통해 구체적으로 살펴볼 수 있는데, 그는 최초로 김소월의 시를 민요시로

규정했을 뿐 아니라 그의 시를 활용해 자신만의 '조선시형'을 만들어내고
자 노력했다.

　1920년대 후반 김억의 시적 실험은 자신이 격조시라고 부른 정형시론
을 구축하고 실현하는 곳에 거의 전적으로 바쳐졌다. 김억이 자유시의 가
치를 일부 부정하고 정형시의 가치를 높이 평가한 표면적인 이유는 그것
이 시(詩)와 비시(非詩)의 혼란을 막아 주리라는 점 때문이었다. 그는 자유
시가 모두 비시라서 그것의 가치를 인정하지 않는 것이 아니라, 자유시가
시와 비시의 구분을 어렵게 할 것이기 때문에 그 의미를 높이 평가하지
않았다. 반면 정형시는 시와 비시의 구분을 용이하게 해준다는 이유로 높
이 평가되었다.

　　이곳에서 나는 定型詩가 잇지 아니할 수가 업다고 주장합니다. 그것
　은 지내간 시대의 것이나마 우리가 시조를 읽을 째의 밧는 시적 감흥과
　새롭은 시대의 自由시에서 밧는 감동과를 비교해 보면 곳 알 것이외다.
　또 그러고 詩歌를 충분히 감상할 수 잇다는 의미로 보아서 自由시보다
　도 그 詩形에서 보다 더 그 詩歌에 선악을 구별해 노흘 수가 쉬운 줄 압
　니다. (중략) 말은 다시 시형문제로 돌아가거니와 定型詩에는 일정한 규
　준과 약속이 잇는 것만치 시가로의 형식이 완전히 표현되고 아니 된 것
　가튼 것은 용이히 알 수가 잇슬 뿐 아니라 또 엇던 의미로는 구속업는
　자유에서보다 구속잇는 자유에서 좀더 緊張한 것을 볼 수가 잇습니다.[90]

　위 인용문을 보면 김억은 정형시가 자유시보다도 "그 詩形에서 보다
더 그 詩歌에 선악을 구별해 노흘 수가 쉬운" 것이기 때문에 정형시의 가
치를 자유시의 그것보다도 높이 평가하고 있다. 김억의 이러한 언급에는

90) 金岸曙, 「詩形・言語・押韻」, 『每日新報』, 1930. 8. 1.

'시인 개인의 주관'에 의해 좌우되는 자유시의 질서가 다만 한 개인에게 만 통용될 수 있을 뿐이지만, 정형시는 어떤 집단에게 공통적으로 통용될 수 있는 질서를 가지고 있기 때문에 자유시보다 더 좋은 형식이라는 논리가 깔려있다. 따라서 김억의 논리에서 보자면 정형시에서는 어떤 일정한 규준과 약속이 지켜졌는가라는 것만 판단하면 그것이 시인지 비시인지가 쉽게 구분될 수 있다. 반면 자유시는 그러한 일정한 규준과 약속이 없기 때문에 시와 비시를 구분하기 어렵다는 것이다.

그러나 김억의 이 같은 정형시에 대한 논리는 중요한 난관에 부딪힐 수밖에 없었다. 왜냐하면 당대 조선의 시가에는 그가 시와 비시를 판단할 수 있는 기준으로 제시한, 정형시를 가능하게 하는 '일정한 규준과 약속'이 결정되어 있지 않았기 때문이다. 따라서 김억은 실제로 그것이 필요하다는 전제 아래, 그러한 것을 창출해가야 하는 상황에 처할 수밖에 없었다. 이것을 다시 말한다면, 김억은 자기 자신의 시적 작업에 '조선적'이라는 집단적 의의를 부여함으로써 그것을 적어도 공동체의 보편적인 약속인 것처럼 만들어가고 있었다는 것이다. 김억이 시와 비시의 구분을 그렇게 중요하게 생각한 이유의 일단도 이곳에 있었다. 김억이 보기에 시의 문제는 '민족적'인 문제였기 때문에 비시가 시로 받아들여지는 상황은 용납될 수 없는 일이었다. 따라서 김억에게 정형시가 가진 '시상과 고정된 율동이 조화되지 않'는 문제는 "얼마든지 보충할 수 잇는 누구나 큰일을 위해서는 면할 수 업는 가장 적은 일"[91]로 치부되어버리고 만다.

어찌되었든 위 인용문을 통해 김억이 존재하지 않는 '조선시형'을 스스로 창출하는 '큰일'을 위해 소위 격조시라는 정형시를 시험하고 있음을 알 수 있다. 이러한 작업은 매우 어려운 작업이 될 수밖에 없을 뿐 아니

---

91) 金岸曙, 앞의 글, 1930. 8. 2.

라, 어떤 의미에서는 역설적인 기획이기도 했다. 왜냐하면 앞서 살핀 것처럼 김억이 기획하고 있었던 '조선시형'의 창출을 위한 전제가 대부분의 경우 존재하지 않았거나 매우 빈약했기 때문이다. 김억에게 김소월이 절실하게 필요했던 이유가 바로 이곳에 있었다. 1920년대 후반 김억은 김소월을 적극적으로 활용해 자신의 '격조시론'을 구축하고 있다.

> 내귀가 님의노래가락에 잡혓을째에
> 그대가 곱은노래를 내귀에 보내엿습니다,
> 만은 조곰도 그노래는 들니지안앗습니다.

> 내눈이 님의맘의꼿밧에서 노닐째에
> 그대가 그대의 맘의꼿밧으로 오라고 하엿습니다,
> 만은 조곰도 그맘의꼿밧은 보이지안습니다.(중략)

> 내코가 님의숨여나는香내에 醉하엿을째에
> 그대가 그대의 숨여나는 香내를 보내엿습니다,
> 만은 조곰도 그香내는 맛타지지 안앗습니다.(후략)

(金億, 「失題」, 『해파리의 노래』, 광익서관, 1923.)[92]

이 시는 김억이 김소월의 시를 읽고 받은 감동을 표현한 것으로 그가 얼마나 김소월의 시에 매혹되어 있었던가를 잘 보여주는 시다. 그리고 이 시는 그가 김소월의 시를 전혀 받아들이지 못하는 모습 또한 상징적으로 보여주고 있다. 즉 김억은 김소월의 시를 읽고 매혹되지만 그 실체를 전

---

92) 이 시는 「黃昏의薔薇」라는 큰 제하에 수록된 10편 중 한 편으로 이 시들에는 "東京의 金廷湜에게 이 詩를 보내노라."라는 부제가 붙어 있다.

혀 잡아내지 못했다. 김억에게 김소월은 '들리지 않는 노래를 부르는 시인'이자 자신의 눈으로는 '볼 수 없는 꽃밭에서 노니는 시인'이었고, 그리고 자신의 '코로는 맡을 수 없는 향기를 가진 시인'이었다. 김억에게 김소월은 그 존재를 느낄 수는 있지만 그 실체를 잡을 수는 없는 시인으로 다가왔던 것이다. 이것은 김소월의 시가 내재의 시학을 바탕으로 한 시임에도 김억이 그것을 이데올로기적으로 환원하고자 했기 때문에 발생한 현상, 즉 김소월이 근대의 질서를 비판적으로 바라보는 관점에서 그것으로부터 소외된 존재를 표상했음에도 김억은 오히려 그것을 근대의 원리로 환원해내고자 했기 때문에 발생한 현상이었다. 김억이 김소월의 시를 '경이'로운 시로 그리고 '魔女와 갓치 阿片과 갓치 반듯시 맘을 無我의 恍惚로 잇끌지 안코는 말지 아니 하'는 '抒情의 極致'93)로 받아들인 이유가 바로 이곳에 있었다.

김억이 시형의 문제에 극도로 집착하게 되는 이유도 여기서 찾을 수 있다. 김억은 김소월의 시를 '서정의 극치'로 받아들였음에도 김소월이 표현하고 있는 정서를 스스로는 체험하지도 그리고 그것을 표현하지도 못하는 상황이었다. 그 결과 김억은 김소월 시의 '경이'가 그 형식(주로 율격)에서 발생하고 있다고 판단할 수밖에 없었다. 다시 말해 김억은 내용의 문제를 형식의 문제로 치환해서 받아들일 수밖에 없었다는 것이다.

---

93) 1929년 한성도서주식회사판 『岸曙詩集』에 실린 『진달내꼿』에 대한 광고 문구. 이 광고 문구에는 김소월의 시에 "우리 詩壇 생긴 以來의 가장 큰 收獲으로 無色한 詩壇에 이 詩集 하나이 暗夜의 별과 갓치 光輝를 놋는 觀이 잇습니다. 더욱 同氏의 民謠詩 갓튼 것은 무어라고 形容해야 조흘지 몰을 만하야 音樂 以上의 恍惚을 주니 奇異하달밧게 더 할 말이 업습니다. 金素月의 詩集은 魔女와 갓치 阿片과 갓치 반듯시 맘을 無我의 恍惚로 잇끌지 안코는 말지 아니 하야 「抒情의 極致로군」 하는 歎美를 禁할 수가 업게 됩니다."라는 최고의 찬사를 보내고 있다. 이런 찬사가 김억과 무관해 보이지는 않는다. 이것을 1920년대 국민문학파의 논리로 환원하자면, 김소월의 시는 '조선정서' 즉 '조선혼' 혹은 '향토성'을 가장 잘 드러낸 시라는 의미일 것이다.

내용과 형식의 전도라고 할 수 있는 이러한 현상은 김억뿐 아니라 이 시기 국민문학파의 시에 공통적으로 나타나고 있었던 문제였다. 그리고 그러한 내용과 형식의 전도가 김소월이라는 존재에 의지해서야 가능했기 때문에 그 과정에서 김소월의 시는 중요한 형식적 전범이 될 수밖에 없었다. 이것은 주요한이나 김억이 재래의 민요에서 4·4조가 가장 두드러진다는 것을 알고 있었고, 그리고 7·5조가 일본에서 수입된 외래의 율격이라는 의식이 뚜렷했음에도 7·5조를 민요시의 핵심적인 율격으로 평가하는 과정을 살펴보면 알 수 있다.

> 朝鮮民謠가 대개는 四四調로 되엇고 동요가 쪼한 그것을 벗어나지 못
> 하야 (중략)
> 물론 이것을 역사적으로 공구한다 하면 대단히 흥미잇는 문제일 것이
> 외다. 만은 지금의 나에게는 이것을 공구할 만한 힘이 업습니다. 그러나
> 이것을 한 마듸로 말하면 원시적 감정을 가장 단적으로 표현한 것이라
> 할 수가 잇겟습니다. 오래 전 노래들의 대부분이 四四調인 것은 다 이러
> 한 이유라고 단언을 한다 해도 과언은 아닐 것이외다. 원시의 감정을 舞
> 踊가튼 것에 調子를 마초아 단적으로 표현해 노흔 것만큼 경쾌하고 인
> 상적인 것은 말할 것이 업습니다. 만은 넘우도 단조하고 변화가 업는 것
> 은 누구나 부정할 수 업는 사실이외다.[94]

김억은 조선 재래의 민요가 4·4조 중심이라고 생각하고 있었는데, 이러한 생각은 주요한도 마찬가지로 보여주고 있어 당대에 대부분 공유되었던 것으로 보인다. 그러나 김억은 민요시를 4·4조를 중심으로 만들어가지 않았는데, 그 이유는 4·4조가 '원시적 감정을 단적으로 표현한'

---

94) 金岸曙, 「格調詩形論小考」, 『東亞日報』, 1930. 1. 25.

'넘우도 단조하고 변화가 없는 것'으로 보였기 때문이다. 김억이 재래의 4・4조를 단조롭다는 이유로 잠정 폐기하고, 격조시 중에서 가장 서정적인 형식으로 제시한 것이 바로 7・5조다.

> 헌쉰줄 모르고나 살면조와도!
> 오늘도 저넘어便 마을에서는
> 고기잡이 배한隻 길쩌낫다고
> 昨年에도 바닷놀 무섭엇건만

이것은 素月의 七五調의 「魚人」이외다. 두 음절들이 다 기수인 것만큼 변화가 만하 七은 四三(三四) 아니면 二二三(三二二)이 되고 五는 二三이 아니면 三二가 됩니다. 그러기에 이것을 운율적 단위로 난호아 보아도 쪼한 마찬가지의 반음과 전음과의 조화잇는 음군이 됩니다. 쪼는 음절수가 十二되는 점에서 가장 抒情形에 갓갑은 보드랍고 맥근한 율동을 가진 형이라 할 만하외다. 내가 抒情形으로 제일 만이 이 七五調를 사용한 것도 이러한 점에 잇습니다. 어쩐 이는 쨜븐 시상을 서정적으로 표현할 만한 것이고 그 이상의 것은 담을 것이 되지 못한다고 합니다 만은 어쩌한 것을 물론하고 서정적인 것은 그것이 크거나 적거나 나는 다 이 형에 담을 수 잇는 줄 압니다.[95]

7・5조가 가장 서정적인 형식이라는 결론은 분명 본말이 전도된 결론이다. 왜냐하면 최남선은 7・5조를 서정적인 정서를 표현하는 것에 쓴 것이 아니라 매우 계몽적인 담론을 실어 나르는 데 사용했기 때문이다. 그리고 이것이 민족적 율격이라고 하기도 어려운 이유는 7・5조가 김억

---

95) 金岸曙, 앞의 글, 1930. 1. 26.

의 대일협력시 창작에도 적극 활용되고 있었다는 것96)을 보면 알 수 있다. 따라서 형식 자체가 내용을 담보한다는 김억의 결론에는 논리적으로 비약이 게재되어 있을 수밖에 없다. 김억은 이와 같은 결론에 도달하기 위해 매우 중요한 두 가지 사항을 무시하거나 왜곡해 받아들일 수밖에 없었다. 우선 그는 격조시의 핵심으로 설정한 7·5조가 '조선적'인 것이라기보다는 외래적인 것이었다는 점을 무시할 수밖에 없었다.

　　다음으로 신시의 형식을 가졋다 할 것이 소년잡지 등에난 칠오됴(七五調)의 신톄시와 갑오 이후에 류행한 창가라고 보겟습니다. 그 가운데는 아직도 한문구됴를 버서나지 못한 것도 잇섯고 쏘 혹 됴션 녯날 말을 그대로 써보는 국수뎍 작품도 잇섯는 듯 합니다. 그 가온데 혹은 웅장한 군가뎍 색채를 가진 것도 잇고 교훈뎍, 종교뎍, 애국뎍, 여러 가지 색채를 가진 것이 잇섯스나 내용으로 보아 藝術뎍, 독창뎍 가치 잇는 것은 별로 업섯다고 봄이 가하겟습니다. 다만 형식상으로 「찬미가」와 챵가와 일본신톄시를 모방한 됴션신톄시가 됴션 고래의 한시 시됴 民謠와 판이 다른 것을 보아 신시의 효시라고 볼 수 잇다 함이외다.97)

인용문에서 알 수 있듯 주요한은 조선 신시의 효시를 찬송가와 창가 그리고 일본에서 수입된 '7·5조의 신체시'로 보고 있다. 물론 여기서 주목할 것은 주요한이 7·5조가 일본의 신체시를 모방한 것이었다는 점을 분명히 알고 있었다는 것이고, 그리고 그것이 조선 재래의 시형과는 '판이 다른 것'으로 보고 있었다는 점이다. 이러한 인식은 주요한만의 것이

---

96) 김억의 「쑤들겨라, 부서라, 정의의 師여」, 「씽가포어뿐이랴」, 「아아 山本元帥」 등은 7·5조로 창작된 작품들이다.(박경수 편, 『안서김억 전집1』, 한국문화사, 1987; 조용훈, 「한국시의 원형탐색과 그 의의」, 『김안서연구』, 새문사, 1996, 69~73쪽 참고)
97) 주요한, 「노래를 지으시려는 이에게(一)」, 『朝鮮文壇』 창간호, 1924. 10.

었다기보다는 이 시기 문학자들이라면 공통적으로 알고 있었던 부분이라고 할 수 있다. 그리고 여기서 한 가지 더 주목해 볼 것은 김억이 4·4조를 너무 단조로운 것으로 부정하고 7·5조를 가장 서정적인 율격으로 긍정하는 이론의 전제가 일본의 7·5조를 해명하기 위한 도이고치(土居光知)의 '吟力'이라는 개념을 토대로 이루어진다는 점이다.

> 그런데 발성기관의 성질로 보아 한 음절이나 두 음절 가진 말은 예하면 「山」이니 「하늘」과 가튼 것은 한번의 吟力으로 발음할 수가 잇스나 세 음절로 된 것부터는 예하면 「어린이」가튼 것은 그 중앙 「린」에다가 힘을 주어 놉히지 아니 하는 이상에는 반듯이 두 吟力이 필요케 된다 합니다. 이점으로 보아서 음률의 단위는 한 吟力에 잇는 것이오 두 吟力에는 잇지 아니합니다. 그러고 두 음절에 한 吟力이 필요하다면 두 음절의 배되는 네 음절은 두 吟力이 아니고는 발음할 수가 업는 것이니 「해바라기」와 가튼 것으로 의미로 보아서는 난호아 노흘 수가 업는 것이라도 吟力 때문에 어찌할 수 업시 「해바 래기」하고 둘에 난호아 발음케 되는 것이외다. 쏘 그러고 오음절 가진 말은 예하면 「格調詩形論」가튼 것은 「격조 시형 론」이러케 세 吟力이 아니고는 쏘한 발음할 수가 업는 것은 다 발성기관의 성질상 어찌할 수 업는 일이라고 합니다.[98]

김억은 도이고치의 '氣力'이라는 개념을 '吟力'이라는 개념으로 가져와 사용하고 있는데,[99] 그는 이 개념을 토대로 각종 격조의 효과를 검증하고

---

98) 金岸曙, 「格調詩形論小考」, 『東亞日報』, 1930. 1. 20.

99) 김억은 「格調詩形論小考」의 마지막 부기에 "이 소고에는 土居氏 문학서설에서 얼마큼 암시바닷다는 것을 고백해 둡니다"라는 부기를 달아놓았다. 도이고치(土居光知 : 1886~1979)의 『문학서설』(岩波書店)은 1922년 발간되었는데, 김억은 이 책을 참고해 '吟力' 개념을 사용하고 있다고 보인다. 도이고치의 문학론에서는 '氣力'이라는 개념이 이 개념에 해당한다.

있다. 도이고치의 '氣力' 개념은 2음절 1음보를 기본으로 일본의 전통 율격인 7·5조를 등시성 개념을 활용해 설명하기 위한 것이었다. 도이고치는 7·5조 율격을 명확하게 해명해내지 못했지만, 그의 논의가 바탕이 되어 2음 1음보 4박자라는 일본시가의 기본 율격이 구축되었다고 한다.[100] 이렇게 본다면 김억은 일본시가의 율격적 특성을 해명하기 위한 이론을 활용해 '조선시형'을 구축하고자 했다고 할 수 있겠다. '일본적'이라는 기표가 과연 확정적이었던가는 차치하고라도 그의 시도는 매우 역설적으로 보일 수밖에 없다.

이럼 점에서 김억이 7·5조를 '조선시형'의 핵심적인 율격으로 자리매김하는 과정을 결코 자연스러운 과정이라고 할 수는 없다. 그럼에도 김억이 7·5조를 '격조시'의 가장 핵심적인 율격으로 선택할 수 있었던 이유는 그가 김소월이라는 전범을 가지고 격조시를 창출해내고 있었기 때문이다. 그 결과 김억의 격조시가 매우 다양한 율격을 시험하고 있음에도 불구하고 그 핵심에는 김소월의 민요시를 전범으로 한 7·5조가 자리 잡게 되었던 것이다.

그리고 이러한 과정에서 김억은 김소월 시의 가장 중요한 특징들을 자신의 논리에 맞춰 재단할 수밖에 없었다. 이것은 김억이 김소월의 초기시를 고평하고 그 이후의 시들에 대해서는 가치판단을 유보하거나 폄하하는 것을 통해 알 수 있다. 앞서 살펴본 바와 같이 김소월의 시는 외부의 규율을 내면화함으로써 만들어진 형식이 아니라 오히려 외부적으로 부여된 규율을 거부하기 위한 형식이었다. 이것은 김소월의 자유시가 '생성하는' 형식으로서의 내재율을 갖게 되었다는 것을 의미한다. 반면 김억과 같은 국민문학파의 시는 외부적으로 주어진 규율을 시에 실현시키고자

---

100) 한수영, 『운율의 탄생』, 아카넷, 2008, 64~67쪽 참고.

했기 때문에 생성하는 형식이 아니라 정형적 형식을 요구하게 되었던 것이다. 김소월이 정형시에서 출발해 자유시로 나아간 반면 김억이 자유시에서 출발했음에도 정형시로 귀착될 수밖에 없었던 이유가 바로 여기에 있었다. '격조시'를 추구했던 김억에게 김소월의 초기시가 더 의미 있게 보였던 것은 따라서 논리의 당연한 귀결이었다. 김억은 김소월의 중·후기시를 '이지'의 결과물이라고 보아 서정시로서의 가치를 폄하했는데,[101] 이것은 김억이 김소월 초기시의 정형성을 통해 스스로의 불확실성을 해소하고 싶었기 때문이다. 그 결과 김억은 「왕십리」와 같이 김소월이 7·5조의 정형을 파괴하고 스스로의 내재적인 율격을 찾아가는 과정을 보여주는 시마저 '정형시'로 환원해 버린다.

> 이것은 동군의 「往十里」의 두 연으로 「비가온다」한 뒤에 별행잡어서 「오누나」한 것과 쏘는 별행 잡어서 「오는비는」하고 시작한 것과 가튼 것은 다 그러한 의미와 쏘는 음율적 요구로 인해서 七五調를 가지고 그러케 인상적으로 변화시킨 것인 줄 압니다. 나는 이러한 것도 격조의 定型詩라고 하고십습니다.[102]

김억은 김소월이 7·5조의 율격을 정형적으로 사용하지 않고 변형한 것을 보고 "素月의 詩人的 用意는 대단하다"고 평가하면서도 그것을 "격

---

101) 이 부분은 김억의 "소위 재래식으로 말한다 하면 그는 시인으로의 풍류미가 적었든 것이외다. 그러나 한창 꽃가튼 그의 이십세 때에는 이 한 때의 감정에 움직여진 일도 적지 아니 하엿스니 이것은 아직 사상이 고정되지 아니하엿고 체험 가튼 것이 적엇기 때문이외다. 돌이어 이 시인의 시작에는 한창 感情이든 이십세 전의 것이 순정으로의 포근포근한 보드러운 시가 만헛든 것이외다."라는 언급을 통해 알수 있다.(金岸曙, 「夭折한 薄倖詩人 金素月에 對한 追憶」, 『朝鮮中央日報』, 1935. 1. 24)
102) 金岸曙, 「格調詩形論小考」, 『東亞日報』, 1930. 1. 23.

조의 定型詩"라고 하고 싶다고 말하고 있다. 즉 김억은 김소월의 시에서 격조시라고 할 수 있는 시들만을 중요하게 평가하고 있었던 것이다. 물론 김소월의 시를 김억이 '하고 싶은' 대로 정형시라고 할 수는 없는 일이다. 김소월의 시는 규율로 작용할 수 있는 외부적인 정형적 율격을 부정하고 스스로의 내재율을 찾아가는 방식으로 변화해가고 있었기 때문이다. 즉 김억이 단순히 '시인적 用意'로 평가했던 김소월의 변형은 결코 '정형시'의 범위에서는 그 의의가 드러날 수 없는 것이었다.

이렇게 김억은 김소월에 의지해 내용과 형식을 전도시킴으로써 7·5조를 중심으로 한 '격조시론'을 구축하고 그 이론에 따라 시적 실천에 나선다. 김억이 실천한 '격조시론'의 결과물은 1929년 출간된 『岸曙詩集』에 모여 있는데, 김억 자신은 그 시들을 자신의 "會心의 作"이라고 자신 있어 하지만 그 시적 성취가 두드러졌다고 할 수는 없다. 왜냐하면 그의 격조시는 민족 이데올로기라는 규율을 외적 형식으로 강제한 결과물이었기 때문에 김소월의 시가 보여주었던 생생한 삶의 정서를 거의 보여주지 못하고 있었을 뿐 아니라 그것을 실현할 수 있는 가능성도 거의 막혀있었기 때문이다.

3.2. 위장된 서정성의 구현체, '노래'

1920년대 국민문학파의 '조선적' 서정시가 민요시를 중심으로 전개된 것은 이들이 '시'보다는 '노래'를 더 선호했다는 점과 밀접하게 관련되어 있었다. 이것은 일찍이 서구적인 근대시를 적극적으로 번역 소개했던 김억이 '시의 음악성'을 강조하던 입장에서 '시가의 노래성'[103])을 강조하는

---

103) 음악성과 노래성의 차이는 한수영의 다음 언급을 참고할 수 있다. "음악성이 개인

입장으로 변화한 후, 민요시를 중심으로 한 격조시 실험으로 나아가는 모습을 통해 살펴볼 수 있다. 물론 1920년대 국민문학파의 '노래'에 대한 강조가 김억에 국한된 것은 아니었다. 주요한은 물론 홍사용, 이광수, 최남선 등 대부분의 국민문학파가 '노래'에 주목하고 있었던 것이 사실이다.

1920년대 국민문학파가 '詩'보다는 '詩歌'라는 말을 선호했다는 것은 분명해 보인다. 물론 '시가'는 '노래'라는 말과 동의어에 가까운 것이었다. 김억은 서구시를 번역·모방하던 1920년대 초기에도 '시가'라는 말과 '시'라는 말을 혼용하고 있었다.[104] 이것은 그가 주로 프랑스 상징주의시에서 영향을 받은 결과로 1922년경까지는 시의 음악성을 강조하기 위한 것이었다고 보인다. 그가 '시가'라는 용어를 시의 음악성을 강조하기 위한 용어가 아니라 시의 정형성을 강조하기 위한 용어로 사용하기 시작한 것은 김소월의 「삭주구성」 등의 시를 민요시로 규정했던 1923년 12월경부터였다. 그의 번역 작업은 1924년까지 집중적으로 이루어졌지만, 이 시기에 이미 그의 창작시들은 '小曲' 혹은 '노래'와 같은 명칭을 붙이고 발표되기 시작했다. 그리고 이미 살펴보았듯이 이 시기는 그가 '조선심' 혹은 '조선혼'이라는 것을 강조하면서 서구적인 시의 일방적인 모방에서 벗어나고 있었던 시기이기도 했다. 이렇게 보면 1924년을 전후한 시기부터 김억의 '시가'라는 용어는 음악성을 강조하기 위한 것이었다기보다는 노래성 혹은 정형성을 강조하기 위한 용어로 변환되고 있었다고 볼 수 있다.

주요한도 김억과 유사한 모습을 보여주고 있다. 1920년대 주요한은 '시가'와 '노래'라는 용어를 거의 동의어로 사용하면서 '新詩'라는 용어도

적인 것이고 시적 의미망 내부로 수렴되는 것이라면, 노래성은 집단적 정서와 연관되며 텍스트 밖에서 만들어지는 청각적 환영을 지향한다."(한수영, 앞의 책, 145쪽.)
104) 이런 모습은 그의 최초의 시론 「詩形의 音律과 呼吸」(『泰西文藝新報』 11-12호, 1918. 12)과 「스뼁쓰의 苦惱」(『廢墟』 제1호, 1920. 7) 등을 참고하면 알 수 있다.

사용했는데, 전자가 시 일반을 지칭하는 용어로 사용되었다면 후자는 1920년대에 나타난 새로운 시들을 지칭하거나 시 운동의 측면에서 '새로운 시가'를 지칭하기 위한 용어로 사용되었다. 주요한이 '신시'의 방향을 '노래'를 중심으로 설정하기 시작한 것은 1924년 『朝鮮文壇』에 「노래를 지으시려는 이에게」를 연재하면서부터였다. 이 글에서 주요한은 김억과 마찬가지로 '조선시형'에 대한 모색을 신시운동의 핵심으로 정리하고 있다.

그런데 여기서 주목해 볼 것은 '노래'라는 용어가 국민문학파에게 선호된 이유의 핵심에 '음성중심주의'가 놓여있었다는 점이다. 이것은 김억의 "言語는 어쩌한 것을 물론하고 그 民族의 宿命"이라는 선언적 언급에서 잘 표현된 것으로, 이들이 보기에 민족의 고유어에는 그 민족의 생활감정은 물론 사상과 정서가 고스란히 담겨져 내려오고 있었던 것이다.[105] 그리고 그러한 민족의 '음성'은 근대의 언어로 번역이 되지 않으면 않을수록 더 가치 있는 것으로 평가된다.

나는 우리 民謠를 소개하고 비평하려 할 제 아직 어듸서 시작할 바를 알지 못하겟다. 될 수만 잇스면 발달된 년대순으로 하고 십지마는 그것은 지금 나로는 할 수 업는 일이다. 대개 우리 民謠에 대하야 아직 아모 긔록이 없스니 만일 년대를 찾는다 하면 民謠에 씨어진 말로나 차질 것 이언마는 그것도 부른 사람의 대가 가심을 짜라 변하여왓스니 말을 보고도 련대를 찾기가 심히 어렵다. 나는 우리 民謠 중에는 퍽 년대가 오래어 삼국적부터 나려오는 것조차 잇슬 줄로 밋는다. 그러나 그 말은 점점 변하여버리고 겨오 뜻업는 후렴에만 녯날 것이 남은 것이 아닌가 한

---

105) 이러한 음성중심주의적 사고는 일본의 민요 창출 과정에서도 중요한 기제로 작동하고 있음을 알 수 있다.(무라이 오사무, 「멸망의 담론 공간」, 『창조된 고전』, 소명출판, 2002; 츠보이 히데토, 「국민의 소리로서의 민요」, 『근대 한국과 일본의 민요 창출』, 소명출판, 2005; 구인모, 앞의 책 참고)

다. 가령 아르랑타령에

「아르랑 아르랑 아라리오」

가튼 것은 비록 뜻은 업고 다만 음조 조흔 것을 취한 것이라고 하더
라도 이것은 결코 근대에 생긴 것이 아니오 퍽 녯날부터 오는 것이라고
볼 수밧게 업다. 그 음조가 근대식이 아닌 듯한 까닭이다.[106]

이광수는 민요가 민족의 고유한 정서를 담고 있기 때문에 가치가 있다
고 주장한 바 있는데, 흥미로운 것은 그것이 '음성'에 의지해서 이루어진
다는 점을 강조하고 있다는 것이다. 즉 이광수는 민요를 연대순으로 정리
할 수 없는 원인으로 '말이 시간이 지남에 따라 변화해왔기 때문이라는
점'을 정당하게 지적하고 있다. 그러나 그는 그럼에도 민요가 적어도 '삼
국적부터' 내려오는 것일 수 있다는 점을 강조하면서, 그 이유로 「아르랑
아르랑 아라리오」와 같은 "뜻업는 후렴에 녯날 것이 남"아 있기 때문이
라고 주장한다. 그에게 뜻을 알 수 없는 후렴구는 그것 자체가 "근대에
생긴 것이 아니오 퍽 녯날부터 오는 것"이라는 증거로 읽히고 있다. 이광
수는 '근대식'으로 번역될 수 없는 것이야말로 그것의 '고대성'을 증명해
주고 있다고 보았던 것이다. 이광수의 민요론은 노래의 고대성 혹은 민족
의 고대성이 어떻게 음성중심주의와 결합되어 있는가를 매우 잘 보여주
는 예다.

우리 民謠는 퍽 녯날(아마 삼국적)부터 그 곡조와 후렴을 간신히 유지
하면서 내용을 변해가며 오늘까지 나려온 것이다.

이것은 별로 신긔한 진리될 것은 업다. 그러나 우리 民謠를 말할 째에
는 이것은 긔초가 되는 원리가 될 것이라고 밋는다. 대개 이 민요의 속

---

106) 李光洙, 「民謠小考」, 『朝鮮文壇』 3호, 1924. 12.

에 흐르는 리즘률은 다만 현대 조선사람에게만 맞는 것이 아니라 우리
民族의 고유한 리즘임을 취측하겟기 째문이다. 무론 시대가 변천함을 짜
라 엇던 백성이 조화하는 리즘도 변하기는 하지마는 그러터라도 그 백
성이 조화하는 리즘의 근본적 특징은 변하지 안키 째문이다.107)

이광수에게 음성을 통해 민족의 고유성을 고대로부터 전달해주는 '노
래'(민요) 속에는 "우리 民族의 고유한 리즘"이 들어있는 것으로 보였다.
물론 이광수의 이와 같은 논리는 동어반복적인 성격이 강함에 틀림없다.
즉 세계 어느 나라의 시가도 민요를 바탕으로 하지 않은 것이 없기 때문
에 조선의 시가도 민요를 바탕으로 출발해야 한다는 것이고, 따라서 민요
는 당연히 그 속에 민족의 고유한 리듬을 담고 있어야만 한다는 것이다.
이광수는 그 핵심적인 논리적 근거를 '뜻을 알 수 없는' 후렴구의 불확실
성에서 찾고 있었다. 이렇게 본다면 노래(민요)의 고대성은 논리적 비약,
즉 순환논법에 의존해야만 지탱될 수 있었던 매우 허약한 것이었음을 알
수 있다. 음성중심주의를 바탕으로 한 '노래'에 대한 강조가 매우 이데올
로기적이라는 것은 다음 최남선의 글에서도 확인된다.

이 째에 이네들의 부른 노래가 어쩌한 성질의 것이며, 어만한 정도의
것이며 얼마나 되는 종류의 것인지는 무론 稽考(계고)할 도리가 업지마
는, 사설은 이럭저럭 업서지기도 하고, 쏘 漢土의 문자와 사상이 들어온
뒤에 그에게 부댓겨 일긋얄긋 흐시무시하고 말기도 하얏겟지마는, 그 곡
조와 음절만은 필시 그 강인한 생명력을 시방 우리 叫唱(규창)의 중에
유전해 나려왓슬 것이니, 시방까지도 南中에서 심상한 농요로 큰 민속적
생명을 가지는 「山有花」가 실상 백제의 古調라 하는 것처럼, 우리가 시

107) 李光洙, 앞의 글.

방 내력 모르고 옮기는 소리와 넘기는 가락의 중에는 그 배후에 누천년의 오랜 전통을 가진 것이 무론 허다히 잇슬 것이다.[108]

인용된 최남선의 「시조태반으로서의 조선민성과 민속」은 국민문학파에게 '노래'라는 형식이 왜 그렇게 중요했던가를 단적으로 보여주는 글이다. 이들에게 '노래'는 민족성이 전달되는 근원적인 형식으로서의 의미를 지니고 있었던 것이다. 즉 '노래'라는 형식은 기록을 전제하지 않고 음성으로 전달되기 때문에 그 기원을 예측할 수 없고, 따라서 그 기원의 고대성이 자연스럽게 전제될 수 있는 형식이었다. 최남선은 까마득한 조상들의 노래가 어떠한 것이었던가에 대해서는 "무론 계고(稽考)할 도리가 업"다는 것을 잘 알고 있다. 그러나 그것이 아무리 외래의 영향과 시간의 영향으로 변화를 거듭했다고 하더라도 "곡조와 음절만은 필시 그 강인한 생명력을 시방 우리 叫唱(규창)의 중에 유전해 나려왓슬 것"이라고 확신한다. 최남선이 '노래'의 기원을 기록으로 그 사실을 확인하기 곤란한 고조선의 제천의식에까지 이끌고 간 것은 이와 같은 음성중심주의에 의지하고 있었기 때문에 가능했다. 그 결과 최남선은 "우리가 시방 내력 모르고 옮기는 소리와 넘기는 가락의 중에는 그 배후에 누천년의 오랜 전통을 가진 것이 무론 허다히 잇슬 것"이라는 결론에 도달한다. 이렇게 본다면 최남선이 이 글을 통해 정리하고 있는 것은 이론적인 것이었다기보다는 이데올로기적인 신념에 가까웠음을 알 수 있다. 그가 정리한 것은 오늘날의 우리의 '노래'에는 그 기원을 알 수 없을 정도로 오래된 민족의 '오랜 전통'이 담겨있다는 것이다. 최남선은 주로 시조 창작에 전념했지만 그의 논의는 '조선민족'의 모든 '노래'에 해당될 수 있는 것이었다.[109]

---

108) 崔南善, 『時調胎盤으로의 朝鮮民性과 民俗』, 『朝鮮文壇』 17호, 1926. 6.

이와 같이 1920년대 국민문학파가 '노래'라는 것은 강조한 이유는 그것을 통해 민족의 고유한 정서가 표현되고 전달될 수 있다는 이데올로기적 신념이 있었기 때문이었다. 그리고 이러한 믿음이 실제 창작에도 큰 영향을 미쳤으리라는 점은 충분히 미루어 짐작할 수 있는 일이다. 소위 민요시 창작은 물론 김억의 격조시 창작도 이와 같은 이데올로기적 믿음이 전제되지 않았다면 실천이 어려웠을 것이다. 그렇다면 '노래'를 바탕으로 한 시적 실천의 구체적인 모습은 어떠했던가?

一
봄이오면 살에들에 진달래피네
진달래꽂 피는곳에 내 맘 도 펴,
건너마을 젊은處子 꽂싸라오거든
꽂만말고 이마음도 함께싸가주.
二
봄이오면 하늘우에 종달새우네
종 달 새 우는곳에 내맘도우러,
나물캐기 아가씨야 저소리듯거든
새만말고 내소리도 함께드러주.

(金東煥, 「봄이 오면」 부분, 『삼인작시가집』, 영창서관, 1929.)

김동환의 위 시는 노래성이 시에 어떻게 실현되고 있는가를 단적으로 보여주고 있다. 위 시는 행은 물론 연도 노래라는 형식을 배제하고는 그 특성을 이해하기 어렵다. 우선 행의 배열에서 위 시는 낭독을 염두에 둔

---

109) 1920년대 중반 최남선의 '시조'는 '평시조'를 중심으로 정리되어 있는 오늘날의 시조 개념이었다기보다는 소위 '조선민족'이 불러왔던 모든 '노래'의 총칭에 가까웠다.

것이 아니라 노래를 염두에 두었다는 것을 알 수 있는데, 그것은 '내 맘도 펴'나 '종 달 새'와 같이 등시성을 염두에 둔 표기방식을 택하고 있다는 점을 통해 알 수 있다. 김동환의 다른 시에는 음절수가 정형을 벗어날 경우 말이음표(⌢)를 활용해 등시성을 확보하고자 하는 모습을 보여주기도 한다. 이것은 노래의 박자를 염두에 둔 표기방식이었다. 그리고 연과 연의 관계도 노래성을 실현하기 위한 것임을 알 수 있는데, 그것은 각 연의 독립성은 두드러지지만 논리적 연속성은 미약하다는 것을 통해 알 수 있다. 위 시에서 각 연은 다만 봄을 맞이한 풍경과 낭만적 정서를 반복적으로 환기하고 있을 뿐이다. 그 결과 위 시에서는 구체적인 삶이 아니라 봄날의 낭만적 정서만이 반복적으로 강조되고 있다.

1920년대 '노래'를 활용한 민족주의자들의 시들이 어떤 특성을 가진 것이었던가는 그 대타항이라고 할 수 있는 김소월의 시를 살펴보면 확인할 수 있다. 1920년대 중후반 김억의 시가 김소월의 시를 모방한 결과에 가까웠다는 것은 이미 지적한 바 있다. 그리고 김억은 당대에 실제 향유되었을 것으로 보이는 '노래'를 직접 시에 수용하고 있기도 한데, 물론 그것은 김소월을 모방한 측면이 강한 것이었다. 그런데 이 두 시인이 노래를 수용하는 방식 자체가 매우 다르다.

우선 김소월이 시에 '노래'를 수용하는 방식을 살펴보자. 김소월은 일찍이 그의 시에 설화나 당대의 '里謠'나 '俗謠' 등을 직접 수용하기도 했는데, 그중 거의 유일하게 그 창작 배경을 소개하고 있는 「팔벼개노래調」는 그가 왜 '里謠'나 '俗謠'를 시에 수용하고 있는가를 잘 보여준다.

　　내 故鄕은 晉州요, 아버지는 精神없는 사람되어 간 곳을 모르고, 그러
　　노라니 제 나이가 열세살에 어머니가 제 몸을 어떤 湖南行商에게 팔아

당신의 후살의 미천을 삼으니 그로부터 뿌리 없는 한몸이 靑樓에 零落
하여 東漂西泊할 제 얼울 없는110) 종적이 南으로 門司,111) 香港이며 북
으로 大連, 天津에 花朝月夕의 눈물 궂은 生涯가 예까지 구을러 온지도
이미 반년 가까이 되었노라 하며 하던 말끝을 미처 거듭지 못하고 걷잡
지 못할 서름에 엎드러져 느껴가며 울었을러니(중략)

　　무슨 내가 이 노래를 가져 敢히 諸大方家의 詩的 眼目을 辱되게 하고
저 함도 아닐진댄 하물며 이맛 鄭聲衛音의 현란스러움으로써 藝術의 神
嚴한 宮殿에야 하마 그 門前에 첫발걸음을 건들어 놓아보고저 하는 僭濫
한 意思를 어찌 바늘끝만큼인들 念頭에 둘 理 있으리오마는 亦是 이 노
래 野卑한 世俗의 浮輕한 一端을 稱道함에 지내지 못한다는 非難에 마출
지라도 나 또한 구태여 그에 對한 遁辭도 하지 아니하려니와, 그 이상
무엇이든지 사양 없이 받으려 하나니, 다만 只今도 매양 내 잠 아니오는
긴 밤에와 나 홀로 거닐으는 감도는 들길에서 가만히 이 노래를 읊으면
스스로 禁치 못할 可憐한 느낌이 있음을 取하였을 뿐이라112)

　　김소월이 기생 채란의 노래를 시에 수용한 이유를 위 인용문은 잘 보
여주고 있다. 김소월은 채란의 노래가 '鄭聲衛音'113)으로 들릴 위험이 있
다는 것을 잘 알면서도 소위 속요조를 그대로 시에 수용하고 있는데, 그
이유는 그 속에 기생 채란이 겪은 신산스러운 삶의 역정과 고통이 고스
란히 묻어나고 있기 때문이었다. 기생 채란의 삶을 보면 가난한 농가에서

---

110) '얼울하다'는 말은 '일이 어그러져서 불안하다'는 뜻.(『고려대한국어대사전』, 고려
　　대 민족문화연구원, 2009 참고) '얼울 없는'이라는 말은 '얼울하다'의 방언형으로
　　보인다.
111) '모지'. 일본의 기타큐슈지방에 있는 항구로 일찍이 서양과의 교역이 활발했던 지역.
112) 「팔벼개노래調」, 『假面』, 1926. 8. 이 시는 이후 김억에 의해 『소월시초』에 수록된
　　다. 인용된 형태는 『소월시초』에 실린 형태다.
113) '鄭衛之音'은 『禮記 : 樂記』에서 유래한 말로 공자가 아악을 어지럽히는 속된 소리
　　로 평한 후 비속하고 음탕한 소리의 대명사가 되었다.

태어나 어미의 재혼 밑천 마련을 위해 기루에 팔려 멀리는 일본과 중국을 거쳐 다시 조선 벽지 영변에 와 기루 생활을 하고 있다. 채란의 이러한 삶은 식민지 근대라는 매우 폭력적인 체제 속에서 식민지 민중이 겪을 수밖에 없었던 신산스러운 삶의 모습을 잘 대변해주고 있다. 김소월은 식민지 근대라는 타율적인 근대화 과정에서 소외되어 고통스러운 삶을 살아가는 식민지 민중의 삶에 공감하고 있었기 때문에 '정성위음'으로 들릴 위험을 알고 있으면서도 그 가사를 자신의 시에 수용했던 것이다. 김소월이 소위 '노래'를 자신의 시에 수용할 때는 이처럼 분명한 이유가 있었다. 이렇게 본다면 김소월은 식민지인들의 환원 불가능한 주변의 삶을 시에 수용한 것이지 국민문학파가 사용하는 의미에서의 민요를 시에 수용한 것은 아니었다. 김소월은 '노래'를 이데올로기적으로 바라보지 않았기 때문에 그 속에 수용된 극히 근대적인 삶의 모습을 구체적으로 포착해낼 수 있었던 것이다. 이런 의미에서 김소월이 시에 노래를 수용한 것은 김억과 같은 국민문학파와는 본질적으로 다른 방식이었음을 알 수 있다.

그러나 김억은 노래 속에서 생생한 삶을 읽어내는 것이 아니라 민족적인 정서를 읽어내고자 하는 모습을 보여준다.

이것은 밝은 대낮의 번화롭은 세상을 꿈 밧그로 지내가는 가나위의 노래외다. 보름달이 혼자 올나 大同江 흐르는 물에 잔물살이 곱게 빗날 제, 船倉까 잔나위들은 잔잡고 제興에 뜬 身勢의 뜬 시름을 노래합니다. 土君子의 귀에는 듯기 거북하야 얼골을 즙푸릴 분도 잇슬 것이나 이 또한 가튼 세상의 가튼 때에 풀길 업는 심리를 노래가락에 자아낸 것이라, 그 중에는 애상이 바리기 어려운 것도 업지 아니 할 뿐 아니라, 夜半行客의 맘을 움직이는 일도 잇개래, 大方諸位의 비웃음도 돌아보지 아니하고 公開하노니, 그 웃을 이는 웃을 것이요, 三誦嘆賞할 바보는 깃버할 지

어다.114)

인용된 시의 부기는 김소월의 시에서 그 형식을 그대로 차용한 것임을 알 수 있다. 그리고 김소월의 「팔벼개노래調」와 유사하게 이 시 또한 "밝은 대낮의 변화롭은 세상을 꿈 밧그로 지내가는 가나위"의 신세을 읊고 있다. 김소월의 관점에서 보자면, 이 '가나위'는 분명 '밝은 대낮의 변화롭은 세상', 곧 근대적인 세상에서 그 존재가 지워진 식민지의 환원 불가능한 주변에 해당한다는 것을 알 수 있다. 다시 말해 김억이 평양에서 본 이 '가나위'의 삶은 매우 근대적인 것일 수 있었다는 것이다. 그럼에도 김억은 그것을 '근대적'으로 바라보지 않는다. 김억은 이 '가나위'의 삶을 근대적으로 바라보는 것이 아니라 '민족적 정서'라는 매우 이데올로기적인 관점에서만 바라보고 있다. 그 결과 이 '가나위'의 노래는 '뜬 세상을 살아가는 뜬 시름'을 담은 것 정도로 취급된다. 다시 말해 김억은 김소월처럼 이 '가나위'가 식민지라는 근대적인 체계 속에서 겪을 수밖에 없었을 구체적인 삶을 전혀 포착하지 못하고 있다는 것이다. 물론 그 가장 중요한 이유는 그의 시선이 소위 민족이데올로기에 의해 왜곡되어 있었기 때문이다. 김억의 창작시들도 대부분 이러한 수준에서 창작된 것들이었기 때문에 그의 격조시들은 당대의 살아있는 삶을 당대적인 것으로 다루는 것이 아니라 보편적인 자연의 풍경이나 '조선적'으로 받아들여질 수 있는 집단적 체험으로 대체해버린다. 따라서 그의 시에는 새로운 인식이나 상징보다는 관습적인 인식이나 상징이 주로 나타나고 있는데, 그것은 그가 새로운 인식을 추구한 것이 아니라 일반적으로 받아들일 수 있는 인식을 '노래'라는 집단적 형식에 맞추어 부르고 있었기 때문이다. 그는 익숙한

114) 金岸曙, 「浿城商女의 노래」, 『別乾坤』 32호, 1930. 9.

정서를 익숙한 형식으로 노래 부르는 것이 새로운 '조선시형'을 확립하는 길이라고 믿어버린 듯하다.[115] 그 결과 김억의 '노래'는 급속하게 '속정화(俗情化)'[116]되는 모습을 보여준다.

> 오가는 흰손가락 그틈에들어
> 킹·퀴인 멧번이나 서로만나서
> 킹·퀴인 멧번이나 서로쩌낫노
> 덧업는밤은 혼자서 깁허갈제.

> 틈램프하다 잃어바린퀴인은
> 네거리세길에서 살수잇서도
> 그대한테 앗기운 나의마음은
> 차즐길도업는가, 그만그대로.

> (김억, 「트램프」 전문, 『岸曙詩集』, 한성도서주식회사, 1929.)

위 시는 7·5조라는 격조시형을 취하고 있음에도 "가장 抒情形에 갓갑은 보드랍고 맥근한 율동"을 보여주고 있다고 보이지는 않는다. 김억 자신이 민요시의 가장 전형적인 형식으로, 따라서 가장 '조선적'인 시형으로 자리매김한 형식임에도 이 시는 그러한 특성을 전혀 보여주지 못하고 있다. 오히려 이 시는 소위 '조선시형'으로 설정된 형식이 구체적인 삶의 깊이를 확보하지 못할 경우 얼마나 쉽게 속정화되어 버리는가를 잘 보여주고 있다. 1930년대 김억이 대중가요의 작사가로 나설 수 있었던 이유도 근본적으로 그가 위와 같은 민족이데올로기에 사로잡혀 있었기 때문

---

115) 한수영, 앞의 책, 149~151쪽 참고.
116) 이 말은 김기진이 김소월의 시를 평가하면서 경고한 것인데(金基鎭, 「現 詩壇의 詩人」, 『開闢』 58호, 1925. 4), 그 결과는 김억에게서 가장 전형적으로 나타나고 있다.

에 가능했던 것으로 보인다. 그리고 김억의 위 시는 '도시에서 부르는 민요'라는 이 시기 국민문학파가 처한 가장 근본적인 문화적 상황이 시에 어떻게 작용할 수 있었던가를 단적으로 보여주는 것이기도 하다.

이렇게 본다면 국민문학파의 노래라는 형식은 그 앞 시기 김억의 시가 보여주었던 풍경으로서의 시와 크게 다르지 않다는 것을 알 수 있다. 그리고 그러한 풍경은 식민지의 구체적인 삶을 소외시킴으로써만 성립하는 것이다. 따라서 국민문학파의 '노래'는 구체적인 삶의 실감을 실어 나르기 위한 형식이었다기보다는 오히려 그러한 구체적인 삶을 소외시키고 그들이 생각하는 '조선정서'를 환기시키기 위한 것이었다. 또한 국민문학파의 노래는 그들이 시적으로 표현할 수 없었던 '조선정서'를 음성적 가상을 통해 보상받으려고 한 결과이기도 했다. 이런 의미에서 이들의 노래는 그 내포에 있어서도 그리고 그 형식에 있어서도 진정한 서정성을 전달하기 위한 것이었다기보다는 위장된 서정성을 전달하는 공허한 형식에 가까웠다.

제4장
'조선적' 서정시의 한계와 그 극복

1. '조선적' 서정시의 창출과 서정적 가능성의 축소

지금까지 살펴본 바와 같이 1920년대 전반이 문명담론을 중심으로 '조선적' 서정시 창출의 토대로 작용할 수 있는 서정시의 다양한 가능성들이 형성되었던 시기였다면, 1920년대 중후반은 국민문학파를 중심으로 '조선적' 서정시가 창출되는 과정이 진행되었던 시기였다. '조선적' 서정시의 창출 과정은 시적 실천의 과정이었던 동시에 담론적 실천의 과정이기도 했다. 그 시적 실천이 국민문학파의 창작을 통해 이루어졌다면 담론적 실천은 주로 김소월의 시를 민족 이데올로기로 환원함으로써 '조선시형'의 전범으로 자리 잡게 만드는 과정이었다. 이러한 과정으로 창출된 '조선적' 서정시의 핵심적 자질은 '7·5조를 중심으로 한 노래의 형식으로 낭만화 된 고향 혹은 향토의 이미지를 반복적으로 재생함으로써 '조선정서'를 환기하는 것'으로 정리할 수 있다.

그런데 이 같은 '조선적' 서정시는 '조선정서'와 '정형성'을 통해 표면적으로는 1920년대 전반의 초월의 시학이 보여주는 서정성과 매우 다른 특성을 보여주는 듯하지만, 그 실상에 있어서는 큰 차이가 없었다. 왜냐하면 초월의 시학이 문명화의 사명을 내면화한 지식인들이 당대적 현실과 절연함으로써 초월적 시세계를 구축하는 모습을 보여주었다면, 국민문학파는 '조선시형'이라는 이데올로기적 형상을 창출하기 위해 마찬가지로 당대적 현실을 낭만화하거나 소거함으로써 그들의 시세계를 구축하고 있었기 때문이다. 그리고 또한 이 둘은 문명과 민족이라는 서로 다른 규율을 내면화하고 있었다고는 하지만, 외부적인 규율을 시에 강제했다는 의미에서도 유사한 특성을 보여주고 있다. 그 결과 이들은 시인 스스로의 내적 질서를 찾아갈 수 있는 가능성을 극히 제한할 수밖에 없었다. 요컨대 이들은 시인 스스로 내적 질서를 구축할 수 있는 가능성을 확장하기보다는 '문명'과 '민족'이라는 외부적으로 주어진 규율을 내면화함으로써 소위 '개렴'의 시를 만들어내는 데 머물고 말았다는 것이다.

> 「개렴」(槪念)으로 노래를 부르려는 이가 잇습니다. 더욱이 민중藝術을 주창하는 이 사회형명덕 색채를 가진 이 중에 그런 이가 잇습니다. 그러나 그런 이는 십상팔구가 「개렴」의 노래가 됩니다. 이 책에 모흔 노래는 「개렴」에 의하야 쓴 것이 아닙니다.[1]

주요한은 그의 첫 시집 『아름다운 새벽』(朝鮮文壇사, 1924)에서 '개렴'으로 쓴 시를 비판하면서 자신의 시는 수시로 일어나는 '마음속의 파동'을 개성적으로 표현한 것일 뿐이라고 썼다. 여기서 주요한은 사회주의 이념을 바탕으로 계급문학을 주창했던 프로문학을 '개렴'의 노래로 비판하고

---

1) 주요한, 「책꽂혜」, 『아름다운 새벽』, 朝鮮文壇社, 1924. 12.

있는데, 그러나 역설적이게도 그 자신 또한 이러한 비판에서 자유로웠다고 보이지는 않는다. 왜냐하면 그는 일찍이 『創造』에 관여하던 시절부터 '국민적 문학'을 수립하기 위한 '계몽적 색채'를 강조하고 있었기 때문이다. 조선의 고유어와 토속적인 소재를 시에 담아낸다고 해서 그것이 과연 '개렴'의 노래가 아니라고 할 수 있을 것인가? 구체적인 삶의 현장에서 벗어난 언어와 소재들은 그것 자체로 이미 '개렴'이 될 공산이 컸다.

주요한의 '개렴'의 노래라는 말은 표면적으로 프로문학을 비판하기 위한 것이었지만, 실제로 그의 이 말은 1920년대 서정시 전반에 대한 비판으로 이어질 수도 있는 것이다. 왜냐하면 이미 지적했듯이 우리의 식민지 근대가 기표와 기의의 불일치 문제를 야기했다는 것은 필연적으로 '개렴'과 실제 삶 사이의 괴리 현상을 야기할 수밖에 없었기 때문이다. 따라서 식민지기 우리 근대시가 스스로의 영역을 개척하기 위해서는 무엇보다도 이와 같은 기표와 기의의 불일치 문제를 해소할 수 있는 방법을 찾아야만 했다. 1920년대에는 그 같은 가능성을 풍부하게 보여주었던 김소월과 같은 시인이 존재하기도 했지만, 대부분의 시인들은 그러한 가능성을 확보해야 한다는 인식 자체를 보여주지 못하고 있었다. 1920년대 전반 초월의 시학을 보여주었던 시인들의 시가 그렇고, 국민문학파가 창출해내고 있었던 '조선적' 서정시 또한 그러했다. 당대적 삶의 문제와 그러한 삶에서 생성되는 정서를 담아내지 못하는 한 그것들은 '개렴'의 노래가 될 수밖에 없었음에도, 1920년대 시들은 그러한 문제를 의식적으로 해소하는 모습을 거의 보여주지 못했다. 이런 의미에서 주요한의 비판은 프로문학에 대한 비판이기 이전에 스스로에 대한 비판에 가까운 것이었다.

한편 1920년대 서정시가 대부분 이와 같은 '개렴'의 시에 머물 수밖에 없었던 것은 근본적으로 이 시기 지식인들 대부분이 식민지 근대라는 당대적 현실을 의미 있게 바라볼 수 있는 나름의 관점을 확보하지 못하고 있었기 때문이었다. 우선 이 시기 지식인들은 식민지적 무의식이 너무 강렬했기 때문에 당대적 현실을 '야만'으로 파악할 가능성이 컸다. 실제로 일본 유학을 통해 서구적인 문명을 접한 지식인들 대부분이 그러한 인식을 보여주고 있었던 것이 사실이다. 그리고 국민문학파도 이에서 예외였다고 보기는 어렵다. 왜냐하면 이 시기 민족주의는 반식민주의적 (무)의식을 가장한 모습으로 보일 수는 있지만, 그것이 식민지배의 논리와 얼마든지 공모할 수 있었고 실제로 그러한 공모가 발생하고 있었다는 의미에서 그것은 식민지적 무의식이 표출되는 또 다른 방식일 수 있었기 때문이다. 이러한 점은 소위 '조선정서'가 식민지배자의 눈을 빌어 규정되고 있었던 점이나 '조선시형'으로서의 격조시가 외래적인 형식에 근거하고 있었다는 점 등을 통해 유추해 볼 수 있었다.

그리고 또 다른 한편으로 국민문학파의 '조선적' 서정시 창출 과정은 근대적인 개인의 내면을 표현하는 가장 적합한 양식 중 하나인 서정시 개념을 일정 부분 왜곡시킴으로써만 가능했다. 1920년대 전반 서정시 현상의 주요한 근거였던 자유시를 소개하면서 김억은 그것의 의의를 다음과 같이 정리한 바 있다.

自由詩는 누구가 발명하엿나?
람보가 산문시에서 발명하엿다, 쥬루 라ᅋ르게가 獨逸서 가져왓다. 예레, 쓰리판이 왈트화잇트만의 작품을 번역할 째에 가져왓다. 마리에 크리신스카가 발명하엿다, 그스타ᅋ 칸은 자기가 발명하엿다 하는 여러 말이 잇다. 엇지 하엿스나 상징파詩歌에 特筆할 가치 잇슴은 물론인 바, 재래의 시형과 定規을 무시하고 自由자재로 사상의 微韻을 잡으랴 하는-다시 말하면 平仄라든가 押韻이라던가를 중시하지 안이하고 모든 제약, 유형적 율격을 바리고 미묘한 言語의 음악으로 직접, 詩人의 내부생명을 표현하랴는 산문시다.[2]

김억은 프랑스 상징주의를 소개하는 과정에서 상징주의의 특징적인 시형으로 자유시를 소개하고 있는데, 자유시를 산문시와 혼동하는 오류를 보여주기도 하지만[3] 그것이 '재래의 규정을 무시하고 자유로운 형식으로 시인의 내부생명을 표현하려는' 것이라는 기본적인 정의를 잘 정리하고 있다. 이것은 '朝鮮사람다운 詩體'의 추구를 '작자 개인의 주관에 맡길 수밖에 없다'는 그의 초기 시론에서의 주장과 맥을 같이하는 것이기도 하다. 그리고 그가 소개하고 있는 이와 같은 자유시의 정의는 근대 서정시의 기본적인 개념으로도 이해될 수 있는 것이었다. 따라서 이러한 자유시 개념을 시의 이해와 창작의 기반으로 삼는 한 서정시들은 적어도 시인 자신의 개성을 찾아갈 수 있는 가능성을 유지할 수 있었다. 물론 1920년대 전반의 서정시들이 대부분 서구적인 시에 대한 모방적 성격이 강했다고 하더라도 이러한 기본적인 시에 대한 인식이 유지되었다면 시인 각자가 스스로의 내적 질서를 찾아갈 수 있는 계기들이 만들어질 수 있는 가능성은 열려 있었다는 것이다.

그러나 김억은 '조선적' 서정시를 창출하는 과정에 적극적으로 참여하면서 자신이 소개했던 시의 공리를 일정 부분 왜곡시켜버린다. 이미 살펴본 바와 같이 그는 국민문학파에 참여하면서 '조선시형'의 탐색을 더 이상 '작자 개인의 주관'에 맡기지 못하고 민족이라는 집단에 공통적으로

---

2) 億生, 「스옝쓰의 苦惱」, 『廢墟』 1호, 1920. 7.
3) 정한모, 『한국현대시문학사』, 일지사, 1974, 283~285쪽 참고.

적용될 수 있는 '일정한 규준과 약속'을 만들어내고자 했다. 이러한 과정에서 그는 자유시를 '원시적 시형' 혹은 '산문과 혼동을 피할 수 없는 시' 정도로 치부해버림으로써 그것의 가치를 폄하해버린다. 그 결과 그는 시인 개인의 개성을 자유롭게 표현하는 것이라는 서정시 개념을 더 이상 유지하지 못하고, 집단적 정서를 집단적 형식으로 표현하는 것으로 굴절시켜버린다. 물론 이러한 과정에 김억만이 참여하고 있는 것은 아니지만, '조선적' 서정시의 주요한 이론적 토대는 주로 그에 의해 마련되었다.

이러한 서정시 개념의 굴절은 근본적으로 국민문학파가 보여주었던 강력한 민족주의적 지향에 그 근본적인 원인이 있었다. 이들이 민족 전체가 공통적으로 감각할 수 있는 '조선정서'는 물론 그러한 정서를 담아낼 수 있는 엄격한 정형적 틀을 창출하고자 한 것은 근본적으로 민족적인 시형으로서의 '조선시형'에 대한 강력한 욕구에 기인한 것이었기 때문이다. 그리고 이와 같은 사고의 더 깊은 연원은 '시가를 모르는 민족은 야만'이라는 식민지적 무의식에까지 연결되어 있었다. 그 결과 이들은 민족의 공통감각을 전달할 수 있는 '조선적' 서정시를 창출해낼 수 있었지만, 그것은 그 이외의 다양한 가능성들을 축소시켜버림으로써만 가능했다. 그리고 더 나아가 이들이 '조선적' 서정시를 창출하는 과정은 역사적인 것을 보편적인 것으로 치환하고, 외래적인 것을 고유한 것으로 치환하는 등의 가치 전도를 통해서야 가능했던 것이었다는 점에서 매우 모순적이고 역설적인 것이었다.

요컨대 1920년대 국민문학파에 의해 창출된 '조선적' 서정시는 1920년대 전반 서정시들이 지니고 있었던 문제점을 여전히 지니고 있었을 뿐 아니라, 그러한 서정시들이 지니고 있었던 가능성마저 오히려 제한하고서야 창출될 수 있었다는 것이다. 1920년대 전반 초월의 시학이 비록 현실과 절연하고 스스로를 초월적인 예술의 세계에 유폐시키는 모습을 보여주었다고 하더라도, 그것이 적어도 '詩人自己의 主觀에 맛'겨져 있었기 때문에 외부의 자극을 통해 스스로의 내적 질서를 찾아갈 수 있는 가능성은 어느 정도 열려있었다.

지금은 남의짱－쌔앗긴들에도 봄은오는가?

나는 온몸에 해살을 밧고
푸른한울 푸른들이 맛부튼 곳으로
가름아가튼 논길을짜라 꿈속을가듯 거러만간다.

입술을 다문 한울아 들아
내맘에는 내혼자온것 갓지를 안쿠나.
네가끌엇느냐 누가부르드냐 답답워라 말을해다오.

바람은 내귀에 속삭이며
한자욱도 섯지마라 옷자락을 흔들고
종조리는 울타리넘의 아씨가티 구름뒤에서 반갑다웃네.

고맙게 잘자란 보리밧아
간밤 자정이넘어 나리든 곱은비로
너는 삼단가튼머리를 쌈앗구나 내머리조차 갑븐하다.

혼자라도 갓부게나 가자
마른논을 안고도는 착한도랑이
젓먹이 달래는 노래를하고 제혼자 엇게춤만 추고가네.

나비 제비야 쌉치지마라.

맨드램이 들마꼿에도 인사를해야지

아주까리 기름을바른이가 지심매든 그들이라 다보고십다.

내손에 호미를 쥐여다오

살찐 젓가슴과가튼 부드러운 이흙을

발목이 시도록 밟어도보고 조흔쌈조차 흘리고십다.

강가에 나온 아해와가티

쌈도모르고 싯도업시 닷는 내혼아

무엇을찻느냐 어데로가느냐 웃어웁다 답을하려무나.

나는 온몸에 풋내를 씌고

푸른웃슴 푸른설음이 어우러진사이로

다리를절며 하로를것는다 아마도 봄신령이 접혓나보다.

그러나 지금은──들을쌔앗겨 봄조차 쌔앗기것네

　　　　　　　　　(李相和, 「쌔앗긴들에도 봄은오는가」, 전문, 『開闢』70호, 1926. 6.)

　이상화는 1920년대 전반 초월의 시학이 일정한 계기가 마련될 때 어떻게 긍정적인 모습으로 변화될 수 있었던가를 단적으로 보여주는 예라고 할 수 있다. 이미 지적한 바와 같이 이상화는 1920년대 전반 「末世의欷嘆」, 「나의 침실로」와 같은 시들을 통해 초월의 시학을 전형적으로 보여준 시인이었다. 그러나 1920년대 중후반을 거치면서 이상화의 시는 사회주의라는 외부의 자극을 통해 초월의 시학을 극복하고 스스로의 내적 질서를 찾아가는 건강한 모습을 잘 보여주고 있다. 이상화의 시는 1922~1924년에 걸친 일본 유학을 전후해 변화된 모습을 보여주고 있는데, 이러한 변화에는 사회주의의 영향이 컸다.4) 인용된 「빼앗긴 들에도 봄은 오는가」
는 이러한 이상화의 변화를 가장 잘 보여주고 있는 서정시다. 이 시는 우
선 그의 초기 시가 보여주었던 초월의 시학을 거의 탈피하고 있다. 즉 이
시에서 시적 화자는 풍경의 외부가 아니라 내부에 위치하고 있을 뿐 아
니라, 현실과 절연된 그 어떤 초월의 공간을 꿈꾸지도 않는다. 오히려 이
시의 시적 화자는 식민지 내부에 머물면서 그 속에서 스스로의 삶을 살
아가는 인물로 나타나고 있다. 그리고 이러한 과정에서 이 시는 김소월의
시가 보여주었던 바와 같이 식민지의 환원 불가능한 주변의 존재들을 생
생하게 수용하고 있음을 알 수 있다. 이 시에서 그러한 존재들은 초월의
시학에서 나타났던 것처럼 결코 소외되지 않는다. 그것들은 그 속에서 스
스로의 내적 질서를 가지고 건강하게 살아가는 모습을 보여주고 있기 때
문이다. 그리고 이 시가 건강한 서정시로 평가될 수 있는 또 다른 이유는
그가 사회주의라는 이념에 영향을 받았음에도 그러한 이데올로기를 중심
으로 삶을 환원해버리지 않는다는 점 때문이기도 하다. 즉 국민문학파의
‘조선적’ 서정시가 식민지의 구체적인 삶을 민족주의라는 이데올로기로
환원해버림으로써 풍경으로 소외시켜버린 반면, 이상화는 그것을 지양하
고 그러한 삶을 스스로의 내적 질서를 가진 것으로 형상화해 내고 있다
는 것이다.

한편 김소월로 대표될 수 있는 1920년대 전반 내재의 시학은 초월의
시학과는 다르게 서정시로서의 가능성을 풍부하게 보여주고 있었던 것이
사실이다. 왜냐하면 1920년대 전반 김소월의 시는 서구적인 자유시의 모

---

4) 이 점은 그가 유학 후 카프의 전신 중 하나로 알려진 파스큘라에 참여하고 있다는 점
과 카프의 결성 때부터 1927년까지 맹원으로 소속되어 있었다는 점 등을 통해 알 수
있다.(권유성, 「이상화의 『빼앗긴 들에도 봄은 오는가』 재고」, 『어문학』 110호, 한국
어문학회, 2010. 12, 254~255쪽 참고)

방으로 나아가지 않고 스스로의 내적 질서를 구축하는 생성의 과정을 밟고 있는 모습을 뚜렷이 보여주고 있었기 때문이다. 김소월의 시가 이러한 과정을 밟을 수 있었던 것은 1920년대 우리 문단의 상황을 고려한다면 대단히 이채로울 뿐 아니라, 매우 중요한 시적 성취라고 할 수 있다. 김소월이 그러한 성취를 이룰 수 있었던 근본적인 동력은 그가 그의 시 속에 당대의 생생한 삶을 수용할 수 있었던 데에 있었다. 물론 그것이 가능했던 것은 「詩魂」을 통해 확인할 수 있었던 것과 같이 그가 식민지 근대를 상대화할 수 있는 관점을 내적으로 확보하고 있었기 때문이었다. 그러한 관점을 확보할 수 있었기 때문에 그는 식민지 근대의 과정에서 소외된 환원 불가능한 주변의 존재들을 발견할 수 있었고 그러한 존재들을 시적으로 표상해 낼 수 있었다. 그리고 무엇보다도 김소월의 이러한 시 세계가 외부적으로 주어진 정형적 형식을 깨뜨리고 스스로의 내적 질서를 확보한 자유시 형태로 진전되고 있었다는 점은 김억이 개념적으로 소개한 자유시의 이상이 문학적 실천을 통해 실현되는 과정을 보여주는 것이기도 했다. 이런 의미에서 김소월의 시는 1920년대 전체를 통해 서정시의 가능성을 가장 풍부하게 보여준 예라고 할 수 있다.

그러나 이미 살펴본 바와 같이 1920년대 중후반 국민문학파에 의해 진행된 '조선적' 서정시의 창출 과정에서 김소월이 보여주었던 서정시로서의 가능성은 대부분의 경우 유지되지 못했다. 김소월의 시는 식민지 근대라는 사회적 근대성에 대한 비판적 속성을 뚜렷이 드러내고 있었음에도, 국민문학파는 그것을 민족주의적으로 환원함으로써 오히려 사회적 근대성으로 환원해버리는 모습을 보여주었다. 따라서 이러한 과정으로 창출된 '조선적' 서정시는 김소월이 마련해 놓았던 식민지의 환원 불가능한 주변을 드러내기 위한 '연계사'들을 결과적으로 제거해 버렸다고 할 수 있다.

그럼에도 이 시기 국민문학파가 창출한 '조선적' 서정시가 시사적으로 무의미한 것이었다고 보기는 어렵다. 왜냐하면 그것이 성공적인 것은 아니었다고 하더라도 적어도 국민문학파는 '조선적인 것'을 강조함으로써 서구적인 문명에 대한 일방적인 추구를 멈출 수 있는 계기를 어느 정도 마련했다고 보이기 때문이다. 비록 이들이 추구한 '조선적인 것'이 대부분의 경우 매우 추상적인 차원의 것이었고 더 나아가 식민지배자들에 의해 규정된 것의 무비판적인 수용에 가까운 것이었다고 하더라도, 이들의 '조선적인 것'에 대한 추구는 이후 긍정적인 방향으로 진전될 가능성도 분명 내장하고 있었다. 그리고 이들이 '조선적' 서정시를 창출하는 과정에서 서정시의 가능성을 풍부하게 지니고 있었던 김소월이라는 존재를 그 전범으로 확고하게 자리 잡도록 만들었다는 것 또한 국민문학파의 중요한 역할 중 하나였다고 할 수 있다. 물론 그러한 전범화는 주로 김소월의 시가 가진 가능성을 축소하는 방향으로 진행되었다고 볼 수 있지만, 그럼에도 이들의 시적 실천이 김소월이라는 존재를 한국 근대시의 정점에 올려놓은 것만은 분명하기 때문이다. 즉 국민문학파는 김소월을 서정시의 전범으로 자리매김함으로써 그의 시가 가진 가능성이 새로운 문화적 환경에서 언제든 새롭게 되살아날 수 있는 가능성을 열어놓았다는 것이다.[5]

---

5) 이런 의미에서 김소월 시가 "한국의 현대시를 위해서 한 근원적인 靈泉의 고전 구실"을 하고 있다는 백철의 문학사적 평가는 민족주의적인 관점에서 이루어진 것이라는 점을 감안하더라도 의미심장해 보인다.(백철, 「소월의 신시사적인 위치」, 『김소월 연구』, 새문사, 1982, Ⅳ-23쪽 참고)

2. '조선적' 서정시의 지양과 서정적 가능성의 회복

앞에서 살펴본 바처럼 1920년대를 통해 창출되는 '조선적' 서정시는 민족주의에 깊이 침윤되어 있었기 때문에 바람직한 서정시의 가능성을 풍부하게 보여주었다고 하기는 어려웠다. 이런 의미에서 우리의 서정시가 규율권력을 상대화하고 비판적인 거리를 유지하기 위해서는, 그리고 그럼으로써 구체적인 삶과 그 속에서 생성되는 생생한 정서를 담아낼 수 있는 생성하는 형식을 발견해내기 위해서는, 적어도 민족주의를 상대화할 수 있어야 한다. 이것은 민족주의문학이라는 균질적인 관점을 상대화하는 것에 다름 아닐 것이다. 그러나 이러한 작업이 결코 손쉬운 것은 아니라고 보인다. 그것은 김소월에 대한 이데올로기적 해석이 1920년대를 넘어 그 이후에도 지속되고 있다는 점을 통해 단적으로 확인해볼 수 있다.

(1) 이른 바 民謠調라고 불리는 우리 심정에 오래 전해져 내려온 쉽고 간결한 가락, 소박하고 친근한 口話體의 精髓를 활용한 七五調가 그 바탕이 되어 있다는 것이 표현형식의 주축이 되어 있는 첫째 조건이요, 내용으로 하는 정서의 보편적인 주제가 이별, 그리움, 한숨, 체념 등의 이른바, 우리에게 오래오래 이어 내려오는 민족정서의 한 低邊인 '情恨', '嘆息'으로 젖어있는 것이 둘째 이유의 핵심으로 여겨지는 것이다.[6]

(2) 素月의 韻律意識은 이러한 경험적 소산만으로 생각할 수 없다. 이러한 경험과 아울러 피 속에 흘러온 民族의 旋律 속에 나타나 있거나 잠재되어 있는 운율적 요소들이 素月에 의하여 자각되고 재구성된 것이 素月의 韻律構造를 형성하고 있다고 보아야 할 것이다.[7]

---

6) 박두진, 『한국현대시론』, 일조각, 1974, 74쪽.

(1)에서 박두진은 소월의 시가 끊임없이 읽히는 이유를 민요조라는 7·5조를 중심으로 한 민족적 형식과 '정한과 탄식'이라는 민족정서를 그 속에 담고 있기 때문이라고 보고 있다. 이러한 관점은 1920년대 국민문학파가 '조선적' 서정시를 창출하던 논리와 매우 흡사한 면을 보여주고 있다. 이 것은 1920년대에 창출된 '조선적' 서정시의 핵심 개념이 그 이후에도 강력한 영향력을 미치고 있다는 여러 예 중 하나일 뿐이다. 마찬가지로 (2)에서 정한모는 소월의 운율의식이 그의 경험적 산물을 넘어 '피 속에 흘러온 민족의 선율'에 대한 자각을 통해 가능했던 것이라고 보고 있다. 그의 이러한 평가 또한 민족주의를 토대로 이루어지고 있다고 보이는데, 그 것은 1920년대 국민문학파의 '노래'에 대한 인식에서 그 뿌리를 찾아볼수 있다. 이처럼 1920년대 국민문학파에 의해 이루어지고 있었던 김소월시에 대한 이데올로기적 환원이 그 이후에도 지속되고 있다는 것은 1920년대 창출된 '조선적' 서정시의 파급력이 결코 적지 않다는 것을 보여주고 있다. 물론 이러한 과정에서 김소월 시가 가진 서정시로서의 중요한 가능성은 반복적으로 은폐될 수밖에 없게 된다. 이런 의미에서 민족주의의 내부에 머무는 한 한국 서정시는 언제든 풍경 속의 삶을 소외시킬 수 있다고 해야 할 것이다.

한국 근대 서정시에서 이러한 시의 예는 쉽게 찾아볼 수 있다.

江나루 건너서
밀밭 길을

구름에 달 가듯이

---

7) 정한모, 「「금잔듸」론」, 『김소월 연구』, 새문사, 1982, Ⅰ-95쪽.

가는 나그네

길은 외줄기
南道 三百里

술 익는 마을마다
타는 저녁 놀

구름에 달 가듯이
가는 나그네

(박목월, 「나그네」 전문, 『青鹿集』, 을유문화사, 1946.)

위 시의 시적 화자는 나그네가 아니다. 위 시의 시적 화자는 나그네가
아니라 남도라는 향토적 공간을 지나가는 나그네를 관찰하고 있는 제3의
인물이다. 즉 위 시의 시적 화자는 향토를 바라보는 위치에 있지 그 속에
있는 인물이 아니다. 따라서 시적 화자에게 '나그네'라는 존재는 향토 속
에서 삶을 살아가는 인물임에도 다만 풍경으로만 보일 수밖에 없다. 시
속에 풍경으로 등장하고 있는 나그네가 실제로 나그네인지 아니면 시적
화자의 시선에 나그네로 보인 것인지는 분명하지 않다. 그럼에도 이 시의
시적 화자가 향토라는 공간을 다만 하나의 풍경으로 만들어버리고 있다
는 사실에는 변함이 없다. 향토의 삶을 소외시켜버리는 이러한 시선이 어
떻게 가능했던가에 대해서는 1920년대 '조선적' 서정시의 창출 과정을
통해 이미 충분히 확인한 바 있다.

결국 이 시는 1920년대 국민문학파가 김소월의 시를 활용해 만들어냈
던 '조선적' 서정시의 전형적인 특징을 잘 보여주고 있는 시라고 할 수

있다. 향토라는 공간을 삶의 공간이 아니라 다만 하나의 풍경으로 만들어 버림으로써 낭만화하는, 그리고 그럼으로써 민족적 정서를 환기하는 방식을 그대로 보여주고 있기 때문이다. 이런 의미에서 흔히 낭만 혹은 달관이라는 말로 수식되는, 청록파로 대변되는 소위 '순수서정시'는 여전히 민족주의 이데올로기로부터 자유로울 수 없다고 보인다. 물론 1920년대 창출된 '조선적' 서정시가 그 이후에도 지속적인 영향을 미칠 수 있었던 중요한 이유는 민족주의라는 이데올로기가 여전히 강력한 영향력을 발휘하고 있었기 때문일 것이다. 이런 의미에서 서정시가 서정시의 가능성을 풍부하게 실현하기 위해서는 이러한 민족주의적 이데올로기를 상대화할 수 있거나 비판적으로 바라볼 수 있는 나름의 지점을 확보해야만 가능하다. 왜냐하면 이미 살펴본 바와 같이 민족주의는 식민주의라는 폭력의 논리와 공모하고 있었고 그리고 그 이후에도 공모할 수 있는 가능성을 항상 내포하고 있었기 때문이다.

1920년대 중후반을 통해 국민문학파에 의해 창출된 '조선적' 서정시가 서정시의 가능성을 축소시키는 부정적인 영향을 미쳤다고 하더라도, 우리의 서정시가 스스로의 내적 질서를 찾아갈 수 있는 가능성이 닫혀있었다고 할 수는 없다. 그리고 국민문학파는 비록 부정적인 방식으로였다고 하지만, 김소월이라는 존재를 서정시의 전범으로 확고하게 자리매김함으로써 김소월의 시가 지니고 있었던 서정적 가능성이 또 다른 계기를 통해 되살아날 수 있는 가능성을 열어놓았다. 김소월 시가 가진 가능성이 언제든 다시 발견될 수 있었던 동력은 근본적으로 식민지 지식인의 복잡한 내면 구조에 있었다고 해야 할 것이다. 식민지적 자의식과 함께 형성되는 반식민주의적 (무)의식은 시대적 환경에 따라 언제든 새로운 형태로 출현할 수 있기 때문이다. 이러한 가능성이 열려 있었기 때문에 '조선적' 서정시의 한계는 언제든 새로운 시인들에 의해 극복될 가능성이 열려 있었다. 그리고 그것은 곧 김소월의 시가 보여주었던 내재의 시학을 실현하는 것에 다름 아닐 것이다. 그러나 그것이 김소월 시의 모방을 통해 이루어질 수 있다는 의미는 아니다. 김소월의 시가 보여주는 내재의 시학의 가장 중요한 가능성이 스스로의 내적 질서를 찾아가는 창조성에 있다는 것을 감안한다면, 그러한 가능성의 실현은 언제나 새로운 형태로 이루어질 수밖에 없을 것이기 때문이다. 이와 같은 서정시의 건강한 창조성을 시적으로 실현시켜가는 일이 결코 쉬운 과정은 아니다. 왜냐하면 그것은 당대적 규율권력을 상대화할 수 있는 그 나름의 관점을 확보해야만 할 뿐 아니라, 그러한 관점을 시적 창조의 과정을 통해 구체화해낼 수 있어야만 가능한 것이기 때문이다. 그럼에도 그러한 가능성을 보여준 예는 우리 시사에서 상당히 발견할 수 있다.

김소월의 내재의 시학을 잘 계승하고 있는 시인의 대표적인 예로 백석을 들 수 있는데, 그는 김소월과 같은 정주 출신의 시인으로 김소월의 시 세계를 새로운 환경에서 계승하고 있는 시인이다.

> 달빛도 거지도 도적개도 모다 즐겁다
> 풍구재도 얼럭소도 쇠드랑볕도 모다 즐겁다
>
> 도적괭이 새끼락이 나고
> 살진 쪽제비 트는 기지개 길고
>
> 홰냥닭은 알을 낳고 소리치고
> 강아지는 겨를 먹고 오줌 싸고

개들은 게모이고 쌈지거리하고
놓여난 도야지 등구재벼 오고

송아지 잘도 놀고
까치 보해 짖고

신영길 말이 울고 가고
장돌림 당나귀도 울고 가고

대들보 우에 베틀도 채일도 토리개도 모도들 편안하니
구석구석 후치도 보십도 소시랑도 모도들 편안하니

(白石, 「연자간」 전문, 『朝光』 2권 3호, 1936. 3.)

위 시에 등장하는 대상들과 삶의 모습을 결코 근대적인 것들이라고 할
수는 없다. 그럼에도 이 시에 수용된 것들은 1920년대 국민문학파가 끊
임없이 재현해냈던 고향의 이미지들과도 다르다. 왜냐하면 이 시에는 대
상들이 구체적인 삶과 결합되어 있어 결코 관념적이고 추상적인 표상
(emblem)으로 떨어지지 않기 때문이다. 이 시에서는 시적화자의 내면이 강
조되지도 않고 그렇다고 구체적인 삶이 풍경으로 소외되지도 않는다. 백
석의 시들은 이렇게 김소월의 시와 마찬가지로 식민지 근대의 과정에서
소외된 환원 불가능한 주변의 존재들을 끊임없이 시화하는 모습을 보여
준다. 그가 시적으로 표상해주는 존재들은 농경적인 삶의 풍속들과 그 속
에서 존재하던 것들, 예를 들면 음식들이나 각종 기구들 그리고 그 속에
서 살아가던 가축이나 짐승들 등이다. 그러한 존재들은 근대의 논리에서
는 그 존재들이 드러나지 않는 환원 불가능한 주변에 해당하는 것들이라

고 할 수 있다. 그리고 김소월과 마찬가지로 백석은 그러한 존재들을 외부적인 관점에서가 아니라 내부적인 관점에서 바라보려고 노력하고 있기 때문에 식민지인들의 삶을 결코 소외시키지도 않는다. 백석 시의 이러한 특성은 그가 식민지 근대라는 규율권력을 상대화하거나 비판적으로 바라보고 있다는 것을 말해 준다.

그럼에도 백석의 시는 김소월의 시와는 다소 다른 측면이 있는데, 그것은 그가 시적으로 다루는 존재들과 그의 삶 사이의 다소간의 괴리에서 발생한 것이었다. 즉 백석은 김소월처럼 향토에 머물면서 향토적인 소재들과 삶의 모습을 시화한 것이 아니라, 주로 도회에 머물면서 그러한 것들을 시화하고 있다. 백석은 이러한 괴리를 끊임없는 기행을 통해 좁히면서 시를 창작할 수밖에 없었다.[8] 백석의 이러한 시적 이력은 김억과 같은 국민문학파의 '도시에서 부르는 민요'를 떠올리게 하는데, 다만 백석은 국민문학파와 같이 민족주의를 토대로 시적 대상을 낭만화하거나 구체적인 삶을 소외시키지 않고 있다는 점에서 그들과 분명한 차이를 가지고 있었다. 그럼에도 실제 삶과 시적 대상의 괴리라는 문제는 그의 시에서 내재의 시학을 약화시키는 역할을 한다고 보인다.

백석을 통해 살펴본 내재의 시학의 계승의 예는 우리 문학사에서 중요한 시적 전통이 될 수 있다고 보인다. 그러나 그것이 구체적으로 드러나는 모습은 언제나 다른 모습일 수밖에 없다. 왜냐하면 내재의 시학 그 자체가 언제나 생성하는 형식으로 존재할 수밖에 없기 때문이다. 그리고 그것은 또한 식민지 지식인의 분열된 내면에 존재하는 역동적 가능성이 구

---

8) 신범순, 「백석의 공동체적 신화와 유랑의 의미」, 『한국현대시사의 매듭과 혼』, 민지사, 1992; 권유성, 「백석 시에 나타난 전통 지향의 양상 연구」, 경북대석사학위논문, 2002 참고.

체적인 역사적 상황에 따라 서로 다른 양태로 나타나기 때문이기도 하다. 일제강점말기 정지용의 시는 백석과는 또 다른 방식으로 서정시로서의 가능성을 풍부하게 보여주었던 예라고 할 수 있다.

百日致誠끝에 山蔘은 이내 나서지 않았다 자작나무 화투ㅅ불에 확근 비추우자 도라지 더덕 취쌓 틈에서 山蔘순은 몸짓을 흔들었다 심캐기늙은이는 葉草 순쓰래기 피여 물은채 돌을 벼고 그날밤에사 山蔘이 담속 붉어진 가슴팍이에 앙징스럽게 后娶감어리 처럼 唐紅치마를 두르고 안기는 꿈을 꾸고 났다 모태ㅅ불9) 이운듯 다시 살어난다 警官의 한쪽 찌그린 눈과 빠안한 먼 불 사이에 銃견양이 조옥 섰다 별도 없이 검은 밤에 火藥불이 唐紅 물감처럼 곻았다 다람쥐가 도로로 말려 달어났다

(鄭芝溶, 「盜掘」 전문, 『문장』 3권 1호, 1941. 1.)

일제강점말기 발표된 정지용의 서정시들은 흔히 동양적 산수화의 세계에 비유될 정도로 매우 정적으로 보이는 듯하지만, 실제로 그의 시에 수용되고 있는 삶의 모습은 식민지의 구체적인 형상으로 해석될 수 있는 가능성을 가진 것들이었다. 인용된 「盜掘」은 일제강점말기 정지용의 서정시가 어떤 방식으로 식민지의 환원 불가능한 주변을 시에 수용하고 있는가를 잘 보여주는 시라고 보인다. 위 시는 표면적으로 그 연관성이 뚜렷이 드러나지 않는 심마니의 형상과 총을 겨냥하고 있는 경관의 형상 그리고 산속의 풍경이 겹쳐지면서 매우 난해한 것으로 읽힐 수도 있다. 그러나 이러한 방식의 형상화는 파시즘이 극도로 강화된 일제강점말기 식민지의 삶을 드러내기 위한 하나의 전략으로 읽힐 수도 있다. 왜냐하면 실제로 이 시는 '금강산 중석 도굴 사건'이라는 구체적인 역사적 사건과

---

9) '모탯불'은 '모닥불' 혹은 '화톳불'의 다른 표현이다.

그러한 과정에서 희생되는 식민지인의 삶이 심마니를 통해 형상화되고 있기 때문이다.10) 이렇게 본다면 이 시는 반식민주의적 (무)의식을 드러내는 그 나름의 내적 원리를 가진 뛰어난 서정시로 자리매김 될 수 있을 것이다. 이 시기 정지용의 서정시가 「도굴」과 같은 매우 암시적인 구조를 취할 수밖에 없었던 것은 일제강점말기라는 파시즘이 극도로 강화된 문화적 환경에 대응하기 위한 방식이었다. 결국 일제강점말기 정지용의 서정시는 내재의 시학이 구체적인 역사적 상황에 따라 매우 다른 형상으로 발현될 수 있다는 것을 잘 보여주는 사례라고 할 수 있을 것이다.

---

10) 박현수는 「도굴」이 1930년대 '금강산 중석 도굴사건'이라는 실제 역사적 사건과 연관되어 있었고, 그러한 역사적 사건을 수용하기 위해 「도굴」의 독특한 구조가 만들어졌다고 보고 있다.(박현수, 「미학주의의 현실적 응전력―정지용의 「도굴」론」, 『어문학』 100호, 한국어문학회, 2008. 6 참고)

제5장

근대 서정시의 창조적 계승을 위하여

1920년대는 한국 근대 서정시의 중요한 특성들이 만들어지고 있었던 시기였다. 이 글은 1920년대 민족주의 이념을 바탕으로 국민문학파가 '조선적' 서정시를 창출해내는 과정과 그 의미를 중점적으로 정리하고자 했다. 이 글이 이러한 과정을 '형성'의 과정이 아니라 '창출'의 과정으로 보고자 한 이유는 일차적으로 한국 근대문학이 태생적으로 안고 있을 수밖에 없는 역사적 조건이 서정시에 미친 영향을 충분히 고려하기 위해서였다. 유래 없이 빠르게 그리고 타율적으로 전개된 우리의 근대는 전근대적인 것과 근대적인 것이 혼재하는 매우 혼란스러운 상황을 연출할 수밖에 없었는데, 이러한 혼란이 문학의 영역에서는 주로 '이식'의 문제로 나타났다. 스스로 내재적 질서를 창조하지 못하는 한 한국 근대문학은 끊임없이 새로운 '기의 없는 기표'를 수입하고 그리고 그것을 채워가는 힘겨운 과정을 거칠 수밖에 없는 상황이었다. 그러나 식민지의 문화공간은 이와 같은 이식의 문제를 새로운 창조를 통해 극복할 만한 충분한 가능성을 지니고 있었다. 이 글에서는 그러한 창조적 가능성을 식민지 지식인들의 분열된 내면에서 찾을 수 있다고 보았다.

그리고 이 글이 '창출'의 관점을 유지하고자 한 또 다른 이유는 근대문학에 대한 민족주의적 관점을 상대화하기 위한 것이기도 했다. 민족주의적 관점은 1920년대 우리 문화 공간의 복잡한 균열들을 은폐함으로써 그 공간이 균질적인 공간이었던 것처럼 가정하는 경향이 있었다. 이러한 관점에서는 우리 근대 문화공간의 복잡한 양상은 물론 그 속에 내장된 창조적 생산성을 포착해내기가 어려웠다. 이미 지적한 바와 같이 식민지 문화공간의 건강성은 그 내부의 복잡한 균열 속에 내장되어 있었는데, 민족주의적 관점은 그러한 복잡한 균열을 은폐해버리거나 지워버리기 때문이다. 이 글이 식민지 문화공간의 창조적 가능성을 식민지 지식인들의 분열된 내면에서 찾을 수 있다고 보았던 것은 무엇보다도 그들의 분열된 내면이 식민지 공간의 복잡한 균열들을 포착해 낼 수 있는 관점을 제공해 줄 수 있다고 보았기 때문이다. 즉 식민지 지식인의 내면에는 식민지적 무의식과 식민지적 자의식은 물론 식민주의적 의식과 반식민주의적 (무)의식이 공존하고 있었기 때문에 스스로 매우 다양한 관점과 지향을 형성시킬 수 있었던 것이다. 그리고 근대적 인간의 내면을 표현하는 서정시 또한 이러한 내면적 분열에 영향을 받을 수밖에 없었다.

2장에서는 1920년대 전반 서정시에 대해 중점적으로 살폈다. 1920년대 전반은 3·1운동의 결과로 가능했던 문화 공간의 확장을 바탕으로 식민지 지식인들의 다양한 지향들이 나타날 수 있었던 시기였다. 1920년대 전반의 서정시는 그러한 문화적 환경에서 크게 두 가지 흐름을 보여주었는데, 그러한 흐름은 주로 문명을 받아들이는 방식과 관련되어 있었다. 즉 문명화의 사명을 내면화한 지식인들은 '제국의 시선'으로 식민지의 구체적인 삶을 풍경으로 소외시키고 있었는데, 그럼으로써 이들은 당대적 현실과 절연하고 매우 고립적인 예술의 세계로 스스로를 유폐시키는 모습을 보여주었다. 이 글에서는 이러한 서정시의 흐름을 초월의 시학으로 규정했는데, 이러한 시학은 극도로 내면화된 인물들에 의해 이루어졌던 것으로 주관성이 강화된 독백주의적 서정성을 보여주고 있었다. 이러한 시학은 스스로 당대의 현실을 받아들일 수 있는 관점을 확보하기가 어려웠기 때문에 매우 관념적이었을 뿐 아니라, 서구적인 자유시에 대한 모방적 성격을 강하게 띠고 있었다. 1920년대 전반 새로운 지식인들의 시적 경향은 대부분 이러한 경향을 벗어나지 못하고 있었다.

반면 문단적으로 매우 소수에 지나지 않았다고 하더라도 근대 문명을 상대화하는 내부적 응시의 가능성을 보여준 인물들도 존재했는데, 홍사용과 김소월이 바로 그러한 인물들이었다. 이들은 식민지 근대의 과정에서 그 존재가 잊혀 지거나 지워져가고 있었던 '환원 불가능한 주변'의 존재를 시적으로 표상해주고 있었다. 이들의 이러한 시적 경향은 반식민주의적 (무)의식을 드러내는 방식이라고 할 수 있는데, 그것은 이러한 시학을 보여주는 인물들이 식민지적 자의식이 강한 일물들이었기 때문에 가능한 것이었다. 이들의 시는 외부 현실을 주관적으로 전유하거나 환원하지 않고 그 자체를 시적으로 표상해주고 있었다는 의미에서 상호주체적 서정성을 보여주고 있다고 할 수 있었다. 이 글에서는 식민지의 환원 불가능한 주변을 시적으로 표상해주고 있는 이러한 서정시의 흐름을 내재의 시학으로 규정했는데, 이러한 시학은 서구적인 자유시의 모방에서 벗어나 스스로의 내적 질서를 찾아갈 수 있는 창조적 가능성을 풍부하게 지니고 있었다. 1920년대 전반 형성된 위와 같은 서정시의 두 흐름은 1920년대 중후반 '조선적' 서정시의 창출을 가능하게 했던 중요한 토대로 작용하게 된다.

3장에서는 1920년대 중후반 국민문학파가 '조선적' 서정시를 창출해 나가는 과정을 구체적으로 고찰했다. 1920년대 전반에 나타났던 서정시의 두 흐름은 1920년대 중반을 거치면서 비판받거나 변형되는 과정을 거칠 수밖에 없었는데, 그것은 문화운동의 분열 과정에서 형성된 이념 대립에 영향받은 바가 컸다. 그리고 '조선적' 서정시의 창출은 민족주의와 사회주의의 대립이라는 상황 아래에서 성립된 민족주의 이념을 바탕으로 한 국민문학파에 의해 주로 이루어졌다. 1920년대 중후반을 통해 국민문학파에 의해 창출된 '조선적' 서정시는 1920년대 전반 형성된 서정시의 흐름들을 비판적으로 변형하거나 이데올로기적으로 환원하는 과정에서 창출되고 있었다. 따라서 '조선적' 서정시의 창출 과정은 시적 실천의 과정인 동시에 담론적 실천의 과정이기도 했다. 이러한 창출 과정에서 중요한 역할을 했던 국민문학파 시인으로는 김억, 주요한, 이광수 등을 들 수 있었다. 이들은 프로문학과 대립하는 과정에서 민족주의를 강화했고, 그러한 이데올로기적 관점을 바탕으로 '조선적' 서정시를 창출하고 있었다. 그러나 이들 대부분은 1920년대 전반 문명화의 사명을 내면화하고 있었던 인물들로 스스로가 찾고자 했던 '조선적인 것'에 대한 감각이 매우 부족했던 인물들이었다. 그 결과 이들은 '조선시형'의 수립을 위해 소위 '조선적인 것'들을 창출해 낼 수밖에 없는 상황에 있었다. 이러한 상황에서 이들이 전범으로 삼을 수 있었던 거의 유일한 존재가 김소월이었다.

　국민문학파가 '조선적' 서정시를 창출하는 과정은 민요시가 창출되는 과정을 통해 구체적으로 살펴볼 수 있었다. 이들은 '민요'를 통해 민족이 공통적으로 감각할 수 있는 '조선정서'를 창출하고, 낭만화된 고향 혹은 향토의 이미지들을 통해 그것을 지속적으로 반복 재생산하고 있었다. 그러나 국민문학파는 스스로 '조선정서'를 창출해낼 수 있는 상황이 아니었다. 그것은 애초 그들이 '조선정서'에 대해 알고 있었던 바가 거의 없었기 때문이었다. 그 결과 그들은 김소월이라는 존재를 이데올로기적으로 환원하거나 아니면 오리엔탈리즘적 관점에 오염된 식민지배자들의 관점을 차용함으로써 그것을 채워 넣을 수밖에 없었다. 1920년대 후반 창작된 국민문학파의 시 대부분이 어떤 의미에서 김소월 시에 대한 '잘못된 모방'의 차원을 벗어나기 어려웠던 것은 이러한 사정 때문이었다. 이들은 김소월의 시가 보여주었던 당대의 식민지적 삶에 바탕을 둔 생생한 정서를 '향토적 무드'라는 '조선정서'로 환원함으로써 그 근대적 성격을 지워버린다. 그리고 실제 창작에서도 이들은 당대적 삶을 소외시키고 낭만화된 향토나 고향의 이미지를 반복적으로 재생산하고 있었다. 또한 이들은 그들 스스로가 소위 '조선정서'를 자신들의 시에 담아내지 못하는 난점을 해결하기 위해 내용과 형식의 가치를 전도시키는 역설적인 시도를 할 수밖에 없었다. '격조시'를 통해 알 수 있듯, 이들은 정형성을 확보함으로써 서정시에 민족적인 규율을 부여하고자 했다. 이 과정에서도 이들은 김소월이라는 존재에 의존할 수밖에 없었는데, 그러나 그것은 역사적인 존재를 추상적 차원의 존재로 만드는 가치 전도를 통해서야 가능한 것이었다. 그들은 김소월의 시가 지닌 근대적 성격을 포착할 수 없었던 것이다. 이들이 '노래'라는 형식에 집착한 것도 그들 스스로가 포착할 수 없었던 '조선정서'의 실체를 음성적 가상을 통해 보충해보고자 하는 과정에서 발생한 현상이라고 할 수 있었다.

4장에서는 위와 같은 과정으로 창출된 '조선적' 서정시가 가진 의미와 후대에 미친 영향을 정리하고, 그것의 극복 가능성을 보여주는 이후의 서정시들을 간략하게 살펴보았다. 이 글이 '조선적' 서정시를 극복의 대상으로 본 것은 그것이 한국 근대 서정시의 창조적 가능성을 왜곡시키거나 축소시키고 있다고 보았기 때문이다. 이미 정리한 바와 같이 1920년대 중후반 국민문학파에 의해 이루어진 '조선적' 서정시의 창출 과정은 자연스러운 과정이었다기보다는 매우 모순적이고 역설적인 과정이었다. 이들이 만들어낸 '7·5조를 중심으로 한 노래의 형식으로 낭만화된 고향 혹은 향토의 이미지를 반복적으로 재생산함으로써 민족적 정서를 환기하는' '조선적' 서정시는 역사적인 것과 보편적인 것의 가치 전도는 물론 외래적인 것과 '조선적인 것'의 가치 전도, 그리고 내용적인 것과 형식적인 것의 가치 전도에 의해서야 가능했던 것이기 때문이다. 그리고 무엇보다도 이러한 서정시는 식민지의 구체적인 삶을 소외시킴으로써만 가능했다는 의미에서 그 이전 시기의 서정시가 보여주었던 가능성을 확장시키지도 못했다. 비록 '조선적' 서정시의 창출 과정이 서구적인 문명에 대한 일방적 추수를 지양하고 '조선적인 것'의 긍정적인 추구 가능성을 열어놓았다는 점과 서정시로서의 창조적 가능성을 가장 풍부하게 보여주었던 김소월의 시를 근대시의 정점에 배치하고 있었다는 점에서 그 의의를 찾을 수 있었지만, 그러한 의의는 부분적인 것에 불과했다.

그리고 1920년대 국민문학파에 의해 이데올로기적으로 창출된 '조선적' 서정시는 그 이후의 서정시에도 상당한 영향력을 미치고 있음을 알수 있었다. 그것은 근본적으로 우리의 근대가 민족주의라는 이데올로기로부터 자유롭지 못했기 때문이었다. 이런 의미에서 민족주의를 상대화하지 못하는 한 우리의 서정시는 언제든 구체적인 삶을 풍경으로 소외시킬 가능성을 가지고 있을 수밖에 없었다. 그러나 한편으로 우리의 서정시는 '조선적' 서정시가 가진 문제점을 극복할 수 있는 가능성 또한 보여주었는데, 그것은 김소월의 시가 대표적으로 보여주었던 서정시로서의 창조적 가능성이 식민지 지식인들의 분열된 내면을 통해 언제든 새로운 형태로 발현될 가능성이 있었기 때문이었다. 이 글에서는 백석의 시와 정지용의 시에서 그러한 가능성을 발견할 수 있다고 보았는데, 이들의 시는 김소월과는 또 다른 방식으로 서정시의 창조적 가능성을 풍부하게 보여주고 있었다.

제2부
근대 서정시의 풍경과 그 이면

제1장

문학의 자율성과 계몽성 :
1910년대 『학지광』의 문예론

1. 계몽적 열정과 문예

『학지광』은 1914년 4월 창간된 재일본유학생학우회 기관지[1]로 일본에
유학하고 있었던 조선 지식인들의 의사를 개진할 수 있었던 대표적인 잡
지였다. 유학생학우회 기관지였던 『학지광』은 조선의 지식인들이 유학을
통해 익힌 학문적·사상적 경륜은 물론 민족적인 경륜을 발표하는 장이었
을 뿐 아니라, 자신들의 내면적 정서를 문학 작품을 통해 발표하는 장이
기도 했다. 조국이 식민지로 전락한 상황에서 새로운 문명을 배우기 위해
일본으로 유학 온 조선의 젊은 지식인들 대부분은 강렬한 계몽적 열정에

---

1) 『학지광』은 1930년 4월 통권 29호까지 발간된 잡지지만, 이 잡지가 한국근대문학 연
   구에서 주목받는 시기는 주로 1910년대. 1919년 3·1운동 이후 국내의 문화적 환
   경이 개선되면서, 동경에서 발간되었던 『학지광』의 영향력이 급격하게 줄어들 게 된
   것은 자연스러운 현상이다. 이 글에서도 1910년대 발간된 『학지광』을 주요 연구 대상
   으로 삼는다.

불타고 있었다. 특히 유학을 통해 새로운 근대 문명을 체득했다는 사실은 이들에게 "우리가 雄하면 우리 社會가 雄하고 우리가 强하면 우리 社會가 强하고 우리가 神聖하면 우리 社會가 神聖하고 우리가 進步하면 우리 社會가 進步할"[2] 것이라는 선민의식에 가까운 자신감을 심어주었다. 1910년대 일본 유학생들 대부분이 사회진화론을 수용하고 있었던 상황에서[3] 이들이 배운 '문명'은 스스로를 여타의 조선인들과 구분해주는 확실한 지표가 될 수 있었다.

1910년대 『학지광』에 개진되는 문예론[4]의 특징을 살피고자 하는 이 글에서 굳이 이 잡지가 가진 계몽적 성격을 지적하는 이유는 두 가지 정도이다. 하나는 문학은 스스로가 처한 삶과 세계의 문제와 언제나 긴장관계를 유지할 수밖에 없기 때문이고,[5] 다른 하나는 『학지광』 소재 문학에 대한 지금까지의 연구들이 잡지가 가진 위와 같은 기본적인 특징을 간과함으로써 적절한 결론에 도달하지 못하고 있다고 보이기 때문이다. 지금까지의 연구에서 『학지광』에 부여된 대표적인 문학사적 의의로는 "자유시의 개화에 있어서 전진기지의 역할을 수행"[6]했다거나, "도덕적, 공리적

---

2) 金利峻, 「半島靑年의 覺悟」, 『학지광』 4호, 1915. 2.
3) 이 시기 지식인들의 사회진화론 수용을 가장 극단적으로 보여주는 글로는 玄相允, 「强力主義와 朝鮮靑年」, (『학지광』 6호, 1915. 7)을 들 수 있다. 적자생존과 우승열패는 1910년대 『학지광』에서 가장 자주 등장하는 용어 중 하나다. 이 시기 지식인들의 사회진화론 수용에 대해서는 박찬승, 『한국근대정치사상사연구─민족주의 우파의 실력양성운동론』, 역사비평사, 1995를 참고할 수 있다.
4) 엄밀하게 말해 『학지광』에 문예만을 전문적으로 다룬 문예론은 그렇게 많지 않다. 이 글에서는 문예를 전문적 대상으로 한 글과 함께 이 시기 유학생들의 실천적인 문예론을 유추해 볼 수 있는 글까지를 문예론의 범주로 묶어 함께 다룬다.
5) 김흥규, 『문학과 역사적 인간』, 창작과비평사, 1980, 186쪽 참고.
6) 김영철, 「『학지광』의 문학사적 위상」, 『우리말글』 3호, 우리말글학회, 1985. 8, 132쪽 참고. 김영철은 자유시의 특징을 "개성적 리듬을 통한 자유로운 시상의 전개, 개인감정과 lyricism의 표출"로 정리하고 있다.

규범을 거부하고 미적인 것을 통한 자기 발견만을 목적으로"[7] 하는 예술론 혹은 예술가가 등장했다는 등의 평가를 들 수 있다. 물론 이와 같은 평가는『학지광』이 가진 문학사적 의의를 정당하게 지적한 측면이 있다. 그러나 이와 같은 평가에는 근대시가 정형시에서 자유시로 나아가고 있었다는, 혹은 집단적 계몽을 탈피하고 개인 서정의 표현으로 나아가고 있었다는 방향성이 암묵적으로 전제되고 있는 것이 사실이다.[8] 그러나 문학사의 실제가 그렇게 단선적으로 나아가고 있었다고 보이지는 않는다. 오히려 문학사적 실제에서는 '정형시⇌자유시' 혹은 '집단⇌개인'의 현상이 더 뚜렷하게 나타나고 있었다고 보이기 때문이다. 즉 1910년대 문예론에서 개인과 집단 혹은 개인감정(lyricism)과 계몽적 열정의 문제가 반드시 대립적인 관계만을 맺고 있었다고 보기는 어렵다는 것이다. 오히려『학지광』의 문예론에는 기본적으로 개인과 집단의 조화, 혹은 개인감정과 계몽적 열정의 조화를 지향하는 의지가 분명하게 감지된다고 판단된다.

위와 같은 점을 고려하면서 이 글은 우선 1910년대『학지광』에 게재되고 있는 문예론에서 중요한 문제로 취급되어온 '정의(情意)'의 함의에 대해 살펴보고, 그것을 바탕으로 이 시기 지식인들이 지향하고 있었던 바람직한 문예의 모형을 재구해보고자 한다. 주지하다시피 1910년대『학지광』은 1920년대 근대문학(특히 시)의 전개에 중대한 영향을 미쳤다.[9] 따라서

---

7) 구인모,「『학지광』문학론의 미학주의」,『한국근대문학연구』1호, 한국근대문학회, 2000. 4, 135쪽.
8) 예외적으로 김흥규는 1910년대 시의 중요한 과제로 "새로운 공동성의 추구"를 들고 있다.(김흥규, 같은 책, 183쪽) 그러나 그의 연구는『학지광』에 나타난 문예 현상을 다루지 않고 있다는 점에서 아쉬움을 남긴다.
9) 문예의 측면만을 고려한다면『학지광』은 시 중심의 매체였다. 1910년대『학지광』에서 주도적으로 활동한 문인들인 김억, 김여제, 최승구 등이 모두 시인이었고, 작품의 양적 측면에서도 소설에 비해 시가 작품이 절대적인 비중을 차지하고 있었기 때문이다.(김영철, 앞의 글, 108~109쪽 참고)

『학지광』에서 활약한 문학자들의 지향을 제대로 정리하는 작업은 이후 문학의 전개 과정에 대한 정리와 해석에도 중요한 영향을 미칠 수밖에 없다.

2. 문예의 본질, '情意'의 의미

1910년대 『학지광』 소재 문학(예)론에 대한 대표적인 평가는 '집단적 계몽을 탈피하고 개인 서정의 표현'으로 나아갔다는 것, 즉 개인이 집단의 정서를 표현하기보다는 개인으로서의 '감정'을 자유롭게 표현하기 시작했다는 것이다. 근대문학 연구에서 '감정'의 의미를 담고 있는 '정(情)'의 문제가 중요하게 다루어진 이유는, 그것이 곧 근대적 개인의 문제와 직결되어 있다고 가정되기 때문이다. 다시 말해 문학의 문제에 있어서 근대적 개인이란 무엇보다도 스스로가 느끼는 감정을 집단에 귀속시키거나 집단에 얽매이지 않고 자유롭게 표현할 수 있는 존재로 가정된다는 것이다. 이러한 개인을 주체적 개인이라고 부를 수 있을 것인데, 근대문학은 이런 주체적 개인을 중심으로 자율적인 내용과 형식을 갖추어갔다고 가정된다. 근대문학의 대표적인 양식인 자유시가 "근대적 개성의 형식화를 지향하는 사적 양식"[10]으로 규정될 수 있는 것도 이와 같은 사고에 기반한 것이다. 따라서 앞서 언급한 1910년대 『학지광』 소재 문학에 대한 평가는 이 시기 문학(론)이 그와 같은 근대문학의 기본적인 원리를 수용하고 자각적으로 실현하고 있었다는 평가에 다름 아니다.

그러나 문학사적 실제에 있어서 과연 1910년대 『학지광』 소재 문학이

---

10) 김신정, 「한국 근대 자유시의 형성과 의미」, 『상허학보』 10호, 상허학회, 2003. 2, 2쪽.

사적인 '정(情)'의 가치를 기반으로 문학의 자율성 혹은 독립성을 실제로 확보해가고 있었느냐는 점에 대해서는 재고해 볼 여지가 있다. 이미 지적 했듯 1910년대 『학지광』은 전반적으로 계몽적 색채가 절대적인 비중을 차지하고 있었던 잡지로, 개인의 자각이 강조될 때조차 그것은 근본적으로 집단의 문제와 별개로 취급되기보다는 집단의 문제가 전제된 상태에서 이루어지고 있었다고 보이기 때문이다. 또한 1910년대 『학지광』의 문예론에서 언급되는 '정(情)'이라는 것을 사적 성격의 것으로 규정하기에도 무리가 있어 보인다. 왜냐하면 1910년대 『학지광』 문예론에서의 '정(情)'의 개념은 그 이전 시기의 문예론에서보다 강조된 측면이 분명 있지만, 그렇다고 해서 그 이전 시기 계몽적 문예론의 '정(情)' 개념을 완전히 탈피했다고 보기가 어렵기 때문인데, 그것은 이들 문예론이 '정(情)'만을 문예의 핵심으로 취급하는 것이 아니라 '정의(情意)'를 문예의 본질로 취급하는 모습을 통해 확인할 수 있다.

情意가 滿足하면 비로소 生命을 經驗할 수 잇스니 生命은 智識의 認知할 바이 아니오 오직 情意를 노코는 不能하니 웃더한 글을 보고 生命이 잇슴을 感得함은 그것이 情意의 經驗에 感觸됨이라. 갓흔 글이라도 智識의 經驗에만 感觸될 째에는 生命을 感得하기 難하고 다시 情意의 經驗에 感觸한 後에 비로소 感得하나니라. 그런데 生命이 잇다 함은 그 글이 情意의 經驗을 刺戟함이니 그 글 가운데도 情意가 잇슴이라. 그럼으로 누구든지 그 글을 보면 그 가운데서 情意의 刺戟이 生하나니 그러한 째에 그 글이 生命이 잇다 함이라. 만일 事實만 記錄한 것이면 비록 그 글을 보드래도 知的 滿足밧게는 업슬 터이나 이와 달음은 相異한 點이 반드시 잇슬지라. 그것은 그 글 가운데 情意的 要素가 有하야 나의 情意를 刺戟한다고 觀察함이 可할지라.

要하건대 文學은 글 가운데에 情意를 늣는 것이니라.11)

최두선은 1910년 이광수가 「문학의 가치」에서 정리한 것과 거의 유사한 논법으로 문학을 정의해 나가는데, 그는 문학이 형식적인 것만으로도 내용적인 것만으로도 규정되기 어렵다고 보고, 문학의 본질로 '생명'이라는 것을 제시하고 있다. 그러나 다른 한편으로 그는 문학이 가진 '생명'이 지식으로는 감촉될 수 없고 오직 '정의(情意)'를 통해서만 감촉될 수 있다고 함으로써, '정의(情意)'를 문학의 본질적 요소로 자리매김하고 있다. 즉 그는 인간의 심리활동을 知, 情, 意로 삼분하고, 그 중에서 '情意'가 만족되면 '생명'을 경험할 수 있다고 보았던 것이다. "웃더한 글을 보고 生命이 잇슴을 感得함은 그것이 情意의 經驗에 感觸됨"이라는 것이다.

그러나 지금까지의 『학지광』 연구에서 최두선의 글이 주목받은 문맥은 그의 글이 개인의 내밀한 감정 표현, 즉 리리시즘의 이론적 근거로 '정(情)'을 제시하고 있다는 점 때문이었다. 그래서 최두선의 글은 개인의 내밀한 감정, 즉 '정(情)'을 표현하는 자유시 혹은 서정시의 이론적 근거로 해석될 수 있었다. 그러나 최두선은 분명 문학의 본질로 '정(情)'만을 든 것이 아니었다. 그는 '情+意'를 문학의 본질로 규정하고 있었던 것이다. 따라서 지금까지의 연구와는 다른 관점에서 최두선의 문학 정의를 살필 필요가 있다. 다만 아쉬운 점은 그가 문학의 의의만을 짧게 정리하고 있을 뿐 '정의'의 개념을 구체적으로 논의하고 있지는 않다는 점이다. 따라서 그가 문학의 의의로 제시하는 '정의'의 개념을 더 구체적으로 살펴보기 위해서는 당대 다른 논자의 글을 참고할 필요가 있다.

『학지광』에서 최두선과 함께 나름의 문학 정의를 제시하고 있는 인물

----

11) 崔斗善, 「文學의 意義에 關하야」, 『학지광』 3호, 1914. 12.

로 안확을 들 수 있는데, 그 또한 문학의 핵심을 단순히 '정(情)'의 요소로
만 규정하고 있지는 않다.

　　(…)文學은 美感想을 文字로 表顯하는 것이라 할지라.(중략)
　　(…)吾人이 生存競爭 間에 立하야 其 複雜히 사용하는 心思를 高潔케
하고 深遠케 하고 滿足케 하고 理想의 境에 遊치 안이키 不可하니 是가
文學의 終極的 目的이라. 然則 道義上으로 말하면 人의 精神을 左右함은
文學美術이나 宗教가 無異할 듯하나 기실은 不同하니 宗教는 命令的이오
又 教導的이나 文學과 美術은 但 感銘을 與할 뿐이니라. 故로 文學美術
의 獨立은 教訓的 意識을 去하고 自由의 思想을 藝術上에 顯하되 習慣的
時代 及 法規와 如한 것은 必脫하야 宇宙의 大法과 人心의 最後要求 等
을 取하여야 完全한 文學美術이라 하나니 故로 文學은 道德과 宗教와 繩
墨과 秩序에 默從치 안이 함이 其 原理니라.(중략)
　　今에 文學과 政治와 比肩하면 政治는 人民의 外形을 支配하는 者오,
文學은 人民의 內情을 支配하는 者이라. 故로 一國民의 文明을 考함에는
政治의 變遷보다 文學의 消長을 察함이 大하며 쪼한 政治를 復興코쟈 할
진대 몬져 人民의 理想을 復興하여야 其功을 可得하나니라.[12]

　안확은 우선 문학을 "美感想을 文字로 表顯하는 것"이라고 규정함으로
써, 문학이 '미(美)'의 문제와 관련된 것임을 밝히고 있다. 최두선의 문학
정의에 비추어 보면, 안확의 '미'는 최두선의 '생명'에 해당하는 것으로
볼 수 있을 것이다. 이어진 논의에서 그는 '미'의 개념을 '정(情)'의 문제
보다는 '心思'나 '理想'의 문제, 즉 주로 정신의 문제로 구체화하고 있다.
그래서 그는 "生存競爭 間에 立"한 당시에 있어 "心思를 高潔케 하고 深

---

12) 安廓, 「朝鮮의 文學」, 『학지광』 6호, 1915. 7.

遠케 하고 滿足케 하고 理想의 境"에 이르도록 하는 것이 "文學의 終極的 目的"이라고 보고 있다. 이렇게 보면 안확은 문학이 다루는 '內情'의 문제를 주로 정신의 문제로 보고 있음을 알 수 있다.

그러나 한편으로 안확은 문학과 종교, 그리고 문학과 정치를 구분하면서 문학이 '독립'된 질서가 있음을 밝히고 있기도 하다. 즉 그는 문학과 종교를 구분하면서 종교가 명령적인 반면, 문학은 다만 "感銘을 與할 샏" "道德과 宗敎와 繩墨과 秩序에 默從치 안이"한다고 규정하고 있다. 그러나 또 다른 한편으로 안확은 그러한 문학의 '독립'적 원리가 "宇宙의 大法과 人心의 最後要求 等을 取"하여야 한다고 봄으로써 문학의 독립이 무제한적인 것이 아니라는 점을 분명하게 밝히고 있기도 하다. '우주의 대법'이나 '인심의 최후요구'와 같은 그 내포가 불분명한 표현에도 불구하고 안확의 이와 같은 규정은 최두선의 '정의(情意)' 개념을 한층 구체적으로 표현한 것이라고 볼 수 있다.

최두선과 안확의 문학 정의를 통해 확인할 수 있는 것은, 이들이 문학의 본질을 '정(情)'의 문제만으로 규정하고 있지 않다는 점이다. 이들은 知, 情, 意 중에서 情과 意가 문학과 연관된 것이라 보고 있었기 때문이다. 그리고 이 같은 문학 정의는 1910년대에 갑작스럽게 등장했다기보다는 그 이전의 문학론에서도 확인되는 부분이다.

> 그러면, 「文學」이라는 것은 무엇이며 또 何如한 價値가 有하뇨? 文學의 範圍는 甚히 넓으며, 또 其 境界線도 甚히 朦朧하여 到底히 一言으로 弊之할 수는 無하나, 大槪 情的分子를 包含한 文章이라 하면 大誤는 無하리라.(중략)
>
> 元來 文學은 다만 情的 滿足, 卽 遊戱로 생겨났음이며 또 多年間 如此

히 알아왔으나, 漸漸 此가 進步·發展함에 及하여는 理性이 添加하여 吾
人의 思想과 理想을 支配하는 主權者가 되며, 人生問題 解決의 擔任者가
된지라.(중략)

　　然則, 一國의 興亡盛衰와 富強貧弱은 全히 其 國民의 理想과 思想 如
何에 在하나니, 其 理想과 思想을 支配하는 者 (……) 何오. 曰 「文學이니
라.」13)

　　1910년 발표된 「문학의 가치」에서 이광수는 문학이 무엇인가라는 질
문에 대해 "大槪 情的 分子를 包含한 文章"이라는 단순명쾌한 정의를 내
린 바 있다. 이광수는 매우 이른 시기에 문학의 핵심으로 '정(情)'이라는
것을 제시함으로써 새로운 문학 개념의 성립에 중요한 기여를 한 인물로
평가받아 왔다. 그러나 이광수는 이어진 글에서 "情的 滿足"이라는 것이
문학 발생기의 규정일 뿐 '오늘날'의 문학은 그것을 넘어 "吾人의 思想과
理想을 支配하는 主權者"이며 "人生問題 解決의 擔任者"로 발전했다고
주장한다. 따라서 그에게 문학의 가치는 '사상과 이상'을 매개로 국가의
"興亡盛衰와 富強貧弱"을 지배하는 것으로까지 나아가는 것이었다. 물론
이광수는 이 글에서 정적 분자와 국민의 사상과 이상이라는 것이 구체적
으로 어떻게 연관될 수 있는지에 대해서 상세한 부연을 하지는 않는다.14)
그럼에도 이광수의 문학에 대한 정의는 문학이 단순히 '정(情)'의 문제에
만 국한된 것이 아니라 국가라는 현실적인 집단의 사상과 이상의 문제,
즉 '의(意)'의 문제에까지 지대한 영향을 미친다는 점을 분명히 하고 있다.

---

13) 이광수, 「文學의 價値」, 『대한흥학보』 11호, 1910. 3.
14) 1910년대 들어 이광수는 '정(情)'의 중요성과 역할을 계몽의 문맥에서 해석함으로써
　　'감성적 계몽'의 논리를 구체화하고 있다. 이 점에 대해서는 김행숙의 논의(『문학이
　　란 무엇이었는가』, 소명출판, 2005, 45~60쪽)를 참고할 수 있다.

이광수의 이러한 논의는 '정의(情意)'라는 용어를 사용하지 않았을 뿐 문학의 본질을 '정의(情意)'의 측면에서 규정하고 있는 예로 볼 수 있다.

그런데 이와 같은 이광수의 문학 규정은 애국계몽기 문학론을 전형적으로 보여주고 있는 신채호의 「天喜堂詩話」[15]에서의 논의와 그렇게 거리가 멀지 않다. 「천희당시화」에서 신채호는 시를 "國民言語의 精華"라 규정하고 "强武한 國民은 其詩부터 强武ᄒ며 文弱ᄒᆫ 國民은 其詩부터 文弱"하다고 보아 시를 통해 "一國의 盛衰治亂"을 살펴볼 수 있다고 보았다. 또한 그는 시의 본질을 '정(情)'의 문제를 중심으로 규정하는 모습을 보여주고 있기도 하다.

　　彼無知妄青年들이 往往 叫唱 曰 我國을 ᄡᅳ케 ᄒᆫ 者ᄂᆞᆫ 詩라 ᄒᆞ니 嗚呼라 其 不思홈이 엇지 此에 至ᄒᆞ뇨 今에 姑且至近의 理로 喩ᄒᆞ리니 大抵 吾輩가 喜가 有ᄒᆞ민 歡呼가 無코ᄌᆞ 흔들 得乎며 怒가 有ᄒᆞ민 憤叫가 無코ᄌᆞ 흔들 得乎며 哀怨이 有ᄒᆞ민 凄凉灑泣이 無코ᄌᆞ 흔들 得乎며 苦痛이 有ᄒᆞ민 呻吟狂啼가 無코ᄌᆞ 得乎아. 大凡 詩란 者ᄂᆞᆫ 卽此 喚呼, 憤叫, 哀怨, 凄凉灑泣 等의 情態로 結成ᄒᆞᆫ 文言이니 詩를 廢코ᄌᆞ ᄒᆞ면 是ᄂᆞᆫ 國民의 喉를 閉ᄒᆞ며 腦를 破홈이니 此ㅣ 엇지 可ᄒᆞ며 此ㅣ 엇지 可ᄒᆞ리오.[16]

신채호는 '시가 나라를 망하게 했다'는 일각의 주장을 반박하면서, 시를 희로애락을 가진 사람이라면 누구나 가지고 있을 수밖에 없는 감정의 결정체, 즉 "喚呼, 憤叫, 哀怨, 凄凉灑泣 等의 情態로 結成ᄒᆞᆫ 文言"으로 보아 그것을 폐하는 것이 곧 국민의 입을 막고 뇌를 깨뜨리는 어리석은

---

15) 「천희당시화」의 저자가 신채호인가 아닌가에 대한 논란이 있었지만, 최근 김주현의 논의는 이 문제를 대부분 해결하고 저자를 신채호로 확정했다.(김주현, 「「천희당시화」의 저자 확정 문제」, 『우리말글』 33호, 우리말글학회, 2005. 4 참고)
16) 신채호, 「天喜堂詩話」, 『대한매일신보』, 1909. 11. 7~12. 4 참고.

일이 될 수 있다고 보았다. "人의 感情을 陶融喜으로 目的"을 삼는 신채호의 이와 같은 시관은 '詩言志' 혹은 '思無邪'와 같은 동양의 전통적 시관과 다소 거리가 있었던 것이지만, '시는 성정(性情)을 나타낸 것'이라는 또 다른 동양의 전통적 시관과 연관된 것이기도 했다.[17] 다만 신채호가 「천희당시화」에서 강조하는 '성정'은 애국계몽의 맥락에서 자연스럽게 표출될 수밖에 없는 '喚呼, 憤叫, 凄凉灑泣, 呻吟狂啼'같은 파토스적인 것이었다. 정리하자면 신채호는 시를 사람이 가진 자연스러운 감정의 발로로 규정하면서도, 그러한 감정을 애국계몽이라는 당대의 맥락과 연관 지어 일부 한정하고 있었다고 볼 수 있다. 즉 그는 애국계몽의 맥락에서 시가 가진 "人情을 感發"하는 "不可思議의 能力"이 "社會의 公德을 陶鑄"하고 "軍國民의 感情을 製造"하는데 도움을 줄 수 있다고 보았던 것이다. 결국 신채호는 시가 인간이 가진 감정의 자연스러운 발로라는 점을 통해 기존 시관의 한계를 일부 넘어서고 있었지만, 애국계몽의 맥락에서 감정의 위계를 설정함으로써 시의 방향을 계몽적 맥락으로 다시 귀속시키고 있었다고 볼 수 있다.

이렇게 보면 시의 본질을 '정적 분자'로 설정한 논의들은 1910년대 이전에 이미 출현하고 있었던 것이다. 그러나 그것이 '정적 분자'만을 시의 유일한 본질로 규정했던 것은 아니었다. 실제로 이광수와 신채호 모두 시의 본질을 '정의(情意)'의 관점에서 규정하고 있음을 알 수 있다. 일본유학생 신분이었던 이광수가 문학에 대한 새로운 가치부여에 치중하고 있었고, 애국계몽운동의 핵심 분자로 활동하고 있었던 신채호가 문학의 당대적 실천력을 강조하고 있었다는 차이는 있었다고 하더라도, 이 두 인물이 문학을 바라보는 기본적인 관점은 큰 차이가 없었다고 할 수 있다.[18]

17) 정우택, 『한국 근대 자유시의 이념과 형성』, 소명출판, 2004, 82~83쪽 참고.

이렇게 본다면 1910년대『학지광』에 게재된 최두선이나 안확의 문학론은 새로운 것이었다기보다는 애국계몽기 문학론의 기본적인 틀을 계승하고 있었다고 보는 것이 타당할 것이다. 다만 이광수와 신채호의 글이 명목상으로나마 '국가'가 존재하고 있었던 상황에서, '의(意)'의 문제를 국가 혹은 국민의 문제와 연관 지어 비교적 분명하게 언급할 수 있었던 데 비해, 최두선과 안확의 글은 현실적인 국가가 사라진 상황에서 '의(意)'의 문제를 이전의 논자들처럼 분명하게 언급하기 곤란했다는 차이는 있었다. 안확이 '의(意)'의 문제를 "宇宙의 大法과 人心의 最後要求 等"과 같은 모호한 어사를 통해 표현할 수밖에 없었던 것이 이점을 잘 보여준다. 그리고 이처럼 '의(意)'의 내포가 모호해진 상황은 1910년대 지식인들의 내면적 혼란의 한 원인이 될 수 있었다. 그리고 이것은 문예에서 '정(情)'의 문제가 강조될 수 있는 하나의 조건으로 작용했다고 할 수 있을 것이다. 그러나 문학을 규정하는 핵심 요소로 情과 意가 동시에 필요했다는 점에는 변함이 없었다.

3. 문예의 목적, 개성과 집단성의 조화

앞에서는 1910년대『학지광』문예론의 핵심을 '정의(情意)'의 개념을 중심으로 살펴보았다. 이 절에서는 앞서 살핀 원론적인 문예론보다 실천적

---

18) 구인모는 신채호의 「천희당시화」를 "한학적 전통의 문학적 효용론과 친연성"을 가진 것으로, 그리고 이광수의 「문학의 가치」를 독일 관념론의 미학에 영향을 받은 것으로 구분하고 있지만(구인모, 앞의 글, 117~118쪽 참고), 그의 이런 구분은 다소 편의적인 구분으로 보인다. 왜냐하면 이 두 인물의 문학에 대한 관점은 차이점보다는 공통점이 더 두드러져 보이기 때문이다.

인 성격이 더 강한 문예론들을 통해, 1910년대 『학지광』의 문인들이 지향했던 문예의 특징을 살펴보고자 한다. 『학지광』에서 실천적인 문예론을 보여주었던 대표적인 인물로는 소월 최승구와 안서 김억 등을 들 수 있다. 이 인물들은 1910년대의 맥락에서 문학이 삶의 문제와 어떻게 연관 맺어야 하고, 그리고 어떤 의미를 가져야 하는가에 대한 진지한 고민을 보여주었던 인물들이다.

최승구는 1914년 『학지광』 창간 시부터 편집에 관여했던 인물로, 1915년경까지 수편의 문예물과 논설적 성격의 글을 발표했던 인물이었다.[19] 최승구의 문예관을 유추해 볼 수 있는 대표적인 글로는 「情感的 生活의 要求」를 들 수 있다.

> 兄은 나더러 혹 아틔스토라고 부르는 일도 잇소. 내가 現在에 藝術方面으로 얼마큼 努力허지 안이허는 바도 안이요, 또 兄은 나의 알녀고 허는 藝術이 生活에 根底되고 確實히 肯定허는 것까지 아는 줄을 밋소.(중략)
> 「우리의 系繼은 먼저 感情的 生活을 허도록」 해야겟다고. 예를 들어 말슴허면, 五官은 다 가젓겟소. 허나, 作用은 조금도 허지 못허오. 「月色은 淸明허다」, 허나, 淸明헌 것을 實際에 四肢가 興奮되도록 늣기지 못허오. 「꼿은 어엽부다」 허나, 實際에 花蕊의 香氣를 쭉 쌔러마실 듯이 늣기지 못허오. 「꿀은 달다」, 허나, 實際에 입맛을 짝짝 다시듯이 늣기지 못허

---

19) 『학지광』에 발표된 최승구의 글로는 「情感的 生活의 要求」, 「南朝鮮의 新婦」(이하 3호, 1914. 12), 「쩰지엄의 勇士」(4호, 1915. 2), 「너를 革命하라」(5호, 1915. 5), 「不滿과 要求-鎌倉에서」(6호, 1915. 7), 「雜感-(K언니에게 與홈)」(13호, 1917. 7)이 있다. 이 중 「雜感」은 'CW'(나경석은 「低級의 생존욕-打作마당에서」(4호, 1915. 2)에서 최승구를 C로 지칭한다)라는 소월의 필명으로 발표되었는데, 김학동이 편한 『최소월 작품집』(형설출판사, 1982)에는 빠져 있다. 이 글은 「情感的 生活의 要求」와 유사한 구도로 구성되어 있고, 어휘나 문체의 특성을 고려해 볼 때 최승구가 나경석(K 혹은 KS로 지칭된)에게 보낸 편지 형식의 글이라고 판단된다.

오. 이와 갓치 神經에 故障이 생긴 사람은, 누가 자기의 興味를 어지럽게 헌다 헐지라도, 다만 「滋味읍게 되얏구면」 헐 뿐이지, 그 興味를 다시 만들겟다허는 생각은 읍소 누가 자기 먹든 밥을 쌔아서 간다 헐지라도, 다만 「배곱흐겟네」헐 뿐이지, 그 밥을 차저먹을 생각 안이 허오.(中略)

아아, 이 사람들의 神經이 完全히 運轉하야 作用허는 날이, 나의 更生 허는 날이요. 이러케만 되면, 이 사람들의 五味를 選擇허는 것이나, 鹽梅 를 조화허는 것이나, 肉脯慈散炙이나, 小螺젓 占蝮장아찌 먹는 法까지 能 通허고, 이런 것들만 먹기를 要求허게 되며, 流頭節 찾고 冬至 팟죽까지 쑤어먹게 되며, 北楚布韓山苧나, 羊皮裼子 永興紬바지까지 입게 되는 날 이, 나의 두 번째 更生허는 째요. 아마, 나는 이 두 번째를 바라오! 渾身 勇으로 지금붓허 準備허오. 兄은 이째에 아틔스트라고 불너주기 願허는 바요. 나도 이째에는 와일드의 本能的 色情主義나, 소로구부의 極端的 厭 世主義의 作物들까지도, 滋味스럽게 읽어볼 줄 아오.[20]

나경석(K,S)에게 보낸 서신[21]에서 최승구는 자신이 진정한 예술가가 되 기 위해서는 두 번의 갱생을 이루어내야 한다고 선언하고 있다. 두 번의 갱생을 통해 최승구는 자신이 지향하는 "生活에 根底되고 確實히 肯定허 는" 예술을 할 수 있다고 보는 듯하다. 최승구가 이루길 원하는 첫 번째 갱생은 '정감적 생활'의 실현이다. 최승구는 정감적 생활의 개념을 "淸明 헌 것을 實際에 四肢가 興奮되도록 늣기"고 "花蕊의 香氣를 쪽 쌔러마실

---

20) 최승구, 「情感的 生活의 要求-(나의 更生)(K, S兄의게 與허는 書)」, 『학지광』 3호, 1914. 12.
21) K,S는 나경석의 필명으로 보이는데(심원섭, 『일본 유학생 문인들의 대정·소화 체험』, 소명출판, 2009, 21쪽; 정우택, 『한국 근대시인의 영혼과 형식』, 깊은샘, 129~132쪽 참고), 나경석은 1914년 7월 동경고등공업학교를 졸업한 것으로 알려져 있다.(『왜정 시대인물사료』 1권, 국사편찬위원회, http://db.history.go.kr 참고) 인용된 최승구의 글에 대한 나경석의 답신 「低級의 生存慾-打作마당에서」가 이듬해 2월 『학지광』 4 호에 게재되고 있다.

듯이 늣기"며 꿀의 맛을 "實際에 입맛을 짝짝 다시듯이 늣기"는 것으로 정의하고 있다. 그는 "우리의 係戀"[22]이 지금까지 "神經에 故障이 생"겨 그런 정감적 생활을 하지 못했다고 보고 있다. 최승구가 말하는 정감적 생활은 좁게는 개개인이 세계를 자신의 감관으로 감각하는 생활을 의미한다고 할 수 있다. 최승구의 이런 사고는 「너를 혁명하라」에 나타나는 개인적 혁명의 중요성과 개성의 중요성을 강조하는 문맥과 닿아 있다. 즉 "個性의 特殊한 것으로 組織"된 개인이 구성하고 있는 우주에서 '우리'는 "自我와 沒交涉한지 오랫섯슴"으로 "萬有物體의 實在를 認識"하지 못해 자신의 "생활"을 하지 못했다는 것이다. 개인의 독립과 자각적 생활이 이루어지지 못한 결과는 곧 "被征服者가 되"는 것이고 "奴隸役이 되"는 것이다. 따라서 스스로의 "生活法則을 發見"하기 위해서는 "自由意思의 自覺"을 이루어야만 한다는 것이다.[23] 이렇게 보면 최승구에게 '정감적 생활'은 스스로 "興味를 다시 만들"고 "밥을 차저먹을 생각"을 하는 것, 곧 개개인이 스스로 주체적인 인간으로 거듭남으로써 스스로의 생활을 개척해나가는 출발점이 되는 것이다. 이것이 이루어질 때 최승구는 자신이 예술가가 되기 위한 첫 번째 갱생이 이루어질 수 있다고 보고 있다.

그러나 최승구는 자신이 진정한 예술가가 되기 위해서는 첫 번째의 갱생과 함께 두 번째의 갱생이 필요하다고 말한다. 최승구가 말하는 두 번째의 갱생은 '우리의 계련'이 개성의 자각을 넘어 실질적이고 풍요로운 '생활'을 할 수 있을 때 이루어지는 것이다. 그것을 그는 '우리의 계련'이

---

22) '係戀'은 '몹시 사랑하거나 그리워하다'의 원래 의미를 가지고 있지만, 최승구 글의 문맥에서 이 말은 사랑하는 연인의 의미와 함께 자신이 아끼는 '사람들(집단)'의 의미까지 가지고 있다고 보인다. 다만 그 '사람들(집단)'이 어떤 범위, 어떤 성질의 것인가는 분명하지 않다.
23) 최승구, 「너를 혁명하라!」, 『학지광』 5호, 1915. 5.

"小螺젓 占蝮장아찌 먹는 法까지 能通"하고 "北楚布韓山苧나, 羊皮裌子 永興紬바지까지 입게 되는 날"이라고 표현하고 있다. 소라젓이나 전복장아찌, 그리고 북초포나 한산모시, 영흥비단과 같은 것들은 조선 민족 개개인이 스스로의 개성을 충분히 향유할 수 있는 생활을 상징적으로 보여주는 예시들이라고 할 수 있다. 즉 스스로의 '정감적 생활'을 통해 물질적 풍요를 이루어내 수 있는 날이 "나의 두 번째 更生허는 째"이고 자신이 "아틔스트"로 불릴 수 있는 때라는 것이다. 특히 그는 첫 번째 갱생보다도 두 번째 갱생을 더 바라고, 그것을 위해 '혼신의 준비'를 다하고 있다고 밝히고 있다. 최승구의 이와 같은 예술관은 개인의 개성을 중시하면서도 그러한 개성이 집단의 풍요로운 생활과 연관 맺을 때에야 진정한 의미를 가질 수 있다는 것, 즉 "生活에 根底되고 確實히 肯定허는" 예술일 때에만 의미를 가질 수 있다는 것을 분명히 밝힌 것이라고 할 수 있다. 그리고 이것이 최승구가 두 번째의 갱생이 이루어질 때까지 "와일드의 本能的 色情主義나, 소로구부의 極端的 厭世主義의 作物들"을 잠정적으로 보류한 이유일 것이다. 그는 "公共과 背馳하야, 自我의 實現을 完全히 할 수 업"고, 그리고 그럼에도 불구하고 자아의 실현을 "絕對로 主張하는 者는 事業의 破壞者로 認함도 過함이 안이라"[24]고 보았던 것이다.

최승구와 함께 예술과 생활의 관계를 고민했던 인물이 바로 김억이었다. 지금까지의 연구에서 『학지광』 시기 김억의 문학론과 문학작품은 예술지상주의적 지향과 경향을 보여주는 대표적인 예로 언급되곤 했다. 그러나 1910년대의 김억 또한 단순히 예술지상주의만을 주장하고 있었다고 보기는 어렵다. 최승구와 마찬가지로 그 또한 1910년대 지식인들이 공유하고 있었던 계몽의 문제로부터 결코 자유롭지 않았기 때문이다.

---

24) 崔承九, 「不滿과 要求-鎌倉에서」, 『학지광』 6호, 1915. 7.

人生과 밋 藝術은 한거름 더 깁흔 根底엣 意味는 合一이며, 一致며, 同一的인 바合一이며, 一致며 同一적 아니 여서는 아니 될 것은 藝術이 人生에 對하야의 意味할 것이 업게 됨으로써라. 藝術的 理想을 가지지 못한 人生은 空虛며, 짤아서, 無生命이며, 無價値의 것 아니 될 수밧게 업다. 그러면 藝術의 根底는 엇다한 것이냐?의 質問이, 내게 오리라. 이는 말할 것도 업시, 같은 實人生을 基地로 하고선 바의 藝術인 바그것이 아니 엿서는 아니 된다. 이 基地를 根底로 하지 아니 한 藝術은 적어도 내 자신은 人과는 써나서 된 아모러한 意味 업는 것이라 하기를 마지 아니 하노니 (중략) 그러기에, 藝術 이퀼 人生 아니 여서는 아니 된다. 아니 人生 이퀼 藝術이라. 그런데, 藝術는 藝術 自身을 위하야의 藝術이오 단연코 人生을 위하야의 藝術은 아니라고(art for its own sake, but not for the life's sake) 主張하는 사람의 말을 나는 자조자조 듯는다. 나는 한마듸로 對答하려 하노니 같온-아즉 俗的의 井見을 못 벗어서, 眞人生의 理想에 相應하는 藝術이, 그 사람의 中心生命으로 되지 아니 하엿슴을 表現함이며, 짤아서, 그 사람의 生活은 生活과 相應하는 바의 藝術을 中心으로 하지 아니 한 것을 自白함이 아니고 무엇이랴.[25]

'인생의 예술화'라는 기조를 가지고 있는 김억의 「藝術的 生活」은 김억이 '예술을 위한 예술'을 주장했다는 논거로 활용되어온 글이다. 그러나 이 글에서 김억이 주장하는 '인생의 예술화'는 예술을 위한 예술이었다기보다는 인생을 위한 예술에 가까운 것이었다. 즉 김억은 인생과 예술이 "더 깁흔 根底엣 意味는 合一이며, 一致며, 同一的"이라고 보고 있지만, 그 의미는 예술을 중심으로 설정되는 것이 아니라 인생을 중심으로 설정된 것이다. 즉 예술의 근저를 이루는 것이 "實人生"이라는 것이고,

25) 金億,「藝術的 生活(H君에게)」,『학지광』6호, 1915. 7.

그것을 근저로 삼지 않을 때 예술은 "아모러한 意味 업는 것"이 될 수밖에 없다는 것이다. 따라서 그에게 "藝術 이퀄 人生", "人生 이퀄 藝術"이라는 말의 의미는 근본적으로 "人生을 向上식이며, 改革식이며, 創造식이며, 發展식이며, 模倣"시킴으로써 예술화할 수 있다는 의미이다. 이런 의미에서 그는 "藝術는 藝術 自身을 위하야의 藝術이오 단연코 人生을 위하야의 藝術은 아니"라고 주장하는 것이 "眞人生의 理想에 相應하는 藝術이, 그 사람의 中心生命으로 되지 아니하엿슴을 表現함"에 불과하다고 단언할 수 있었다. 즉 김억이 말하는 인생의 예술화는 예술에서 인생을 배제거나 예술을 위해 인생을 희생시키는 것이 아니라 "實世界의 改造"를 통해 인생 혹은 생활을 예술적인 경지에 이르도록 만들어야 한다는 당위적 주장에 가까웠다고 할 수 있다. 즉 김억의 주장에서도 예술은 한 인간의 "中心生命"을 표현하는 것이기도 하지만 또한 실세계의 개조 문제와도 연관되어 있었던 문제인 것이다.26)

그러면 김억의 주장이 '인생을 위한 예술'의 주장에 가까웠음에도, 연구자들이 김억의 글을 '예술을 위한 예술'을 주장한 글로 읽을 수 있었던 이유는 무엇일까? 그것은 김억이 '인생의 예술화'를 주장하고 있었음에도 불구하고, 구체적으로 예술이 어떤 과정 혹은 매개를 통해 인생의 진보와 발전에 기여할 수 있는가에 대해 아무런 구체적 설명도 하지 않고 있다는 점에서 찾을 수 있다. 그럼으로써 그의 주장은 '인생의 예술화'라는 지향만이 부각되어 보일 수밖에 없었다. 일례로 1920년대 사회주의에 영

---

26) 예술의 개인적 측면과 집단적 측면의 공존은 이후 김억의 시론에서 '민족'을 중심으로 이론화되었다고 할 수 있다. 그것은 김억이 「詩形의 音律과 呼吸」(『태서문예신보』 14호, 1919. 1. 13)에서 시의 핵심을 시인의 개성적인 호흡에 두면서도 "朝鮮사람다운 詩體"의 창출을 지향하고 있다는 점, 그리고 이후 국민문학파에 참여하면서 '朝鮮心(魂)'이나 '朝鮮情緖'를 시론의 핵심 개념으로 수용하고 있다는 점 등을 통해 확인할 수 있다.

향 받은 노동담론들이 '인생의 예술화'를 주장하고 있음에도 그 주장이 예술지상주의적 경향으로 보이지 않는 이유는, 그들이 자본가계급 혹은 자본주의에 의해 그 본질적 가치가 훼손된 노동의 해방을 통해 그것이 이루어질 수 있다는 구체적인 논리와 방법을 어느 정도 제시하고 있었기 때문이다.[27] 그러나 1910년대의 상황에서 최승구도 김억도 예술이 인생 혹은 생활의 개선을 위해 기여할 수 있는 논리적이고 방법적인 매개를 구체적으로 설정하기는 쉽지 않았다고 보인다.

요컨대 1910년대 최승구나 김억은 예술에 있어서 개성의 자각이 무엇보다도 중요하다는 것을 강조하면서도, 그것이 다만 개인적인 개성의 표출에 그쳐서는 안 되며 집단의 문제를 개선하는 데 기여할 수 있고 기여해야 한다고 생각하고 있었다. 그래서 최승구는 '계련'이 정감적 생활을 할 수 있게 될 뿐 아니라, 실생활의 개선을 통해 풍요로운 생활을 할 수 있을 때 자신이 진정한 예술가가 될 수 있다고 보았던 것이고, 김억 또한 예술이 개인의 중심생명이 진인생과 상응할 때에만 진정한 예술이 될 수 있다고 보았던 것이다. 최승구나 김억이 예술에 있어서 개성의 가치에 주목한 것은 분명 그 이전 시기에 비해 진전된 점이었다고 할 수 있을 것이다. 왜냐하면 그러한 인식을 토대로 이들은 자유시를 쓸 수 있었기 때문이다. 그러나 이들에게 자유시는 궁극적인 목적이나 절대적인 이상일 수 없었다.[28] 왜냐하면 그들은 그것이 실생활의 문제 혹은 진인생의 문제를

---

27) 1920년대 초기 노동담론에서 빈번하게 등장하는 '노동의 예술화' 혹은 인생의 예술화에 대해서는 『공제』 창간호(1920. 9)에 실린 南相協, 無我生(유진희), 如石 등의 글을 참고할 수 있다.

28) 1910년대 일본 유학을 통해 시 창작을 시작한 김억이나 황석우와 같은 인물들이 자유시를 궁극적인 목표로 설정하지 않았다는 점은 김억의 시론 「詩形의 音律과 呼吸」(『태서문예신보』 14호, 1919. 1. 13)이나 황석우의 「朝鮮詩壇의 發足點과 自由詩」(『매일신보』, 1919. 11. 10)를 통해 확인할 수 있다.(권유성, 「1920년대 초기 '자유시론'의

개선시킬 수 있어야 한다고 믿었기 때문이다. 이들이 예술을 위한 예술, 즉 예술지상주의적이거나 유미주의적인 경향의 예술을 잠정적으로 부정할 수밖에 없었던 것은 개성의 극단적인 강조가 집단성의 문제를 간과하도록 만들 수 있다고 보았기 때문이다. 그리고 최승구와 김억을 통해 확인할 수 있는 이와 같은 지향은 이들만의 지향이었다기보다는 1910년대 지식인들이 상당 부분 공유하고 있었던 부분으로 보인다. 그것은 개성과 집단성의 균형이 무너지고 있다고 보이는 논의들에 대한 이 시기 지식인들의 비판을 통해 확인할 수 있다. 그 실례는 각각 『학지광』14호와 15호에 실린 동해안 백일생의 글과 서상일의 글을 통해 확인할 수 있다.

『학지광』 15호에서 동해안 백일생은 문단의 혁명을 외치면서 "因襲道德과 온갖 習慣, 境遇"의 속박으로부터 벗어나 "天賦의 個性"을 적극적으로 살릴 수 있는 혁명적인 문예의 출현을 요구하고 있다. 이러한 주장은 안확의 문예론이나 최승구의 글에서도 어느 정도 나타나는 것으로 그렇게 특이할 것은 없지만, 그가 구체적인 예시로 제시하는 것들은 앞서의 인물들이 잠정적으로 보류했던 예술지상주의적인 것에 가까웠다는 점에서 논쟁의 소지를 안고 있었다.

> 家庭의 平和를 쌔트리지 안이 하는 以上에는 子婦로써 妻를 作하더라도 必也 非道德이 안일지며, 利用厚生의 大道를 開함에는 兵士의 屍體로 기름을 쌔는 것이 決코 惡爲가 안일지라.(중략)
> 또 吾人의 生慾 中 最大部分을 占領한 性慾을, 極端으로 放縱할 바는 안이라 할지나 無理로 抑制할 必要는 無하니, 寫實的 小說 등을 因하야 貞操의 美德을 失한다고 쀡인 걱정만 하지 말고, 讀者로 하야곰 此에 皮

구조와 문화적 기반」, 『어문학』 90호, 한국어문학회, 2005. 12, 373~377쪽 참고)

肉的 實感을 不起하고 其 裏面에 暗示된 根本的 씀딍을 覺得할 만한 知識階級에 達케 하는 敎育을 施할 것이며 性慾의 解放은 國民의 健康을 犧牲한다는 消極的 論評을 하지 말고, 反面으로 루-쩨싹, 606號 등의 發明家, 製造業을 獎勵할지로다.[29]

동해안 백일생은 "文學의 天地"를 "自由의 天地"로 보고 문학이 모든 제한과 속박을 벗어날 수 있고 벗어나야 한다고 주장했다. 다만 그러한 주장의 구체적인 예시는 다소 극단적으로 보이는 것들이었다. 즉 그는 도덕이 "天定"이 아니라 시대에 따라 변하기 때문에 "子婦로써 妻를 作하"거나 "兵士의 屍體로 기름을 짜는 것"도 가능할 수 있다거나, 성욕을 억제하는 것보다는 "루-쩨싹,[30] 606號[31] 등"을 보급하는 것이 더 낫다는 등의 주장을 하고 있는데, 이러한 주장은 1910년대의 상황을 고려한다면 매우 극단적인 주장에 가까웠다. 물론 몇몇 제한 사항을 두기는 하지만 백일생의 이와 같은 주장은 마치 문학에서는 아무런 제약도 없이 천부의 개성이 발휘될 수 있다고 주장한 것으로 비쳐질 여지가 충분했다. 서상일이 백일생을 비판하는 부분도 바로 그와 같은 부분이다.[32] 서상일은 문학을 포함한 모든 영역에서의 혁명이 인류문명 발전에 기여해왔다는 점과 당대 조선에 혁명이 필요하다는 점에서는 백일생과 의견을 함께 한다고 밝히고 있다. 그러나 그는 그러한 혁명이 "一國 一民族의 安寧幸福 維持 發展上"에 기여할 수 있을 때 의미 있는 것이라는 제한을 둔다. 서상일은

---

29) 東海岸 白一生, 「文壇의 革命兒야」, 『학지광』 14호, 1917. 12.
30) 일본어 ルーデサック. 네덜란드어 roedzak의 일본식 발음으로 '콘돔'을 뜻하는 말이다.
31) 일본어 サルバルサン. 독일어 Salvarsan에서 온 말로 독일에서 최초로 개발된 매독 치료제의 이름이다.
32) 徐尙一, 「「文壇의 革命兒」를 讀하고」, 『학지광』 15호, 1918. 3. 이하 인용되는 서상일의 글은 같은 글.

이와 같은 기준으로 백일생이 "道德도 업는 듯이 國家民族도 업는 듯이" 주장을 하고 있다고 비판을 가한다. 즉 서상일은 백일생의 주장이 "國家民族을 無視하는" "社會道德을 理由업시 破壞하려드는" 것으로 보인다는 것이다. 특히 서상일은 "性慾의 解放"과 관련된 백일생의 주장을 통해 그가 주장하는 문학이 "耽美派", "享樂派"의 문학에 불과하다고 비판하고 있다.33) 결국 서상일의 비판은 문학이 결코 "絶對 自由"가 허용되는 "自由의 天國"이 아니며, 문학의 자유라는 것이 집단의 안녕과 행복의 유지 발전을 위해 기여할 수 있을 때에만 의미가 있을 수 있다는 것이다. 서상일이 단적으로 보여주는 집단성과 조화되지 못하는 심미주의적이거나 탐미주의적인 문학에 대한 비판은 이후 이광수의 「문사와 수양」같은 글에서는 물론 프로문학자들의 글에서도 반복적으로 등장하게 된다.

4. 근대문학의 향방

이 글은 1910년대 『학지광』 소재 문예론의 구조와 지향을 새롭게 조명해보기 위해 작성되었다. 지금까지의 연구에서 1910년대 『학지광』의 문예(론)은 이전 시기의 계몽적 문학을 탈피하고 문학의 자율성에 대한 인식을 토대로 새로운 형식과 지향을 보여주었다고 평가되었다. 즉 『학지광』에서 활동한 문인들에게서 "문학(예술)은 다른 영역에 포함되거나 구속받을 수 없는, 분화된 자율적 영역으로 인식"34)되기 시작했다는 것이다. 물론 이와 같은 『학지광』 문예(론)에 대한 평가는 일부 타당한 측면을 가지

---

33) 김약수는 1920년 "藝術 때문에의 藝術"에 "藝術至上主義, 唯美主義, 耽美主義 等"이 속한다고 규정하고 있다.(若水, 「通俗流行語」, 『공제』 2호, 1920. 10.)

34) 김신정, 앞의 글, 2쪽.

고 있다. 그러나 이와 같은 평가가 문학사적 실제에 완전히 부합한다고 보기는 어렵다. 그것은 지금까지의 연구들이 근대문학의 공리로 전제하고 있는 개인과 집단, 그리고 문학적 자율성과 계몽성의 대립이라는 개념이 1910년대에 그대로 통용되기는 어렵다고 보이기 때문이다. 오늘날 근대문학의 공리에서 보자면 매우 낯설게 보일 수도 있는 것이지만, 1910년대 『학지광』의 문예(론)은 개인과 집단 혹은 문학의 자율성과 계몽성을 반드시 대립적인 것으로 인식하고 있었던 것은 아니었다.

1910년대 『학지광』의 문예론이 개인과 집단 혹은 문학의 자율성과 계몽성을 대립적인 것으로만 보고 있지 않았다는 것은, 이들이 문예의 본질을 '정의(情意)'로 규정하고 있었다는 것을 통해 알 수 있었다. 지금까지의 연구에서 이 시기 『학지광』의 문예론은 지(知)나 의(意)와 구분되는 정(情)의 가치를 토대로 미적 자율성에 대한 인정으로 나아갔다고 평가되고 있지만, 실제 최두선이나 안확의 문예론에서 정(情)과 의(意)의 문제는 분리된 것으로 인식되었다기보다는 문예의 핵심인 생명(生命) 혹은 미(美)를 실현하기 위해 함께 존재해야 하는 것으로 인식되고 있었다. 그리고 이들의 이와 같은 인식은 '의(意)'의 내포에서 다소의 차이를 보이고는 있었다 하더라도, 1910년대 이전 신채호의 「천희당시화」나 이광수의 「문학의 가치」에서 나타나고 있었던 문예관과 별반 다르지 않았다. 이렇게 본다면 1910년대 『학지광』의 문예론은 그 이전 시기의 계몽적 문예론과 대립했다기보다는 그것을 변화된 상황에 맞게 변형하고 있었다고 보는 것이 더 타당하다고 할 것이다.

그리고 최승구와 김억은 실천적인 문예론을 통해 1910년대 『학지광』 문인들의 문학적 지향을 보여주었던 인물들이었다. 이들은 개인의 개성이 무엇보다도 중요하다는 점을 인정함으로써 자유시의 이론적 토대를 마련하고 있으면서도, 그것을 집단성과 대립시키기보다는 조화시켜야 한다는 입장을 분명히 보여주었다. 이것은 최승구가 개인적 각성이 집단적 생활의 개선으로 이어져야만 진정한 예술가가 될 수 있다고 보고 있었던 점, 그리고 김억이 인생의 예술화를 주장하면서도 그것이 인생을 향상시키고 개혁시키고 창조시키는 것을 통해서만 이루어질 수 있다고 보고 있었던 점 등을 통해 확인할 수 있었다. 따라서 이들에게 유미주의나 예술지상주의와 같은 예술을 위한 예술은 잠정적으로 부정될 수밖에 없었다. 동해안 백일생과 서상일 사이에 이루어진 논쟁은 최승구나 김억과 같은 인물이 보여주었던 문예적 지향이 이 시기 대부분의 지식인들에게 공유되고 있었음을 잘 보여주었다.

1910년대 『학지광』은 전반적으로 계몽적 지향을 짙게 보여주고 있었던 것이 사실이다. 그러나 그런 계몽적 색채는 식민지로 전락하기 이전의 계몽적 지향과 달라질 수밖에 없었다. 문예(문학)이 언제나 스스로가 처한 세계의 문제와 긴장관계를 유지한다고 할 수 있다면, 1910년대 문예(문학)이 집단이나 계몽성의 문제와 긴장관계를 형성하고 있었다고 하기는 어려울 것이다. 오히려 1910년대 문학이 긴장관계를 유지하고 있었던 세계는 그 이전과 달라져버린 현실 세계, 즉 식민지 근대라는 현실 세계일 수밖에 없다. 1910년대 『학지광』의 문예론이 개성과 집단성의 조화를 추구했던 것은 따라서 변화된 세계의 상황에 대응하기 위한 하나의 방법일 수 있다. 그것이 오늘날 생소하게 보인다고 하더라도 개성과 집단성의 조화라는 지향은 1910년대 문인들에게 가장 시급하고 절박한 문제였다고 보이기 때문이다. 근대문학이 본질적으로 민족문학으로 자리매김될 수밖에 없다는 것을 생각한다면, 1910년대 『학지광』 문예론의 이와 같은 지향은 근대문학을 정초하는 바람직한 방향이었다고 평가할 수도 있을 것이다.

제2장

1910년대 '제국'의 시인들

1. 일본 유학과 시인의 탄생

일제 강점과 함께 시작되는 1910년대는 한때 한국근대시사에서 공백기처럼 인식되기도 했다.[1] 그것은 1910년대 자료의 미비에서 발생한 현상이기도 했지만, 그 이전 시기에 비해 급격하게 위축된 문학적 환경에 대한 고려 때문에 발생한 현상이기도 했다.[2] 1910년대 조선 내에서 근대시와 관련된 현상들은 매우 영성했던 것이 사실이다. 1918년 9월 『태서문예신보』가 발간되면서 그런 상황이 일부 변화하기 시작한 것은 사실이지만, 그러한 변화도 1910년대 이전의 상황을 생각해보면 그 양과 질에 있어서 매우 미흡했던 것이 사실이다. 이런 상황에서 1910년대 한국 근대시와 관련된 중요한 현상들이 나타나기 시작했던 것은 조선에서가 아니

---

1) 이런 현상은 한국근대시사를 대표하는 초기 저작자들인 정한모, 김용직 등에게서 공통적으로 나타나는 현상이다.(정한모, 『한국 현대시 문학사』, 일지사, 1974; 김용직, 『한국근대시사 상』, 학연사, 2002.)
2) 김영철, 「『학지광』의 문학사적 위상」, 『우리말글』 3호, 1985. 8, 105쪽 참고.

라 오히려 식민모국이었던 일본이었다.

1910년대 일본 유학을 통해 근대문학을 접한 시인들이 한국근대시사에서 중요한 이유는 비교적 분명하다. 주지하다시피 1910년대 일본 유학생 시인들은 이후 한국 근대시 형성 과정에서 중추적인 역할을 담당하게 된다. 그리고 1910년대 이들의 시가 보여주었던 근대적 개인의 서정[3]은 한국 근대시의 중요한 원형 중 하나로 자리 잡았던 것이 사실이다.[4] 이렇게 본다면 한국근대시사의 서장을 장식하는 시인들의 대부분은 일본이라는 이역에서 탄생했다고도 볼 수 있다. 이 시기 조선 지식인들의 일본 유학이 우리의 식민지 근대라는 역사적 상황에 의해 추동된 것이었다면, 그 과정에서 탄생한 한국근대시사의 최초의 시인들 역시 그러한 역사적 상황을 고스란히 감내하면서 스스로를 시인으로 만들어갈 수밖에 없었다. 따라서 1910년대 일본 유학생 시인들의 서정을 단순히 '근대적 개인의 서정'이라고 규정하는 것으로는 부족하다. 왜냐하면 그 서정은 분명 '식민모국에 유학한 식민지 청년의 서정'일 수밖에 없기 때문이다. 이 글에서 주목하고자 하는 바가 바로 이것이다. 즉 1910년대 일본 유학생 시인들이 보여주었던 '서정'의 실체를 좀 더 구체적으로 구명해 나갈 필요가 있다는 것이다. 이것을 위해서는 이들의 시에 나타나고 있는 '근대적 개

---

3) 1910년대 『학지광』에 실린 근대시가 가진 가장 중요한 의미로 지적되는 것이 바로 '근대적 개인의 서정'을 담아내고 있었다는 점이었다.(김영철, 앞의 글, 132쪽 참고.)

4) 물론 1910년대 일본에 유학했던 지식인들이 근대시만을 창작하고 있었던 것은 아니었다. 그들은 한시나 시조 혹은 그 이전 시기 시도되었던 개량민요 형식도 상당 부분 활용하고 있었다. 그러나 그러한 형식의 시가를 창작했던 작자들이 근대시 형성 과정에 거의 기여하고 있지 못하다는 점을 고려한다면, 그것은 기존 관습의 관성적 발현 이상의 의미를 가지기 어렵다고 할 수 있다. 여지선은 『학지광』 소재의 전통 시가들의 의미를 국혼주의와 연결시켜 그 의미를 평가하고 있는데, 그러나 그러한 평가는 문학사적 실제에 비추어 볼 때 설득력이 커 보이지는 않는다.(여지선, 「『학지광』에 나타난 국혼주의와 민족형식론」, 『한국시학연구』 9호, 한국시학회, 2003. 11 참고.)

인의 서정'이 식민지 근대라는 조건 아래에서 어떻게 형성되고 있었던가를 살피는 것이 무엇보다도 중요하다.

1910년대 일본 유학생 시인들의 시에 나타나고 있는 근대적 개인의 서정이 어떻게 형성되고 있었던가를 살피기 위해 이 글이 주목하는 것은 이들 시에 나타난 조선(인) 표상이다.5) 일본 유학생 시인들의 조선 표상은 식민지 근대라는 우리 근대의 구조적인 환경에서 형성된 이들의 내면의 문제와 조선의 상황이 부딪히면서 형성될 수밖에 없었다. 좀 더 구체적으로 말하자면, 1910년대 일본 유학생 시인들의 내면은 일본 동경(대부분의 경우)에서의 유학 체험을 통해 형성된 것이었고, 그것이 조선 표상에 영향을 미쳤으리라는 것이다. 체험적 조건이 달라지면 표상의 방식 또한 달라질 수밖에 없다.6) 따라서 이글에서는 일본 유학생 시인들의 내면 구조와 '조선' 표상이 어떻게 연관되어 있었던가를 중점적으로 살피고자 한다. 이미 언급한 바와 같이 1910년대 일본 유학생 시인들이 한국근대시사의 전개 과정에서 매우 중요한 역할을 하고 있다는 의미에서, 이들의 시에 나타나는 조선 표상을 통해 이들이 보여준 서정의 실체에 다가가는 작업은 한국 근대시의 형성 과정을 살피는 것에 다름 아니다.

---

5) 'representation'이라는 동일한 어원을 가진 표상과 재현의 개념을 구분하기는 쉽지 않다. 여기서는 다만 재현이 '대상을 있는 그대로 형상화'하는 것을 지향한다고 할 때, 표상은 그러한 형상화가 이루어지는 심리적 근저와 함께 구체적인 형상을 동시에 고려하기 위한 개념이라는 정도의 구분만 해 둔다.(이효덕, 박성관 역, 『표상 공간의 근대』, 소명출판, 2002, 19쪽 참고.) 이 글에서 표상이라는 개념은 일본 유학생 시인들의 내면 구조와 시적 형상화의 관계를 살피기 위해 활용된다.
6) 이원동, 「『국민문학』의 일본인 작가와 식민지 표상」, 『우리말글』 53호, 우리말글학회, 2011. 12, 424쪽 참고.

2. 저주받은 낙토(樂土), 조선

1910년대 일본 유학을 떠난 지식인들의 내면은 단순하지 않았다. 고국이 식민지로 전락한 상황에서 새로운 문명을 배우기 위해 식민모국 일본에 유학 온 식민지 청년의 내면이 단순하다면 오히려 그것이 이상한 일일 것이다. 이 시기 일본 유학생들의 내면적 혼란은 식민지 근대라는 역사적 상황에 영향받은 바가 컸지만, 그럼에도 그 혼란이 문명에 대한 시선에서 발생하고 있었다고 보기는 어렵다. 이 시기 일본 유학생들 대부분은 최대한 빠른 문명화를 통해서만 식민지라는 운명을 극복할 수 있다고 믿었던 것이 사실이다.[7] 따라서 실제 그들의 내면적 혼란은 '문명'에 원인이 있었다기보다는 식민지로 전락한 '조선'에 원인이 있었다. 1910년대 일본 유학생들에게 조선은 한편으로는 그리움의 대상이었으면서도, 다른한편으로는 최대한 빨리 문명을 받아들일 필요가 있는 '부끄러운' 대상이기도 했다. 그래서 이들의 내면에는 조선의 문명화에 대한 사명감과 함께자괴감이 동시에 자리 잡을 수밖에 없었다. 그들은 문명의 "最高級線까지達하기에" "적어도 十培의 速으로 疾馳하여야 한다"[8]고 마음을 가다듬으면서도, 한편으로 "朝鮮民族 갓흔 社會의 弱者난 全然 滅亡함이 도로혀利益이 아닐넌지"[9] 의심한다.

1910년대 일본 유학생들의 내면이 이처럼 혼란스러웠기 때문에 그들의

---

7) 1910년대 안확과 같이 '국혼'을 지키면서 서구 문명을 수입해야 한다는 생각을 가진 유학생도 일부 있었지만(안확, 「二千年來 留學의 缺點과 今日의 覺悟」, 『학지광』 5호, 1915. 5 참고), 대부분의 유학생들은 최대한 빠른 문명의 수입을 열망했다. 그리고 국혼을 강조한 안확조차도 서구 문명을 수입하는 것이 무엇보다도 중요하다는 것에는 동의하고 있었다.

8) 崔承九, 「너를 革命하라! "Revolutionize yourself"」, 『학지광』 5호, 1915. 5.

9) 朱鍾建, 「新年을 當하야 留學生諸君에게 뭇홈」, 『학지광』 4호, 1915. 2.

시에서 이루어지는 조선 표상 또한 단순하지만은 않다. 한편으로 조선은 현실과는 무관하게 '樂土'로 형상화되기도 하고, 식민지라는 현실에 따라 '저주받은 땅'으로 형상화되기도 한다. 20세 전후의 청년들이 조국을 떠나 유학하면서 고국을 그리워하는 것은 자연스러울 수 있지만, 식민지라는 현실은 그들의 조국을 비극적으로 그리도록 만들었다.

> 兄弟야記憶하난가梅花꽃香氣나는나라
> 二八少女의아리짜운쌤갓흔紅桃花피는나라
> 저곳에는四時가分明한中上帝의厚愛로
> 恒常짯듯하고바람이가벼운듸
> 金剛山一萬二千峰과大同江맑은물은
> 왼自然의美를다바다集中하야
> 永久의봄은빗나며쯔微笑하도다
> 運命이우리를逐出한此樂土
> 어느쩌에다시한번도라갈가!
> 可憐타제야말노제야말노
> 살며사랑하며죽을곳인듸
> 아-제야말노우리의살곳인듸
> 슬푸도다저긔야말노

(捫鼻室主人, 「제야말노」 부분, 『학지광』 3호, 1914. 12.)

위 시의 시적 화자는 조선을 "永久의봄은빗나며쯔微笑하"는 "梅花꽃香氣나는", "二八少女의아리짜운쌤갓흔紅桃花피는" "樂土"로 매우 아름답게 그리고 있다. 그러나 그런 아름다운 이미지들은 시적 화자가 '운명'에 의해 낙토로부터 추방되었다는 비극적 상황을 강화하고 있을 뿐이다. '우리를 낙토로부터 축출한 운명'이라는 것이 일본 유학생들이 경험한 거역하기 어려운 역사적 변화와 맞물려 있음은 물론이다. 그런 의미에서 이들이 스스로의 '운명'을 극복하지 못하는 한 이들은 '살며 사랑하며 죽을 곳'인 그 낙토로 결코 돌아갈 수 없을 것이다. 이 시는 조국에 대한 그리움과 그곳으로 돌아갈 수 없는 슬픔을 병치시킴으로써 암시적으로 식민지라는 운명을 극복하고자 하는 의지를 환기시키고 있다.

1910년대 일본 유학생들에게 이와 같은 '낙토 회복'의 의지는 매우 광범위하게 공유되었다. 왜냐하면 그들은 대부분 식민지 근대라는 폭력적인 역사적 변화 때문에 일본으로 유학을 왔기 때문이다. 이들이 선민의식에 가까울 정도로 모국에 대한 강력한 책임의식을 수시로 드러내는 것도, 그리고 이들이 "今日의 朝鮮人에 在하야는 力만 有하면 野蠻이 亦可"[10]라고 말할 정도로 사회진화론을 무비판적으로 수용했던 것도 그들이 가지고 있었던 강렬한 '낙토 회복'의 욕망과 무관했다고 볼 수는 없다. 그리고 이와 같은 의식은 이들의 예술론에도 일정 부분 영향을 미쳤다.

아아, 이 사람들의 神經이 完全히 運轉하야 作用허는 날이, 나의 更生허는 날이요. 이러케만 되면, 이 사람들의 五味를 選擇허는 것이나, 鹽梅를 조화허는 것이나, 肉脯慈散炙이나, 小螺젓 占蝮장아찌 먹는 法까지 能通허고, 이런 것들만 먹기를 要求허게 되며. 流頭節 찻고 冬至 팟죽까지 쑤어 먹게 되며. 北楚布韓山苧나, 羊皮裌子 永興紬바지까지 입게 되는 날이, 나의 두 번째 更生허는 째요. 아마, 나는 이 두 번째를 바라오! 渾身勇으로 지금붓허 準備허오. 兄은 이째에 아틔스트라고 불너주기 願허는 바요.[11]

---

10) 玄相允, 「强力主義와 朝鮮靑年」, 『학지광』 6호, 1915. 7.
11) 최승구, 「情感的 生活의 要求-(나의 更生)(K, S兄의게 與허는 書)」, 『학지광』 3호, 1914. 12.

나경석(K,S)에게 보낸 서신[12])에서 소월 최승구는 조선인들이 누대에
걸친 악습 때문에 스스로의 삶을 구체적으로 느끼지 못한다고 비판하면
서 '情感的 生活'을 할 것을 요구하고 있다. 최승구가 말하는 '정감적 생
활'이란 스스로의 생활과 생활의 요구에 충실한 '산' 생활을 의미하는 것
인데, 그가 보기에 조선인들은 여전히 그러한 생활을 하지 못하고 있고
그것 때문에 오늘날과 같은 상황에 처하게 되었다는 것이다. 따라서 '나
의 更生'은 "이 사람들의 神經이 完全히 運轉하야 作用허는 날", 즉 조선
인들이 자신의 생활을 스스로 느끼고 실행할 수 있을 때 이루어질 수 있
다고 밝히고 있다. 그러나 그는 그것만으로 자신이 '아틔스트'가 될 수
있는 조건이 만들어지는 것은 아니라고 보고 있다. 그는 또 다시 '두 번
째 更生'을 이야기하고 있는데, 그것은 조선인들이 모두 "小螺(소루)젓 占
蝮장아찌 먹는 法까지 能通"하고 "北楚布韓山苧(북초포한산저)나, 羊皮褙
子(배자) 永興紬바지까지 입게 되는 날" 이루어질 수 있는 것이다. 소라젓
이나 전복장아찌, 그리고 북초포나 한산모시, 영흥비단과 같은 것들은 윤
택한 생활을 단적으로 보여주는 것들인데, 이렇게 보면 최승구는 조선인
들이 '정감적 생활'을 하는 것은 물론 그것을 통해 모두가 윤택한 생활을
할 수 있는 상황이 되어야만 자신이 '아틔스트'가 될 수 있다고 선언하고
있는 것이다. 특히 그는 첫 번째 갱생보다도 두 번째 갱생을 더 바라고,
그것을 위해 '혼신의 준비'를 다하고 있다고 밝히고 있다. 최승구의 이와
같은 예술관은 이 시기 일본 유학생들이 공유하고 있었던 '낙토 회복'의

---

12) K,S는 나경석의 필명으로 보이는데(심원섭,『일본 유학생 문인들의 대정·소화 체험』,
　　소명출판, 2009, 21쪽; 정우택,『한국 근대시인의 영혼과 형식』, 깊은샘, 129~132쪽
　　참고), 나경석은 1914년 7월 동경고등공업학교를 졸업한 것으로 알려져 있다.(『왜정
　　시대인물사료』 1권, 국사편찬위원회, http://db.history.go.kr 참고) 인용된 최승구의
　　글에 대한 답신이 이듬해『학지광』에 게재되고 있다.

욕망과 연관되어 나타난 것이라고 볼 수 있는데, 그의 글을 통해 적어도 나경석 또한 이와 같은 예술관을 공유하고 있었음을 알 수 있다.

인용된 최승구의 글은 이 시기 일본 유학생들이 "도덕적, 공리적 규범을 거부하고 미적인 것을 통한 자기 발견만을 목적으로"[13] 하는 예술론, 즉 예술을 위한 예술에 빠져있었다고 말하기 어렵다는 것을 잘 보여주고 있다. 최승구가 "나의 알녀고 허는 藝術이 生活에 根底되고 確實히 肯定허는 것"[14]이라고 말한 것 또한 이런 맥락에서 이루어진 것이었다. 최승구가 말하는 조선인들의 생활이 가능해지기 위해서는 물론 식민지 근대라는 현실이 극복될 필요가 있었다. 이 시기 일본 유학생들이 그것을 위해 제시할 수 있었던 것은 주지하다시피 실력양성 이외에 별 다른 방법이 없었다. 그러나 여기서 강조되어야 할 것은 이들이 1910년대의 상황에서 실력 양성의 방식을 취했다는 것이라기보다는, 이들의 내면에 식민지적 현실이 극복되어야만 할 것이라는 의식이 뚜렷이 존재하고 있었고 예술 또한 거기에 기여할 수 있어야 한다는 믿음을 가지고 있었다는 사실이다.[15] 최승구의 시 「쎌지엄의勇士」는 게르만족에게 침략 받은 벨기에의 상황에 빗대어 파괴된 조국의 상황과 그것을 극복할 수 있는 방법이 오직 "最後까지 싸"움으로써 "너, 人生이면,/ 權威를 드러내"는 길밖에 없다는 것을 우의적으로 드러내고 있다.[16]

---

13) 구인모, 「『학지광』 문학론의 미학주의」, 『한국근대문학연구』 1호, 한국근대문학회, 2000. 4, 135쪽.

14) 최승구, 앞의 글.

15) 1910년대 『학지광』 소재 문예론이 개성과 집단성의 조화를 중요한 가치로 보고 있다는 점에 대해서는 권유성, 「1910년대 『학지광』 소재 문예론 연구」, 『한국민족문화』 45호, 한국민족문화연구소, 2012. 11 참고.

16) 素月, 「쎌지엄의勇士」, 『학지광』 4호, 1915. 2. 한편으로 최승구의 시가 '낙토회복의 의지'를 우의적으로 드러낼 수밖에 없었던 것은 『학지광』의 투고사항 중 "時事政談은 不受"한다는 단서에서 드러나듯 식민지 지식인들에 대한 검열에도 한 원인이 있다.

그러나 이 시기 일본 유학생들이 '낙토회복의 의지'를 공유하고 있었음에도, 다른 한편으로 이들은 자신들이 돌아가야 할 낙토인 조선이 식민지로 전락함으로써 저주받은 땅이 되어버렸다는 사실 또한 뼈저리기 느끼고 있었다.

　　　그대의 적은 韻律이
　　　萬人의 가슴을 흔들든 져날,
　　　가즉이 그대의 발알에 없듸여
　　　恍惚 憧憬의 눈물을 흘니든 져무리,
　　　아아 어듸 어듸
　　　져 數萬의 魂은 아득이는고!
　　　어듸 어듸
　　　다썰어진 碑銘이나마 남앗는고!
　　　째안인 서리.
　　　無道한 하늘.
　　　모든 것은 다 날앗도다!
　　　아아 萬萬波波息笛.

　　　(중략)

　　　째의 斧鉞.
　　　運命의 손.
　　　머지안아 最後의記憶까지도 다뭇칠이!
　　　-깁히 깁히 忘却의 가온대.
　　　그리하여 모든 努力,
　　　모든 榮光,

모든 希望은

다 空虛로 돌아 갈이!

千古의 遺恨.

咀呪의 싸.

눈물가진者 그누구냐?

아아 萬萬波波息笛.

(流暗, 「萬萬波波息笛을 울음」 부분, 『학지광』 11호, 1917. 1.)

1920년대 주요한에 의해 한국 최초의 자유시로 평가받기도 했던[17] 김
여제의 위 시는 「萬萬波波息笛을 울음」이라는 독특한 제목으로 발표되었
다. 이 시의 제목은 '만만파파식적이 운다' 혹은 '만만파파식적을 울린다'
는 의미라기보다는 만만파파식적이 사라진 상황에 대한 비애를 담은 제
목이다. 주지하다시피 통일신라 신문왕대를 배경으로 하는 『삼국유사』
만파식적 관련 설화는 국가의 위기를 극복하고자 하는 기원이 담겨있는
이야기인데,[18] 김여제는 만파식적의 설화를 당대 조선의 상황과 병치시
킴으로써 독특한 의미를 갖도록 만들고 있다. 이 과정에서 김여제는 조선
을 만파식적이 자취를 감춘 "모든 榮光,/모든 希望은/다 空虛로 돌아갈"
"咀呪의 싸"로 표상하고 있다. 그 저주의 땅에서 '눈물을 가진 자'는 그
의 또 다른 시에 나타나는 '神' 혹은 '全人'과 유사한 형상이라고 할 수
있는데,[19] '눈물을 가진 자'는 시인의 다른 이름일 수도 있고 당시 조선

---

17) 주요한, 「노래를 지으시려는 이에게(一)」, 『조선문단』 1호, 1924. 10.

18) 설화에 의하면 만파식적을 불면 "적군이 물러가고, 병이 나으며, 가물 때엔 비가 내
   리고, 장마질 때엔 개이며, 바람이 그치고, 물결이 잠자곤"한다고 전한다.(이가원 역,
   『삼국유사신역』, 태학사, 1991, 120~122쪽.)

19) '신'과 '전인'의 형상은 김여제의 시 「世界의 처음」(『학지광』 8호)에 "아아 얼마나
   오래 우리들이,/새 洗禮를 바랏든가!/ 오직이쌘! 오직이쌘!/神의사랑 全人의 사랑"과
   같이 나타나고 있다.(심원섭, 「유암 김여제의 「만만파파식적」과 「세계의 처음」」, 『문

을 문명한 나라로 만들겠다는 사명감과 책임감에 불타고 있었던 동경 유학생들의 다른 이름일 수도 있다.[20]

요컨대 1910년대 일본에서 창작된 조선 유학생 시인들의 시에서 조선은 매우 역설적으로, 즉 '저주받은 낙토'의 형상으로 표상되고 있었다. 이런 역설적 조선 표상이 나타나게 된 이유는 이 시기 일본 유학생들의 역사적 상황과 함께 그들의 내적 욕망이 투영된 결과일 것이다. 그들은 식민지로 전락한 조선의 현실을 너무나도 잘 알고 있었음에도 그러한 현실을 극복할 수 있는 뚜렷한 방법을 발견하지는 못한 상황이었다. 그들이 취할 수 있는 태도는 실력양성의 입장이었는데, 사회진화론을 바탕에 깔고 있는 그런 입장에서 조선은 그리운 조국이었음에도 저주받은 땅으로 비칠 수밖에 없었다.

3. 사실(事實)의 유리(羑里), 유배지로서의 조선

앞서 살펴본 바와 같이 1910년대 일본에서 창작된 유학생 시인들의 시에서 조선은 '저주받은 낙토'라는 형상으로 표상되고 있었다. 그러나 이들이 일본에 머물고 있는 상황에서 '저주받은 낙토'로서의 조선은 현실에 있는 그대로의 조선이었다기보다는 그들의 내면에 존재하는 관념적인 조선의 형상에 가까운 것이었다. 왜냐하면 그들의 내면에 존재하는 조선의

학사상』, 2003. 7 참고.)
20) 이외에도 김여제는 『학지광』에 「山女」(5호, 1915. 5), 「한쯧」, 「잘째」(이하 6호, 1915. 7)라는 시를 더 발표하고 있는데, 정우택은 『학지광』 시기 김여제 시의 특징을 "민족복원을 향한 그리움의 형식"으로 정리한 바 있다.(정우택, 『한국근대자유시의 이념과 형성』, 소명출판, 2004, 234~247쪽 참고)

형상은 식민 모국 일본에서 상상적으로 그린 조선일 수밖에 없었기 때문이다. 따라서 1910년대 일본 유학생들이 조선에 돌아와 토로하는 조선의 현실은 그들이 상상적으로 그리던 조선의 형상과는 상당한 차이를 가지고 있을 수밖에 없었다. 특히 이들이 사회진화론을 바탕으로 문명과 야만을 뚜렷이 구분하는 '제국의 시선'[21]을 내장하고 있었다는 점은 이들의 조선 표상에 상당한 영향을 미쳤다.

한달 十餘日 동안을 京城에서, 꿈결갓치 지낼 동안에, 츠음으로 世上에 난 듯 經驗한 일이 만히 잇소. 病院에서 잇슬 째에, 每日 三十分式은 佇立하야 各色 患者가, 往來하난 것을 구경하니, 生存慾의 絶對限度를 發揮한 修羅場입듸다. 주물러만든 듯한 看護婦가, 대강이를 깨짝 흔들면서, 여러 患者를 引導한 後에 「요보, 이리와, 오소」 송곳 갓치 서서, 空然헌 암상에 소리를 쌕쌕 지르니, 普通 사람의 색씨들의 本能的 排外野蠻性이라, 그들의 意識의 惡性도 안인 줄 生覺하오. 連發허난 侮辱과 先入的 侮蔑에 대햐아 堪忍하난 배달사람의 耐久力도 偉大하다 할난지! 生命을 醜허게 執着하난 이네들을 엇지하나! ──히 붓들고 무엇을 成就하랴고 生存에 努力하난지, 무러보고 십흡듸다. 엇던 날 저녁에 A군을 O旅館에서 相逢하니, 해음읍시 疲困한 두 얼골이 딱맛처 無言히 서로 凝視하기 數分 後에 「도교는 우리의 空想의 天國이요, 서울은 事實의 羑里(유리)로구려!」 그 다음에 나오난 것은 한숨쑨입듸다.(중략)

每日 아츰붓터 打作마당에 서서 打作을 監視하니 나의 普通代名詞는 나리요, 指示代名詞는 ○主事라. 이토록 最大 敬意를 表하는 것은 已往

21) 일본 유학생들이 유학을 통해 문명의 질서를 체화하는 모습을 보여주는 연구로는 김진량, 「근대 일본 유학생의 공간 체험과 표상─유학생 기행문을 중심으로」, 『우리말글』 32호, 우리말글학회, 2004. 12; 우미영, 「東度의 욕망과 東京이라는 장소(Topos)」, 『정신문화연구』 109호, 한국정신문화연구원, 2007. 12; 권유성, 「1920년대 '조선적' 서정시의 창출 과정 연구」, 경북대박사학위논문, 2011. 6 등을 참고할 수 있다.

分租하난 地主를 他人에게 移動할까 하난 危險을 읍새기 爲험이요. 打作官 待接이란 컹딍의 勅使待接이요. 作人들의 純粹한 態度를 猝地에 迎合的 表情으로 變허는 必死의 努力은, 斗量이라도 厚히 줄가 쌍마지기나 더 웃어할 마음이니 이것을 怪常타 할가? 可憐타 할가! 말끚마다 죽지 못하야 산다 하니 前途에 뵈이는 것은 窮乏과 艱難뿐이어든 아모 소리 아니 하고, 잇난 것만 나 보기에 異常하오.「쩬너렐 스트라익 사보테쥐」이것이 그들의 自衛自存하난 唯一 方法이요, 生則의 眞理언만은 누가 「예 나로드, 예 나로드」허면서 붉은 旗를 높히 들 사람이 잇겟소?! 그 멧사람이요!22)

이 글은 1910년대 동경 유학생들이 실제 조선에 돌아와서 느꼈던 심정을 비교적 솔직하게 담고 있다. 우선 필자는 조선으로 돌아온 후 느낀 심정을 "츠음으로 세상에 난 듯"하다고 표현하고 있는데, 그것은 자신이 일본에서 상상했던 조선과 현실적으로 접한 조선이 얼마나 달랐던가를 단적으로 표현해주고 있다. 그리고 그것은 또한 그가 일본에서 체험했던 문명의 모습과 조선이 너무나 거리가 멀다는 절망감의 표현이기도 하다. 특히 이 글은 나경석이 최승구에게 보낸 사신이어서 더 진솔한 심정이 담겨있는데, 이 편지에서 우리는 이 시기 일본 유학생들이 조선에서 느꼈을 답답함과 절망감을 충분히 미루어 짐작해 볼 수 있다.

위 글은 일본 유학생들이 조선에 돌아왔을 때 절망하는 두 가지 지점을 보여주고 있다. 하나는 병원의 일화를 통해 알 수 있는 식민지 내부에 편재하는 민족적 차별의 문제이다. 식민지 체제가 민족적 차별을 전제로

---

22) KS生,「低級의 생존욕—打作마당에서, C군의게」,『학지광』4호, 1915. 2; 34~35쪽. 여기서 C군은 소월 최승구이다. 이 편지는『학지광』3호(1914. 12)에 실렸던 최승구의「情感的 生活의 要求(나의 更生)(K, S兄의게 與허는 書」에 대한 답장이다.

제도화된 것은 주지의 사실인데, 위 글은 일본 유학생이 식민지에 편재하는 현실적 차별을 직접적으로 발견하는 모습이 충격적으로 제시되고 있다. 일본 간호부의 처사를 "보통 사람의 색씨들의 本能的 排外野蠻性"이라고 비난한다고 해서 결코 약화되거나 해소될 수 없는, 민족적 차별로 인한 모욕감과 모멸감은 귀국한 일본 유학생들에게 절망적으로 다가올 수밖에 없었다. 그리고 위 글은 일본 유학생들이 식민지적 차별을 받아들이는 독특한 방식 또한 보여주고 있다. 그것은 자신들에게로 향하는 민족적 차별의 시선을 민족 내부의 위계 설정을 통해 약화시키는 방식이다. 즉 위 글에서 필자는 차별의 부당함을 아는 자신과 그것을 묵묵히 감내하는 '低級의 生存慾'을 가진 일반 조선인들23)을 은연중 구분함으로써 자신에게도 향하는 모욕과 모멸의 시선을 약화시키고 있다. 일본 유학생들의 이와 같은 시선이 가능했던 것은 무지한 조선인들에게 문명을 주어야 한다는, 그래서 "當局이나 吾人이나 朝鮮人에 敎育을 주고 産業을 주고 모든 文明을 주는 데는 意思가 一致할 줄"24) 믿고 있었기 때문이다. 이런 상황은 이들의 내면에 식민지적 자의식과 동시에 식민주의적 의식이 공존하고 있음을 잘 보여주고 있다.25) 이들의 이 같은 내면은 반식민주의적 지향을 가능하게 할 수도 있지만, 인용문에서 살핀 것처럼 민족적 차별의 문제를 문명의 위계문제로 탈구시켜버리는 결과를 낳기도 했다.

1910년대 일본 유학생들이 조선에서 절망하는 두 번째 지점은 바로 위와 같은 탈구의 과정에서 만들어진다. 1910년대 조선에 귀국한 유학생들

---

23) 현상윤은 이것을 "絶半은 죽은 사람이오 絶半은 中毒한 사람이며 精神나간 者 얼빠진 者가치 보인다"고 표현한다.(「京城小感」, 『청춘』 11호, 1917. 11.)
24) 이광수, 「졸업생에게 들이는 懇告」, 『학지광』 13호, 1917. 7.
25) 이 점에 대해서는 고모리 요이치(小森陽一), 송태욱 옮김, 『포스트콜로니얼』, 삼인, 2002, 35쪽; 권유성, 앞의 논문 16~20쪽 참고.

이 자주 토로하고 있는 고립감 혹은 소외감은 그들 자신이 스스로를 식민지의 민중 혹은 대중과 다른 위치에 배치한 효과 중 하나였기 때문이다. 이들은 동경에서 배운 지적 프레임을 가지고 조선을 바라볼 수밖에 없었고, 조선은 그러한 프레임이 적용될 여지가 거의 없는 곳으로 보였다. 타작마당의 상황에서 알 수 있듯, 이들의 답답함은 자신들이 일본 유학을 통해 배운 지식이 조선에서는 거의 통용되지 못하는 상황에서 유래한다. 작은 전답 하나라도 계속 경작하기 위해 혹은 더 경작하기 위해 만면에 아첨의 빛을 띠고 있는 소작이들 앞에서 출현하는 '제르미날 스트라이크 사보타주'와 같은 외래어는 이들의 처지를 더욱 더 공상적으로 만들고 있다. 위 글의 필자는 1910년대 일본 유학생들의 이 같은 조선에서의 처지를 "도교는 우리의 空想의 天國이요, 서울은 事實의 羑里(유리)로구려!"라는 말을 통해 단적으로 표현하고 있다. 민족적 차별이 엄존하는 현실, 그리고 일본 유학을 통해 배운 지식(문명)이 실제 현실에서 전혀 통용될 수 없는 상황이 일본 유학생들의 고립감의 두 근원이 되고 있었던 것이다.26) 그 결과 이들은 도교를 '공상의 천국'으로, 그리고 서울을 '사실의 羑里(유리)'27)로 표현할 수밖에 없었던 것이다. 문명의 상징처럼 인식되었던 도교가 '공상'일 수 있다는 깨달음은 매우 중요한 것이었지만, 그 깨달음이 조선에 대한 이들의 '제국의 시선'을 거두어들이게 만들 만한 것은 아니었다. 이런 의미에서 1910년대 일본 유학생들은 말 그대로 '자기 땅에서 유배당한 자들'이었다. 이들의 유배는 식민지적 구조에 의해

---

26) 1910년대 일본 유학생들이 조선에 돌아와 느꼈던 고립감 혹은 소외감을 표현하고 있는 다른 글로는 小星(현상윤), 「京城小感」, 『청춘』 11호, 1917. 11과, 白熊(백기만), 「謀學校長의게」, 『학지광』 15호, 1918. 3 등을 더 들 수 있다.
27) '羑里'(유리)는 중국 은(殷)의 폭군 주(紂)왕이 주(周)나라를 창건한 무(武)왕의 아버지 서백후(西伯侯) 희창(姬昌)을 7년 동안 유배시킨 곳이다.

강요된 측면도 있었지만, 스스로가 내재화하고 있었던 '제국의 시선'에
의한 것이기도 했다. 1910년대의 상황에서 이들이 '유리의 현실'을 벗어
날 수 있는 가능성을 찾기는 쉽지 않았다.[28]

　일본 유학에서 돌아온 지식인들이 위와 같은 시선을 가지고 있었기 때
문에, 이들이 창작한 시에서 조선 혹은 조선인의 삶은 표상의 대상 자체
가 되지 못하거나 매우 제한적인 방식으로 표상될 수밖에 없었다. 조선
혹은 조선인의 삶이 표상의 대상 자체가 되지 못하는 현상은 김억의 시
를 통해 전형적으로 드러나고 있다. 1910년대 대표적인 일본 유학생 시
인이라고 할 수 있는 김억의 귀국 후 시들은 매우 짙은 관념적 애상에 물
들어있는 경우가 많다.[29] 이런 현상은 김억이 이 시기 프랑스 상징주의시
를 번역 소개하는 데 집중하고 있었던 데에도 한 원인이 있을 것이지
만,[30] 더 근본적인 원인은 그가 조선의 삶을 발견하고 시에 수용할 수 있
는 구체적인 방법을 발견하지 못한 데 있었다. 일반적으로 1910년대 중반
『학지광』 시기의 김억은 예술지상주의자로 알려져 있지만,[31] 『학지광』을

---

28) 환멸에서 벗어나는 대표적인 방식으로는 민족주의적 관점에서 조선을 이상적으로
　　표상해내는 방식인데, 이런 방식은 주로 1920년대에 와서야 전면에 등장한다.(구인
　　모, 「한국 근대시와 '조선'이라는 심상지리」, 『한국학연구』 28호, 고려대학교한국학
　　연구소, 2008. 6 참고) 그러나 한편으로 민족주의가 서구적 근대에 대한 근본적인
　　반성을 가능하게 하는 것이라기보다는 그것의 또 다른 부산물에 불과했다는 의미에
　　서 그것을 효과적인 방식으로 볼 수는 없다.
29) 그 대표적인 작품으로 『태서문예신보』에 발표된 「봄은간다」, 「봄」, 「겨울에黃昏」, 「나
　　리는눈」, 「六月의낮잠」, 「樂群」 등을 들 수 있다.
30) 김억은 『학지광』에서 활동하던 1910년대 중반부터 프랑스 상징주의 시인들을 번역
　　소개하기 시작해서, 귀국 후에도 『태서문예신보』를 통해 활발한 번역 활동을 펼쳤
　　다. 그 결과 김억의 시에는 프랑스 상징주의시의 영향이 짙게 드리워질 수밖에 없었
　　다.(전미정, 「안서의 시에 미친 프랑스 상징주의의 영향」, 『김안서 연구』, 새문사,
　　1996 참고.)
31) 김억은 일본 유학 시 『학지광』에 「내의가슴」(4호, 1915. 2)년), 「夜半」, 「밤과나」, 「나
　　의적은새야」(이하 5호, 1915. 5) 등의 시를 발표했는데, 이 시기 김억의 시들은 대개

통해 보여준 그의 문예적인 태도는 오히려 '인생을 위한 예술'에 가까웠다. 그것은 그의 시 「내의가슴」에서 "살지아니하면아니된다!"고 절규하거나 "내의 요구하는 바 예술은 人生으로 向上, 創造, 發展 식이는 이 점에 잇"[32]다고 선언할 때 잘 드러난다. 그럼에도 김억은 인생을 향상시키고 창조시키고 발전시킬 수 있는 구체적인 방법을 찾지 못했기 때문에 귀국후 조선의 상황에서 자신의 문예적 관점을 실천할 수 없었다.[33] 그 결과 김억의 시는 자신이 속한 집단으로부터 유리된 개인적 관념 혹은 내면의 세계에 침잠할 수밖에 없었다. 집단으로부터 유리된 개인은 이 시기 등장하기 시작한 자유시의 존재론적 근거를 제공했다는 의미를 가지지만, 역설적이게도 그것은 스스로의 계몽적 열정을 유폐시킴으로써만 가능했던 것이다.[34]

1910년대 일본 유학생 시인들의 시에서 조선 표상을 발견하기는 쉽지 않다. 이미 지적했듯 이 시기 시인들은 대개 스스로의 내면으로 침잠하는 모습을 보여주거나 외래 사조의 모방에 치중하고 있었기 때문이다. 이런 상황에서 주요한의 시는 식민지 지식인의 내면적 토로와 함께 조선 표상도 드러나고 있어 주목된다.

고립된 개인의 내면적 격정을 토로한 것이었다.(구인모, 「『학지광』문학론의 미학주의」, 『한국근대문학연구』1호, 한국근대문학회, 2000. 4; 채상우, 「1910년대 문학론의 미적인 삶의 전략과 상징」, 『한국시학연구』6호, 한국시학회, 2002. 5 참고)

32) 金億, 「藝術的 生活(H君에게)」, 『학지광』6호, 1915. 7.

33) 김억이 조선의 생활을 일부 시에 수용할 수 있게 되는 것은 그가 국민문학파의 문학적 지향을 주도하면서 朝鮮心(魂)을 추구하게 된 1920년대 중반 이후였다.

34) 이와 같은 모습은 가라타니 고진이 제국주의 일본이 형성되어 가던 명치기 정치적으로 소외된 내면적 인간에 의해서 풍경(문학)이 발견될 수 있었다는 분석과 일맥상통하는 것이다. 다만 일본의 지식인이 대외적인 침략의 공간에서 풍경을 발견하고 있는 반면, 조선의 지식들은 모국에서 그것을 발견하고 있다는 차이만 있을 뿐이다.(가라타니 고진(柄谷行人), 박유하 옮김, 『일본근대문학의 기원』, 민음사, 1997, '풍경의 발견' 참고.)

아아날이저믄다, 西便하늘에, 외로운강물우에, 스러져가는 분홍빗
놀……아아 해가저믈면 해가저믈면, 날마다 살구나무 그늘에 혼자우는
밤이 쏘오것마는, 오늘은사월이라패일날 큰길을물밀어가는 사람소리는
듯기만하여도 홍성시러운거슬 웨나만혼자 가슴에눈물을 참을수업는고?

아아 춤을춘다, 춤을춘다, 싯벌건불덩이가, 춤을춘다. 잠잠한성문우에
서 나려다보니, 물냄새 모랫냄새, 밤을쌔물고 하늘을쌔무는 횃불이 그래
도무어시부족하야 제몸짜지물고쯔들째, 혼차서 어두운가슴품은 절믄사
람은 과거의퍼런꿈을 찬강물우에 내여던지나, 무정한물결이 그기름자를
멈출리가이스랴?—아아 썩거서 시둘지안는 쏫도업것마는, 가신님생각에
사라도죽은 이마음이야, 에라 모르겟다, 저불낄로 이가슴태와버릴가, 이
서름살라버릴가. 어제도 아픈발 쓸면서 무덤에가보앗더니 겨울에는 말
랏던쏫이 어느덧피엇더라마는 사랑의봄은 쏘다시 안도라오는가, 찰하리
속시언이 오늘밤이물속에……그러면 행여나 불상히 녀겨줄이나이슬
가……할적에 통,탕,불씌를날니면서 튀여나는매화포, 펄덕정신을차리니
우구구 쩌드는구경꾼의소리가 저를비웃는듯,꾸짓는듯. 아아 좀더 强烈한
熱情에살고십다, 저긔저횃불처럼 엉긔는연기, 숨맥히는불꽃의고통속에
서라도 더욱쓰거운삶을살고십다고 쯧밧게 가슴두근거리는거슨 나의마
음…….

(쥬요한, 「불노리」 부분, 『창조』 1호, 1919. 2.)

3·1운동 직전에 발간된 『창조』 창간호(1919. 2. 1)에 게재된 「불노리」는
한국근대시사에서 자유시의 전개와 관련해 매우 중요한 작품으로 평가받
아왔지만, 1910년대의 맥락에서 주요한의 「불노리」가 중요한 이유는 이
시가 1910년대 일본 유학생 시인들의 조선에서의 내면 상태를 시적으로
잘 구현해주고 있기 때문이다. 즉 이 시는 1910년대 일본 유학생 시인들

의 '서정'이 어떻게 형성되고 있었던가를 잘 보여주고 있다는 것이다. 이 시에서 우선 주목해 볼 것은 '나'의 위치와 시선이다. 이 시의 배경은 사월 초파일 축제가 벌어지고 있는 평양의 대동강변인데, 시에서 '나'는 "큰길을물밀어가는 사람"으로 "흥성시러운" 축제의 현장에 있지 않다. '나'가 위치한 곳은 큰 길을 물밀어가는 사람들과 동떨어진 "잠잠한성문우"다. 따라서 '나'의 시선은 물밀어가는 사람들을 내려다보는 시선이 될 수밖에 없다. '나'가 "싯벌건불덩이가, 춤을" 추고 횃불이 "밤을깨물고 하늘을깨무는" 생명력이 넘치는 축제의 현장에 들어가지 못하는 이유는, 내면에 '눈물'이 가득 차 있는 "혼차서 어두운가슴품은 절믄사람"이기 때문이다. 따라서 축제의 현장은 '나'의 내면에 들어오지 못한다. 이 시에서 축제의 흥성스로운 현장이 다만 외부의 풍경으로만 존재하게 된 것은 "그로부터 너무나 멀리 떨어진 시인의 심리적 거리 때문"[35]이라고 할 수 있는데, 그러한 거리가 '성문우'라는 '나'의 위치에 의해 표현되고 있는 것이다. '나'는 "숨맥히는불꽃의고통속에서라도 더욱쓰거운삶을살고십"은 "强烈한熱情"을 가지고 있지만, 그 열정이 자신이 내려다보고 있는 사람들의 열정과 같은 것이라고 생각하지 않는다.

「불노리」에 나타나고 있는 이와 같은 '나'의 위치와 시선은 1910년대 일본 유학생들이 스스로를 다른 조선인들과 위계적으로 구분하고 있었던 상황에 대응되는 것이다. 마찬가지로 이 시의 시적 화자가 느끼는 축제 속의 고립감은 1910년대 일본 유학생들이 조선에 돌아와 느꼈던 절망감과 고립감에 대응하는 것이기도 하다. 이 시에서 시적 화자가 일반 대중 혹은 민중과 유리되는 이유는 그의 가슴 속에 '슬픔'이 가득하기 때문인

---

35) 신범순, 「주요한의 「불노리」와 축제 속의 우울(1)」, 『계간 시작』 1권 3호, 2002. 11, 219쪽.

데, 그런데 그 슬픔의 실체는 매우 관념적인 성격의 것이다. 그것은 '나'의 가슴 속의 슬픔이 이미 "무덤"으로 "가신님"에 대한 것이라는 점을 통해 알 수 있다. 여기서 '죽은 님'은 현존했던 실체라기보다는 '나'의 슬픔을 극단적으로 증폭시킬 수 있는 시적 장치에 가깝다.[36] 이렇게 본다면 이 시의 시적 화자는 공상적인 내면적 슬픔 때문에 사람들의 축제의 현장에 참여하지 못하고 있음을 알 수 있다. 이와 같은 구도는 나경석이 타작마당에서 소작인들의 생명력을 '低級의 生存慾'으로밖에 보지 않았던 것과 유사하다. 이 시에서 '나'는 자신의 내면에 존재하는 공상적 열정만을 가치 있는 것으로 보고 있기 때문이다. 1910년대 일본 유학생들이 일본 동경의 프레임으로 조선을 바라봄으로써, 조선의 현실을 '사실의 유리'로 인식했듯, 이 시의 '나' 또한 스스로의 내면에 존재하는 공상적 열정을 통해 축제의 현장을 바라봄으로써 그곳을 무의미한 공간으로 표상해내고 있는 것이다.

그러나 주요한은 3·1운동 이후 발간된 『창조』 2호(1919. 3. 20)에서 「불노리」와는 다르게 조선을 표상하고 있다. 「해의 시절」에서 주요한은 생명력이 들끓는 '위대한 조국'을 찬미하며, "偉大한 季節이여, 나를위하야 채리는 華麗한 잔칙에/오직하나인 내불꽃의 「말」을 金으로 색이리라"[37]라고 다짐하고 있다. 여기서 주요한은 「불노리」에서와는 다르게 조선을 뜨거운 생명력과 열정이 넘치는 공간으로 상상하고 있다. 여기에서야 주요한은 '華麗한 잔칙'가 자신을 위한 것일 수도 있음을 깨닫고 있으며,

---

36) 주요한의 「불노리」에 나타나는 이런 시적 장치는 '눈물'이나 '죽음'과 같은 장치를 활용해 내면적 고뇌를 극도로 강화하고 있었던 1920년대 전반의 감상적 낭만주의 경향과 일치하는 것이다. 이렇게 보면 1920년대 전반 시들의 감상적 낭만주의는 당대 지식인들의 내면 구조에서 필연적으로 나왔거나, 혹은 그것과 조응하고 있었기 때문에 시단의 주류적인 경향으로 자리 잡을 수 있었다고 볼 수 있겠다.

37) 쥬요한, 「해의시절」, 『창조』 2호, 1919. 3.

그러한 축제를 위해 "내불꽃의 「말」", 즉 시를 "金으로 색이리라"라고 다짐할 수 있게 된다. 즉 주요한은 3 · 1운동이라는 대중적이고 민중적인 운동을 목격하고서야 조선이 가진 생명력을 확신하고 있으며, 그러한 생명력을 위해 시를 쓰겠다고 다짐할 수 있게 된 것이다.[38] 이런 의미에서 3 · 1운동은 1910년대 일본 유학생 시인들이 '유리의 현실'을 벗어날 수 있는 계기를 만들어 준 중요한 사건이었다.

4. 월경(越境)의 조건

이 글은 1910년대 일본 유학생 시인들의 조선 표상에 대해 살펴보았다. 이 글이 1910년대 일본 유학생 시인들의 조선 표상에 주목한 이유는, 그것을 통해 1910년대 시인들이 보여준 개인적 서정의 형성 과정을 살필 수 있다고 보았기 때문이다. 1910년대 일본 유학생 시인들이 한국근대시사에서 차지하고 있는 위상을 고려한다면, 이러한 작업은 한국근대시의 형성 과정을 더 구체적으로 살피는 과정에 다름 아니다.

1910년대 일본 유학생 시인들의 조선 표상은 일본에서 창작된 시와 조선에 돌아온 후 창작된 시에서 다소 다른 방식으로 이루어지고 있었다. 일본에 유학하고 있는 상황에서 창작된 시에서 조선은 '저주받은 낙토'라는 매우 역설적인 모습으로 표상되고 있었다. 그러한 조선 표상은 문명화

---

38) 그러나 이러한 다짐만으로 주요한이 '유리의 현실'을 깨뜨릴 수 있었느냐의 문제는 더 살펴보아야 할 문제이다. 다만 이 지점에서 그가 식민지의 공간에 내재하고 있었던 생명력을 발견하고 그곳의 '축제'에 참여할 수 있는 가능성이 열렸다는 것이 중요하다는 것이다. 그의 망명은 이런 의미에서 '축제'에 참여하는 그 나름의 방식이었을 것이다.

의 사명을 내면화하고 있었던 유학생들의 조선에 대한 분열된 시선에서 유래된 것이었다. 즉 이들은 '낙토 회복'의 의지를 가지고 있었음에도 문명의 관점에서 조선을 바라보고 있었기 때문에 조선의 현실을 매우 비관적으로 바라볼 수밖에 없었다. 그리고 일본에서 창작된 시에서 표상되는 조선은 있는 그대로의 조선이었다기보다는 상상 속에 존재하는 조선에 가까웠다.

한편 조선에 돌아와 현실적인 조선의 모습을 경험한 상태에서 창작된 일본 유학생 시인들의 시에서 조선은 또 다른 모습으로 표상되고 있었다. 일본 유학을 통해 근대 문명의 세례를 받고 일본 동경이라는 프레임, 즉 '제국의 시선'을 내면화하고 있었던 일본 유학생들에게 조선의 현실은 매우 절망적인 것이었다. 그들에게 조선은 민족적 차별이 편재하는 공간인 동시에, 문명이 실현될 가능성이 희박한 공간으로 보였다. 이런 절망감을 그들은 조선 민족 내부에 위계적 질서를 설정함으로써 벗어나고자 했다. 그러나 그러한 위계화는 스스로를 '유리(羑里)의 현실'로 가두어버리는 역설적인 결과를 초래할 수밖에 없었다. 그 결과 이들의 시에서 조선은 표상의 대상조차 되지 못하거나, 표상되더라도 매우 특수한 방식으로만 표상되고 있었다. 주요한의 「불노리」는 이 시기 시인들이 조선을 표상하는 방식을 전형적으로 보여주었다. 「불노리」에서 주요한은 '나'를 축제의 현장과 떨어진 곳에 위치 지움으로써 스스로의 내면에 유폐되는 인물의 형상을 잘 보여주고 있다. 이런 과정에서 조선과 조선인은 시인 자신과는 달리 목적 없는 혹은 방향 없는 존재로 표상될 수밖에 없었다.

1910년대 일본 유학생 시인들을 가두었던 '유리의 현실'은 민족적 차별이라는 식민지적 구조와 함께 그들이 일본 유학을 통해 내면화하고 있었던 '제국의 시선'이라는 두 가지 요소가 복합적으로 얽혀 형성된 것이었다. 그들을 가두고 있었던 유리의 현실은 그들을 자신들이 속한 식민지의 현실과 심리적으로 분리시키고 있었다는 의미에서 심리적 국경이라고 부를 만한 것이었다. 1910년대 일본 유학생 시인들이 자신을 가두고 있었던 심리적 국경을 어떻게 넘어설 수 있고, 그리고 그것이 가능하기 위한 조건이 무엇일 수 있는가에 대해서는 이후의 시사를 치밀하게 고려해야만 해결의 실마리를 찾을 수 있을 것이다. 다만 그러한 심리적 국경이 일본 동경이라는 문명의 프레임을 통해 형성되었다는 측면에서, 그러한 극복의 가능성은 일본 동경으로 상징되는 문명의 프레임을 상대화하거나 비판할 수 있는 인식과 함께 그러한 인식을 실현할 수 있는 실천이 뒷받침되어야만 가능한 것이었다. 이런 의미에서 3·1운동은 한국근대시사에서 매우 중요한 영향을 미친 사건이었는데, 3·1운동을 전후한 주요한의 변화는 그것을 단적으로 보여주었다. 주요한이 보여준 것은 일본 유학생 시인들이 3·1운동을 통해서야 식민지에 내재된 생명력을 확인하고, 그것이 자신의 내면에 존재하는 열정과 크게 다르지 않다는 것을 확인할 수 있었다는 사실이다.

제3장

허용되는 것과 허용되지 않는 것 : 1920년대 자유시론의 구조

1. 1920년대 초기와 자유시

1920년대 초기[1]는 문학사적으로 가장 많은 주목을 받아온 시기 중 하나이다. 이 시기가 문학사 연구에서 주목받는 가장 중요한 이유는 이 시기가 이전 시기와는 다른 특징들을 보여주기 때문이다. 즉 동경 유학생 출신 문인들의 집단적인 등장과 그들에 의한 서구 문예사조의 본격적인 도입, 그리고 다양한 문예지의 출현 등은 이 시기를 그 이전 시기와 구분시켜주는 특징이 되고 있다. 물론 이런 현상은 3 · 1운동이라는 민족적인 운동의 결과에 영향을 받은 것이기도 하다.

1920년대 초기에 대한 문학사적 평가를 한 마디로 요약한다면 '본격적

---

1) 1920년대 초기는 일반적으로 『창조』가 창간된 1919년부터 1924~1925년경까지를 지칭하는 용어로 사용된다. 그러나 1918년 9월에 발간된 『태서문예신보』가 그 이후 문예지들과 궤를 같이한다는 의미에서 이 시기부터 1920년대 초기로 보기도 한다. 이 글에서는 『태서문예신보』의 반간부터 1924~1925년경까지를 1920년대 초기로 본다.

인 근대문학의 출발 또는 형성'이라고 할 수 있을 것이다.[2] 1920년대 초기 문학에 대한 연구는 2000년 이후 근대성 논의와 관련되면서 집중적으로 제출되고 있다. 이 논의들은 단순히 근대문학의 출발 또는 형성이라는 평가를 넘어 그러한 과정에 개입되는 다양한 요소들을 재구함으로써 한국근대문학의 근대성을 심도 있게 탐구하는 방향으로 전개되고 있다. 근대성과 관련된 논의로는 우선 이 시기 문학이 어떻게 자율적인 미적 근대성을 확보해갔는가를 중점적으로 살핀 연구를 들 수 있다.[3] 그리고 이와 관련된 것으로 근대적인 문학 제도의 형성 과정을 중점적으로 살핀 연구도 중요한 성과로 지적될 수 있다.[4] 이 연구들은 문예 동인지들에 대한 세밀한 독해는 물론 그를 둘러싼 문화적 맥락을 재구해 한국근대문학의 근본적인 조건을 탐구하는 방향으로 나아가고 있다.

1920년대 초기 문학에 대한 기존 연구의 기본적인 관점은 이 시기를 그 이전 시기인 1910년대와 구분함으로써 그 차이를 드러내는 방향으로 전개되었다. 이런 관점에서의 연구는 1920년대 초기 문학을 1910년대의 계몽적인 문학과 날카롭게 대비시킴으로써 그 특징을 드러내는 방향으로 전개되었다. 이 관점은 초기의 연구자들[5]에서부터 현재의 연구[6]에까지

---

2) 지금까지 제출된 대표적인 문학사라고 할 수 있는 백철,『신문학사조사』, 신구문화사, 1980; 조연현, 『한국 현대문학사』, 인간사, 1961; 김현·김윤식, 『한국문학사』 등은 용어는 조금씩 다르다고 하더라도 이 시기를 한국근대문학의 본격적인 출발 또는 형성기로 보는 것은 공통적이라고 할 수 있다.

3) 그 대표적인 예로는 김춘식,『미적 근대성과 동인지 문단』, 소명출판, 2003과 『1920년대 동인지 문학과 근대성 연구』, 깊은샘, 2000에 실린 차승기, 오문석 등의 논의를 들 수 있다. 그리고 김행숙,『문학이란 무엇이었는가─1920년대 동인지 문학의 근대성』, 소명출판, 2005의 논의도 김춘식과는 구분되는 관점을 취하고 있지만 이와 관련된 연구이다.

4) 이 연구의 대표적인 예로는 차혜영, 『한국근대문학제도와 소설양식의 형성』, 역락, 2004를 들 수 있다.

5) 시 연구에 있어서는 정한모, 『한국현대시문학사』, 일지사, 1974; 김용직,『한국근대시

274 제2부 근대 서정시의 풍경과 그 이면

지속되고 있는 1920년대 문학을 바라보는 기본적인 관점이 되고 있다. 그러나 과연 1920년대 새롭게 나타난 문학적 현상들이 그 이전 시기의 계몽주의와 날카롭게 구분될 수 있는지는 의문이다. 1910년대 문학과 1920년대 초기의 문학을 날카롭게 구분하는 관점은 서구의 문예를 수용함으로써 형성된 한국근대문학의 근본적인 조건에서 파생된 것이기는 하지만, 이러한 단절적인 문학사 인식은 문학사의 실제 현상을 통해서 볼 때 반드시 적절한 관점이라고만은 보이지 않는다.

실제 순문예적인 문학의 출발점으로 지목되곤 하는 『태서문예신보』에는 상징주의 경향의 번역시와 창작시도 게재되지만, 그보다 더 많은 계몽적인 색채의 사설과 산문이 게재되고 있는 것이 사실이다. 또한 1920년대 본격적인 문예지의 출발을 알린 『창조』에는 1910년대의 대표적인 계몽주의자로 지목되는 이광수가 존경받는 동인으로 참여하고 있다.[7] 사실 계몽적인 문학의 이념을 가장 집약적으로 정리해 보여준 이광수의 「문사와 수양」은 1921년 『창조』 8호에 게재된 글이 아닌가. 그렇다면 1920년대 초기의 새로운 문학인과 문학이 과연 계몽의 기획으로부터 결별했다고 할 수 있을 것인가? 이런 점들은 1920년대 초기의 문학이 그 이전의 계몽적인 문학과 차이점만을 가진 것이 아니라, 어느 정도 공통적인 지반을 공유하고 있었던 것이 아닌가라는 의문을 갖게 하기에 충분하다. 이

사 상』, 학연사, 1986을 대표적인 연구로 들 수 있다.
6) 김춘식은 1920년대 초기의 문학적 상황을 "개인의 감각을 앞세운 데카당파"가 "문화적 교양주의"에 대립하면서 어떻게 미적 근대성의 자율성을 확보해갔는가라는 문제를 중심으로 재구하고 있다.(김춘식, 앞의 책, 12쪽 참고)
7) 이광수와 1920년대 초기 동인지 문인들 사이에는 분명 차이점도 있지만, 그에 못지않게 공통적인 지반 또한 존재했다고 보인다. 이광수가 존경 받는 창조 동인으로 참여할 수 있었던 것은 그런 공통적인 지반 때문에 가능했다고 할 수 있을 것이다. 이 부분에 대해서는 김행숙이 자세하게 고찰한 바 있다.(김행숙, 앞의 책, 45~60쪽 참고)

글에서 다루고자 하는 1920년대 초기의 자유시[8])론의 구조와 의미를 제대로 밝히기 위해서는 이와 같은 변화와 지속을 동시에 바라보는 균형 잡힌 관점이 반드시 필요하다고 보인다. 왜냐하면 다만 변화된 지점만을 강조할 경우 이 시기 자유시론의 구조와 의미는 제한적으로 드러날 수밖에 없기 때문이다.

주지하다시피 1920년대 초기 시사의 가장 의미심장한 변화에는 자유시의 도입이라는 문제가 놓여 있었다. 이것을 달리 말하면 1920년대 시가 그 이전의 시와 다른 특징을 보여줄 수 있었던 원인이 자유시의 도입과 이론적 전개에 있었다는 것이다. 지금까지 자유시의 도입과 전개 과정에 대한 연구는 상당히 집적되어 있다.[9]) 그러나 기존 연구에서는 자유시 도입 과정을 비교문학적인 관점에서 연구하거나 형식에 대한, 특히 운율에 대한 문제로 논의가 집중됨으로써 자유시의 도입을 가능하게 했던 문화적 맥락과 그러한 맥락 속에서 자유시 도입이라는 문제가 가질 수 있는 함의에 대한 연구는 미흡했던 것이 사실이다. 이 글에서 자유시의 도입 과정을 살핌에 있어 서구시 또는 시론의 수용과정보다 그런 과정에서 형성된 자생적인 시론에 주목하는 이유도 여기에 있다. 이 시론들을 통해 우리는 이 시기 문학인들이 서구의 새로운 문예사조를 어떤 입장에서 어

---

8) 현재 자유시라는 용어는 "자유시의 완성 없이 근대시의 완성은 없는 것"(오세영, 「근대시 형성과 그 시론」, 『한국 현대 시론사』, 모음사, 1992, 18쪽)이라는 언급을 통해 알 수 있듯 근대시라는 용어와 유사한 의미로 사용되고 있다. 그러나 1920년대 초기 자유시는 프랑스 상징주의시를 제한적으로 지칭하거나 그와 관련된 외래시의 한 유형 정도로 인식되었다.

9) 그 대표적인 연구로는 김용직, 정한모의 시사와 함께 한계전, 「초기 근대시론의 수용 양상」, 『한국학보』 22호, 일지사, 1981; 윤병로, 「한국근대 자유시의 성격과 특징」, 『인문과학』 21호, 성균관대인문과학연구소, 1991; 유태수, 「자유시 논의의 전개과정」, 『한국현대시론사』, 모음사, 1992; 박인기, 「한국 현대시의 자유시론 전개 양상」, 『단국대학교논문집』 33호, 단국대, 1998. 12 등을 들 수 있다.

떻게 받아들이고 있는가를 살펴볼 수 있을 것이다. 달리 말하면 이 시기 문학인들이 서구의 새로운 문예사조를 어떻게 그리고 어떠한 목적으로 당대의 현실에 적응시키고자 했는가를 이 시론들은 보여준다는 것이다. 그 과정은 당연히 당대의 문화적 맥락에 의해 상당 부분 규정될 수밖에 없다. 따라서 이 글에서는 서구시 또는 시론을 직접적으로 소개하거나 수용한 글[10]보다는, 그것을 토대로 당대의 문화적 상황에 맞게 재조정된 자생적인 시론을 중점적으로 다룬다.

따라서 이 글의 주요한 목적은 1920년대 초기 대표적인 자유시론이라고 할 수 있는 김억, 황석우, 주요한의 시론을 대상으로 그 이론 내부에 나타나고 있는 공통적인 특징을 분석하고, 그러한 특징들이 어떻게 형성될 수 있었는지를 당대의 문화적 맥락을 살펴봄으로써 해명하는 데 있다. 이후 살펴보겠지만 이 시기 자유시론은 이론적인 완결성을 갖추고 있지는 않았다. 오히려 이론 내부에 균열과 공백이 나타나고 있는데, 이런 균열과 공백은 이 시기 시론의 불완전성이 아니라 이론의 현실정합성을 확보하기 위한 고투의 흔적들이었다고 할 수 있다.

---

10) 1920년대 서구시와 시론을 번역하거나 소개한 인물로는 백대진(「불란서 시단」, 『태서문예신보』 9호, 1918. 11), 김억(「쯔란쓰시단」, 『태서문예신보』 10-11호, 1918. 12), 황석우(「日本詩壇의 二大傾向(一)-附寫象主義」, 『폐허』 1호, 1920. 7), 주요한(「日本近代詩抄」, 『창조』 1-2호, 1919. 2~3), 양주동(「詩는엇더한것인가」, 『금성』 2호, 1924. 1, 「詩와 韻律」, 금성』 3호, 1924. 5) 등을 들 수 있다.

2. 근대시 모색의 출발점, 자유시

현재 자유시와 근대시라는 용어는 거의 동의어처럼 사용되고 있는 것이 사실이다. 오늘날 근대시는 곧 자유시로 규정될 수 있을 정도로 이런 인식은 일반적이라고 보인다. 그러나 1920년을 전후해 사용된 자유시라는 용어는 그것 자체로 근대시라는 용어를 대신할 만한 함의를 가진 것은 아니었다. 오히려 1920년대 초기의 자유시는 일본을 통해서든 서구에서 직접 도입되었든 어디까지나 박래품으로 인식되었다.

근대시사에서 자유시라는 용어가 등장하기 시작한 것은 1918년 『태서문예신보』가 발간되면서부터이다. '문예'지를 표방한 이 주간지에 서구의 상징주의시를 소개하는 과정에서 백대진이 자유시라는 용어를 사용했고,11) 마찬가지로 김억이 프랑스 상징주의시를 소개하는 과정에서 이 용어를 사용했다. 김억은 이 시기 『태서문예신보』 10호와 11호에 걸쳐 「쯔란쓰 시단」12)을 연재했는데, 이 글에서 그는 프랑스 상징주의시와 시인들을 본격적으로 소개하기 시작한다. 이 과정에서 자유시의 개념이 잠시 언급되고 있다.

　　自由詩는 누구가 발명하엿나?
　　람보가 散文詩에서 發明하엿다, 쥬루 라프르게가 獨乙에서 가져왓다.

---

11) 백대진, 「최근의 태서문단」, 『태서문예신보』 4호, 1918. 10. 26. 이 글에서 백대진은 프랑스의 시단을 소개하면서 "이런 복잡혼 표상파를 믄어 바린 것은 자유시(自由詩)의 긔인(旗印)이올시다. 제각금 자긔의 모델에 부합되지 아니ㅎㄴ 긔성의 인상을 읇흠과 동시에 이에 밋는 바 각자의 표현법을 구ㅎ얏ㄴ니 곳 긔억식인 시형의 제국을 돌파ㅎ고 제각금 자긔의 시품을 슈립ㅎ엿슴니다"라고 언급하고 있다.
12) 이 글은 이후 『폐허』 1호(1920. 7)에 「스웽쓰의 고뇌」라는 제목으로 거의 그대로 다시 게재되고 있다.

쎄레 그리판이 왈트화잇만의 作品을 飜譯홀 째에 가져왔다. 마리에 크리신스카가 發明하엿다, 구스타프, 칸은 自己가 發明하엿다 하는 여러 말이 잇다. 엇지하엿스나 象徵派詩歌에 特筆홀 價値잇는대 在來의 詩形과 定規을 無視ᄒ고 自由自在로 思想의 微韻을 잡으랴 하는-다시 말하면 平仄라든가 押韻이라든가를 重視치 안이ᄒ고 모든 制約, 類型的 律格을 바리고 奧妙「言語의 音樂」으로 直接, 詩人의 內部生命을 表現하랴 ᄒ는 散文詩다.13)

자유시를 산문시로 규정할 정도로 이 시기 김억은 아직 명확한 장르인식을 보여주지 못하지만, 이런 문제는 이후 곧 해결된다. 이 글에서 김억은 자유시의 개념을 "在來의 詩形과 定規을 無視ᄒ고 自由自在로 思想의 微韻을 잡으랴 하는" 프랑스 상징주의 시인들의 시를 지칭하는 용어로 사용하고 있다. 김억의 이런 자유시 개념은 이후 시인들에게 일반적인 것으로 받아들여진다. 김억이 이해한 자유시의 개념은 일부 오해를 동반한 것이었지만,14) '시인의 내부생명'을 직접 표현하려는 새로운 시 형식으로서의 자유시라는 개념을 잘 정리해 소개하고 있다.

그렇다면 이 시기 김억에게 자유시는 어떤 의미의 것이었을까? 즉 그는 자유시를 어떠한 입장에서 받아들이고 있는가? 이 문제는 프랑스 상징주의시를 소개한 이후 그가 발표한 주목할 만한 시론인 「詩形의 音律과 呼吸」15)을 통해서 그 해답을 찾아볼 수 있다. 이 시론은 김억이 서구의 새로운 시적 경향들을 수용하는 동시에 당대 조선의 문화적 상황에 대처하면서 구축했던 시론이다.

---

13) 김억, 「쯔란쓰시단」, 『태서문예신보』 11호, 1918. 12. 14.
14) 이 부분에 대해서는 정한모, 앞의 책, 283~285쪽을 참고할 수 있다.
15) 김억, 「(劣拙한井見을海夢兄에게) 詩形의 音律과 呼吸」, 『태서문예신보』 14호, 1919. 1. 13.

이 글에서 김억은 우선 예술(또는 문학)을 "精神 쓰는 心靈의 産物"로 규정하고 있다. 그리고 예술이라는 것은 "作者 그 사람 自身의 肉體의 調和의 表視"이기 때문에 모든 예술은 "肉體의 調和도 다름으로 말미야서 個人의 藝術性도 다 다"르다고 보고 있다. 김억은 예술이라는 것을 '개인의 개성적인 정신 또는 심령의 표현'으로 인식하고 있었던 것이다. 다시 말해, 김억은 개성을 예술의 핵심적인 요소로 인식하고 있다는 것이다. 예술에 있어서 개성을 중시한 김억이 시인의 내부생명을 직접 표현하고 있는 자유시를 도입한 것은 자연스러워 보인다. 그런데 여기서 한 가지 주목해보아야 할 것은 김억이 자유시를 왜 수용하고 있느냐는 점16)이다. 이 점은 다음 그의 글에서 확인할 수 있다.

한데 朝鮮사람으로는 엇더한 音律이 가장 잘 表現된 것이겟나요, 朝鮮
말로의 엇더한 詩形이 適當한 것을 몬져 살펴야합니다. 一般으로 共通되
는 呼吸과 鼓動은 엇더한 詩形을 잡게할가요 아직까지 엇더한 詩形이
適合한 것을 發見치 못한 朝鮮詩文에는 作者個人의 主觀에 맛길수밧게
업습니다. 眞正한 意味로 作者個人이 表現하는 音律은 不可侵入의 境域
이지요, 얼마동안은 새로운 吸般的 音律이 생기기까지는. (중략) 한데 쏘
한 現在朝鮮詩壇에 잇서는 詩를 理解하는 讀者가 얼마나되며, 쏘는 詩답
은 詩을 짓는 이가 얼마나 되는가를 싱각할 必要도 잇겟스나 새 詩風을
樹立하기 爲하야 作者 그 사람의 音律을 尊重히 녁기지 안을 슈 업습니
다. 兄의 말슴과 갓치 詩는 詩人自己의 主觀에 맛길 때 비로소 詩歌의 美
와 音律이 생기지요.17)

---

16) 이것을 달리 표현한다면 '김억이 어떻게 자신의 자유시 도입을 정당화하고 있는가'
   라고 말할 수 있을 것이다. 문학에 대한 일반의 인식이 미약한 상황에서 김억과 같
   은 문학인들은 스스로 문학의 가치를 합리화하는 작업까지 동시에 수행해야 했기
   때문이다.

위 글에서 김억은 예술가 개인의 개성적인 호흡에 따라 개성적인 음률이 생겨난다고 보고 있다. 또한 서로 다른 환경에서 살아가는 민족도 각 민족의 개성적인 음률을 가진다고 본다. 그런데 문제는 김억이 보기에 아직까지 조선에는 조선민족의 공통된 호흡과 고동을 표현할 수 있는 시형이 존재하지 않는다는 것이다. 따라서 김억은 "아직까지 엇더한 詩形이 適合한 것을 發見치 못한 朝鮮詩文에는 作者個人의 主觀에 맛길 수밧게 업"다는 것이다. 이것을 달리 말하면 "새 詩風을 樹立하기 爲하야 作者 그 사람의 音律을 尊重히 녁기지 안을 슈 업"다는 말이 될 것이다. 김억이 자유시를 도입하게 된 이유를 여기서 찾아볼 수 있다. 김억이 보기에 예술(시)은 개성적인 호흡이 자연스러운 음률을 획득한 것이고, 이것은 개인을 넘어 민족적인 단위에도 유효한 것이다. 그러나 조선에는 아직 민족적인 개성을 나타낼 만한 공통적인 음률이 존재하지 않는다. 따라서 현재의 상황에서 취할 수 있는 유일한 길은 각 개인의 음률을 존중하는 방법뿐이라는 것이다. 이렇게 본다면 김억이 자유시를 도입한 이유는 그 자체가 목적이 아니라 그것을 통해 조선민족의 개성을 표현할 수 있는 '새 시풍' 또는 '새 음률'을 위한 것이었음을 알 수 있다. 이것을 김억은 "朝鮮사람다운 詩體"의 창출로 표현했다.

김억의 시론과 동시에 이 시기 자유시론을 대표할 만한 시론을 발표한 인물이 황석우이다. 황석우는 김억과 함께 『태서문예신보』에서 활동 한 바 있고, 이후 20년대 초기 여러 잡지에서 활약한 대표적인 시인 중 하나였다. 황석우의 시론으로는 1919년 9월 22일과 10월 13일에 나누어 『매일신보』에 게재된 「詩話 =詩의初學者에게」와 1919년 11월 10일 동지에 발표된 「朝鮮詩壇의 發足點과 自由詩」를 들 수 있다. 그가 어떤 입장에서

---

17) 김억, 앞의 글.

자유시를 수용하고 있는지는 주로 후자를 통해 살펴볼 수 있다.

諸君이여! 우리 詩壇은 적어도 自由詩로부터 發足치 안으면 아니되겠
습니다. 그리고 詩壇이 次次 세우는 씨를 짜러 象徵詩, 或民衆詩, 人民詩,
或寫像詩 等에 詩를 分ᄒ여 나가는 것이 그 가장 賢明훈 順序라 ᄒ겟슴
니다. 적어도 우리가 日文詩壇, 世界詩壇에 對立ᄒ며 나가는 데ᄂᆫ 이 詩
形에 限ᄒ겟스닛가 우리 個性의 獨特훈 신詩形을 세우지 안어서는 아니
되겠습니다. 그러나 우리의 「힘」과 才能은 아직 이곳ᄭ지 급ᄒ여 잇지
못ᄒᆷ니다. 우리ᄂᆫ 모던 것이 느저잇슴니다. 諸君이여 나ᄂᆫ 諸君 압헤 이
自由詩로써 우리 詩壇의 發足点으로 ᄒᆷ을 唱ᄒ고, 左에 簡略히 그 體를
말ᄒ여 보려 ᄒᆷ니다.18)

황석우는 이 글에서 자유시를 분명 '조선시가의 발족점'으로 명명하고
있다. 황석우가 자유시를 조선시가의 발족점으로 천명한 이유는 당대 조
선 시단에 대한 우려 때문이었다. 즉 그는 일본 명치기에 유행했던 신체
시가 당대 조선시단에서 유행하고 있는 현상을 매우 불만스럽게 보았던
것이다. 그 이유로 그는 당대의 시인들이 이미 신체시의 단계를 넘어선
'日文詩' 또는 '西詩'를 충분히 접할 수 있다는 점을 들고 있다. 그가 보
기에 조선시단이 신체시에서 발족하는 것은 "好奇의 심훈 者"가 되기를
자처하는 어리석은 일이었다. 따라서 그는 자유시를 조선시단의 발족점으
로 삼아야 한다고 주장한 것이다. 그런데 여기서 주목할 것은 '조선시단
의 발족점'이라는 언급에서 알 수 있듯, 황석우 또한 자유시를 그것 자체
로 추구해야 할 대상으로 보고 있지 않다는 점이다. 오히려 그의 목적은
자유시를 발족점으로 "우리 個性의 獨特훈 신詩形을 세우"는 곳에 있었

---

18) 황석우, 「朝鮮詩壇의 發足點과 自由詩」, 『매일신보』, 1919. 11. 10.

다.[19] 그가 보기에 아직까지 조선시단에는 일본시단이나 세계시단과 나란히 나아갈 수 있는 시형이 없기 때문에 자유시에서 출발해 그런 시형을 찾아나가야 한다는 것이다. 그는 자유시를 상징시나 민중시 또는 사상시와 유사한 위상의 용어로 사용하고 있다.

김억, 황석우와 더불어 1920년대 초기 주목할 만한 시론을 발표한 또 하나의 인물로 주요한을 들 수 있다. 주요한 또한 위 두 인물과 유사한 시기에 문단에 등장해 서구의 시형을 모방한 시 작품을 창작한 인물이었다. 그의 대표적인 시론은 1924년 『조선문단』 1~3호에 걸쳐 연재된 「노래를 지으시려는 이에게」이다. 이 글에서 주요한은 자유시를 포함한 '신시'의 방향에 대해 포괄적으로 논의하고 있다.

이 글은 '1. 과거의 시가, 2. 신시의 선구, 3. 자유시의 첫 작자, 4. 「창조」와 밋 그 이후, 5. 자유시의 압길의 두 가지 문데, 6. 신시의 내용'이라는 여섯 부분으로 나누어져 있는데, 자유시에 대한 논의는 3~6에 걸쳐 등장하고 있다. 주요한의 이 글은 앞의 김억이나 황석우의 시론보다 다소 늦은 시기에 나온 시론으로 자유시의 도입을 주장한 글이라기보다는 조선의 '신시'를 어떻게 구축해갈 것인가에 논의의 초점이 맞춰지고 있다. 그러나 이 글 속에는 주요한이 20년대 초기 자유시를 도입하고 창작하게 된 이유가 나타나 있기도 하다. 「노래를 지으시려는 이에게」의 용어 체계

---

19) 황석우에게서 주목되는 것은 그의 이런 민족적 시형에 대한 강조가 궁극적인 것이었다기보다는 잠정적인 것이었다는 점이다. 황석우는 아나키즘과 관련된 인물로 알려져 있다.(조영복, 「『장미촌』의 비전문 문인들의 성격과 시 사상」, 『1920년대 초기 시의 이념과 미학』, 소명출판, 2004, 209~227쪽 참고) 아나키즘의 세계주의에 영향을 받았기 때문에 황석우의 궁극적인 목적은 인류보편성의 획득에 있었다. 황석우의 이 점이 이후 그가 김억이나 주요한과는 다른 길을 택하게 되는 원인으로 작용했으리라 보인다. 그러나 이 시기 그는 그것이 민족적 시형의 구축을 통해 가능하다고 주장했다.(황석우, 「주문치 아니한 시의 정의를 일러주겠다는 현철군에게」, 『개벽』 7호, 1921. 1 참고.)

를 고려할 때, 자유시는 '신시'운동의 과정에서 활용되었거나 활용될 여지가 있는 시의 한 형식정도의 함의를 갖는다.[20]

주요한이 자유시를 어떻게 받아들였는가는 'ㄷ창조」와 밋 그 이후'에서 살펴볼 수 있다.

자유시라는 형식으로 말하면 당시 주로 불란서 상징파의 주장으로 구래로 나려오든 각운과 「라임」을 폐하고 작자의 자연스러운 리듬에 마초아 쓰기 시작한 것입니다. 그런데 조선말로 시험할 째에 자유시의 형식을 취하게 된 것은 그 시대의 영향도 잇섯거니와 조선말 원래의 성질상 그러지 아늘 수 업섯슴이외다. 과거에 조선말 시가의 형식으로 말하자면 시됴이던지 민요이던지 운다는 법은 업섯고 다만 글자수효(다시 말하면 「씰라블」의 수효)가 일뎡한 규틀을 싸를 뿐이엇습니다. 민요의 형식 중에는 팔팔됴(여덟자식 한긔가 되는 것)가 가쟝 만헛습니다. 그러나 이런 형식이 심히 단됴한 것은 면치 못할 것입니다. 그럼으로 엇던 이는 일본 시가의 형식인 七五혹은 五七됴를 시험해 본 것도 잇습니다. 만은 그 결과가 다 새론 시를 지으랴는데 합당한 재료가 못되엿습니다. 이러한 리유로 발표된 몟편이 시험뎍 작품이 동긔가 되여 그 뒤를 니여 혹은 그와 동시에 각처에서 비슷한 형식으로 작품이 발표되엿습니다.[21]

인용문을 통해 알 수 있듯, 주요한 또한 자유시가 프랑스 상징주의시에서 유래한 것임을 인정하고 있다. 그리고 자신이 자유시를 창작한 것은 기존의 조선 시가가 "심히 단됴한 것은 면치 못할 것"이어서 그것을 극복해보고자 했기 때문이라는 것이다. 이렇게 본다면 주요한에게도 자유시

---

20) 주요한은 「노래를 지으시려는 이에게」에서 '신시'와 '신톄시'를 뚜렷한 의미 구분 없이 혼용한다.

21) 주요한, 「노래를 지으시려는 이에게」, 『조선문단』 1호, 1924. 10.

는 '신시'를 건설하기 위한 시험적 장르정도로 인식되었음을 알 수 있다. '자유시의 압길의 두 가지 문데'에서 다루어지는 것은 실제 자유시가 나아갈 방향이 아니라 '신시'의 방향이 논의의 주를 이루고 있다. 결국 주요한에게 있어서도 자유시는 자신이 시를 창작하기 시작한 당대 시단의 상황에 의해 방법적으로 선택된 시의 한 양식이었음을 알 수 있다.

요컨대 1920년대 초기에 등장하고 있는 중요한 시론에서 자유시는 그것 자체가 근대시로서 추구되어야 할 목적 또는 목적지가 아니라 근대시를 건설해가는 도정에 있어서의 발족점 또는 과정으로서의 의미로 받아들여졌던 것이다. 오히려 이들이 지향한 것은 "朝鮮사람다운 詩體", "우리 個性의 獨特흔 시詩形", "국민문학" 등의 용어를 통해 살펴볼 수 있듯이 민족적인 개성을 표현할 수 있는 근대적인 시 양식이었다.

3. 민족적 개성과 자유시

1920년대 초기 자유시는 근대시 일반을 지칭하는, 그 자체로 지향의 대상이 될 수 있었던 것이 아니라, 오히려 프랑스 상징주의시에서 형성된 하나의 특징적인 시 양식 정도의 개념으로 수용되었다. 그리고 자유시가 수용된 것은 그것이 조선의 근대적인 시 양식을 건설하기 위한 발족점으로 또는 그 과정에서 필요한 것이었기 때문이었다. 그런데 여기서 한 가지 주목해 볼 것은 자유시론 내부에 나타나고 있는 예술가의 개성과 '민족적 개성' 또는 민족성이 맺고 있는 독특한 관계이다. 이 두 가지 개념은 자유시론 내부에서 갈등 없이 공존하고 있다. 그렇기 때문에 자유시는 "朝鮮사람다운 詩體" 또는 "우리 個性의 獨特흔 시詩形"의 건설 과정에 유용한 것으로 수용될 수 있었다. 그러나 이 두 개념이 어떤 근거로 연관될 수 있는지를 자유시론 내부에서는 찾을 수 없다는 것이 문제다.

그러기 쩨문에 얼골과 눈과 코가 사람마다 다른 것과 갓치 肉體의 調和도 다름으로 말미야셔 個人의 藝術性도 다 다를 줄 압니다-天理에요. 달으지요. 사람의 藝術作品으로 그러하지요. 坯한 西洋과 東洋과의 文學이 셔로 달은 것도 이 点에서 겟지요. 시삼스럽게 The soul is merely the harmony of the Cody(C는 b의 오식-필자)를 聯想하게 되는 것은 아마 이 点에 起因하는가 보와요. 民族과 民族과의 사이에 셔로 다른 藝術을 가지게 된 것도 民族共通的 調和-內部와 外部生活로 말미야셔 되는 調和가 셔로 달으기 쩨문이라 할 슈 잇지요.

김억은 예술을 정신의 표현이자 육체의 조화로 보았다. 그리고 그러한 육체의 조화라는 것이 개인마다 다르기 때문에 각 개인마다 그 예술성도 다르다고 보고 있다. 이 과정에서 김억은 분명 예술의 본질이 개성에 있음을 인식하고 있다. 김억의 이런 인식은 다분히 예술지상주의적인 인식을 그 바탕에 깔고 있다고 할 수 있는데, 그런데 이런 김억의 인식이 자연스럽게 집단성으로 옮겨가고 있다는 점이 문제다. 즉 예술가 개인의 개성이 곧바로 동양과 서양의 차이로, 그리고 민족과 민족의 차이로 이동하고 있다는 것이다. "朝鮮사람다운 詩體"라는 개념은 이런 비약의 결과 나타날 수 있었다.

因襲에 起因되기 쩨문에 佛文詩와 英文詩가 달은 것이요. 朝鮮사람에게도 朝鮮사람다운 詩體가 생길 것은 毋論이외다, 內部와 外部의 生活이 달은 것만큼 呼吸과 鼓動도 달나지지요, 甚하게 말하면 血液돌아가는 힘과 心臟의 鼓動에 말미아져도 詩의 音律을 左右하게 될 것임은 分明합니다. 여러 말 할 것 없시 말하면 人格은 肉體의 힘의 調和고요.[22]

인용된 글에서 이런 비약이 잘 드러나고 있다. 즉 육체의 호흡이라는 수준에서 규정되는 예술가의 개성이 한 민족의 인습이라는 것과 등치되며 그 결과 예술가의 개성이 민족적인 개성으로 곧바로 연결될 수 있게 되는 것이다. 이렇듯 김억의 시론에서는 예술가의 개성을 육체의 수준에서 규정하는 예술지상주의적 인식과 동시에 민족적 시 형식을 구축해야 한다는 다분히 계몽적인 인식이 함께 나타나고 있다.

황석우의 시론 또한 김억의 그것과 별반 다르지 않다. 다음 글은 그가 시를 어떻게 인식하고 있었는가를 보여준다.

> 詩人이 가장 높고, 가장 幽玄훈 自我의 寶座에 進훌 쌔, 곳 무엇의 확실훈 美를 훔킬 쌔, 그 美에 觸훌 쌔, 그이는 直히 醉훈 神經과 「입」과의 두 存在밧게 아모것도 認훌 수 업게 된다, 그 神經의 全體는 훈 管絃樂이 되고, 그 입은 다못 歌훔에 開閉된다.[23]

황석우에게 시라는 것은 시인이 가장 깊은 자아를 통해 미에 가닿을 때, 즉 예술가가 절대적인 영감의 경지에 도달했을 때, 그러한 영감이 엉겨 "쓰거운 말"로 입을 통해 쏟아진 것이다. 그는 이러한 시의 율격을 '靈律'이라고 명명한 바 있다. 황석우가 보여주는 시에 대한 인식 또한 김억과 마찬가지로 시인의 개성을 절대화하는 예술지상주의적인 그것에 가깝다고 할 수 있다. 그럼에도 그 또한 김억과 마찬가지로 자유시를 통

22) 김억, 앞의 글.
23) 황석우, 「詩話 =詩의初學者에게」, 『매일신보』, 1919. 10. 13.

해 민족적인 새 시형을 모색하고자 한 것이다. 그리고 황석우도 마찬가지로 예술가의 개성이 어떠한 계기를 통해 민족적인 것으로 수렴될 수 있는가에 대한 인식은 보여주지는 못한다.

1920년을 전후해 낭만주의적이거나 상징주의적인 시를 창작했던 주요한에게서도 이러한 모습은 나타나고 있다. 다만 주요한은 애초 『창조』에서 활동하던 시기부터 '민족문학의 창출'이라는 문제에 대해 언급했다는 점이 주목된다. 흔히 계몽주의적 문학과 결별하고 순문예적인 문학을 지향했다는 『창조』의 가장 중요한 동인이기도 했고, 일본의 낭만주의시와 상징주의시를 적극적으로 수용했던 주요한이 이런 계몽적 색채를 애초에 뚜렷이 했다는 점은 주목을 요한다.

> 白岳兄
> 「創造」를 길너갈 方針, 其他는 別信에 올니거니와 다만 우리의 文化의 向上을 위하야, 우리 思想生活의 水準을 놉피기 위하야 우리 衰殘한 藝術의 復興을 위하야라는 啓蒙的 色彩는 어듸까지던지 維持하여야 할 줄 암니다. 新「同人」諸君에 對하야는 衷心으로 歡迎의 뜻을 表白하며 아울너 今後의 奮鬪를 바랍니다.[24]

상해에 망명 중에 있었던 주요한이 한때 『창조』의 편집을 담당했던 김환에게 서신의 형식으로 보낸 위 글은 예술지상주의 또는 유미주의를 표방했다고 알려진 이 잡지의 경향을 고려하면 다소 의외의 감이 없지 않다. 주요한이 김환에게 요구하고 있는 것은 잡지의 "계몽적 색채"를 유지해 가는 것이다. 즉 문화의 향상과 생활수준의 향상, 그리고 문예의 부흥

---

24) 벌꽃, 「장강어구에서(감상)」, 『창조』 4호, 1920. 2.

이라는 것이 주요한이 말하는 계몽의 실체이다. 주요한의 이런 요구는 동인들이 은연 중 이런 지향을 공유하고 있었음을 내비친 것이라고 할 수 있을 것이다. 그리고 이런 주요한의 계몽적 색채는 7호에 게재된 「장강어구에서」에서 "국민적 문학의 산출! 이것이 제일 먼저 요구되는 것"이라는 언급으로 변화해 나타나고 있다.

물론 그렇다고 해서 주요한이 예술가의 개성이라는 문제를 인식하지 못하고 있다거나, 그것을 무시하고 있지는 않다. 주요한 또한 예술에 있어서 예술가의 개성이 가장 중요한 핵심이라는 점을 분명하게 인식하고 있다.

> 그러면 우리 신시의 내용은 과연 엇더하여야만 생명잇는 내용이 될가. 이것은 짧은 시간에 단뎡을 내리지 못할 문데입니다.(중략) 그러나 가쟝 안전한 「크라이크리아」를 두 가지만 말하자면 첫재는 개성에 충실하라 함이요 둘재는 조선사람된 개성에 충실하라 함이외다. 첫재로 개성의 표현이 업는 예술품으로 생명을 유지한 례가 업슴니다. 우주에 미가 가득하다 하여도 그것이 예술이 되지 못합니다. 그의 미의 소질이 엇던 개성과 됴화하고 결혼할 째에야 참 예술이 탄생됩니다.(중략) 그러나 둘재 표준 즉 조선사람된 개성의 표현에 니르러셔는 반대할 이가 잇슬 듯도 합니다. 한 가지 분명히 말할 것은 나의 의미하는 조선사람된 개성(간단히 말하면 조선혼)이라 함은 결코 인간의 공통성을 무시하는 쏘는 인류애를 무시하는 배타뎍 국수주의가 아니라 함이외다.[25]

주요한은 위 글에서 조선 신시의 임무를 두 가지로 제시하고 있는데, 하나는 조선인의 사상과 정서를 표현할 것이고 다른 하나는 조선어의 미

---

25) 주요한, 「노래를 지으시려는 이에게(二)」, 『조선문단』 2호, 1924. 11.

를 살려야 할 것이다. 인용된 부분은 이 두 가지 임무 중 첫째의 구체화에 해당하는 것이다. 즉 '조선인의 사상과 정서를 표현할 것' 내부에 '개성에 충실하라'는 것과 '조선사람된 개성에 충실하라'라는 두 가지 명제가 동시에 포괄되어 있다. 이런 점은 앞서 살핀 김억과 황석우의 시론에서도 확인할 수 있었던 부분이기도 하다. 주요한은 이 두 가지 명제가 어떻게 동시에 존재할 수 있는가에 대해 추상적이기는 하지만 나름의 해명을 가하고자 하고 있다. 그러나 그 방법은 개성과 민족성이 어떻게 연관될 수 있는가를 해명하는 것이 아니라, '조선사람된 개성'을 강조하는 것이 결코 인류애와 배치되는 것이 아님을 강조함으로써 간접적으로 이 두 개념의 병치를 합리화하고자 했다. 그럼으로써 그는 결론적으로 신시의 건설이 "국민덕 독창문학을 건설함"에 있다는, 자신이 『창조』에서 제기했던 주장과 유사한 결론에 이르고 있다. 그는 그 발족점으로 자유시가 아니라 민족적 정서와 사상을 함유하고 있는 '민요와 동요'를 제시하고 있다.[26]

---

26) 주요한의 이러한 주장은 물론 1924년이라는 시점과도 연관되어 있다고 보인다. 이 시기는 이미 사회주의 이념의 도입으로 계급주의문학이 주창되었던 시기였고, 따라서 국민문학파의 결집이 이루어지고 있었던 시기이기도 하다. 이 시기에 주요한은 이전의 자유시 형식을 포기하고 민요조 서정시의 창작에 나서게 된다. 그러나 이 글에서도 그는 이전과 마찬가지로 외래 양식의 적극적인 도입은 필요하고 바람직한 것이라고 보고 있다. 주요한은 일찍이 창조 동인 시기부터 외래 문학의 적극적인 도입을 주장한 바 있다. "文藝은 理論으로 引導될 物件이 못되겟습니다. 萬一 우리 中에 指導的 作家가 없다 하면(事實없거니와) 우리가 먼저 할 것은 外國 作品의 飜譯이외다. 明治時代에 二葉亭等의 俄羅斯小說 飜譯이 얼마나 刺戟을 日本文壇에 주엇습닛가.(중략) 먼저 必要한 것은 指導的 作品이오, 이것에 가장 適當한 것은 外國作品의 飜譯이외다. 飜譯을 하되 某某 新聞紙上에 揭載되는 것과 가튼 俗流의 喝采를 拍하는 低級한 것은 말고 이를 感想하는 이의 數爻가 十에 못 차더라도 眞正한 意味의 藝術的 作品을 紹介함이 可하다 합니다."(벌못, 「장강어구에서(오월)」, 『창조』 7호, 1920. 7)

이렇듯 1920년 초기에 나타난 자유시론에는 개인과 민족이라는 문제, 즉 예술가의 개성과 민족성의 문제가 나란히 병치되어 제시되고 있다. 이들 시론에서는 예술가의 개성과 민족적인 개성이 동시에 추구되어야 할 것으로 보고 있기 때문이다. 그러나 이 두 가지 개념이 1920년대의 문학적 현실을 통해 볼 때 이들의 시론에서처럼 무리 없이 자연스럽게 연관될 수 있었던 것은 아니었다. 즉 이들이 주로 수용하고 있는 프랑스 상징주의를 중심으로 한 자유시는 민족적 개성이라는 집단성을 구현하기보다는 근대적인 개인의 내면을 적절하게 표현하는 데 특장을 가지고 있다고 보이기 때문이다. 그리고 일반적인 예술론에 있어서도 개성이라는 문제가 어떻게 집단성과 연결될 수 있느냐는 문제는 쉽게 해결될 수 있는 문제가 아니다. 그럼에도 앞서 살핀 시론들에서는 이 두 가지 범주가 자연스럽게 공존하면서 동시에 추구될 수 있는 것으로 전제되고 있다. 1920년대 초기 '자유시론'이 어떻게 이런 구조적인 특징을 가질 수 있게 되었는가는 이들 시론 내부에서 해결될 수 있는 문제가 아니다. 왜냐하면 이 문제는 이들이 문학 활동을 시작했던 1920년대 초기 지식인들의 일반적이고 보편적인 인식의 문제와 연관된 것이라고 할 수 있기 때문이다. 즉 이들이 어떻게 예술가의 개성과 민족성을 동시에 추구할 수 있었느냐의 문제는 이들이 활동했던 당대의 문화적 상황을 고려해야만 해명될 수 있다는 것이다. 특히 이 문제는 당대의 일반적인 문화론은 물론 예술론을 살펴보아야만 해명될 수 있을 것이다.

4. 자유시론의 문화적 기반

1920년대 초기 조선에서 가장 주목할 만한 문화적 상황은 소위 '문화운동'이라는 것이 지식인들의 가장 중요한 화두로 대두된 일일 것이다. '신문화 건설' 또는 '개조'라는 상투적인 용어에서부터 '민족성 개조론'에 이르기까지 이 시기 지식인들에게 '문화'의 문제는 가장 중요한 문제였다. 물론 여기서 말하는 '문화'라는 것이 다만 예술을 근간으로 한 연문화만을 의미하는 것은 아니었다. 이 시기 '문화운동'의 핵심에는 예술을 포함한 연문화는 물론 상공업의 발달이라는 문제도 중요하게 다루어졌다.27) 그러나 상공업의 문제는 애국계몽운동에서 실력양성론에 이르기까지 지속적으로 강조되어 온 바였다. 따라서 1920년대 초기 등장한 '문화운동'에서 상대적으로 두드러져 보이는 것이 예술을 중심으로 한 연문화의 부활 또는 중흥을 강조하는 맥락이다.

애국계몽기부터 이미 근대화와 문명화는 동일한 의미였다. 실력양성론이 문명개화론의 1910년대적 실천이었다면, '문화운동'은 문명개화론의 1920년대적 실천을 지칭하는 용어라고 할 수도 있을 것이다. 이 시기에 있어서도 문화는 곧 문명(civilization)과 동의어에 가까웠다.28) 문화가 곧 문명이라면 신문화를 건설한다는 것이 곧 신문명을 건설한다는 것과 다르지 않은 말이 된다. 1920년대 초기 집중적으로 등장한 문예지에 민족문화에 대한 언급이 작품에서는 물론 '론'에서도 빈번하게 나타나는 것은 이런 맥락에서이다. 그리고 이때 민족문화의 정수로 언급되는 것이 바로 '예술'의 영역이다. 이 시기 '예술'이라는 영역은 급격히 그 범위를 확장

---

27) 김현주, 「민족과 국가 그리고 '문화'—1920년대 초기 『개벽』지의 '정신·민족성 개조론' 연구」, 『1920년대 동인지 문학과 근대성 연구』, 깊은샘, 2000, 213~214쪽 참고.
28) 김현주, 앞의 글, 214쪽 참고.

하는 모습을 보여주고 있다. 즉 사원은 건축예술의 산물로, 불상은 조각 예술의 산물로, 자기는 도자예술의 산물로 취급되는 것이 그 예이다.

이 시기 민족문화에 대한 논의의 구조는 어떤 공통적인 면모를 보여준다. 즉 고대-주로 고구려 벽화나 신라의 건축 및 불상, 고려의 자기 등이 중요한 소재로 활용된다-의 독창적이고 빛나는 민족문화의 성과를 부각시키는 것으로 글이 시작되어 그것의 쇠퇴에 대한 유감을 표한 후 부활 또는 부흥의 필요성을 주장하는 것이다. 이런 과정을 통해 이런 글들이 확인하고자 하는 바는 조선민족 또는 조선 문화의 우수성이라기보다는 조선민족의 '문명화 능력'이었다고 하는 것이 타당할 것이다. 즉 민족 문화의 우수성은 그것 자체로 가치가 있는 것이 아니라, 그 속에서 조선 민족의 문명화 능력을 확인할 수 있기 때문에 중요하게 다루어졌다는 것이다. 이것은 과거의 뛰어난 문화적 성과가 현재에 계승되지 못했다는 인식을 바탕에 깔고 있으며, 그 결과 '문화운동'의 구도는 전통의 창조적 계승이 아니라, '신문화 건설'이라는 방향으로 진행된다. 문학의 영역에서 극단적으로 부각되는 '신세대 의식', 그리고 이와 쌍을 이루고 있는 '폐허 의식'은 이런 문화적 인식의 전형적인 발현이라고 할 수 있었다. 신문화 건설에 있어서 '청년'의 임무가 강조되는 것도 이런 과거와의 단절과 새로운 문화의 건설이라는 의식이 작용한 결과였다.

그러나 過去에 達成치 못한 것(세계적 공헌-필자)으로 우리의 失望을 惹起할 必要는 업다. 過去에 失敗하엿스면 將來에 求하려함이 常情일다. 달리말하면 우리의 文化的使命은 우리 靑年으로붓허 將來에 잇다 생각한다. 나는 信한다--우리는 獨創力이 豊富하던 사람의 子孫이오. 또 혹 意味에 잇서서 解放된 者일다, 즉 守舊的 儒敎思想에서 解放된 者오, 頑

固한 禮節에서 解放된 者오, 非科學的 敎育에서 班閥主義에서 自由로 된
者일다, 才와 能을 잇는대로 發揮할 수 잇는 者일다. 우리의 文化가 將來
에 잇서 意味深長할 줄노 思한다. 只今 우리는 今日의 英國, 佛蘭西, 獨逸
의 文化에 班列코저하는 「超北海」의 徒가 아니오, 少하여도 中古暗黑時
代을 버서나서 모든 束縛을 脫하고 學問과 生活의 自由를 求하려하는 文
藝復活적의 伊太利人일다.[29]

　민족의 독창력이 발휘된 것은 까마득한 고대이다. 그러나 우리는 그런
"獨創力이 豊富하던 사람의 子孫"이다. 따라서 우리 청년은 미래에 또 다
시 세계에 공헌할 수 있는 문화를 창조할 수 있다는 것이 위 글의 요지이
다. 1920년대 초기 예술지상주의적인 경향을 대표적으로 보여주었던 『폐
허』창간호에 민족문화에 대한 위의 글이 게재되었다는 것은 다소 의외
로 비칠 수도 있다. 그러나 이 글에서 나타나고 있는 민족문화에 대한 인
식과 신문화 건설이라는 것의 관계는, '폐허의식'과 '신문예건설'의 관계
와 상동적인 구조를 지니고 있다. 즉 위 글에서 저자가 보여주는 문화적
인 사명감은 곧 예술에 대한 사명감과 상통한다. 왜냐하면 문명을 상징하
는 문화의 핵심에 예술이 놓여있다고 보기 때문이다. 이병도의 이 글은
『폐허』 동인들의 문화 또는 예술에 대한 인식을 보여줄 뿐 아니라, 1920
년대 초기 동인지 문단을 담당했던 문학인들의 문화 또는 예술에 대한
인식을 대변하는 것이었다고 해도 과언은 아니다. 1920년대 초기는 '동인
지 시대'라고 지칭될 정도로 문단내부의 유파별 차별성보다는 예술 또는
문학에 대한 공통적인 인식이 뚜렷했던 시기였기 때문이다.[30] 즉 이 시기

---

29) 이병도, 「朝鮮의 古藝術과 吾人의 文化的 使命」, 『폐허』 1호, 1920. 7.
30) 오문석, 「1920년대 초반 '동인지'에 나타난 예술이론 연구」, 『1920년대 동인지 문학
　　과 근대성 연구』, 깊은샘, 2000. 81쪽 참고.)

동인지들에는 공통적으로 예술을 통한 '신문화 건설'이라는 의식이 전제되어 있었다는 것이다.[31] 1920년대 초기 문학담당자들에게 새로운 문화를 건설한다는 것은 곧 세계적인 문화를 갖는다는 것과 동일한 의미였다. 그리고 세계적인 문화를 갖는다는 것은 문명한 서구와 대등한 위치에 설수 있는 하나의 조건이기도 했다.

> 東方에 赫赫하든 우리 半萬年의 文化가 오늘날 當하야 이렇틋 衰退하고 暗澹함이 이 어이한 일이냐?(중략)
> 이제 世界는 一轉ᄒ야 過去의 物質的 科學時代를 쩌나서 아름다온 文化의 曙光이 바야으로 비취는 新天地로 드러가려 하는도다. 이에 世界人類는 다토아 理想鄕을 찻고 文化的 新生活을 憧憬하는도다.
> 뎌들의 燦然한 文化의 쏫이 피는 것을 바라보는 吾人은 內部生命에서 니러나는 衝動과 要求를 참지 못하야 힘 없는 주먹을 브르쥐고 소래를 노펴 부르짓노니
> 몬져 半島의 衰殘한 藝術을 復興케 하야 우흐로 先人의 面目을 빗내고 앞흐로 우리도 理想的 新文化를 創造ᄒ야, 그리하야 世界의 大運動에 步調를 마초아, 多少의 貢獻이 잇게 하고 우리 人類 本然의 참生活을, 맛보며 아울너 人生天稟의 幸福을 누리쟈 하노라.[32]

인용된 창조사발기취지서는 이 시기 동인지 문학인들의 문화에 대한 이념을 단적으로 보여주고 있다. 이들에게 새로운 문화를 건설한다는 것은 "몬져 半島의 衰殘한 藝術을 復興케 하"는 것이며, 그럼으로써 이들은 문명한 '인류사회'에 참여할 수 있으리라고 보고 있다. 즉 이들에게 예술

---

31) '신문화 건설'에 대한 동인지 문학인들의 공통적인 인식을 "'시작'에 대한 의식"이라고 명명할 수도 있을 것이다.(차승기, 「'폐허'의 시간」, 앞의 책, 50쪽 참고.)
32) 「창조사발기취지서」, 『창조』 7호, 1920. 7.

(문학)은 문화의 정수이자 문명 그 자체로서의 의미를 지니고 있었던 것이다.

　　實노 美術도 學術과 갓치 모든 眞理를 硏究하는 術이니 學術은 學的
　　形式에서 眞理를 硏究하고 美術은 美的 形式에서 眞理를 硏究하는 것임
　　으로 學術과 美術의 差異는 다만 이뿐이외다. 어느 나라 어느 時代를 勿
　　論하고 그 나라 그 時代의 文明은 美術의 盛衰에 달녓으니 美術이 盛하
　　면 文明이 盛하고 美術이 衰하면 文明이 衰하는 것이외다.33)

　『창조』의 편집을 담당해기도 했던 백악 김환의 「미술론」은 이 시기 나
온 대표적인 예술론이다.34) 이 예술론에서 김환은 '미술'이라는 것이 학
술과는 다른 '미적 형식'으로 진리를 추구할 뿐, 진리를 연구하는 것에는
차이가 없다고 말하고 있다. 그리고 은연중 '미술'과 문명을 동일시하고
있다. 즉 "文明은 美術의 盛衰에 달넛"다는 것이다. 예술이라는 것이 이
렇게 문명 그 자체이거나 문명과 유사한 의미를 획득하고 있었기 때문에
이들의 예술에 대한 사명감은 투철할 수밖에 없었다. 그리고 김환의 '미
술론'은 앞서 살핀 이병도의 글에서 확인할 수 있었던 민족문화에 대한
전형적인 인식을 공유하고 있다. 1920년대 새롭게 등장한 지식인들이 서
구의 예술 특히 문학적 조류를 적극적으로 수용하게 된 것은 이런 인식
이 그 바탕에 있었기 때문이다. 즉 민족적 독창력은 있지만 과거의 전통
이 단절된 상황에서 신문화를 건설하기 위해서는 외부에서 그 기초를 수

---

33) 김환, 「미술론(一)」, 『창조』 4호, 1920. 2.
34) 1920년대 초기 동인지에 예술론이 그렇게 빈번하게 게재되는 것은 아니다. 『창조』
　　에는 김환의 글이 대표적인 예술론이고, 『폐허』에는 이병도의 글과 오상순(「종교와
　　예술」, 『폐허』 2호, 1921. 1)의 글 정도가 예술론이라고 부를 만한 것들이다.

용할 수밖에 없다는 인식이 이들에게는 공통적으로 전제되어 있었다. 자유시의 도입도 여기서 예외는 아닐 것이다.

이런 1920년대 초기 '문화운동'의 구도를 확인하면 이제 앞서 살핀 자유시론에서 왜 '개성'과 '민족성'이 자연스럽게 공존할 수 있었던가를 이해할 수 있다. '문화운동'의 최종적인 목표는 문명의 상징인 '신문화'를 건설하는 곳에 있다. 그것으로 조선은 문명국으로 나아갈 수 있을 것이기 때문이다. 그러나 신문화 건설이라는 것은 내부의 전통에 의해 가능한 것이 아니다. 왜냐하면 과거의 빛나는 전통은 고대에 존재했을 뿐 현재에는 타락해버렸기 때문이다. 따라서 새로운 문화의 건설은 외부의 문화를 적극적으로 수용하는 과정을 통해서야 가능하다는 결론에 이를 수밖에 없다. 자유시론에서 자유시가 근대적인 조선의 시가를 건설하기 위한 발족점이나 과정의 의미로 수용되는 것은 이런 문화적인 맥락이 있었기 때문이다. 1920년대 초기 시인들이 서구와 일본의 근대시를 적극적으로 번역·소개했던 이유도 여기에 있었다고 할 것이다. 주지하다시피 1920년대 초기에는 서구의 상징주의·낭만주의 시인들의 시는 물론, 일본의 낭만주의·상징주의 시인들의 시, 타고르의 시, 그리고 러시아의 산문시 등이 집중적으로 번역·소개되었다. 그 중에서도 자유시는 그 핵심에 놓여 있었다.

그런데 여기서 한 가지 주목해야 할 것은 1920년대 초기 '문화운동'에 나타나고 있는 이런 민족문화에 대한 인식의 구도가 이 시기 새롭게 등장한 것이 아니라, 이미 1910년대 이광수의 문화론[35]에서 나타나고 있

---

35) 이광수의 문화론은 최남선에게 상당한 영향을 받았으리라고 보인다. 최남선은 애국계몽기부터 민족문화사에 대한 지속적인 탐색과 동시에 여러 편의 글을 제출한 바 있다. 이것이 '단군론', '불함문화론' 등으로 나타나게 되는데, 최남선의 민족문화사에 대한 인식의 구도는 이광수의 그것과 상당히 흡사하다. 특히 '고대'의 문화를 높

다는 점이다. 이광수 또한 민족문화의 부활을 통한 문명화의 길을 모색하고 있었다. 그 대표적인 예가『청춘』1918년 3월(통권 12호)호에 게재된「復活의 曙光」이다.

이 글에서 이광수가 보여주는 민족문화에 대한 인식은 1920년대 초기에 나타나고 있는 일반적인 민족문화에 대한 인식과 구조적으로 동일하다. 이광수는 시마무라 호게츠(島村包月)의 "朝鮮人의 過去에는 文藝라고 할 만한 文藝가 업다. 工藝 비슷한 것은 多少 잇섯겟지마는 詩도 업고 小說도 업고 劇도 업다. 精神文明의 象徵이라고 할 것은 全無하다. 이러함에는 여러 가지 原因이 잇겟지마는 엇잿스나 怪狀한 일이다. 朝鮮의 過去에는 歷然히 生活이 잇섯다. 生活이 잇는 곳에 文藝가 아니 닐어날 까닭이 잇스랴."36)라는 언급을 인용하면서 글을 시작한다. 이광수는 이 글에서 시마무라 호게츠의 언급을 긍정도 부정도 아닌 방식으로 이용하고 있다. 즉 그는 "조선인의 역사를 상고"해 시마무라 호게츠의 언급을 일부 부정한다. 즉 그가 고구하기에 조선의 고대에는 분명 독창적인 문학이 있었다는 것이다. 그러나 이광수의 시마무라 호게츠에 대한 부정은 부분적인 것일 뿐이고, 현재에 있어서는 그것을 긍정한다. 즉 고대의 문학은 그 이후 쇠퇴하거나 계승되지 못했다고 보았기 때문이다.37) 따라서 현재의 조선에는 정신문명의 상징인 문학이 존재하지 않는다는 것이고, 따라서 그것을 부활시켜야 한다는 것이다. '부활의 서광'이라는 것은『청춘』에서 시행한 문예현상공모에 응모한 작품들을 고평하는 의미를 담고 있는데,

---

이 평가하는 것과 이후의 타락 또는 쇠퇴라는 구도는 동일하다.
36) 이광수,「復活의 曙光」,『청춘』12호, 1918. 3.
37) 이광수는 고대의 정신문명이 그 이후 "十世紀間 停止되엇"다고 말하고 있는데, 이렇게 고대의 정신문명이 계승되지 못하고 쇠퇴하게 된 핵심적인 원인으로 그가 지적하는 것은 중국문화의 수입, 그것도 유교의 폐해이다.

이광수는 투고 작품들을 심사하면서 조선에 일어나고 있는 "신문명의 풍조"에 고무된 모습을 보여주고 있다. 이와 동시에 신문명을 수용하는 난점 또한 지적하면서 이광수는 새로운 지식인들의 수양을 강조하고 있다. 이 부분은 이후 「문사와 수양」에 이어진다고 할 수 있을 것이다.

요컨대 1910년대 대표적인 계몽주의자로 알려진 이광수의 문화론에서 이미 1920년대 초기 문화론의 전형적인 구조가 나타나고 있다는 것은 의미심장한 현상이다. 이런 서로 유사한 문화에 대한 인식을 공유하고 있었기 때문에 이광수가 존경받는 창조동인으로 참가할 수 있었으리라는 것은 충분히 짐작할 수 있다.[38] 또한 이런 사정은 1920년대 이광수의 대표적인 문학론이 『창조』에 게재될 수 있었던 이유이기도 할 것이다.

> 그럼으로 나는 斷言ᄒ기를 偉大ᄒ호 士士(文士의 오식 — 필자)는 반다시 健全혼 人格의 所有者이기를 要호다. 그럼으로 德性의 修養은 文士의 根本要件이다. 그런데 文學이란 民族의 生活을 爲ᄒ여서만 價値가 잇는 것임으로 文士의 修養훌 德性은 民族的 生存厚榮을 助長ᄒ는 性質의 것이라야 홀 것이외다.[39]

---

38) 1920년대 초기 동인지 문단에 이광수가 존경받는 문인으로 참여하고 있었다는 점을 다음 글은 잘 보여준다. "朝鮮新文學界의 巨星이요 奇蹟인 春園 李君이 오랫동안 우리 文壇에서 자최를 끈어 우리가 몹시 寂寞를 늣기든 바이오, 더구나 우리 創造同人으로서 一週年記念號를 發行한 今日까지에 아직 한 번도 그 作品을 실어서 우리와 밋 讀者 여러분이 가치 同君의 驚異的 傑作을 닑는 즐거움을 가지지 못한 것은 크게 遺憾으로 생각하엿더니, 이번에 멀니서 多事한 中에서도 우리 創造에 玉稿를 보내주셧기 우리는 깃뿜을 이기지 못하야 비록 印刷가 거의 마치게 되엿지만은, 보는 일에 밧붐으로 이번 號에는 原稿가 밋지 못할 줄 아랏든 요한君의 詩와 合하야 特別附錄을 만드러 여러분의게 提供하는 바이올시다."(「특별부록」, 『창조』 6호, 1920. 5.)

39) 이광수, 「文士와 修養」, 『창조』 8호, 1921. 1.

예술 또는 문학이라는 것이 문명의 상징으로 받아들여진 이상, 그리고 1920년대 초기의 '문화운동'이 민족의 문명개화를 위한 것이라는 전제가 존재하는 이상, 새롭게 도입되는 문학 또한 민족의 문명화에 기여해야 한다는 것은 당연한 인식의 귀결이다. 이런 계몽적 이념을 위 이광수의 글은 집약적으로 보여주고 있다. 즉 새로운 문예라는 것은 "民族的 生存厚榮을 助長ᄒᆞ는 性質의 것"일 때에만 그 가치를 인정받을 수 있다는 것이다. 그래서 이광수는 1920년대 초기 등장한 일부 퇴폐적 경향을 "結核菌과 梅毒菌" 같은 민족의 적으로 몰아붙일 수 있었던 것이다. 이광수의 문학론은 전형적인 계몽주의자로서의 면모를 뚜렷이 보여주고 있는데, 그것은 '문학'이라는 것의 가치를 '민족'이라는 집단에 대한 기여를 근거로 평가하고 있기 때문이다. 이런 이광수의 인식은 분명 1920년대 초기에 나타나고 있었던 예술지상주의적인 문학관과는 구별되는 지점이 있다. 그럼에도 이광수의 이 글은 『창조』에 게재되었던 것이다.

그렇다면 이런 이광수의 계몽적 문학관과 앞서 살핀 자유시론의 거리는 얼마나 되는가? 이광수도 예술에 있어 개인의 중요성을 인정하고 있다. 그것은 '정'의 강조를 통해 드러났다.[40] 그러나 그가 강조한 개인의 '정'은 어디까지나 민적적인 가치로 수렴될 때에야 가치가 있는 것이었다. 그리고 자유시론에서도 예술가의 개성이 예술의 근본 조건으로 인식되지만, 그러한 개성은 거의 언제나 민족적인 개성과 동시에 추구되고 있었다. 즉 시론들이 "朝鮮사람다운 詩體"나 "우리 個性의 獨特ᄒᆞᆫ 시詩形"과 같은 "국민(뎍)문학의 창출"이라는 곳으로 귀결되고 있었다는 것이다. 그렇다면 과연 이들의 시론이 이광수의 「문사와 수양」에서 드러나는 계몽적 색채를 탈각했다고 할 수 있을 것인가? 1910년대 이광수의 문화론

---

40) 이 부분에 대해서는 김행숙, 앞의 책, 47~56쪽 참고.

에 나타난 인식과 1920년대 초기 문화론에 나타난 공통점에 집중한 이 글에서 이 물음에 대한 단정적인 결론을 내리기는 무리일 것이지만, 잠정적으로 말한다면 그것은 어려운 일이라고 해야 할 것이다. 이들 사이에 차이가 발생했다면 그것은 다만 예술가의 개성과 민족적 개성 사이의 무게 중심을 어떻게 잡느냐에 일부 변화가 일어난 정도일 것이다.

5. 자유시의 계몽주의적 전유

이 글은 1920년대 초기 자유시론의 의미를 당대의 문화적 맥락을 통해 해명하고자 했다. 이 글이 이런 관점을 취한 이유는 이 시기 자유시론이 당대의 문화적 상황에 적극적으로 대응하는 과정에서 형성된 것이라고 보았기 때문이다.

먼저 김억, 황석우, 주요한의 자유시론을 분석했는데, 이들이 사용한 자유시라는 개념은 프랑스 상징주의시의 특징적인 양식을 지칭하기 위한 것이었음을 알 수 있었다. 그리고 이들은 자유시를 그 자체로 추구되어야 할 근대적인 시 양식으로 받아들인 것이 아니라, 민족적인 시형을 모색하는 발족점 또는 과정에서 필요한 것이기 때문에 수용했음을 알 수 있었다. 그런데 이들의 자유시론에는 공통적으로 예술가의 개성과 민족적 개성이 동시에 추구되어야 할 것으로 나타나고 있었다. 자유시론은 분명 계몽주의적 문학을 수용함으로써 형성된 것이 아니었다. 그럼에도 그것의 도입 과정에서 제기된 자유시론은 계몽적 색채를 탈각하지 못하고 있었던 것이다.

자유시론에서 예술가의 개성과 민족적 개성이라는 문제가 자연스럽게 동시에 추구될 수 있는 것으로 전제될 수 있었던 것은 당대의 문화적 맥락 때문이었다. 당대의 '문화운동'에서 문화는 곧 문명의 의미를 띠고 있었고, 따라서 신문화 건설이라는 것은 실제로는 일찍이 애국계몽기부터 나타났던 문명개화론의 1920년대적 실천이라고 할 수 있었다. 즉 '문화운동'은 1920년대적 맥락으로 변형된 문명개화론에 다름 아니었던 것이다. 이 시기 '문화'의 핵심적인 영역을 차지하고 있었던 문학을 포함한 예술도 이러한 맥락 내부에 존재하고 있었다. 이 시기 문학이라는 것은 곧 문명의 상징 또는 그것 자체로 인식되었다. 따라서 개성 있는 문학을 가진다는 것 자체가 민족의 문명화라는 의미를 함유하고 있었던 것이다. 다시 말해 민족적 문학의 창출이라는 것은 대개의 경우 문명개화라는 말과 의미가 상통했던 것이다. 근대적인 개인의 내면을 표현하기에 적합한 자유시 양식이 예술가의 개성과 민족적인 개성을 동시에 추구할 수 있는 양식으로 받아들여진 것은 이런 당대의 문화적 맥락이 존재하고 있었기 때문이다. 따라서 자유시는 계몽주의적인 것이라고 할 수 없었지만, 그것을 수용한 맥락은 계몽주의적이었던 것이다. 이들에게 예술가 개인의 독창적인 문학(시)은 다만 개성의 표현에 머무는 것이 아니라, 민족적 개성을 표현할 수 있는 것으로, 더 나아가 그렇게 되어야 하는 것으로 보였던 것이다.

그런데 이런 인식을 가능하게 한 문화론은 1920년대 초기에 특징적으로 나타난 것이 아니라, 1910년대의 대표적인 계몽주의자였던 이광수에게서 이미 나타나고 있었다. 1910년대에 이광수는 이미 문학을 문명의 상징으로 인식하고 있었던 것이다. 다만 이광수와 1920년대 초기 새로운 문학인들 사이에 차이가 있었다면 예술가의 개성과 민족적 개성 중 어느 것을 더 강조하느냐의 차이가 있었을 뿐이다. 그러나 이들은 분명 문학이라는 것이 문명의 상징이고 따라서 독창적인 문학을 가진다는 것이 민족의 문명화와 상통한다는 인식을 공통적으로 가지고 있었다. 이광수에게 문학의 가치가 '민족적'인 것으로 수렴되었던 것과 마찬가지로 1920년대 초기 나타난 자유시론의 결론도 민족적 개성을 표현할 수 있는 시형의 창출이라는 문제로 귀결되고 있다는 것은 이점을 잘 보여준다.

이것은 지금까지 1920년대 초기의 문학과 1910년대 문학을 날카롭게 대비함으로써 그 차이를 발견했던 관점이 실제 문학사의 흐름을 일정 부분 간과한 결과일 수 있음을 의미한다. 물론 '예술가의 개성'을 강조한 1920년대 초기의 시적 경향은 이전의 계몽적 시가와는 정서나 형태에 있어 차이를 보여주는 것이 사실이다. 이들은 이전 세대와는 다른 경향의 시를 수용하고 있었기 때문이다. 그러나 앞서 살펴본 자유시론의 구조와 문화적 기반을 고려해 볼 때, 이러한 작품의 표면적인 차이만으로 1920년대 초기 시들이 그 이전의 계몽적 색채를 부정하거나 지양한 것으로 단정하는 것 또한 무리라고 할 수 있다. 왜냐하면 이 시기 나타난 자유시론을 통해 확인할 수 있듯 예술가의 개성이나 예술의 독자성에 대한 강조가 곧바로 계몽적 색채의 탈각이라는 의미와 상통하지는 않았기 때문이다. 물론 이것은 제한된 몇 편의 시론을 토대로 도출된 결론이다. 따라서 이 결과가 1920년대 초기 시와 관련된 전반적인 상황에 적용될 수 있느냐의 문제는 차후 더 자세한 고찰이 이루어진 후에야 판단할 수 있을 것이다.

순환하는 구원,
1920년대 초기 황석우 시의 비유 구조

1. 들어가며 : 비유 구조의 역사성

1920년대 초기는 새로운 문학 담당자들이 대거 등장하고, 그들에 의해 서구의 문예사조가 본격적으로 도입됨으로써 근대문학의 기틀이 확고하게 마련되었던 시기였다. 따라서 1920년대 초기 문학에 대한 연구는 기본적으로 근대문학의 본격적인 형성 또는 전개라는 관점에서 동인지 문학의 형성과 전개, 그리고 새로운 서구 문예사조의 도입과 영향 등에 논의가 집중되었다.[1] 그러나 이와 같은 초창기 연구는 형식주의적 관점에 치우쳐 있다는 점과 문예사조를 중심으로 한 비교문학적 관점의 기계적 적용이라는 문제 등으로 상당한 비판을 받은 것도 사실이다.[2]

---

1) 1920년대 초기 시사에 대한 대표적인 연구 성과로는 정한모, 『한국현대시문학사』, 일지사, 1974; 김용직, 『한국근대시사 상』, 학연사, 1986; 한계전, 「근대 초기시론의 수용양상」, 『한국학보』 22호, 일지사, 1981 등을 들 수 있다.
2) 이 점에 대해서는 김흥규, 「전파론적 전제와 비교문학의 문제」, 『문학과 역사적 인간』,

최근 1920년대 초기에 대한 연구는 주로 '미적 근대성의 형성'을 중심으로 이루어지고 있다.[3] 이 연구들은 넓게 보자면 '근대문학의 형성과 전개'라는 기존 연구의 틀 속에 있으면서도 형식주의적 관점이나 비교문학적 관점을 취하기보다 당대의 문화적·문학적 상황에 대한 치밀한 실증적 검토를 바탕으로 한국문학의 근대성을 밝히고자 하는 문화론적 관점을 취하고 있다. 그 결과 1920년대 초기 문학이 보여주는 특징들을 새롭게 해석하고, 그것을 토대로 이 시기 이루어진 문학 영역에 있어서의 '미적 자율성'의 형성 과정을 일정 부분 해명했다고 보인다. 그렇다고 해서 최근 이루어진 1920년대 초기 연구에 문제점이 없는 것은 아니다. 우선 최근 이루어진 연구들은 1920년대 초기 문학을 특권화하고 있다는 혐의를 받을 수 있을 정도로, 그 앞 시기는 물론 그 이후의 시기와도 날카롭게 구분되어 진행되고 있다. 그 결과 최근 연구들은 1920년대 초기 문학이 가진 1910년대와의 연속성은 물론 이후 문학사의 전개 과정에 대한 해명에도 일정 부분 한계를 가진다고 보인다. 단적으로 최근 연구의 관점에서는 1920년대 중반 이루어진 시의 다층적 분화과정을 효과적으로 해명하기가 어려워 보인다. 그것은 최근 연구들이 '미적 근대성의 형성'이라는 관점에서 주로 동인지 소재 시만을 연구 대상으로 다룸으로써, 1920년대 초기 시가 가진 다양한 면모를 부분적으로 간과한 결과이기도 할

창작과비평사, 1980과 조영복, 「근대시 연구와 실증적 방법」, 『1920년대 초기 시의 이념과 미학』, 소명출판, 2004를 참고할 수 있다. 특히 조영복은 1920년대 초기 시 연구의 문제점을 다섯 가지 항목으로 나누어 지적하고 있다.

3) 이런 연구 경향의 대표적인 성과로는 김춘식, 『미적 근대성과 동인지 문단』, 소명출판, 2003과 상허학회, 『1920년대 동인지 문학과 근대성 연구』, 깊은샘, 2000에 실린 차승기, 오문석 등의 논의를 들 수 있다. 그리고 차혜영, 「1920년대 동인지 문학 운동과 미 이데올로기」, 『한국문학이론과 비평』 24호, 한국문학이론과비평학회, 2004. 9, 김행숙, 『문학이란 무엇이었는가 : 1920년대 동인지 문학의 근대성』, 소명출판, 2005 등도 이와 관련된 연구라고 할 수 있다.

것이다.

그리고 1920년대 초기 '미적 근대성의 형성 과정'에 대한 다양하면서도 치밀한 분석에도 불구하고 개별 작품이나 작가에 대한 연구는 오히려 영성해진 감이 없지 않다. 이것은 연구의 관점에서 발생한 문제이기도 하지만, 아직까지 '미적 근대성의 형성 과정'에 대한 연구가 개별 작품이나 작가의 특징을 밝혀줄 수 있을 정도로 심화되지 않았기 때문이기도 하다. 따라서 앞으로의 연구는 지금까지 밝혀진 연구 결과를 개별 작품과 작가의 수준으로까지 심화시킬 필요가 있다. 그럼으로써 '문학'이라는 포괄적인 영역에서 이루어진 '미적 근대성의 형성 과정'이 미시적인 차원에서까지 구체적으로 해명될 수 있을 것이기 때문이다.

이 글에서 1920년대 초기를 대표하는 시인 중 하나인 황석우(1895~1960)의 시 작품을 문화론적 관점에서 다시 고찰하고자 하는 이유가 이곳에 있다. 황석우는 1920년대 초기를 대표하는 시인이라는 의미를 넘어, 이 시기 시의 경향을 주도적으로 이끌어갔던 인물 중 하나라고 할 수 있다. 그는 1919년 조선에서 시를 발표하기 시작한 후 『폐허』, 『장미촌』 등의 동인잡지 발간을 주도한 것은 물론, 시 작품과 시론의 발표를 통해 시단을 이끌어갔던 인물이다. 이것을 달리 말한다면, 황석우는 시를 통해 1920년대 초기의 문화적 상황에 적극적으로 대처해 갔던 대표적인 인물이었다는 것이다. 따라서 그의 시 또한 1920년대 초기 문화적 상황에 대한 적극적인 문학적 대응물로서의 의미를 가질 수밖에 없다. 그리고 실제로 1920년대 초기 그의 시는 당대의 문화적 상황에서 산출된 시 작품의 전형적인 특징을 잘 보여주고 있다고 보인다. 이런 맥락에서 보자면 1919년 시작된 그의 시 창작이 1921년부터 1928년까지 잠정적으로 중단되고 있다는 점도 의미가 없어 보이지는 않는다.[4]

황석우가 1920년대 초기를 대표하는 시인 중 하나로 평가받고 있음에도 불구하고, 그에 대한 연구가 활발하게 진행되었다고 보이지는 않는다. 지금까지 황석우에 대한 연구는 주로 상징주의 또는 그 경향을 수용하고 정착시킴으로써 근대 자유시의 형성에 기여한 점에 집중되었다.[5] 그러나 이런 연구들은 대체적으로 사조적인 관점과 자유시 형성이라는 형식주의적 관점에 치우쳐 있어 그의 시가 가진 특징들을 충분히 밝혔다고 보이지는 않는다. 왜냐하면 1920년대 초기 황석우의 시는 상징주의시나 자유시이기 이전에 당대의 문화적 상황에 적극적으로 대응하면서 창작된 작품들이기 때문이다. 따라서 이 글의 주요한 목표는 1920년대 초기 황석우 시에 나타나는 독특한 비유의 구조를 당대의 문화적 맥락을 고려하면서 해명하는 작업이다. 이 글이 이런 관점을 취하는 이유는 두 가지가 될 것이다. 그 하나는 이미 지적한 대로 이 글에서는 1920년대 초기 황석우의 시를 당대의 문화적 상황에 적극적으로 대처함으로써 산출된 문학적 결과물로 보기 때문이다. 따라서 그의 시 작품은 당대의 문화적 맥락에 대한 치밀한 고려 없이 제대로 해명되기 힘들다고 보인다. 그리고 이런 작업은 최근 이루어진 1920년대 초기에 대한 연구의 문제점을 부분적으

---

4) 1920년대 초기 황석우의 시 창작은 1919년 1월 『태서문예신보』 14호에 게재된 「頌」, 「新我의 序曲」을 시작으로 1921년 11월 『개벽』에 발표된 「묘上의 涙」까지 이어지고 있다. 이 기간 동안 그는 30여 편의 시를 발표한다. 이후 그의 시 창작은 1928년 『조선시단』 발간 때까지 중단되고 있다. 이 글의 연구 대상은 주로 1919년부터 1921년까지 발표된 황석우의 시 작품이 될 것이다. 1928년 이후 창작된 소위 '자연시'들은 1920년대 초기와는 상당히 이질적인 맥락에 놓여있기 때문에 자리를 달리하여 살필 필요가 있다.

5) 지금까지 황석우를 개별적으로 연구한 대표적인 성과로는 양왕용, 「황석우의 시사적 위치와 시의 특성」, 『사대논문집』 3권 1호, 부산대사범대학, 1976. 12; 박인기, 「황석우론」, 단국대석사학위논문, 1976; 이건청, 「황석우론」, 『인문론총』 2호, 한양대인문대학, 1981. 12; 유성호, 「황석우의 시와 시론」, 『연세어문학』 26호, 연세대국어국문학과, 1994. 3 등이 있다.

로 보완하면서 심화시킨다는 의미를 가질 수 있을 것이다. 다른 하나는 독특한 관념적 비유가 이 시기 그의 시가 가진 가장 두드러진 특징일 뿐 아니라, 이것이 원인이 되어 그의 시가 제대로 해명되고 있지 못하다고 보이기 때문이다. 그의 시가 가진 독특한 비유 구조가 제대로 해명되지 못했기 때문에, 1920년대 초기 그의 시가 보여주는 관념성과 난해함은 상징주의 수용의 실패라는 부정적인 평가의 주요한 원인이 되기도 했다.6) 그러나 이 시기 그의 시가 보여주는 관념성이나 난해함은 그 자체로 해명되어야 할 현상이지 성패의 여부로 평가될 것은 아니라고 보인다. 그리고 그의 시를 1920년대 초기의 문화적 상황에 대한 문학적 대응물로 볼 경우, 그의 시가 가진 관념성이나 난해함은 시사적으로 상당히 중요한 의미를 가진고 보인다.

2. '폐허'와 '장미촌', 시간의 소멸

1920년대 초기 문화적 상황에서 가장 주목할 만한 현상은 소위 '문화운동'이라는 것이 지식인들에게 가장 중요한 문제로 대두된 상황일 것이다. 3·1운동 이후 빈번하게 나타나고 있는 '개조' 또는 '신문화 건설'은 문화운동의 대표적인 구호였다. 그리고 1920년대 초기 '문화운동'은 문명개화론의 1920년대적 실천이라고 할 만큼 계몽적인 색채를 띠고 있었다. 이 시기 '문화'는 '문명(civilization)'과 유사하거나 동일한 의미로 사용되었다.7) 문화가 문명과 유사하거나 동일한 의미로 사용되었기 때문에 '신문

---

6) 이숭원, 「황석우론」, 『논문집』 9권 1호, 충남대인문과학연구소, 1982, 56~61쪽 참고.
7) 김현주, 「민족과 국가, 그리고 문화」, 『1920년대 동인지 문학과 근대성 연구』, 깊은샘, 2000, 214쪽 참고.

화 건설'에 대한 지식인들의 열망은 애국계몽기부터 지속된 문명개화에 대한 열망과 연결되어 있었다. 새로운 민족문화의 건설은 민족의 근대화, 즉 문명개화와 유사하거나 동일한 함의를 가지고 있었던 것이다. 그리고 이 시기 문화의 핵심에 놓여있었던 것이 예술(또는 문학)이었다.

그런데 이 시기 지식인들은 '신문화 건설'이 전통문화를 계승하거나 발전시킴으로써 가능하다고 생각하지는 않았다. 이 시기 전통문화를 새롭게 인식하려는 경향이 나타나지만,[8] 그 이유는 그것을 계승해 새로운 문화를 건설하고자 하는 곳에 있었던 것이 아니라 과거의 찬란한 전통 속에서 조선 민족의 문화적 독창력을 확인하고 싶었기 때문이었다. 이런 인식의 구도를 가지고 있었기 때문에 과거의 전통은 오히려 철저하게 부정되고, 민족의 문화적 독창력을 토대로 새로운 문화를 건설해야 한다는 '시작에 대한 의식'[9]이 극단적으로 강조되었다. 문학의 영역에서 극단적으로 부각되는 '신세대 의식'과 이에 대응되는 '폐허의식'은 이런 문화적 인식 아래 나타났던 것이다.

1919년부터 조선에서 시를 발표하기 시작한 황석우도 이 같은 1920년대 초기 문학인들의 일반적인 인식에서 벗어나 있지 않았다. 오히려 그는 이런 '폐허의식'과 '시작에 대한 의식'을 가장 전형적으로 보여준 인물이었다.[10] 새로운 시작에 대한 강렬한 의지는 그의 시 창작 시초부터 나타

---

8) 그 대표적인 글로는 이광수, 「復活의 曙光」, 『청춘』12호, 1918. 3; 김환, 「미술론(一)」, 『창조』 4호, 1920. 2; 이병도, 「朝鮮의 古藝術과 吾人의 文化的使命」, 『폐허』 1호, 1920. 7 등을 들 수 있다.

9) 차승기, 「폐허의 시간」, 1920년대 동인지 문학과 근대성 연구」, 깊은샘, 2000, 50쪽.

10) 김용직은 황석우가 1920년대 초기 시인 가운데서도 "유난히 두드러지게 새것 콤플렉스에 걸려 있었다."(김용직, 앞의 책, 169쪽)라고 보는데, 이런 평가는 지나친 감이 있다. 왜냐하면 이 시기 문학인들은 거의 모두가 어느 정도는 '새것 콤플렉스'('시작에 대한 의식')를 가지고 있었고, 그 새로움에 대한 열망은 당대의 문화적 상황에서 기인한 결과이기 때문이다.

나고 있다.

　　　　勇士야들으라, 未來의戶口에나가들으라,
　　　　官能의廢址,噫,落月의밋으로
　　　　고요히,哀달게,울녀나오는
　　　　尊한辱日의曲-新我의頌.

　　　　傷의骨董에魔한날근나는가고
　　　　嬰兒는 懺悔의闇-三位一體의胎에煩笑ᄒ다.
　　　　自然.人生.時間.

　　　　新我는불으짓다「오오大我의引力에」
　　　　感電된肉의脚(?)木-一我, 一我야,
　　　　新我의血은 世의始와終과에흘너가고,흘너오다.
　　　　　　　　　　　　　(「新我의序曲」전문, 『태서문예신보』14호, 1919. 1. 13.)

　　이 시는 황석우가 시를 본격적으로 발표하기 시작한 1919년 1월 『태서
문예신보』 14호에 게재된 작품이다. 이 시는 '새로운 나'에 대한 강렬한
열망을 보여주고 있는데, 그것은 "新我의血은 世의始와終과에흘너가고,흘
너오다"라는 언급을 통해 과거의 세계와 절연하고 새로운 세계로 나아가
기 위한 것임을 알 수 있다. "官能의廢址", "傷의骨董에魔한날근나"는 시
인 스스로의 과거를 의미하는 것이기도 하지만, 과거 전체라는 의미로도
확장될 수 있을 것이다.[11] 따라서 '新我' 또한 시인의 새로운 자아라는

---

11) 1920년대 초기 그의 대부분 시에는 이런 폐허의식이 바탕에 깔려 있다. 그 대표적인
　　예로 「夕陽은꺼지다」(『廢墟』 1호, 1920. 7), 「淫樂의 宮」(『폐허』 1호, 1920. 7), 「微
　　笑의 花輿」(『개벽』 3호, 1920. 8) 등을 들 수 있다.

제4장 순환하는 구원, 1920년대 초기 황석우 시의 비유 구조　311

의미를 넘어 새로운 세계의 의미로까지 확장될 수 있다. 현실의 폐허에서 벗어나 새로운 세계로 나아가고자 하는 열망은 그의 시 전반을 통해 지속적으로 나타나고 있다.

(전략)
냇물을 넘어
언덕을 넘어
넷 城址를 넘어
저리로
저리로
花冠과 眞理의 길을 것는
달치안은 곱은 신을 가지고 가자
「새벽은 오다
　　새벽은 오다」

어여가자
어여가자
巡禮하러 쩌나는 聖者의 무리갓치
저리로
天國의 爆竹갓흔 太陽의 쩌나오는 그리로
復活의
새벽을 마즈러 가자
　　　　　　　　　　　(「頌 新靑年 四號에 寄하야」 부분, 『신청년』 4호, 1921. 1.)

　위 시는 그의 시 창작이 잠정적으로 중단되기 직전인 1921년 『신청년』에 발표된 작품이다. 『신청년』 4호의 발간을 축하하는 의례적인 의미가 있는 시이기는 하지만, 이 시에서도 새로운 세계에 대한 열망은 강렬하게 드러나고 있다. '저리로/저리로'라는 시구의 반복은 그런 열망을 강화시켜주고 있다. 이 시에는 이 시기 문학인들이 공통적으로 사용하고 있는 비유들이 시상의 주축을 이루고 있다. 즉 '새벽', '부활', '태양'이라는 새로운 세계의 상징과 그러한 새로운 세계를 찾아가는 인물을 상징하는 '순례하는 성도'라는 표현 등이 그것이다. 종교적인 비유는 이 시기 예술의 절대성을 강조했던 새로운 문학 담당자들의 공통적인 비유에 해당한다.[12] 그리고 '새벽', '태양', '부활' 또한 마찬가지이다. 특히 '부활'이라는 말은 1918년 『청춘』 12호에 발표된 이광수의 「復活의 曙光」 이후 1920년대 초기 문단에서 반복적으로 사용되던 표현이다. 새로운 문화의 건설은 대부분 '부활'(또는 부흥)이라는 말과 동시에 나타나고 있었다.[13]

그런데 이미 지적한 대로 1920년대 초기 새로운 문화의 건설은 과거를 전면적으로 부정한 상태에서 주창된 것이다. 즉 이 시기 문학인들은 과거의 전통에서 출발해 새로운 문화를 건설하려고 했던 것이 아니라, 과거의 전통이 사라져버린 것으로 치부한 상황에서 새로운 문화를 건설하고자 했다. 『폐허』에 게재된 오상순의 「時代苦와 그 犧牲」은 이와 같은 '폐허 의식'을 가장 잘 보여준 선언적인 글이다.

우리 朝鮮은 荒凉한 廢墟의 朝鮮이요, 우리 時代는 悲痛한 煩悶의 時代일다. 이 말은 우리 靑年의 心腸을 짝이는 듯한 압혼 소래다. 그러나,

---

12) 이 시기 예술을 종교와 동일한 차원으로까지 의미 부여하고 있는 대표적인 예술론이 1921년 1월 『폐허』 2호에 게재된 오상순의 「종교와 예술」이다. 이 부분에 대해서는 김행숙, 「내면의 미적 발견과 유토피아」, 『한국학연구』 21, 고려대한국학연구소, 2004. 11, 94~96쪽을 참고할 수 있다.
13) 이런 인식을 잘 보여주는 대표적인 글이 이병도, 앞의 글과 「創造發起趣旨書」이다.

나는 이 말을 아니 할 수 업다. 奄然한 事實이기 째문에. 소름이 씻치는 무서운 소리나, 이것을 疑心할 수 업고 否定할 수도 업다.

　이 廢墟속에는, 우리들의 內的, 外的, 心的, 物的의 모든 不足, 缺乏, 缺陷, 空虛, 不平, 不滿鬱憤, 한숨, 걱정, 근심, 슬픔, 압흠, 눈물, 滅亡과 死의 諸惡이 쌔여잇다.

　이 廢墟 우에 설 째에 暗黑과 死亡은 그 凶惡한 입을 크게 버리고 곳 우리를 삼켜바릴 듯한 感이 잇다.

　果是, 廢墟는 滅亡과 죽음이 支配하는 것 갓다.[14]

당대 조선의 상황을 '廢墟'로 인식하고 그 폐허 위에서 새로운 세계를 건설해야 한다는 의식은 과거에 대한 부정이 극단적으로 이루어지고 있는 상황을 잘 보여주고 있다. 폐허의식과 새로운 출발에 대한 강한 열망은 쌍을 이루는 것으로 폐허의식이 강렬할수록 새로운 출발에 대한 열망 또한 강렬해졌다고 할 수 있다. 그런데 문제는 이들이 현실을 폐허로 치부했기 때문에 새로운 문화를 건설할 수 있는 토대를 현실 내부에서는 찾을 수 없었다는 점이다. 따라서 이들이 건설하고자 한 새로운 문화는 '부흥'이나 '부활'의 차원에서 가능한 것이 아니라 실제로는 '창조'의 차원에서 가능했던 것이다. 그리고 이들이 꿈꾼 새로운 문화는 시간적인 진보를 통해서 가능한 것이 아니라, 공간적인 초월을 통해 가능한 것이었다. 다시 말해 이들이 건설하고자 한 새로운 문화 또는 세계는 그 자체에 이미 초월성이 내재해 있었던 것이다.[15]

---

14) 오상순, 「時代苦와 그 犧牲」, 『폐허』 1호, 1920. 7.
15) 이런 의미에서 1920년대 초기 문학을 '초월성'과 '미학성'의 두 가지로 특징짓고 있는 박현수의 최근 논의는 주목할 만하다.(박현수, 「1920년대 상징의 탄생과 숭고한 '애인'」, 『한국현대문학연구』 18호, 한국현대문학회, 2005, 12, 「1920년대 동인지의 '영혼'과 '화원'의 의미」, 『어문학』 90호, 한국어문학회, 2005. 12)

예술 또는 문학이 1920년대 초기 지식인들에게 강력하게 호소할 수 있었던 이유가 바로 이곳에 있었다. 예술 또는 문학은 육체와 대비되는 정신의 세계로, 물질의 세계가 아닌 '靈'의 세계로 인식될 수 있었기 때문에 이들이 열망하는 초월적인 공간을 마련해 줄 수 있었다. 황석우 시에서도 예술(시)의 공간은 초월적이고 절대적인 공간으로 설정된다.

孤獨은내靈의月世界,
나는그우의沙漠에깃드려잇다,
孤獨은나의情熱의佛土,
나는그우에한적은薔薇村을세우려한다,
그리하여나는스사로그村의王이되려한다(중략)
실노孤獨은神과人과의愛의境界,
이곳에드러와야,
神의감춘손(秘手)을쥠을엇는다
아닐다, 孤獨그自身이「愛」일다,
神과人과의愛, 神人同體의
가쟝合理的의强하고, 淨한愛일다,

(황석우, 「薔薇村의 饗宴」 부분, 『장미촌』 창간호, 1921. 5.)

위 시는 '孤獨＝靈의 月世界＝情熱의 佛土≒薔薇村'의 구도를 보여주고 있다. 고독은 순전한 내면의 세계, 다시 말해 '靈'의 세계이다. 시적 화자는 이 내면의 공간 위에 '薔薇村'을 세우겠다고 말하고 있다. 이 장미촌은 예술(시)의 세계에 다름 아닐 것이다. 그리고 이 공간은 "神과人과의愛의境界"이면서 "神의감춘손(秘手)을쥠을엇는" "神人同體"가 가능한 공간이다. 즉 절대적이고 신성한 공간이다.16) 예술의 세계를 신성하고 절대적인 공간으로 설정함으로써 시적 화자는 현실의 폐허로부터 초월을 달성하고 있다.

황석우 시에 나타나는 절대적이고 신성한 예술의 공간은 현실의 폐허를 벗어날 수 있도록 한다는 의미에서 구원의 공간이기도 하다. 그러나 이런 구원의 공간은 현실적인 시간이 멈춘 순간성의 세계에 가깝다. 그의 시론을 빌자면 이 세계는 "神의 雪白의 힝긔(句)로운 頰에 觸홀 찍, 그 손을 쏙 쥐일 디('찍'의 오식-필자) 이러나는" "「靈感」「INSPIRATION」"[17]의 순간에 열리는 세계이다. 그 결과 그가 예술(시)을 통해 세운 세계에서 현실적인 시간은 소멸된다. 그곳은 현실적인 시간이 소멸된 초월적인 공간이다.

3. '애인'과 '기독', 구원의 순환구조

황석우 시에서 예술(시)의 세계가 '장미촌'이라는 절대적이고 신성한 공간으로 비유되는 것은 현실이 '폐허' 또는 '무덤'이라는 공간으로 비유되는 것과 쌍을 이루고 있다. 그리고 절대적이고 신성한 예술(시)의 세계는 '폐허'의 현실로부터 구원받은 유토피아의 의미를 띠고 있다.

그런데 1920년대 초기 황석우의 시에 나타나는 공간적인 비유는 그의 시에서 자주 나타나는 또 다른 비유를 형성시킨 원인으로 작용하고 있다. 즉 구원의 세계가 공간적인 비유로 형상화되었기 때문에, 그의 시에는 그

---

16) 장미촌이 예술(시)의 공간이라는 것은 그의 시론에 나타나고 있는 "詩人은 神의 玉座에 對坐하는 榮光을 가젓다./詩人은 實노 藝術家의 帝王일다. 詩人의 感覺은 곳 神人과의 接觸"(「詩話=詩의 初學者의게」, 『매일신보』, 1919. 9. 22)이라는 언급을 통해서도 알 수 있다.

17) 황석우, 「詩話=詩의 初學者의게」, 『매일신보』, 1919. 10. 13.

러한 공간으로 시적 화자를 이끌어 줄 수 있는 구원자의 형상이 필요해
졌기 때문이다. 이때 시적 화자를 절대적이고 신성한 구원의 공간으로 인
도해 주는 구원자의 형상으로 나타나는 것이 바로 '소녀' 또는 '애인'이다.

> 愛人아, 밤안으로흠벅우서다고,(중략)
> 네우슴이 어느나라에길쩌나는한颱風일진댄, 구름일진댄
> 나는내魂을그우에갑야웁게태우마,
> 네우슴이 내生命의傷處를씻는무슨液일진댄
> 나는네우슴의그슬는坩堝에쒸여들마,
> 네우슴이 어느世界의暗示, 그生活의한曲目의說明일진댄
> 네우슴이 나의게만열어뵈희는
> 너의悲哀의秘密한畵帖일진댄
> 나는 내마음이洪水의속에잠기도록울어주마,
> 愛人아우서라, 夕陽은쩌지다.

(황석우, 「夕陽은쩌지다」 부분, 『폐허』1호, 1920. 7.)

황석우 시에 가장 빈번하게 등장하는 비유 중 하나가 바로 '애인'이다.
이 애인은 단순한 연인의 의미를 지닌 것은 아니다. 왜냐하면 이 애인은
폐허의 현실로부터 시적 화자를 구원해 줄 수 있는 구원자의 형상으로
나타나기 때문이다. 인용된 시에서 시적 화자는 애인의 웃음을 "어느나라
에길쩌나는한颱風", "生命의傷處를씻는무슨液", "어느世界의暗示, 그生活
의한曲目의說明" 등으로 보고 있으며, 주저 없이 그 애인의 인도에 따르
겠다고 말한다. 이것은 시적화자가 애인을 구원의 세계로 인도해줄 수 있
는 구원자라고 보기 때문이다.[18] 애인이 인도해 가는 '어느 나라' 또는

---

18) '애인'이 구원자의 상징이라는 것을 분명하게 보여주는 다른 시로는 「눈으로애인아

'어느 세계'는 구체적인 함의가 분명하지는 않지만, 폐허의 현실과 대비되는 새로운 세계 또는 구원의 세계를 의미함에는 틀림없다. 구원자로서의 애인이 종교적인 신성을 획득할 때 형성되는 비유가 바로 '기독'이다.

한편 1920년대 초기 황석우의 시에서 '애인'은 단순한 구원자의 의미만을 지니는 것은 아니다. 이 시기 황석우 시에서 '애인'이라는 형상은 다양한 함의를 지닌 것인데, 이미 살핀 대로 애인은 일차적으로 폐허의 현실로부터 시적 화자를 구원해줄 수 있는 구원자의 의미를 띠고 있었다. 그리고 더 나아가 이 애인이라는 비유는 예술 그 자체의 의미로도 해석될 수 있다.19) 이런 점은 이 시기 황석우 산문에 나타나고 있는 "戀愛는 宗敎와 藝術을 合倂한 一種의 本能의 우의 簡易한 天國"20)이라는 언급을 통해서도 알 수 있다.

그런데 여기서 주목해 볼 것은 '애인'이라는 비유적 형상을 통해 구축된 구원의 구조가 보여주는 특이함이다. 이미 지적했듯이 '애인'이라는 비유는 신성을 획득할 때 '기독'이라는 비유로 변환된다. 그런데 황석우의 시에서는 애인이 기독으로 변환된 상태에서 구원자와 구원의 대상이 전도되는 독특한 비유의 구조를 보여준다. 다시 말하면 구원자가 구원의 대상으로, 구원의 대상이 구원자의 형상으로 전도되는 것이다.

오너라」(『창조』 6호, 1920. 5), 「淫樂의 宮」(『폐허』 1호, 1920. 7) 등이 있다.
19) 황석우 시에서 '애인'이 가진 이중적인 성격은 박현수의 논의를 참고할 수 있다. 박현수는 1920년대 초기 시에 나타나는 '애인'이라는 상징이 '초월적 세계로의 통로인 동시에 그 세계 자체'를 의미한다고 보고, 이 상징이 이 시기 문학의 초월적 미학주의를 완성하는 '상징 중의 상징'이라고 보았다.(박현수, 「1920년대 상징의 탄생과 숭고한 '애인'」, 『한국현대문학연구』 18호, 한국현대문학회, 2005. 12, 211~215쪽 참고)
20) 황석우, 「戀愛(寸想)―어느 愛에의 迫害를 밧는 二三의 젊은 靈魂을 爲하야」, 『개벽』 32호, 1923. 2.

①
나의靈은 死의번개뒤번치는
黑血의하늘밋,
활문山에祈禱하는基督갓치
업듸여운다
「愛人을내다고」라고,
아아내靈은
날째더리고온단하나의
愛人의간곳을차즈려
여름의鬱陶한구름안갓흔
씃업는曠野를허매히는盲人이로라.

(황석우, 「愛人의引渡」 부분, 『廢墟』 1호, 1920. 7.)

②
어느날내靈魂의
午睡場(낫잠터)되는
沙漠의우, 수풀그늘로서
碧毛(파란털)의
고양이가, 내고적한
마음을바라다보면서
  (이애, 네의
  왼갓懊惱, 運命을
  나의熱泉(쓸는샘)갓흔
  愛에 살격삶어주마,
  만일, 네마음이
  우리들의世界의
  太陽이되기만하면,

基督이되기만하면).

(황석우, 「碧毛의猫」 전문, 『廢墟』 1호, 1920. 7.)

인용된 두 편의 시를 보면 구원자와 구원의 대상이 순환되고 있는 모습을 확인할 수 있다. '애인' 또는 '기독'이라는 형상이 구원자를 상징한다는 것은 이미 언급한 바이다. 그런데 위에 인용된 두 편의 시에서 '기독'은 구원을 기원하는 시적 화자로 나타나기도 하고 구원자의 모습으로 나타나기도 한다. 즉 ①에서 시인은 "참 생활"을 줄 수 있는 구원자인 '애인'을 찾고자 기원하고 있다. 이 시에서 애인은 구원자로 시적 화자는 구원의 대상으로 나타나고 있다. 그런데 이 시에서는 구원의 대상인 시적 화자가 구원의 대상이면서도 '기독'이라는 구원자의 형상으로 전도되는 모습이 불완전하게나마 나타난다. 즉 '구원의 대상이면서 구원자'로서의 기독이라는 독특한 비유가 형성되고 있는 것이다.

이런 전도는 ②에서 완전해지고 있다. 이 시에서 벽모의 고양이는 애인의 변형된 형상이다. 그것은 "나의熱泉(끓는샘)갓흔/愛에 살격삶어주마"라는 구절을 통해 확인할 수 있다. 그리고 이 벽모의 고양이는 "왼갓懊惱, 運命"을 끓는 샘 같은 사랑으로 없애줄 수 있다는 의미에서 구원자의 형상이기도 하다. 그러나 이 시에서 벽모의 고양이는 다만 구원자의 형상으로만 나타나는 것이 아니라, 구원을 기원하는 구원의 대상으로 나타나고 있기도 하다. 즉 벽모의 고양이는 스스로가 구원자의 형상을 지니고 있으면서도 시적 화자에게 "우리들의世界의" "太陽"과 "基督"이 될 것을 기원하고 있기 때문이다. 이런 전도는 시적 화자에게서도 마찬가지로 일어나고 있다. 즉 시적 화자는 벽모의 고양이의 사랑으로 "왼갓懊惱, 運命"으로부터 구원받는 존재인 동시에 "太陽"과 "基督"이라는 구원자가 되어야 할 존재이다. 결국 「벽모의 묘」에서 구원자와 구원의 대상이 순환하는 구원의 순환구조가 완성되는 것이다. 황석우 시에서 구원의 공간이 예술(시)의 세계와 상통한다는 의미에서, 구원의 순환구조의 정점에 있는 "沙漠의우, 수풀그늘"의 "내靈魂의/午睡場"은 '사막'(폐허)의 현실로부터 완전히 구원된 절대적으로 독립적이면서도 신성한 예술(시)의 세계를 상징한다고 할 수 있을 것이다.

「벽모의 묘」에서 구원의 순환구조가 완성되는 순간은 1920년대 초기의 문화적·문학적 상황에서 중요한 의미를 가진다고 할 수 있다. 이 구원의 순환구조가 완성되는 순간은 이 시기 문학인들이 추구한 절대적이고 신성한 구원의 세계가 완성되는 순간이기도 하며, 더 나아가 예술(시)의 세계가 절대적이고 신성한 구원의 세계로 완성되는 순간이기도 하다. 이미 지적했듯이 1920년대 초기 예술(시)의 세계는 단순한 의미를 가진 것이 아니었다. 이 세계는 새로운 지식인들이 건설하고자 한 신문화의 정점에 놓여 있었다. 그들에게 새로운 세계로서의 예술(시)의 세계는 현실의 폐허로부터 초월한 구원의 공간이었으며, 그러한 구원의 공간을 위해 이들은 예술(시)에 몰두했다. 이런 의미에서 「벽모의 묘」는 1920년대 초기 새로운 문학인들의 이상을 실제 작품을 통해 실현해 보여준 첨단의 그리고 전형적인 작품이라고 할 수 있다. 또한 구원의 순환구조는 이 절대적이고 독립적인 예술(시)의 세계가 가진 스스로의 자율적인 질서의 구조를 잘 보여주고 있다. 더 나아가 「벽모의 묘」가 보여주는 구원의 순환구조는 1920년대 초기 문학인들이 추구했던 예술(시)의 미적 자율성이라는 것이 어떠한 성질의 것이었는가를 상징적으로 보여주는 것이기도 하다. 요컨대 「벽모의 묘」는 1920년대 초기 시의 첨단을 보여주는 대표작이라고 할 수 있다.

4. '장님의 미륵', 근원에의 불안

1920년대 초기 황석우의 시는 구원의 순환구조를 완성함으로써 현실의 맥락을 초월한 절대적이면서도 신성한 예술(시)의 세계를 완성했다. 이 세계가 완성될 수 있었던 것은 폐허의식이 강렬했던 만큼 새로운 세계에 대한 열망이 강렬했기 때문일 것이다. 그러나 그의 시에서 완성되고 있는 절대적이고 신성한 예술(시)의 세계는 현실을 폐허로 완전히 부정한 상태에서 가능했던 것으로, 어디까지나 관념적이고 초월적인 유토피아였다.

그러나 현실을 관념적으로 부정한 상태에서 건설된 이 절대적이고 신성한 예술(시)의 세계는 그렇게 안정적인 세계였다고 할 수는 없을 듯하다. 현실 연관성을 상실한 순수 관념의 세계는 현실과 갈등관계에 놓일 수밖에 없기 때문이다. 1920년대 초기 문학인들이 드러내는 짙은 허무의식과 고립감은 이들이 현실을 부정한 결과이기도 하지만, 이들이 건설하고자 한 예술의 세계가 가진 특징 때문이기도 했다. 예술의 세계를 절대적이고 신성한 초월적인 세계로 구축하는 것은 예술의 미적 자율성을 분명히 하기 위한 이들의 전략이었다고도 볼 수 있지만, 그것은 거의 대부분 불안과 혼란을 동반한 상태에서 이루어졌다. 1920년대 초기 황석우 시도 이에서 예외는 아니다.

> 나는그들의世界를보기에는
> 내마음이넘우큰어즈럼과憤怒를늣긴다,
> 나는그들과니야기함에는
> 내마음이넘우큰붓그럼과厭倦을늣긴다,
> 나는그들의말을들음에는

내마음이넘우큰저림(痙攣)과쓰라림(痠痛)을늣긴다,
나는그들의게「얼짜진 쟝님(盲人)」이라고불닐때가
네와가쟝流暢한熱辯으로니야기할때다,
나는彼等의게「얼짜진귀머거리」라고불닐때가
네의가쟝그윽한獨唱을들을때다.

(황석우, 「세決心」 부분, 『폐허』 1호, 1920. 7.)

인용된 시는 현실 부정 의식을 분명하게 보여준다. 이 시에서 '그들'은
과거를 상징한다고 할 수 있는데, 시인은 그런 과거의 세계를 보고 듣는
데 괴로움을 느낀다. 전형적인 폐허의식의 발로이다. 그런데 이 시에는
현실과 시적 화자의 관계를 간접적으로 밝혀주는 부분이 있어 주목된다.
즉 시적 화자는 과거를 보고 듣는 것이 괴롭다는 이야기를 하는 동시에,
"그들의게「얼짜진 쟝님(盲人)」이라고불닐때"와 "彼等의게「얼짜진 귀머거
리」라고불닐때"가 "네와가쟝流暢한熱辯으로니야기할때"이고 "네의가쟝그
윽한獨唱을들을때"라고 말하고 있다. 이때 '네'는 '애인' 즉 새로운 세계
로 이끌어 줄 구원자를 말할 것이다. 그러나 이 부분은 역설적이게도
1920년대 황석우 또는 새로운 문학가들이 처한 현실적인 상황을 보여주
는 부분이기도 하다. 이들은 과거에 속한 사람들이 보지 못하는 새로운
세계를 보는 눈을 가지고 있고, 그 결과 과거의 것을 보고 듣는 것에서 괴
로움을 느끼지만 현실 속에서 그들은 오히려 「얼짜진 쟝님(盲人)」이나 「얼
짜진 귀머거리」로 취급받을 수밖에 없는 처지에 놓인다. 이런 현실과의
소통불가능성[21]은 시인 스스로의 자존심의 근거가 되거나 스스로가 구축

---

21) 1920년대 동인지 문인들은 이런 현실로부터의 소외 또는 고립을 적극적으로 선택하
기도 했다. 그것은 미적 영역 즉 문학의 독자적인 가치를 분명하게 하기 위한 전략
이기도 했다.(김행숙, 앞의 글, 210~212쪽 참고)

한 세계의 새로움을 담보해 줄 수 있는 증거이기도 했지만, 또한 현실에 전혀 뿌리내리지 못한 상황을 단적으로 보여주는 것이기도 하다. 그 결과 1920년대 초기 문학인들은 스스로의 근원에 대한 불안이나 허무의식을 가질 수밖에 없었던 상황으로 보인다. 황석우의 위 시는 그런 상황을 단적으로 보여준다.

> 당신은 짜우에 쟝님의彌勒을남겻서라,
> 나의肉體는悲哀의큰火山이러라,
> 아아나의悲哀는무덤구녕(墓穴)과갓흔
> 넓은자지의(廣紫)한적은렌쓰를가젓서라,
> 나는그곳으로, 내마음에자욱난
> 당신의죽음에로寂寞한발잣최와
> 당신의亂書한피의遺書와
> 당신의一生의貧苦, 慘憺한傳記를읽을때,
> 아아나는울어라, 나는밋친소갓치뛰며울어라.

(황석우, 「亡母의靈前에밧드는詩」 전문, 『폐허』 1호, 1920. 7.)

인용된 시는 앞의 시와는 조금 다른 모습을 보여주고 있다. "쟝님의彌勒"이라는 비유는 이 시기 황석우 시에 있어 중요한 비유라고 할 수 있다. 이 비유는 현실과의 소통불가능성을 보여주면서도 스스로를 구원자로 위치 짓는 비유이다. 즉 이 비유는 현실을 부정하면서도 현실과의 소통불능성에 불안해하는 황석우가 처한 문화적 상황을 탁월하게 형상화하고 있다. 그런데 이 시에서 특히 주목해 볼 것은 과거에 대한 인식이 여타의 시들과는 다른 모습을 보여주고 있다는 점이다. 이 시에서도 과거는 부정적인 것으로 인식되고 있다. 그러나 이 시에서 과거는 부정됨으로써 새로운 세계에 대한 열망을 강렬하게 만들어주는 것이 아니라 비애를 낳고 있다는 점이 주목된다. 즉 이 시에서 과거는 부정되지만 완전히 외면되지는 않는데, 그것은 시적화자가 "넓은자지의(廣紫)한적은렌쓰"를 통해 "당신의죽음에로寂寞한발잣최와/당신의亂書한피의遺書와/당신의一生의貧苦, 慘憺한傳記를읽"으며 울고 있기 때문이다.[22] 이것은 다른 시들에서 나타난 폐허의식이 상당히 변형된 모습이다. 대부분의 시에서 폐허의식은 새로운 출발에 대한 열망을 강렬하게 만들어주고 있었는데, 이 시에서는 새로운 세계에 대한 열망이 강조되는 것이 아니라 오히려 과거의 비참함에 대한 비애가 강조되고 있다. 과거가 비애의 원천으로 변화된 것은 폐허의식의 자연스러운 발로 그 이상의 함의를 지닌 것으로 보인다. 왜냐하면 과거가 비애의 원천이 되고 있다는 것은 과거가 시인에게 완전히 부정되는 것이 아니라, 상처의 근원으로 인식되기 시작했다는 것을 의미하기 때문이다. 이것은 1920년대 초기 황석우가 시를 통해 구축한 절대적이면서도 신성한 예술(시)의 세계가 그렇게 안정적이지만은 않았으리라는 유추를 가능하게 한다. 과거가 비애의 원천으로 자리 잡는다는 것은 그가 예술(시)을 통해 구축한 구원의 세계가 현실의 개입에서 자유롭지 않다는 것을 의미하기 때문이다. 이 시기 황석우 시에 나타나는 방향상실감은 이 지점에서 형성된다고 할 수 있을 것이다.

---

[22] 이런 모습은 황석우가 1921년 11월 『개벽』에 발표한 「丘上의 淚」에서도 잘 나타나고 있다. "눈물일다, 눈물일다,/只今 나는 어느언덕우의/이름도업는 한 무덤속을바라다보면서/하욤업는눈물을흘리고잇다, 눈물일다, 눈물일다.//아아 實은 그곳에는나의 乳飮兒와가튼/可憐한 젊은過去가/恨스럽은 쓴 蒼白의얼굴로/臨終의째의 그참아볼수업던모습대로,/그대로, 저녁비의부슬부슬오는한울을처다보고/가루누어잇다,/나는지금 그것을바라다보면서 盛大히울고잇다/눈물일다, 눈물일다,/이곳에무틴것이 自己의過去냐고생각하면,나는다못울지안코는잇슬수업다," 이 시에서도 '무덤'으로 표상되는 과거를 보며 시적 화자가 비애에 잠기는 모습이 나타나고 있다.

少女여, 발傷한자축어려가는少女여

少女여, 夕陽은鐵屛과가튼葡萄 덩굴과

檀香나무입의茂盛한놉흔고개를넘어

野死한사람의屍骸의우를헤매이는

주린솔개에게채드키

地名도모르는곳으로

뉘가슴엔지붓안키어가바렷다

아아 地上은초상집(喪家)가티얼차릴수업시써들석어린다

아아少女여, 이런째너는어대로가느냐.

少女여, 발傷한자축어려가는少女여

너는人生의最高燭의불일다

아아너는天國의淨한거리, 城頭에비치는

聖者의논동자빗가튼

魂. 愛. 힘의常夜燈일다.

少女여, 발傷한자축어려가는少女여

少女여, 惡魔의嫉妬깁흔으르렁거리는웃음가튼여름黃昏의싄싄한바람결에

銀쇠사실의指環에달린

處女의곱은가슴의열쇠라고도할만한

적은十字架를

자랑하드키 巡禮者의방울(鈴)가티

凄凉하게 흔드는少女여,

夕陽은全혀그琼跡을숨(晦)켜바렷다,

이런째 너는어대로가느냐, 아아.

(황석우, 「발傷한巡禮의少女」 부분, 『개벽』 4호, 1920. 9.)

이 시에서 '소녀'는 황석우 시에서 나타나는 중요한 비유인 '애인'의 변형이다. 그러나 이 시에서는 그러한 '애인'의 인도가 열정적이거나 희망적으로 그려지고 있지는 않다. 이 시에서 '소녀'는 상처받은 '애인'의 모습으로 나타나고 있기 때문이다. 그리고 '소녀'가 '자축어려'[23] 가는 길은 "초상집(喪家)가티얼차릴수업시쩌들석"한 혼란스러운 지상의 길이다. 시적 화자는 이 상처받은 '애인'에게 반복적으로 "이런쌔너는어대로가느냐"라고 묻는다. 이런 반복적인 질문은 시적 화자가 '애인'의 인도를 아무런 의심 없이 수용하는 것이 아니라 그것에 불안을 느끼고 있기 때문일 것이다. 요컨대 이 시는 더 이상 '애인'으로 상징되는 구원자 또는 구원의 세계가 초월적인 것으로만은 머물지 못하는 상황을 보여준다고 할 수 있을 것이다. '애인'의 상처는 분명 지상, 즉 현실의 개입에 의해 발생한 것이다. 예술을 통한 절대적이고 초월적인 구원의 세계가 상처받을 때 시적 화자는 짙은 방향상실감을 드러낸다.[24]

---

23) '자축어리다'는 '자축대다' 또는 '자축거리다'는 의미로 '절뚝거리며 걷다'의 의미로 볼 수 있다.
24) 그러나 황석우는 과거에 대한 반성적인 사고로 나아가지는 않는데, 그것은 그가 이후 김억이나 주요한처럼 민요시 또는 민요조 서정시의 창작으로 나아가지 않았다는 것을 보면 알 수 있다. 황석우는 김억이나 주요한처럼 부르주아 민족주의 이념을 바탕으로 민족적인 시형을 모색하지도 않았고, 그렇다고 사회주의 이념을 바탕으로 시작을 지속해 나가지도 않았다. 그것은 황석우의 이념적 토대가 민족주의나 사회주의가 아니라 아나키즘이었다는 점이 작용한 결과로 보인다. 황석우와 아나키즘의 관련성은, 조두섭, 「황석우의 상징주의시론과 아나키즘론의 연속성」, 『대구어문론총』 14호, 대구어문학회, 1996. 6과 조영복, 「『장미촌』의 비전문 문인들의 성격과 시 사상」, 『1920년대 초기 시의 이념과 미학』, 소명출판, 2004를 참고할 수 있다.

5. 나오며 : 원환의 파괴를 향해

이 글에서는 1920년대 초기 황석우 시의 비유 구조를 당대의 문화적 맥락을 고려하면서 해명하고자 했다. 이 글이 이와 같은 관점을 취한 이유는 두 가지였다. 하나는 1920년대 초기 황석우의 시가 제대로 설명되기 위해서는 당대의 문화적 맥락이 고려되어야 한다고 보았기 때문이고, 다른 하나는 황석우 시의 가장 중요한 특징이 비유 구조의 독특함에 있다고 보았기 때문이다.

1920년대 초기 황석우 시는 당대의 문화적 상황에서 보편적으로 살펴볼 수 있는 '폐허의식'과 '시작에 대한 의식'을 공유하고 있었다. 이때 폐허의식은 현실을 전면적으로 부정하는 상황에서 시작에 대한 의식을 추동하는 역할을 하고 있었다. 즉 폐허의식이 강렬하면 강렬할수록 시작에 대한 의식 역시 비례해서 강렬해졌다는 것이다. 폐허의식에서 출발한 황석우 시가 지향한 곳은 '장미촌'으로 상징되는 초월적이고 신성한 예술(시)의 세계였다. 황석우 시의 지향점이 '폐허'와 '장미촌'이라는 공간적인 비유로 나타난 이유는, 과거를 전면적으로 부정한 상황에서 새로운 세계를 건설하고자 했기 때문이다. 그 결과 새롭게 건설된 '장미촌'은 현실을 초월한 내면의 공간, 즉 예술(시)의 세계가 되었던 것이다. 이런 예술의 세계는 순간성에 의해 가능한 공간으로 이 공간에서 현실적인 시간은 소멸되고 있었다.

그리고 황석우 시에 나타나는 절대적이고 신성한 구원의 공간인 예술(시) 세계는 독특한 비유 구조를 지니고 있었다. 예술(시) 세계의 내적 구조를 보여주는 주요한 비유는 '애인'과 '기독'이었다. 1920년대 황석우 시에서 '애인'이라는 비유는 구원자의 의미는 물론 예술(시) 그 자체의 의미까지도 포함하고 있었다. 이 '애인'이 종교적인 신성을 획득할 때 형성되는 비유가 '기독'이었다. 그런데 이 애인과 기독이라는 비유는 황석우 시에서 독특한 구원의 구조를 형성하고 있었다. 그것은 구원자와 구원의 대상이 전도됨으로써 형성되는 구원의 순환구조였다. 이런 구원의 순환구조는 그의 대표작 「벽묘의 묘」에서 완성되고 있었는데, 이 구원의 순환구조가 완성되는 순간은 예술(시)의 세계가 절대적이고 신성한 초월적 공간으로 완성되는 순간이기도 했다. 이런 의미에서 황석우 시는 1920년대 초기 시가 추구한 미적 자율성의 한 첨단을 보여주었다고 평가할 수 있었다.

그러나 황석우 시에서 완성된 절대적이고 신성한 구원의 공간인 예술(시)의 세계는 그렇게 안정적이지는 않았다. 왜냐하면 그 공간은 현실을 전면적으로 부정한 상황에서 출발했기 때문에 현실과 갈등상황에 놓일 수밖에 없었고, 그 결과 언제나 불안과 혼란을 동반한 세계가 될 수밖에 없었기 때문이다. 이런 상황을 탁월하게 형상화한 비유가 '장님의 미륵'이라는 비유였다. 그리고 이 상황에서 예술의 세계는 상처받은 애인의 형상으로 나타났다. 이 상처받은 애인이 나타나는 시에는 짙은 방향상실감이 동반되고 있었다.

1920년대 황석우의 시는 당대 문학인들이 추구했던 예술의 독자적 세계 구축이라는 작업의 한 첨단을 보여주었다. 황석우가 1920년대 시인의 대명사로 불릴 수 있었던 이유가 바로 여기에 있었을 것이다. 그리고 이것이 1920년대 초기에 있어 황석우가 중요한 시인으로 자리매김 되어야 하는 이유이기도 하다. 그는 시를 통해 당대 문학인들이 추구한 이상적인 세계를 구축해 보여주었다. 그가 시를 통해 구축한 예술의 세계는 이 시기 문학이 성취한 미적 근대성의 첨단에 놓여 있다고 해도 과언은 아닐 것이다.

　한편 황석우가 1920년대 초기 시를 통해 절대적이고 신성한 예술의 세계를 완성했음에도 짙은 불안과 방향상실감을 떨쳐버리지 못했다는 것은 문학사적으로 음미할 필요가 있다고 보인다. 왜냐하면 이것은 1920년대 초기 형성된 문학의 미적 근대성 또는 미적 자율성이라는 것이 현실과 완전히 절연되거나 독립된 것은 아니었다는 점을 보여주기 때문이다. 즉 문학의 미적 자율성은 끊임없이 현실의 개입을 받고 있었으며, 그런 의미에서 사회적 근대성과 관계를 맺고 있었다고 할 수 있다. 1920년대 초기 형성된 미적 근대성 또는 미적 자율성이 사회적 근대성과 어떤 측면에서 그리고 어느 수준에서 연관되어 있었는가는 앞으로의 연구를 통해 치밀하게 밝혀져야 할 부분이지만, 황석우의 시가 보여준 것처럼 그 지점이 바로 관념적으로 구축된 원환의 세계, 즉 구원의 순환 구조가 파괴되는 지점이 될 것이다. 그리고 이런 원환 파괴의 순간은 동인지 문단의 붕괴를 의미하는 동시에 새로운 문학 세계로의 진출이 이루어지는 순간이라고 할 수 있을 것이다.

제5장

보이지 않는 질서, 내재율 개념의 수용과 정착

1. 내재율을 둘러싼 혼란

한국 근대시사에서 그 개념적 층위를 해명하기 가장 어려운 것 중 하나가 바로 내재율 개념이다. 내재율은 어떤 맥락에서는 외형률에 대비되는 개념으로 사용되기도 하고, 또 어떤 맥락에서는 정형률에 대비되는 개념으로 사용되기도 한다. 그러나 외형률과 대비되는 맥락에서도, 정형률과 대비되는 맥락에서도 내재율은 개념 쌍으로서의 위상만 뚜렷할 뿐 그 내포가 구체적으로 드러나지는 않는다. 즉 그것과 대비되는 외형률이나 정형률의 개념은 구체적이지만, 내재율 개념은 매우 추상적인 개념으로만 존재한다는 것이다. 내재율 개념의 해명이 이렇게 어렵게 된 까닭은 그것이 주로 외적으로 운율이 뚜렷하게 드러나지 않는 자유시의 '운율 개념'으로 이해되고 있기 때문이다. 즉 내재율은 '운율이 없거나 운율을 찾을 수 없는 시의 운율'로 이해되고 있다는 것이다.[1]

---

1) 지금까지 연구자들은 근대시의 내재율을 해명하기 위해 다양한 방식으로 접근해왔다.

내재율 개념의 이러한 특성은 다음과 같은 여러 가지 의문을 불러일으킨다. 내재율 개념은 과연 형식 개념인가? 내재율 개념이 외형률이나 정형율과 대비되는 개념인가? 나아가 과연 '보이지 않는 운율'이라는 것이 존재할 수 있기는 한가?[2] 이와 같은 문제가 해결되지 않는다면, 내재율의 문제는 한국시의 운율을 논의하는 자리에서는 물론 근대시 교육 과정에서도 어려운 난제로 남아 있을 수밖에 없다.

그렇다면 근대시와 관련된 매우 중요한 개념임에도 내재율 개념이 위와 같이 애매한 상태로 남아있게 된 이유는 무엇일까? 주지하다시피 내재율 개념은 우리 근대시의 역사와 함께 출현한 개념이다. 우리 근대문학과 관련된 중요한 개념들이 서구적인 문학을 수용하는 과정에서 이식된 것과 마찬가지로 내재율 또한 서구적인 자유시의 도입과 함께 수용된 개념이다. 그리고 한국 근대문학과 관련된 중요한 개념들이 단순히 서구적인 문학 개념의 수용과 모방으로만 성립된 것이 아니라, 한국적 상황에 따른 변용의 과정을 통해서야 우리 문학사에 자리 잡게 된다는 점을 생각한다면,[3] 내재율 개념의 위와 같은 형성 또한 그러한 과정에서 예외라

대표적인 예를 든다면, 크게는 음보, 작게는 음운의 차원에서까지 그 물리적 규칙성을 찾거나 해명하고자 하는 논의(장철환, 「김소월 시의 리듬 연구」, 연세대박사학위논문, 2010)와 내재율을 시의 의미 혹은 내용의 문제로 보고 나름의 규칙성을 발견하고자 하는 논의(강홍기, 『현대시 운율 구조론』, 태학사, 1999)를 들 수 있다. 그리고 최근 근대시 형성의 근본 원리로 '율의 이념'이라는 개념을 제시한 박슬기의 연구(「한국 근대시의 형성과 율(律)의 이념」, 서울대박사학위논문, 2011)도 내재율에 대한 독특한 해명의 한 예라고 볼 수 있다.

2) 운율론에서는 다양한 용어들이 사용되는데, 이 글에서는 김대행의 논의를 따라 운율을 위치의 반복인 압운과 소리의 시간적 질서 위에서 나타나는 거리의 반복인 율격이 합쳐진 말로 사용한다.(김대행, 『운율』, 문학과지성사, 1983, 13쪽) 한편 운문에서 나타나는 반복성과 규칙성을 특정으로 하는 운율과 달리 모든 발화에 보편적으로 나타나는 리듬은 율동(성기옥, 『한국시가율격의 이론』, 1986, 새문사, 20쪽), 가락(박현수, 『시론』, 예옥, 2011, 206쪽) 등의 용어로 지칭되는데, 이 리듬의 개념은 논자에 따라 언어적 현상을 넘어 삶의 문제나 자연의 질서까지도 포괄하는 것으로 사용되기도 한다.

고 할 수는 없을 것이다. 따라서 오늘날과 같은 내재율 개념의 형성을 살펴보기 위해서는 그 기원의 장소라고 할 수 있는 한국 근대문학 초창기, 즉 1920년대를 살펴보지 않을 수 없다.

이런 관점에서 이 글은 내재율 개념의 수용과 정착 과정을 1920년대 문학적 맥락은 물론 문화적 맥락을 동시에 고려하면서 해명하고자 한다.[4] 이때 문화적 맥락에서 중요하게 고려될 것은 3·1운동 이후 매우 광범위하게 전개된 신문화운동과 그것의 일환이라고 볼 수 있는 민족주의 담론 등이 될 것이다. 그것은 이 시기 활동한 중요한 시인들이 그러한 문화적 맥락으로부터 결코 자유롭지 못했을 뿐 아니라, 어떤 의미에서는 그들이 그러한 담론을 주도했다고도 볼 수 있기 때문이다. 따라서 1920년대 문화적 맥락들을 충분히 고려하지 못할 경우 내재율에 대한 논의는 추상적인 이론에 치우치거나 매우 협소한 영역에서만 설득력을 가지는 제한된 논의가 될 가능성이 크다.

2. 1920년 전후 내재율 개념의 수용

2.1. 반(反)운율 개념으로서의 내재율

1920년을 전후해 이루어진 내재율 개념의 수용은 서구적인 자유시의

---

3) 임화는 이 과정을 '이식과 창조'의 원리로 정리해 보여주었다.(임화, 「조선문학 연구의 일 과제－신문학사의 방법론」, 『東亞日報』, 1940. 1. 18.(임규찬·한진일 편, 『임화 신문학사』, 한길사, 1993, 380~382쪽 참고)

4) 한 가지 밝혀둘 것은 이 글이 내재율 개념의 적극적 규정을 목표하지 않는다는 점이다. 이 글은 다만 내재율 개념이 1920년대 어떤 개념으로 수용되고, 당대의 문화적 상황에 영향 받으면서 어떤 개념으로 자리 잡아갔느냐는 문제를 중점적으로 다룬다. 따라서 내재율 개념의 이론적 정의는 이후의 과제로 남긴다.

소개 및 수용과 동시에 이루어졌다. 3·1운동을 전후해 시작된 1920년대는 소위 '신문화 운동' 혹은 '개조'라는 용어로 집약되는 새로운 문화에 대한 욕구와 열망이 강렬한 시기였다. 그리고 새로운 문화는 과거의 계승과 발전을 통한 것이었다기보다는 과거와의 전면적인 단절을 통한 것에 가까웠다. 특히 1920년대 초기 지식인들이 보여준 '폐허의식'은 '새로운 시작'에 대한 강렬한 열망을 잘 보여준다.5) 그 이전 시기와 달리 1920년대 시사에서 자유시가 핵심적인 문제로 떠오를 수 있었던 것은 과거에 대한 전면적인 부정과 새로운 문화에 대한 열망이라는 당대의 문화적 맥락에 의지한 바 크다.6) 1920년대 초기 자유시의 주요한 소개자이자 작자였던 김억이나 황석우 같은 인물들이 자유시를 '조선시단의 발족점'으로 받아들인 것은 위와 같은 시대적 맥락을 제하고는 설명하기 어렵다.

① 自由詩는 누구가 발명하엿나?

람보가 散文詩에서 發明하엿다, 쥬루 라프르게가 獨乙에서 가져왓다. 쎄레 그리판이 왈트화잇만의 作品을 飜譯홀 째에 가져왓다. 마리에 크리신스카가 發明하엿다, 구스타프, 칸은 自己가 發明하엿다 하는 여러 말이 잇다. 엇지하엿스나 象徵派詩歌에 特筆홀 價值잇는대 在來의 詩形과 定規을 無視ᄒ고 自由自在로 思想의 微韻을 잡으랴 하는-다시 말하면 平仄라든가 押韻이라든가를 重視치 안이 ᄒ고 모든 制約, 類型的 律格을 바리고 奧妙「言語의 音樂」으로 直接, 詩人의 內部生命을 表現하랴 ᄒ는 散文詩다.7)

5) 차승기, 「'폐허'의 시간」, 『1920년대 동인지 문학과 근대성 연구』, 깊은샘, 2000, 50쪽 참고.
6) 권유성, 「1920년대 초기 '자유시론'의 구조와 문화적 기반」, 『어문학』 90호, 한국어문학회, 2005. 12, 384~391쪽 참고.
7) 김억, 「쓰란쓰시단」, 『태서문예신보』 11호, 1918. 12. 14.

② 自由詩의 發祥地는 더 말홀 것 업시 彼佛蘭西임니다. 自由詩 以前에 在호 西詩는 音數, 體裁 等에 關호 複雜호, 怪狀호 法則에 支配되여 잇섯슴니다. (중략) 이런 不自由의 古典的 外的 制律이 詩人의 自由, 奔放의 情想을 拘束, 壓迫호여 왓슴니다. (중략) 이 專制詩形에 反抗호야 立호 者가 곳 自由詩임니다. 自由詩는 그 律의 根底를 個性에 置호엿슴니다.[8]

③ 形式的 韻律은 그 音數가 制限되여 잇는 以上, 도저히 現代人의 複雜한 思想과 情緖를, 自由로 驅使하야 表現할 수는 업슴니다. 여긔서 在來의 形式的 韻律의 制約을 無視한, 破格의 自由詩形이 생겨나왓슴니다.[9]

1920년대 과거의 낡은 전통을 깨뜨리고 새로운 문화를 건설하는 과정에서 문예는 매우 중요한 부문으로 인식되었다.[10] 1920년대 시단이 기존의 창가나 신체시 양식을 계승하기보다 자유시를 그 발족점으로 삼고자했던 이유도 이곳에 있었다고 할 수 있다. 기존의 관습을 낡은 것이거나 자신들을 구속하는 것으로 받아들였던 이 시기 지식인들에게 관습적 율격을 깨트리고 개성의 자유로운 표현을 추구한 자유시는 그들의 문화적 이상에 가장 적합한 양식이었기 때문이다.

그런데 이 시기 자유시의 새로움이 주로 운율의 관점에서 이해되고 있었다는 점은 주목할 만하다. ①에서 김억은 자유시를 프랑스 상징주의의 특징적인 시형으로 이해하고 있는데, 그는 자유시의 핵심을 "在來의 詩形

---

8) 황석우, 「朝鮮詩壇의 發足點과 自由詩」, 『매일신보』, 1919. 11. 10.
9) 양주동, 「시와 운율」, 『金星』 3호, 1924. 5.
10) "몬져 半島의 衰殘한 藝術을 復興케 하야 우흐로 先人의 面目을 빗내고 앞흐로 우리도 理想的 新文化를 創造호야, 그리하야 世界의 大運動에 步調를 마초아" 나가자고 주장하는 「창조사발기취지서」(『창조』 7호, 1920. 7)는 이런 인식을 단적으로 보여주고 있다.

과 定規을 無視"한 것, 즉 "平仄라든가 押韻이라든가를 重視치 안이 ᄒ고 모든 制約, 類型的 律格을" 버린 곳에서 찾고 있다. 즉 김억은 자유시를 기존의 엄격한 운율을 부정한 시로 인식하고 있었다는 것이다.[11] 이런 인식은 '내재율'이라는 용어를 최초로 사용한 황석우의 ②에서도 마찬가지로 나타나고 있다. 즉 그는 자유시 이전 서구의 시가 "音數, 體裁 等에 關ᄒ 複雜ᄒ, 怪狀ᄒ 法則에 支配"되어 왔는데, 자유시가 그런 "專制詩形에 反抗ᄒ야 立ᄒ 者"라는 것이다. 양주동 또한 ③에서 자유시형을 "在來의 形式的 韻律의 制約을 無視한, 破格"으로 이해하고 있음을 알 수 있다. 즉 이 시기 시인들에게 자유시는 기존의 엄격한 운율을 무시하거나 그것에 반항하여 파격을 이룬 시로 이해되고 있었다. 그리고 그런 파격을 이룬 자유시의 운율을 지칭하는 개념이 바로 '내재율'이었다. 이렇게 본다면 내재율은 근본적으로 새로운 운율로서 수용되었다기보다는 기존의 엄격한 정형적 운율에 대한 '반(反)'개념, 즉 '반(反)운율'개념으로 수용되고 있음을 알 수 있다. 내재율 개념이 '反'의 형식으로 수용되고 있었기 때문에 이 시기 내재율 개념은 기표로서의 위상은 뚜렷해진 반면 그 기의는 애매한 상태로 남겨질 수밖에 없었다.

이 같은 내재율 개념은 이 시기 시인들에게 매우 애매하고도 힘겨운 시사적 과제를 던지고 있었는데, 그것은 곧 기의가 불확정적인 내재율의 내포를 구체화해가는 것이었다. 내재율 개념의 애매성은 그것이 지향한 '반'의 층위의 애매성과 연관된 문제였다. 이 시기 '반운율' 개념을 좁게 본다면, 그것은 기존의 관습적 운율에 반한다는 것을 의미하는 것이었다.

---

11) 김억은 이 글에서 내재율이라는 용어를 직접 사용하지는 않는다. 그러나 그가 설명하고 있는 자유시의 운율 개념이 곧 내재율 개념이다. 김억이 내재율이라는 용어를 처음으로 사용하는 것은 1922년 작성된 『읽어진 진주』의 서문에서이다.

이 경우 자유시를 발족점으로 하는 조선 근대시의 과제는 공동체의 새로운 운율을 창조하는 것으로 요약될 수 있었다.[12] 조선시형에 대한 끊임없는 요구와 모색은 이와 같은 맥락에서 나온 것이라고 할 수 있다.[13] 그러나 반운율은 다른 한편으로 관습적 운율에만 반하는 것이 아니라 운율자체, 혹은 형식 자체에 반하는 것으로 이해되기도 했다. 자유시가 "韻律, 詩形 등을 全然 破棄하고 內部的 生命의 要求에 應하야 無形式으로 唱讀함을 最上이라 하야 自由로 感情思想을 抒한 詩가 됨으로 一名 無定形詩"[14]로 규정될 때, 내재율은 기존 관습만이 아니라 어떤 고정된 운율 자체를 부정하는 절대 자유의 시형에 근접한다. 이 경우 자유시의 내재율은 형식의 문제라기보다는 그 내용, 즉 시인 개인의 사상과 감정의 문제와더 긴밀한 관계를 맺는 개념이 될 수밖에 없다.

2.2. 형식·내용 복합 개념으로서의 내재율

1920년대 자유시의 운율 개념으로 수용된 내재율 개념은 단순한 형식 개념만은 아니었다. 그것은 기본적으로 기존의 관습적인 운율에 반하는 새로운 운율 개념인 동시에 형식 자체를 부정하면서 내용의 문제에 근접해가는 개념이기도 했다. 다음 현철의 자유시에 대한 소개는 이 점을 잘 보여주고 있다.

우리 人類는 往古의 生活이 單純한 時代보다도 今日은 社會文物이 複雜함을

---

12) 운율의 관습적 특성에 대해서는 성기옥, 앞의 책, 26~30쪽 참고.
13) 이 작업에 가장 중요한 역할을 한 인물이 김억이었다. 김억의 새로운 운율 창조는 3.2에서 상세하게 다루도록 한다.
14) 金若水, 「通俗流行語(續)」, 『共濟』 2호, 1920. 10.

따아 그 內部의 感情興趣도 또한 複雜하여질 것이니 우리는 언제던지 古來의 單純한 生活을 담았던 詩形이라고 하는 그 적은 그릇에 複雜하고 多端한 今人의 生活感情을 담을 수 업다는 理由와 自由로 流出하는 情緒를 구지 拘束하여 形式에 拘碍할 것이 업다는 것으로 自由詩形이라는 名稱이 생겻스니 즉 自由의 思想感情을 담은 그 그릇의 形象도 그 담는 물건에 딸아 自由가 되어야 하겟다는 말이다.15)

현철은 자유시형이 "사회문물이 복잡"해진 근대, 마찬가지로 복잡해진 "사상 감정"을 담는 그릇으로 출현했다고 보고 있다. 그는 복잡다단한 근대의 생활감정을 구태여 구속할 필요가 없기 때문에 그것을 담는 그릇의 형상도 자유가 될 수밖에 없다고 본 것이다. 현철의 이 같은 인식은 자유시의 문제가 근본적으로 형식의 문제라기보다는 사상과 감정의 문제라는 점을 뚜렷이 보여준다. 자유시가 기존의 관습적 운율을 거부한 형식일 뿐 아니라 근대의 새로운 감정과 사상을 자유롭게 담기 위한 그릇이라는 것이다. 자유시를 이렇게 볼 경우 자유시의 운율인 내재율의 문제는 근본적으로 내용의 문제와 분리될 수 없는 것이 된다.

자유시의 운율 개념으로 '내재율'이라는 용어를 최초로 사용한 황석우도 내재율의 문제를 형식보다는 내용의 문제를 중심으로 규정하고 있는 대표적인 인물이다.

이 律名에 至ㅎ야는 사람의게 依ㅎ여 各各 個內容律, 或 內在律, 或 內心律, 或 內律, 心律이라고 呼홉니다. 그러나 이는 모다 自由律 곳 個性律을 形容ㅎ는 同一意味의 말임니다. 나는 此等 種種의 名을 包括ㅎ여 單히 「靈律」이라 呼ㅎ려 홉니다.16)

---

15) 현철, 「所謂 新詩形과 朦朧體」, 『개벽』 8호, 1921. 2.

황석우는 근대시의 발족점이 자유시가 될 수밖에 없다는 주장을 하면서, 기존의 '전제시형'에 반항하야 성립한 자유시의 '律'이 "個內容律, 或內在律, 或 內心律, 或 內律, 心律이라고 呼"한다고 하고, 그것이 모두 "自由律 곳 個性律을 形容ᄒᄂᆫ 同一意味의 말"이라고 정리하고 있다. 그가 사용하고 있는 다양한 용어들은 내재율이라는 개념이 형식적인 개념인 동시에 내용적인 개념이 될 수밖에 없는 것임을 잘 보여주고 있다. 그는 내재율이라는 말보다 영율(靈律)이라는 용어가 자유시의 율을 지칭하기에 더 적절한 말이라고 보았는데, 그가 말하는 '영(靈)'이라는 것은 곧 "靈感 「INSPIRATION"[17]의 다른 말이었다. 그리고 영감은 시의 내용이자 시인의 개성의 문제와 직결된 것임을 그의 다양한 용어 활용을 통해 유추할 수 있다. 이 점은 황석우가 내재율의 문제를 형식보다는 내용의 문제에 더 치중해 보고 있다는 것을 말해준다. 현철과의 논쟁 과정[18]에서 그가 "詩形과 詩는 달다"라고 한 이유도, 영어(靈語)로서의 시와 그것이 언어를 통해 구체화된 시형이라는 것을 구분하고 있었기 때문이다. 황석우는 내재율의 문제를 언어로 구현된 구체적인 시형의 문제라기보다는 그것이 언어로 구체화되기 이전 상태로 존재하는 시, 즉 '영감의 상태에서 존재하는 율'(靈律)로 이해했던 것이다. 이럴 경우 황석우에게 내재율은 시형 이전에 존재하는 시인 내면의 사상이나 감정의 리듬에 가까운 것[19]이었다. 다만 그가 시인 내면에 존재하는 영율이 어떻게 시로 구상화되는가에

---

16) 象牙塔, 「朝鮮詩壇의 發足點과 自由詩」, 『매일신보』, 1919. 11. 10.

17) 象牙塔, 「詩話(前續)-詩의初學者의게」, 『매일신보』, 1919. 10. 13.

18) 김춘식, 「초창기 잡지 시 월평과 신시론의 전개」, 『한국어문학연구』 50호, 한국어문학연구회, 2008. 2 참고.

19) 즉 황석우가 이해한 내재율은 운율보다 더 광범위한 리듬의 개념에 가까운 것이었다. 특히 그는 리듬의 문제를 시인의 사상과 감정의 문제, 즉 시적 비전의 문제로 인식하고 있었음을 알 수 있다.

대해서는 구체적인 논의를 하고 있지 않기 때문에 내재율 개념에 대한 더 이상의 구체화는 이루어지지 않는다.

황석우에 이어 내재율의 개념을 비교적 상세하게 해명하고자 한 인물이 양주동이다. 그는 시의 운율을 형식 운율과 내용 운율의 두 가지로 구분하고, 내용 운율이 내재율의 다른 이름이라고 말하고 있다.

> 自由詩는 音數律의 制限을 打破한 것입니다. 打破하고 본즉, 도로혀 在來의 制約이 귀찬아 젓습니다. 물론 音數의 制限에는 思想感情을 誘致하는 便宜가 잇지만, 한편으로는 그것이 一種의 낡은 形式이 되기 째문에, 自由로운, 生命잇는 노래를 담을 수가 업습니다.
>
> 이 破格의 不規則한(音數律詩로 보아서) 自由詩는, 물론 字數의 制限이 업기는 합니다만은, 그것이 詩인 以上, 역시 무슨 韻律이 업지는 안켓슴니다. 그러면 音數律 대신 되는 것은 무엇이냐 하면, 그것이 즉 다음에 말하려는 內容的 韻律(혹은 內容律, 內在律)임니다.
>
> 形式韻律이 傳習的, 形式的 韻律임에 反하야, 內容韻律은 個性的, 內容的임니다. 內容律은 곳 詩人 그 사람의 呼吸이오, 生命임니다. 보통 우리가 리뜸이라 할 째에는 물론 音數律의 의미도 包含되는 것이지만, 그 主体는 이 內容律을 가릇침이 되리라고 생각할만치, 現代 自由詩와 內容律과는, 密接한 關係가 잇슴니다. 참으로 內容律을 無視하고는, 詩의 內容- 그 思想感情, 呼吸生命을 알 수가 업슬 것임니다.[20]

양주동은 황석우와 달리 언어로 구체화되기 이전의 시를 전제하지는 않는다. 따라서 양주동에게는 언어로 구체화된 시만이 운율을 논하는 대상이 될 수 있다. 이런 전제 아래 그는 자유시의 운율이 기존의 "傳習的,

---

20) 양주동, 「시와 운율」, 『金星』 3호, 1924. 5.

形式的 韻律"에 반한 개성적 내용운율(내재율)이라는 점을 분명히 하면서, 내용운율을 "詩人 그 사람의 呼吸이오, 生命"으로 규정하고 있다. 그런데 양주동의 논의에는 내재율의 내용적 특성을 유추해 볼 수 있는 운율에 대한 개념이 등장하고 있어 주목된다. 그는 기존의 전습적 음수율이 "思想感情을 誘致하는 便宜"를 제공할 수 있다고 보고 있는데, 이것은 그가 기존의 정형률 또한 일정한 사상감정을 표현하는 데 유용할 수 있다고 보고 있음을 의미한다. 그러나 양주동은 정형률을 긍정적으로 보고 있지는 않은 듯한데, 문맥을 통해 유추한다면 양주동은 정형률이 유치하는 사상감정이 시인의 자유로운 사상감정이라기보다는 일정한 형식에 구속된 사상감정이라고 보고 있는 듯하다. 즉 전습적 음수율은 시인의 "自由로운, 生命잇는 노래", 즉 자유로운 "思想感情, 呼吸生命"을 담을 수 없기 때문에 파기된다는 것이다. 그가 내재율을 음수율의 제한을 넘어선 '리듬'의 차원으로 보는 것도 이와 관련되어 있다고 할 수 있다.21) 즉 정형률도 사상과 정서를 담을 수 있지만 그것은 '개인'의 것이 아니다. 그리고 그의 논의를 통해 유추할 수 있듯, 정형시에서 형식과 사상의 문제는 전도될 수도 있다. 즉 정형적 운율을 사용하는 것 자체가 특정한 사상과 정서를 '유치(誘致)'할 수도 있다는 것이다. 이런 의미에서 황석우가 '영율'로, 양주동이 '내용운율'로 명명한 내재율이라는 자유시의 운율은 1920년대 맥락에서 정형시가 가지고 있는 형식과 내용의 전도를 재전도시키는 역할을 하고 있었다고 볼 수 있다. 왜냐하면 자유시와 함께 도입된 '내재율'이라는 개념은 그 자체로 자유로운 사상과 형식을 요구하고 있었기 때

---

21) 여기서 양주동이 사용하는 '리듬'의 개념은 옥타비오 파스가 "세계에 대한 비전"으로 정의한 리듬의 의미에 가까운 것이었다.(옥타비오 파스, 김홍근·김은중 옮김, 『활과 리라』, 솔, 1998, 74쪽 참고.)

문이다.

요컨대 1920년을 전후해 자유시의 운율 개념으로 수용된 내재율 개념은 한편으로는 기존의 정형적 운율을 거부하고 파괴한 '반(反)운율'의 개념으로 이해된 동시에, 다른 한편으로는 시인 개인의 개성적인 사상과 정서, 혹은 호흡 그 자체이거나 그것이 형식화되는 원리로 수용되고 있었다. 따라서 내재율 개념은 근본적으로 새로운 시형을 요구하는 개념인 동시에 자유로운 사상과 감정의 문제이기도 했다. 그러나 내재율 개념이 근대시사에 자리를 잡기 위해서는 개념의 차원이 아니라 구체적인 실천을 통해 구체화될 필요가 있었는데, 살펴보았듯 내재율 개념은 그 자체에 이미 매우 다양한 시적 실천과 결합될 수 있는 개념 층위를 가지고 있었다.

3. 내재율 개념의 두 가지 전개 방향

3.1. 시적 비전의 구현 원리로서의 내재율 – 김소월의 「시혼」

1920년을 전후해 이루어진 자유시 운율로서의 내재율 개념에 대한 논의가 지속적으로 깊이 있게 이루어졌다고 보기는 어렵다. 대부분의 경우 단편적인 언급에 그침으로써 더 이상의 진전을 이루지는 못했기 때문이다. 그리고 이미 지적한 바처럼 외래의 개념이 우리 문학사에 정착되는 과정은 구체적인 시적 실천을 통해서야 가능한 것이기 때문에, 내재율 개념의 전개는 이후의 시적 실천들과 연관 지어 해명될 필요가 있다. 앞에서 살핀 것처럼 내재율 개념은 적어도 두 가지 방향으로 구체화될 수 있는 개념이었다. 하나는 내재율 개념의 '반운율'적 층위를 기존의 관습적 운율에 대한 부정으로 해석하고, 새로운 운율이 구축될 필요가 있다는 방향으로의 전개이다. 다른 하나는 내재율을 형식·내용 복합개념으로 보아 시인 개개인의 개성적인 사상과 감정이 형식화하는 원리로 이해하는 방향이다. 전자가 새로운 조선시형의 모색으로 이어졌다면, 후자는 각개 시인의 시적 실천에 의해서 매우 다양한 방향으로 구체화될 수 있는 것이었다. 여기서는 먼저 후자의 방향으로 내재율 개념을 발전시키고 있는 예시를 김소월의 시적 실천을 통해 살펴보고자 한다.

김소월의 초기시[22]는 7·5조 혹은 (3)4·4조를 정확하게 지킨 정형시에 가까웠다.[23] 이런 정형적 형식은 애국계몽기부터 활용된 형식으로 김소월이 시를 창작하기 시작한 1910년대 중반에는 어느 정도 시적 관습으로서의 위상을 지니고 있었다.[24] 그러나 김소월은 이후 이런 시적 관습을 답습하기보다는 그것을 변형하고 파괴하는 방향으로 그의 시를 변화시켜 나간다. 그것은 김소월의 시가 담고 있는 경험 내용이 "획일적으로 질서화 된 7·5음수율의 리듬과는 상충"[25]되는 것이었기 때문이다. 김소월의 시는 근대문명 혹은 식민지 근대로부터 소외된 공간과 그 속에 존재하는 것들의 죽음과 생명력을 동시에 보여주는 경우가 많은데,[26] 그것은 근본적으로 김소월의 근대 체험에 바탕을 둔 것이기도 했다. 그의 시가 정형적 틀을 파괴하고 최종적으로 자유시 형식을 확보해가는 과정은 식민지

---

22) 김소월의 시를 그 특성에 따라 시기 구분을 한다면 1921년경까지를 초기 시로, 1926년경까지를 중기 시로 그리고 그 이후 1934년까지를 후기 시로 나눌 수 있겠다.
23) 그의 등단작인 「浪人의 봄」, 「午過의 泣」, 「春崗」(『창조』 5호, 1920. 3) 등은 모두 정형적 음수율을 지키고 있다.
24) 이 점은 3·1운동 직후 『每日新報』에 게재되는 소위 '신체시'들이 몇몇 서구적인 문학을 접한 지식인의 작품을 제하고는 대부분 4·4조나 7·5조를 중심으로 한 정형시형에 가까웠다는 것을 통해 유추해 볼 수 있다.(김영철, 「『每新文壇』의 文學史的 意義」, 『국어국문학』 94호, 국어국문학회, 1985; 권유성, 「1920년대 초기 『每日申報』의 근대시 게재 양상과 의미」, 『한국시학연구』 23호, 한국시학회, 2008. 12 참고)
25) 한수영, 『운율의 탄생』, 아카넷, 2008, 200쪽 참고.
26) 그 대표적인 시가 『금잔듸』, 『산유화』 등이다.

근대의 와중에서 소외될 수밖에 없었던 존재들의 삶과 생명력을 확인하는 과정과 겹쳐있었다.[27] 그런 의미에서 1925년 『진달내꼿』에서 실현되는 정형적 틀의 완전한 파괴는 소외된 식민지의 공간이 완전한 생명의 공간으로 긍정되는 순간이기도 했다.

우리두사람은
키놉피가득자란 보리밧, 밧고랑우헤 안자서라.
일을畢하고 쉬이는동안의깃븜이어.
지금 두사람의니야기에는 꼿치필째.

오오 빗나는太陽은 나려쏘이며
새무리들도 즐겁은노래, 노래불너라.
오오 恩惠여, 사라잇는몸에는 넘치는恩惠여,
모든은근스럽음이 우리의맘속을 차지하여라.

世界의꼿튼 어듸? 慈愛의하눌은 넓게도덥헛는데,
우리두사람은 일하며, 사라잇서서,
하눌과太陽을 바라보아라, 날마다날마다도
새라새롭은歡喜를 지어내며, 늘 갓튼쌍우헤서.

다시한番 活氣잇게 웃고나서, 우리두사람은
바람에일니우는 보리밧속으로
호믜들고 드러갓서라, 가즈란히가즈란히,

---

27) 김소월 시의 시기적 변화 과정에 대해서는 권유성, 「1920년대 '조선적' 서정시의 창출 과정 연구」, 경북대박사학위논문, 2011, '3.2. 규율의 거부와 창조된 서정시' 부분 참고.

거러나아가는깃븜이어, 오오 生命의向上이어.

(김소월, 「밧고랑우헤서」 전문, 『진달내꽂』, 매문사, 1925)

1925년 『진달내꽂』에 수록된 위 시는 이전 김소월 시가 보여주었던 정형적 형식이나 그 변형의 단계를 넘어 완전한 자유시의 형태를 보여주고 있다. 이미 지적했듯 김소월의 시는 근대적인 문명의 질서보다는 그것으로부터 혹은 그것에 의해 소외된 식민지의 존재들을 드러내고 그들의 삶의 질서를 시적으로 구현하고자 하는 모습을 보여주었다. 그 핵심은 소외된 존재들의 생명력을 확인하고 구현하는 것이었는데, 위 시는 김소월의 그런 시적 비전이 완전히 실현된 모습을 보여주고 있다. 즉 근대 문명과 떨어진 '보리밧'이라는 공간은 생명력으로 가득한 공간이며 그 속에서 살아가는 존재들은 건강하게 일하며 '생명의 향상'을 이룩하고 있다. 그 어떤 외부적 규율도 없이 이루어지는 노동과 그것을 통해 삶을 지속해가는 존재들의 생명력이 자유시의 형식으로 잘 구현되고 있는 것이다.[28] 김소월이 이와 같은 완전한 자유시를 창작할 수 있었던 것은 그가 확보하고 있었던 근대적 세계에 대한 시적 비전이 존재했기 때문에 가능한 것이었다. 자유시가 이 시기 논자들의 말대로 과거의 "傳習的, 形式的 韻律"을 파괴하고 근대적 개인의 "自由의 思想感情을 담은" 시형이고 그것의 형식화 원리가 내재율이라면, 1920년대 김소월은 내재율을 통한 자유시의 실현이 어떻게 가능한 것인지를 시적 실천을 통해 보여준 대표적인 예라고 할 수 있을 것이다.

위와 같은 김소월의 시적 실천의 이론적 토대를 정리한 글이 그의 유

---

28) 이런 성취를 보여준 다른 시로는 「들도리」, 「바라건대는 우리에게우리의보섭대일땅이 잇섯더면」, 「저녁때」, 「默念」 등을 더 들 수 있다.

일한 시론인 「시혼」이다. 자신의 스승이기도 했던 김억의 평에 대한 반박의 형식으로 작성된 글이지만,29) 「시혼」은 김소월 자신의 시적 실천의 이론적 토대를 최대한 정리해 보여주고자 노력한 글이기도 했다.30) 「시혼」은 크게 '영혼'의 개념을 중심으로 전개되는 전반부와 '시혼'과 '음영'의 개념을 중심으로 전개되는 후반부로 나누어 볼 수 있다. '영혼'의 개념을 중심으로 전개되는 전반부는 시론의 범위를 벗어난 문명론의 성격을 보여준다. 여기서 김소월은 도회적인 문명에 대한 비판 의식과 근대화의 과정에서 소외된 공간과 그러한 공간 속에 존재하는 것들에 대한 애착을 동시에 드러내면서,31) '영혼'이라는 개념을 통해 그러한 존재들을 인식할 수 있는 근거를 마련하고 있다.32) 시의 문제와 연관시키자면 김소월은 '영혼' 개념을 설정함으로써 식민지의 소외된 삶들을 시 속에 수용할 수 있는 인식론적 근거를 마련하고 있었다.33)

'시혼'과 '음영'의 개념을 중심으로 전개되는 「시혼」의 후반부는 전반

---

29) 김소월의 「시혼」은 1925년 5월 『개벽』(59호)에 발표되었는데, 이 글이 작성된 표면적인 이유는 1923년 12월 『개벽』(42호)에 발표된 김억의 「詩壇의 一年」에서 이루어진 자신의 시에 대한 평을 반박하기 위한 것이었다.

30) 1925년은 김소월이 그간의 시편들을 모아 그의 유일한 시집 『진달내ㅅ』을 펴낸 해이기도 한데, 이런 점에서 「시혼」은 김소월이 시작 활동을 통해 스스로 획득한 시론을 집약한 글이라고 유추해 볼 수 있다.(박경수, 「"詩魂"에 나타난 金素月의 詩學」, 『정신문화연구』 27호, 한국학중앙연구원, 1985. 12, 108쪽 참고.)

31) 이 점은 「시혼」의 "살음을 좀 더 멀니한, 죽음에 갓갑은 山마루에 섯서야 비로소 사름의 아름답은 빨내한 옷이 生命의 봄두던에 나붓기는 것을 볼 수도 잇습니다"와 같은 언급을 통해 알 수 있다.

32) 이것은 김소월이 '영혼'을 "가장 놉피 늣길 수도 잇고 가장 놉피 깨달을 수도 잇는 힘, 또는 가장 强하게 振動이 맑지게 울니어오는, 反響과 共鳴을 恒常 니저 바리지 안는 樂器, 이는 곳, 모든 물건이 가장 갓가히 빗치워드러옴을 밧는 거울"로 보고 잇다는 것을 통해 알 수 있다.

33) 「시혼」에 제시된 '영혼'의 인식론적 의의에 대해서는 권유성, 「김소월 「詩魂」의 (反)시론적 성격 연구」, 『국어국문학』 159호, 국어국문학회, 2011. 12, 208~214쪽 참고.

부를 이어받아 그의 시론이 구체화되는 부분이다. 여기서 그는 우선 '시혼'이 '영혼'과 그 본질에 있어 다르지 않다는 것을 전제한 후, '시혼'이 시에서는 '음영'을 통해 실현된다고 주장한다. 그는 '영혼'이 그것 자체로 드러나는 것이 아니라 존재를 드러내는 거울인 것과 마찬가지로, '시혼' 또한 그것 자체로 드러나는 것이 아니라 '음영'을 통해서야 드러날 수 있다고 보았던 것이다. 김소월에게 '음영'은 작품 개개의 차이와 특성을 설명할 수 있는 개념으로 설정되고 있다.

1) 詩作에도 亦是 詩魂 自身의 變換으로 말미암아 詩作에 異同이 생기며 優劣이 나타나는 것이 안이라, 그 時代며 그 社會와 또는 當時 情境의 如何에 依하야 作者의 心靈 上에 無時로 나타나는 陰影의 現象이 變換되는 데 지나지 못하는 것입니다.(김소월, 「시혼」 부분)

2) 나는 存在에는 반드시 陰影이 따른다고 합니다. 다만 가튼 物體일지라도 空間과 時間의 如何에 依하야, 그 陰影에 光度의 强弱만은 잇슬 것입니다.(김소월, 「시혼」 부분)

김소월은 시작(詩作)의 이동(異同)이라는 현상을 시혼 자체의 변화에서가 아니라, 음영의 변화를 통해 설명하고 있다. 그런데 여기서 주목할 것은 김소월이 제시하고 있는 음영의 변화 요인들이다. 김소월은 시작의 이동을 발생시키는 음영의 변환이 "그 時代며 그 社會와 또는 當時 情境의 如何에 依하야" 발생한다고 보고 있다. 다시 말해, 존재에 반드시 따르기 마련인 음영이 "空間과 時間의 如何에 依하야, 그 陰影에 光度의 强弱"이 달라진다는 것이다. 따라서 김소월은 모든 시들이 "그 詩想의 範圍, 리듬의 變化"에 따라 같은 시인의 작품이라고 하더라도 이동이 생길 수밖에 없고, 읽는 사람에 따라서도 서로 다른 인상을 받게 된다는 것이다. 이와 같은 내용을 한 마디로 요약한다면, 모든 시작은 "儼然한 各個로 存立"할 수밖에 없다는 것이다.

이렇게 보면, 김소월의 시론은 시대와 사회에 따라, 그리고 각개 시인과 상황에 따라 시는 서로 다른 모습으로 드러날 수밖에 없다는 것으로 요약될 수 있겠다. 김소월의 이와 같은 시론은 매우 개방적인 시론이라고 할 수 있는데, 왜냐하면 그의 시론에 따르면 개별 시인의 개성적인 사상과 정서는 물론 그것의 개성적인 형식화까지도 용인될 수 있는 것이기 때문이다. 김소월의 「시혼」에는 표면적으로 '내재율'이라는 용어가 등장하지는 않지만, 그의 '영혼'과 '음영'의 개념은 시인 개인의 근대 사회에 대한 시적 비전이 어떻게 시에서 실현될 수 있는가를 가장 인상적으로 해명한 글이라고 할 수 있다. 또한 그의 시론은 이론적 논의가 아니라 시적 실천의 과정에서 결정된 것이라는 점에서 그 의의는 더 크다. 이런 의미에서 볼 때 김소월이 김억이 자신에게 부여한 '민요시인'이라는 호칭을 거부했던 것은 당연한 결과였다.[34] 김소월은 자신의 시적 비전을 표현할 수 있는 형식을 찾기 위해 끊임없이 형식의 구속으로부터 벗어나고자 하고 있었기 때문이다.

3.2. '조선적 시형'에 대한 욕망과 내재율 개념의 형식화

내재율 개념이 전개되는 또 다른 방향은 1920년 중반에 활성화된 국민 문학파, 특히 김억의 시론과 시적 실천을 통해 확인할 수 있다. 이미 살펴본 바와 같이 내재율의 '반(反)율율'이라는 개념 층위는 기존의 관습적

---

34) 金億, 「夭折한 薄倖詩人 金素月에 對한 追憶」, 『조선중앙일보』, 1935. 1. 25 참고.

운율에 대한 부정과 동시에 새로운 운율에 대한 요구로 이해될 여지를 가지고 있었다. 특히 민족적으로 고유한 시가 존재한다는 인식이 전제되고, 시가 문명으로서의 의미까지도 지니고 있었던 상황에서 내재율 개념의 이와 같은 이해는 어느 정도 예견된 사태였다. 이런 관점에서 내재율 개념을 이해한 대표적인 인물이 김억이었다. 일반적으로 김억은 1920년대 중반을 거치면서 자유시를 버리고 정형시(격조시)의 구축으로 나아갔다고 보는 경우가 있지만,[35] 실제로 공동체의 관습으로 자리 잡을 수 있는 새로운 운율(시형)에 대한 요구는 그의 활동 초기라고 할 수 있는 1919년부터 그의 논의에 나타나고 있었다.

한데 朝鮮사람으로는 엇더한 音律이 가장 잘 表現된 것이겟나요, 朝鮮말로의 엇더한 詩形이 適當한 것을 몬져 살펴야 합니다. 一般으로 共通되는 呼吸과 鼓動은 엇더한 詩形을 잡게 할가요. 아직까지 엇더한 詩形이 適合한 것을 發見치 못한 朝鮮詩文에는 作者個人의 主觀에 맛길 수밧게 업습니다. (중략) 한데 또한 現在 朝鮮詩壇에 잇서는 詩를 理解하는 讀者가 얼마나 되며, 또는 詩답은 詩을 짓는 이가 얼마나 되는가를 싱각할 必要도 잇겟스나 새 詩風을 樹立하기 爲하야 作者 그 사람의 音律을 尊重히 넉기지 안을 슈 업습니다.[36]

김억의 최초의 시론이라고 할 수 있는 위 글에서 김억은 '音律'의 문제를 '詩形'의 문제와 등치시키다시피 하고 있다. 시를 "情調(感情, 情緖, 무드)

---

35) 최근 연구로는 구인모의 연구가 대표적이다.(구인모, 『한국 근대시의 이상과 허상』, 소명출판, 2008, 188~192쪽 참고) 그는 김억 등의 시인들이 애초 '자유시의 이상'을 추구하였으나 20년대 중반을 지나면서 부르주아 민족주의의 문화운동에 영향 받으면서 정형시 혹은 격조시의 추구로 방향을 선회했다고 보고 있다.
36) 김억, 「詩形의 音律과 呼吸」, 『태서문예신보』 14호, 1919. 1. 13.

의 音樂的 表白"[37)]이라는 한마디로 정의했던 그에게 이것은 자연스러운 논리였다. 이 글에서 그는 시형의 문제를 개인적인 동시에 민족적인 문제로 보면서, 당대 조선에 조선사람들의 "共通되는 呼吸과 鼓動"을 담을 수 있는 시형이 없기 때문에, 즉 "아직까지 엇더한 詩形이 適合한 것을 發見치 못"했기 때문에 조선시형의 문제를 "作者個人의 主觀에 맛길 수밧게" 없다고 주장한다. 김억의 이 같은 주장은 그의 시작의 출발점에 민족적 시형에 대한 추구가 깔려있었다는 것을 의미한다. 다만 이때 그는 "朝鮮 사람다운 詩體"의 발견이 아직은 시인 개인에게 달려있기 때문에 "作者 그 사람의 音律을 尊重히 녁기지 안을 슈 업"다고 보았을 뿐이다. 이런 의미에서 김억에게 자유시는 말 그대로 민족적 시형을 찾아나가는 '발족점' 이상의 의미를 가지기 어려운 것이었다. '시가를 모르는 민족은 야만'[38)]이라는 인식이 깔려있었던 1920년대 초기, 김억에게 조선의 독특한 시체가 없다는 것은 곧 문명화에 뒤떨어져 있다는 의미에 다름 아니었다. 1920년대 이루어진 김억의 활발한 자유시 소개도 근본적으로 이곳에 그 이유가 있었다.

1920년대 중반에 들어 김억은 '朝鮮心' 혹은 '朝鮮魂'을 강조하면서 자유시를 통한 조선시형의 모색을 포기 혹은 보류하고 정형적인 운율의 모색으로 나아간다. 김소월의 시를 민요시로 규정하고 그의 시를 이론 구축에 적극적으로 활용하기 시작한 것도 1920년대 중반에서라고 할 수 있다. 이러한 변화는 그가 더 이상 민족적 시형의 모색을 작자 개인의 주관에 맡길 수는 없다고 판단하고 있었다는 것을 의미한다.

---

37) 김억, 「序文 代身에」, 『읽어진 진주』, 평문관, 1924. 김억의 이 서문은 1924년 발표되었지만, 그가 1922년에 작성한 것이라고 적고 있다.
38) 金岸曙, 「詩壇散策」, 『개벽』 46호, 1924. 4 참고.

詩壇의 詩作이 現在의 朝鮮魂을 朝鮮말에 담지 못하고 남의 魂을 빌어다가 옷만 朝鮮 것을 입히지 안앗는가 의심한다. 다시 말하면 洋服 입고 朝鮮 갓을 쓴 것이며 朝鮮옷에 日本「게다」를 신은 것이란 말이다. …이러니까 詩壇-아니다 文壇의 作家들을 世上에서는 비웃는 것도 無理가 아닐 것이다. 몬저 우리는 일허진 朝鮮魂을 차자야 할 것이다. 파뭇친 眞珠의 發見만이 眞正한 朝鮮의「萬人의 거울이 한 사람의 거울」인 國民的 文藝을 樹立케 한다.[39]

1925년 벽두에 발표한 위 글에서 김억은 "國民的 文藝을 樹立"을 위해 시에 '朝鮮心' 혹은 '朝鮮魂'을 담아야 한다는 점을 강조한다. 김억의 당대 시단에 대한 비판은 1920년대 초기의 시들이 서구적인 시에 대한 모방적 성격이 강했다는 점에서 일견 타당한 측면도 있다. 그러나 그의 비판은 이전에 그가 주장했던 '작자 개인의 주관'의 존중이라는 것을 배제하거나 유보한 상태에서야 이루어질 수 있는 것이었다. 그것은 이후 그가 '朝鮮心' 혹은 '朝鮮魂'을 담아낼 수 있는 매우 엄격한 정형시를 찾아가는 모습을 통해 확인할 수 있다.[40] 민족주의적 색채를 강화하면서 김억은 민족의 공통적인 정서를 담을 수 있는 "一定한 規準과 約束"을 가진 "定型詩"를 가장 이상적인 조선시형으로 설정하게 된다.[41] 격조시는 김억의 이런 조선시형 추구의 결정체였다.

그렇다면 김억의 정형적 조선시형의 모색 과정에서 내재율은 어떻게

---

39) 金岸曙,「詩壇一年」,『동아일보』, 1925. 1. 1.
40) 그의 정형시론을 가장 잘 보여주는 글로는 金岸曙,「「朝鮮詩形에 關하야」를 듯고서」,『조선일보』, 1928. 10. 18~21, 23~24와 金岸曙,「格調詩形論小考」,『동아일보』, 1930. 1. 16~26, 28~30 등을 들 수 있다.
41) 金岸曙,「詩形・言語・押韻」,『매일신보』, 1930. 8. 1 참고. 물론 이러한 변화는 국민문학파에 참여했던 주요한, 이광수, 최남선 등이 공통적으로 보여주는 것이었다.

취급되고 있을까? 조선시형의 모색이 새로운 관습으로서의 운율을 찾아가는 과정42)과 겹쳐져 있었던 상황에서 내재율은 매우 비판적으로 다루어질 수밖에 없었다.

그리고 저 自由詩形에 이르러서는 흡節數도 아모 拘束도 업는 그야말로 自由詩形인 것만큼 흘러나오는 詩感 그대로 가장 自由롭게 長短도 돌아보지 아니하고 記錄하야 한 구 한 연을 맨들엇기 째문에 詩人 그 自身의 內在律을 尊重하는 점으로 보아서는 조흘는지 믈르겟습니다. 만은 한 마대로 말하자면 原始的 表現方式에 지내지 아니 한다는 感을 금할 수가 업습니다. (중략) 쏘 그것보다도 아모리 內在律을 尊重하지 아니할 수가 업다 하드라도 自由詩形의 가장 무섭은 危險은 散文과 混同되기 쉽은 것이외다. 나는 自由詩를 볼 째에 넘우도 散漫함에 어느 점까지가 散文이고 어느 점까지가 自由詩인지 알 수가 업서 놀래는 일도 만습니다. 만은 여하간 自由詩의 當面한 危險은 거의 散文에 갓갑은 그 점에 잇습니다.43)

위 글에서 김억은 내재율을 근간으로 하는 자유시가 자유로운 형식이기는 하지만 "原始的 表現方式에 지내지 아니" 할 뿐 아니라, "散文과 混同되기 쉽"다는 이유로 시보다는 산문에 가까운 것이라고 평가 절하한다. 자유시가 "詩人 自身의 思想과 感情을 까닭스럽은 拘束 업시 如實하게 그대로 內生命을 內在律에 의하야 表現"하려는 "近代的 必然"44)이라는 점을 인정하면서도, 김억은 그것이 산문과 혼동될 여지가 있기 때문에 온전한 시로서는 인정하기 어렵다고 본 것이다. 그런데 이 과정에서 김억은

---

42) 박슬기가 제시하고 있는 '律의 이념'은 이와 같은 새로운 관습에 대한 지향을 의미하는 것으로도 볼 수 있다.(박슬기, 앞의 논문, 84~116쪽 참고)
43) 金岸曙, 「格調詩形論小考」, 『東亞日報』, 1930. 1. 17.
44) 金岸曙, 「「朝鮮詩形에 關하야」를 듯고서」, 『조선일보』, 1928. 10. 19.

내재율의 개념을 매우 협소한 영역으로 제한하고 있음을 알 수 있다. 즉 김억은 내재율 개념이 가질 수 있는 내용적 층위의 의미는 배제한 채, 내재율을 작게는 '음절수'의 문제로 크게는 '시형'의 문제로 국한하고 있기 때문이다. 결국 이 시점에서 김억은 내재율의 개념을 형식적 층위로 제한하고 있었다는 것이다. 격조시와 자유시형을 대비시키는 다음 글에서 이 점이 극명하게 드러난다.

하기는 格調詩에도 이러한 散文답은 詩가 얼마든지 잇슬는지 몰르겟습니다. 만은 自由詩와 根本的으로 다른 것은 어대까지든지 定形을 가젓기 때문에 音律美가 잇지 아니할 수 업다는 점에 잇는 것이외다. 쏘 그러고 散文形에 쓸어 너허도 音節數의 制限이 잇는 것만큼 散文化시킬 수가 업는 줄 압니다.
내가 散文과 混同되기 쉬운 (것은) 自由詩形을 내어버리고 格調詩形이 잇지 아니할 수가 업다고 主張하는 것도 이점에 잇습니다.[45]

김억은 격조시가 기본적으로 '정형'을 가지고 있기 때문에 음률미(운율미)를 확보할 수 있는 반면, 내재율을 가진 자유시형은 음율미를 확보하지 못해 산문과 혼동될 수밖에 없기 때문에 '내어버려야 할' 시라고 주장하고 있다. 이런 김억의 판단은 시의 문제를 운율의 문제와 등치시키다시피 한 그의 시관에 의한 것이기도 하지만, 내재율의 개념적 층위를 형식적인 층위로 제한한 결과 가능했던 것이기도 했다. 물론 그것의 더 근본적인 부분에는 그의 조선적 시형에 대한 강렬한 열망이 존재하고 있었음은 말할 것도 없다.[46]

---

45) 金岸曙, 「格調詩形論小考」, 『東亞日報』, 1930. 1. 17.
46) 격조시의 시험이 근본적으로 김억의 강렬한 민족주의적 열망에 기인한 것이었다는

요컨대 김억은 격조시를 새로운 조선시형으로 자리매김하는 과정에서 내재율을 정형시의 운율, 즉 정형율과 대비되는 형식적 개념으로 자리매김하고 있다. 그가 제시한 정형률이 "音節數의 制限"을 통한 격조시였다는 의미에서 내재율은 논리의 자연스러운 귀결로 외형률의 대비 개념으로도 자리 잡을 수밖에 없게 된다. 물론 김억이 자의적으로 설정한 9가지의 격조시 유형이 이후 한국 근대시의 관습적 형식으로 자리 잡았다고 보기는 어렵다. 그러나 그의 정형시 구축 과정은 내재율 개념의 형식화에 중요한 역할을 했고, 그 영향이 이후에도 적지 않았으리라는 것만은 분명해 보인다.

4. 내재율 개념의 정립을 위하여

이 글은 오늘날까지도 그 내포가 불분명한 내재율 개념을 둘러싼 혼란의 기원의 공간이라고 할 수 있는 1920년대를 중심으로 내재율 개념이 도입되고 정착되는 과정을 살펴보았다. 1920년대 자유시의 도입과 함께 수용된 내재율 개념은 크게 두 가지 개념 층위를 가지고 있었는데, 하나는 기존의 모든 관습적인 운율들을 거부하는 '반(反)운율'의 개념이었고, 다른 하나는 형식·내용 복합 개념이 그것이었다. 전자의 층위는 새로운 율격에 대한 요구로 이어질 수 있었고, 후자의 층위는 근대를 살아가는 개인의 개성적인 사상과 감정이 형식화되는 원리로 구체화될 수 있었다.

1920년을 전후해 수용된 내재율 개념은 1920년대 중반 구체적인 시적

___

점은 그가 조선어를 활용한 운율의 창조가 불가능에 가깝다는 것을 알고 있었다는 점을 통해서도 알 수 있다.(金岸曙, 「作詩法」, 『조선문단』 10호, 1925. 7 참고)

실천을 통해 문단에서 전개되었다고 할 수 있는데, 이 글에서는 그 전개 과정을 크게 두 가지로 나누어 살펴보았다. 하나의 방향은 김소월의 「詩魂」을 통해 확인할 수 있었는데, 「시혼」에서 김소월은 '영혼'과 '음영'이라는 개념을 통해 시인 개인의 근대 사회에 대한 시적 비전이 어떻게 시에서 실현될 수 있는가를 가장 인상적으로 해명하고 있었다. 다른 한편으로 내재율 개념은 비판의 대상이 되기도 했는데, 그것은 1920년대 중반 국민문학파의 대표적 이론가이자 시인이었던 김억을 통해 살펴볼 수 있었다. 그는 민족적 시형으로서의 '조선시형'을 구축하는 과정에서 자유시를 비판하고 있는데 그 비판의 핵심에는 내재율의 문제가 놓여있었다. 그는 자유시가 내재율 때문에 시보다는 산문에 가깝다고 비판하면서, 음절 수를 조절해 만든 정형시인 격조시를 새로운 조선 시형으로 제시하고 있다. 이 과정에서 내재율 개념은 정형률 혹은 외형률과 대비되는 형식적인 운율 개념으로 그 내포가 축소될 수밖에 없었다.

요컨대, 1920년대 내재율 개념은 한편으로 근대시로서의 자유시의 가장 핵심적인 원리로 전개되기도 하지만, 다른 한편으로는 정형률이나 외형률과 대비되는 형식적인 개념으로 전개되기도 했다. 물론 근대시의 큰 흐름은 후자보다는 전자의 흐름으로 전개된 것이 문학사적 사실에 가깝지만, 후자에 의해 이루어진 내재율 개념의 형식화는 오늘날까지도 상당한 영향을 미치고 있다고 해야 할 것이다. 이런 의미에서 바람직한 내재율 개념의 정립을 위해서는 내재율 개념에 대한 보다 더 적극적인 규정과 의미 부여가 뒤따라야 할 것으로 보인다. 왜냐하면 내재율 개념이 근대시의 발전적 전개에 기여한 것은 형식적인 개념으로서가 아니라 개별 시인들의 시적 비전을 구현할 수 있는 내적 원리로 작동할 때라고 보이기 때문이다.

참 고 문 헌

1. 기초자료

『大韓每日申報』, 『大韓興學報』, 『學之光』, 『青春』, 『泰西文藝新報』, 『創造』, 『共濟』, 『서울』, 『學生界』, 『廢墟』, 『開闢』, 『薔薇村』, 『白潮』, 『廢墟以後』, 『金星』, 『朝鮮文壇』, 『三千里』, 『別乾坤』, 『新女性』, 『女性』, 『新東亞』, 『每日新報』, 『東亞日報』, 『朝鮮日報』, 『朝鮮中央日報』

『한국현대시사자료집성』, 『한국근대시인총서』, 『한국잡가 전집』

고려대학교 민족문화연구원 국어사전편찬실, 『고려대한국어대사전』, 고려대학교 민족문화연구원, 2009.

계희영, 『약산 진달래 우련 붉어라─김소월의 생애』, 문학세계사, 1982.

김용직 편, 『김소월 전집』, 서울대학교출판부, 2001.

김종욱 편, 『원본 김소월 전집』, 홍성사, 1978.

김학동 편, 『홍사용 전집』, 새문사, 1985.

박경수 편, 『안서 김억 전집』, 한국문화사, 1987.

이동순 편, 『백석 시 전집』, 창작과비평사, 1992.

2. 연구자료

● 국내 연구자료

강동진, 『일제의 한국침략정책사』, 한길사, 1984.

강홍기, 『현대시 운율 구조론』, 태학사, 1999.

고정옥, 『조선민요연구』, 신성사, 1998.

구인모, 「한국 근대시와 '조선'이라는 심상지리」, 『한국학연구』 28호, 고려대학교한국학연구소, 2008. 6, 153~180쪽.

구인모, 『한국 근대시의 이상과 허상』, 소명출판, 2008.

구인모, 「『학지광』 문학론의 미학주의」, 『한국근대문학연구』 1호, 한국근대문학회, 2000. 4.

권유성, 「1910년대 『학지광』 소재 문예론 연구」, 『한국민족문화』 45호, 부산대한국민족문화연구소, 2012. 11, 25~49쪽.

권유성, 「1920년대 '조선적' 서정시의 창출 과정 연구」, 경북대박사학위논문, 2011.

권유성, 「1920년대 초기 '자유시'론의 구조와 문화적 기반」, 『어문학』 90호, 한국어문학회, 2005. 12.

권유성, 「1920년대 초기 황석우 시의 비유 구조 연구」, 『국어국문학』 142호, 국어국문학회, 2006. 5.

권유성, 「1920년대 초기 『每日新報』의 근대시 게재 양상과 의미」, 『한국시학연구』 23호, 한국시학회, 2008. 12.

권유성, 「김소월 「시혼」의 반(反)시론적 성격 연구」, 『국어국문학』 159호, 국어국문학회, 2011. 12.

권유성, 「백석 시에 나타난 전통 지향의 양상 연구」, 경북대석사학위논문, 2002.

권유성, 「이상화의 『빼앗긴 들에도 봄은 오는가』 재고」, 『어문학』 110호, 한국어문학회, 2010. 12.

권유성, 「『대한每日新報』소재 시가의 탈식민성 연구」, 『한국시학연구』 10호, 한국시학회, 2004. 5.

김기호 외, 『서울남촌 : 시간, 장소, 사람』, 서울학연구소, 2003.

김대행, 『노래와 시의 세계』, 역락, 1999.

김대행, 『운율』, 문학과지성사, 1983.

김동리, 『문학과 인간』, 백민사, 1948.

김동명, 『지배와 저항, 그리고 협력』, 경인문화사, 2006.

김동식, 「한국의 근대적 문학 개념 형성 과정 연구」, 서울대박사학위논문, 1999.

김수용, 『예술의 자율성과 부정의 미학』, 연세대출판부, 1998.

김신정, 「한국 근대 자유시의 형성과 의미」, 『상허학보』 10집, 상허학회, 2003. 2.

김열규 외, 『김소월연구』, 새문사, 1982.

김영철, 「『每新文壇』의 文學史的 意義」, 『국어국문학』 94호, 국어국문학회, 1985.

김영철, 「한국 근대시에 나타난 국어국자 의식」, 『韓中人文科學硏究』 16호, 한중인문학회, 2005.

김영철, 「현대시에 나타난 지방어의 시적 기능 연구」, 『우리말글』 25호, 우리말글학회, 2002. 8.

김영철, 「『학지광』의 문학사적 위상」, 『우리말글』 3호, 우리말글학회, 1985. 8.

김영철, 『김소월』, 건국대출판부, 1994.

김영철, 『한국개화기시가연구』, 새문사, 2004.

김영철, 『한국개화기시가의 장르 연구』, 학문사, 1990.

김영철, 『한국근대시론고』, 형설, 1988.

김용직, 『한국근대시사 상·하』, 학연사, 1998.

김은전, 「김억의 프랑스 상징주의 수용양상」, 서울대박사학위논문, 1984.

김재용 외, 『한국근대민족문학사』, 한길사, 1994.

김재홍, 『한국현대시인연구』, 일지사, 1986.

김주현, 「「천희당시화」의 위상과 성격」, 『어문학』 91호, 한국어문학회, 2006. 3.

김주현, 「한국 근대 초기 문학의 탈식민적 성격 연구」, 『어문학』 105호, 한국어문학회, 2009. 9.

김지영, 『연애라는 표상』, 소명출판, 2007.

김지혜, 「김소월 「詩魂」의 이기론적 연구」, 경북대석사학위논문, 2010.

김진량, 「근대 일본 유학생의 공간 체험과 표상-유학생 기행문을 중심으로」, 『우리말글』 32호, 우리말글학회, 2004. 12.

김춘식, 『미적 근대성과 동인지 문단』, 소명출판, 2003.

김학동 외, 『김안서 연구』, 새문사, 1996.

김학동 편, 『최소월작품집』, 형설출판사, 1982.

김학동, 『한국 근대시의 비교문학적 연구』, 일조각, 1982.

김행숙, 「1920년대 동인지 문학의 근대성 연구」, 고려대박사학위논문, 2002.

김행숙, 「내면의 미적 발견과 유토피아」, 『한국학연구』 21호, 고려대한국학연구소, 2004. 11.

김행숙, 『창조와 폐허를 가로지르다』, 소명출판, 2005.

김행숙, 『문학이란 무엇이었는가-1920년대 동인지 문학의 근대성』, 소명출판, 2005.

김현·김윤식, 『한국문학사』, 민음사, 1973.

김현자, 『시와 상상력의 구조』, 문학과지성사, 1982.

김흥규, 『문학과 역사적 인간』, 창작과비평사, 1980.

남기혁, 「김소월 시에 나타난 경계인의 내면 풍경」, 『국제어문』31호, 국제어문학
　　회, 2004. 8.

남기혁, 「김소월 시의 근대와 반근대 의식」, 『한국시학연구』11호, 한국시학회,
　　2004. 11.

남기혁, 「김소월의 시에 나타난 근대 풍경과 시선의 문제」, 『어문론총』49호, 한국
　　문학언어학회, 2008. 12.

동국대학교한국문학연구소, 『'고향'의 창조와 재발견』, 역락, 2007.

민족문학사연구소기초학문연구단, 『'조선적인 것'의 형성과 근대문화담론』, 소명출
　　판, 2007.

민족문학사연구소기초학문연구단, 『제도로서의 한국 근대문학과 탈식민성』, 소명출
　　판, 2008.

민족문학사연구소기초학문연구단, 『탈식민의 역학』, 소명출판, 2006.

박경수, 「"詩魂"에 나타난 金素月의 詩學」, 『정신문화연구』27호, 한국학중앙연구원,
　　1985. 12.

박경수, 『한국 근대문학의 정신사론』, 삼지원, 1993.

박경수, 『한국근대민요시연구』, 한국문화사, 1998.

박광현, 「재조일본인의 '재경성(在京城) 의식'과 '경성' 표상」, 『상허학보』29집, 상허
　　학회, 2010.

박두진, 『한국현대시론』, 일조각, 1974.

박슬기, 「한국 근대시의 형성과 율(律)의 이념」, 서울대박사학위논문, 2011.

박용찬, 「1920년대 시와 매개자적 통로」, 『어문학』, 94호, 한국어문학회, 2006. 12.

박인기, 「황석우론」, 단국대석사학위논문, 1976.

박인기, 「한국 현대시의 자유시론 전개 양상」, 『단국대학교논문집』33호, 단국대,
　　1998. 12.

박정선, 「파시즘과 리리시즘의 상관성 연구」, 『한국시학연구』29호, 한국시학회,
　　2009. 12.

박지향, 『제국주의』, 서울대출판부, 2000.

박찬승, 『민족주의의 시대-일제하 한국 민족주의』, 경인문화사, 2007.

박찬승, 『한국근대정치사상사 연구』, 역사비평사, 1992.

박찬승, 『한국근대정치사상사연구-민족주의 우파의 실력양성운동론』, 역사비평사,
　　1995.

박헌호 외, 『작가의 탄생과 근대문학의 재생산 제도』, 소명출판, 2008.

박현수, 「1920년대 동인지의 '영혼'과 '화원'의 의미」, 『어문학』 90호, 한국어문학회, 2005. 12.

박현수, 「1920년대 상징의 탄생과 숭고한 '애인'」, 『한국현대문학연구』 18호, 한국현대문학회, 2005, 12.

박현수, 「미학주의의 현실적 응전력−정지용의 「도굴」론」, 『어문학』 100호, 한국어문학회, 2008. 6.

박현수, 「서정시 이론의 새로운 고찰」, 『우리말글』 40호, 우리말글학회, 2007. 8.

박현수, 『시론』, 예옥, 2011.

박현수, 『현대시와 전통주의의 수사학』, 서울대출판부, 2004.

박현수, 『황금책갈피』, 예옥, 2006.

백낙청 엮음, 『민족주의란 무엇인가』, 창작과비평사, 1981.

백철, 『신문학사조사』, 신구문화사, 1980.

상허학회, 『1920년대 동인지 문학과 근대성 연구』, 깊은샘, 2000.

상허학회, 『1920년대 문학의 재인식』, 깊은샘, 2001.

서해길, 「칸트의 自意識과 후설의 現象地平」, 『철학과 현상학 연구』 3호, 한국현상학회, 1988. 4.

성기옥, 『한국시가율격의 이론』, 새문사, 1986.

손유경, 『고통과 동정』, 역사비평사, 2008.

신범순, 「주요한의 「불노리」와 축제 속의 우울(1)」, 『계간 시작』 1권 3호, 천년의시작, 2002. 11.

신범순, 『한국현대시사의 매듭과 혼』, 민지사, 1992.

신용하, 『민족이론』, 문학과지성사, 1985.

심선옥, 「1920년대 민요시의 근원(根源)과 성격」, 『상허학보』 10호, 상허학회, 2003. 2.

심선옥, 「김소월 시의 근대적 성격 연구」, 성균관대박사학위논문, 1999.

심원섭, 「유암 김여제의 「만만파파식적」과 「세계의 처음」」, 『문학사상』, 문학사상사, 2003. 7.

심원섭, 『일본 유학생 문인들의 대정·소화 체험』, 소명출판, 2009.

양왕용, 「황석우의 시사적 위치와 시의 특성」, 『사대논문집』 3권 1호, 부산대사범대학, 1976. 12.

엄호석, 『김소월론』, 한국문화사, 1996.

여지선, 「『학지광』에 나타난 국혼주의와 민족형식론」, 『한국시학연구』 9호, 한국시학회, 2003. 11.

오세영, 「근대시 형성과 그 시론」, 『한국 현대 시론사』, 모음사, 1992.

오세영, 『김소월, 그 삶과 문학』, 서울대출판부, 2000.

오세영, 『한국낭만주의시 연구』, 일지사, 1980.

우미영, 「東度의 욕망과 東京이라는 장소(Topos)」, 『정신문화연구』 109호, 한국학중앙연구원, 2007. 12.

유성호, 「황석우의 시와 시론」, 『연세어문학』 26호, 연세대국어국문학과, 1994. 3.

윤대석, 『식민지 국민문학론』, 역락, 2006.

윤병로, 「한국근대 자유시의 성격과 특징」, 『인문과학』 21호, 성균관대인문과학연구소, 1991.

윤영천, 「일제강점기의 문학과 예술-일제강점기 한국 현대시와 "만주(滿洲)"」, 『東洋學』, 45호, 단국대동양학연구소, 2009. 2.

이가원 역, 『삼국유사신역』, 태학사, 1991.

이건청, 「황석우론」, 『인문론총』 2호, 한양대인문대학, 1981. 12.

이숭원, 「황석우론」, 『논문집』 9권 1호, 충남대인문과학연구소, 1982.

이원동, 「『국민문학』의 일본인 작가와 식민지 표상」, 『우리말글』 53호, 우리말글학회, 2011. 12.

임경석, 『한국 사회주의의 기원』, 역사비평사, 2003.

임경석·차혜영 외, 『『개벽』에 비친 식민지 조선의 얼굴』, 모시는사람들, 2007.

임경화 편, 『근대한국과 일본의 민요 창출』, 소명출판, 2005.

임화, 임규찬·한진일 편, 『신문학사』, 한길사, 1993.

장도준, 『한국 근대시의 화자와 시적 근대성』, 태학사, 2006.

장철환, 「1920년대 시적 리듬 개념의 형성 과정」, 『한국시학연구』 24호, 한국시학회, 2009. 4.

장철환, 「김소월 시의 리듬 연구」, 연세대박사학위논문, 2010.

전명혁, 『1920년대 한국사회주의 운동연구』, 선인, 2006.

정우택, 『한국 근대 자유시의 이념과 형성』, 소명출판, 2004.

정우택, 『한국 근대시인의 영혼과 형식』, 깊은샘, 2004.

정우택, 『황석우 연구』, 박이정, 2008.

정진석, 『한국언론사』, 나남, 2001.

정한모, 『한국현대시문학사』, 일지사, 1994.

정한모, 『현대시론』, 보성문화사, 1990.

조두섭, 「황석우의 상징주의시론과 아나키즘론의 연속성」, 『대구어문론총』 14호,

대구어문학회, 1996. 6.

조연현, 『한국 현대문학사』, 인간사, 1961.

조영복, 『1920년대 초기 시의 이념과 미학』, 소명출판, 2004.

차혜영, 「1920년대 동인지 문학 운동과 미 이데올로기」, 『한국문학이론과 비평』 24호, 한국문학이론과비평학회, 2004. 9.

차혜영, 『한국근대문학제도와 소설양식의 형성』, 역락, 2004.

채상우, 「1910년대 문학론의 미적인 삶의 전략과 상징」, 『한국시학연구』 6호, 한국시학회, 2002. 5.

하정일, 『20세기 한국문학과 근대성의 변증법』, 소명출판, 2000.

하정일, 『탈식민의 미학』, 소명출판, 2008.

한계전, 「근대 초기시론의 수용양상」, 『한국학보』 22호, 일지사, 1981.

한국현대문학연구회, 『한국 현대 시론사』, 모음사, 1992.

한만수, 「1930년대 문인들의 검열우회 유형」, 『한국문화』 39호, 서울대규장각한국학연구원, 2007. 6.

한수영, 『운율의 탄생』, 아카넷, 2008.

홍순애, 「1920년대 기행문의 지정학적 성격과 문화민족주의 기획」, 『한국문학이론과 비평』 49호, 한국문학이론과비평학회, 2010. 12.

황종연, 「데카당티즘과 시의 음악─김억의 상징주의 수용에 관한 일반적 고찰」, 『한국문학연구』 9호, 동국대한국문학연구소, 1986. 6.

● 국외 연구자료

가라타니 고진, 김경원 옮김, 『마르크스 그 가능성의 중심』, 이산, 1997.

가라타니 고진, 박유하 옮김, 『일본 근대문학의 기원』, 민음사, 1997.

가야트리 스피박, 태혜숙 옮김, 『다른 세상에서』, 여이연, 2008.

고마고메 다케시, 오성철·이명실·권경희 옮김, 『식민지제국 일본의 문화통합』, 역사비평사, 2008.

고모리 요이치, 송태욱 옮김, 『포스트콜로니얼』, 삼인, 2002.

고모리 요이치, 정선태 옮김, 『일본어의 근대』, 소명출판, 2003.

나리타 류이치, 한일비교문화세미나 옮김, 『고향이라는 이야기』, 동국대출판부, 2007.

나카미 마리, 김순희 옮김, 『야나기 무네요시 평전』, 효형출판, 2005.

니시카와 나가오, 한경구·이목 옮김, 『국경을 넘는 방법』, 일조각, 2006.

다카하마 쿄시, 조경숙 옮김, 『조선』, 제이앤씨, 2010.

베네딕트 앤더슨, 윤형숙 역, 『상상의 공동체』, 나남, 2002.

스즈키 토미, 한일문학연구회 옮김, 『이야기된 자기』, 생각의나무, 2004.

신기욱·마이클로빈슨, 도면회 옮김, 『한국의 식민지 근대성』, 삼인, 2006.

에드워드 사이드, 박홍규 역, 『오리엔탈리즘』, 교보문고, 1991.

에릭 홉스봄 외, 박지향·장문석 옮김, 『만들어진 전통』, 휴머니스트, 2004.

에밀 슈타이거, 『시학의 근본개념』, 삼중당, 1978.

옥타비오 파스, 김홍근·김은중 옮김, 『활과 리라』, 솔, 1998.

이효덕, 박성관 옮김, 『표상공간의 근대』, 소명출판, 2002.

페터 뷔르거, 최성만 역, 『전위예술의 새로운 이해』, 심설당, 1986.

프란츠 파농, 이석호 옮김, 『검은 피부, 하얀 가면』, 인간사랑, 1998.

호미 바바, 나병철 옮김, 『문화의 위치』, 소명출판, 2002.

후루오 시라네·스즈키 토미 엮음, 왕숙영 옮김, 『창조된 고전』, 소명출판, 2002.

히로마쓰 와타루, 김항 옮김, 『근대초극론』, 민음사, 2003.

Gayatri Chakravorty Spivak, *In Other Worlds*, New York : Routledge, 2006.

Bhabha, Homi K., *The Location of Culture*, New York : Routledge, 2004.

Morris, Rosalind C.(ed), *CAN THE SUBALTERN SPEAK?*, New York : Colombia University Press, 2010.

● 권유성

경북대학교 국어국문학과를 졸업하고 동 대학원에서 현대문학을 공부했다. 2011년 「1920
년대 '조선적' 서정시의 창출 과정 연구」라는 논문으로 박사학위를 받았다. 현재 한국 근대
시의 형성과 전개 과정에 대해 포괄적으로 재정리하는 작업을 하고 있으며, 주요논문으로
는 「1920년대 초기 자유시론의 구조와 문화적 기반」, 「1920년대 내재율 개념의 수용과 정
착 과정 연구」, 「1910년대 『학지광』 소재 문예론 연구」 등이 있다.

한국 근대 서정시의 기원과 풍경

초판 1쇄 인쇄 2014년 4월 23일
초판 1쇄 발행 2014년 4월 30일

지은이 권유성
펴낸이 이대현
편 집 박선주
디자인 이홍주

펴낸곳 도서출판 역락
등 록 1999년 4월 19일 제303-2002-000014호

주 소 서울시 서초구 동광로 46길 6-6(문창빌딩 2F)
전 화 02-3409-2058(영업부), 2060(편집부)
팩시밀리 02-3409-2059
e-mail youkrack@hanmail.net

정가 25,000원
ISBN 979-11-5686-054-9 93810

*잘못된 책은 구입처에서 바꿔 드립니다.